青葱旧事

今日重寻

仙剑奇侠传 四

全新版官方小说

软星科技 原著
苏末那 执笔

中信出版集团 | 北京

图书在版编目（CIP）数据

仙剑奇侠传.四/软星科技原著；苏末那执笔.--北京：中信出版社，2022.10（2024.3重印）
ISBN 978-7-5217-4457-6

Ⅰ.①仙… Ⅱ.①软… ②苏… Ⅲ.①长篇小说－中国－当代 Ⅳ.① I247.5

中国版本图书馆 CIP 数据核字 (2022) 第 093198 号

仙剑奇侠传四
原著： 软星科技
执笔： 苏末那
出版发行： 中信出版集团股份有限公司
（北京市朝阳区东三环北路 27 号嘉铭中心 邮编 100020）
承印者： 河北鹏润印刷有限公司

开本：660mm×970mm 1/16　　印张：25　　字数：421 千字
版次：2022 年 10 月第 1 版　　印次：2024 年 3 月第 2 次印刷
书号：ISBN 978-7-5217-4457-6
定价：59.80 元

版权所有·侵权必究
如有印刷、装订问题，本公司负责调换。
服务热线：400-600-8099
投稿邮箱：author@citicpub.com

韶华白首,《仙剑四》小说与你一起重温旧梦。

姚壮宪

序

　　谢谢你收藏这本书。

　　因为有各位多年不变的支持才有了这本书的问世，说这本书是你们推生的也一点不为过。

　　近几年来，仙剑在小说、影视、动漫方向都有布局，出版一部全新的仙剑四小说自然也被提上日程。过去官方也推出过仙剑四相关的小说，当然，它们有各自的优势，而这本小说的创作时间恰逢我回到上软，有一些余力来参与监修，因此也包含了一些我自己对于创作的思考和反馈，以及对一些情节细节的琢磨。

　　时间是一柄利器。它能改变人的想法并给予砥砺，也会改变社会的整体价值观与审美标准。自然一本新的仙剑四小说就不能全照搬当年的内容，我认为它需要更进一步的深思，在情节的推动上也需要让它更加合理。比如游戏中天河、菱纱、梦璃三人辞别柳府时，柳世封害怕女儿路途辛苦，准备了马车，但被拒绝了。在小说中我们让天河他们选择了接受，并因此产生了一些有趣的互动。按理说以古代的交通效率，有车马总比人脚力走要快得多，加上那是父母对子女无私的关怀，怎么会拒绝呢？当年由于技术原因，在制作游戏时没有多余资源去实现载具功能，因此选择了拒绝。而到了小说中，不再受限于技术条件，就让它顺应人情了。

　　经常有人问我："如果重做仙剑四，你有什么是当年想做却没做的？"想做的太多了，这辈子都做不完的。十多年我已从一个生涩青年变成了中年人，跟每个人一样经历了许多人生无常。这个坐不坐车的选择也算是我对表现亲情的重新检视，若当年历练如今日，我想我会坚持实现让天河他们坐上马车吧？

　　仙剑系列的魂魄在于故事，而故事的展开靠人物，人物的塑造靠台词演出。有一些游戏中的台词观点也该随着时代价值观的进步而发生变化。炎帝神农洞的梭罗姐妹，在剧情中也给人留下了很深刻的印象。神农洞这段剧情，在不动其根骨的大原则下，将楚寒镜对洞中妖兽的态度做了调整，原文为："主人当年在洞府内豢养了许多兽类，这些兽类最后都化成了妖怪，在洞中四处活动，我们只好永远待在这里"，调整后变为："主人当年在洞府内豢养了许多兽类，与百兽一同生活，主人对他们甚是疼爱，百兽亦对主人十分忠心。千百年来他们的修为不可同日而语，足以匹敌强大的魔兽"。性格较为温和的楚寒镜，对于神农应是十分尊敬，神农视百兽如亲，当年两姐妹与百兽一同生活自然也不例外，如今神农已去，楚寒镜自然从心里奉行，不会视他们为妖怪。而天河的目的亦不在杀生，自小生活于大自然中的天河也很自然地答应了楚寒镜"尽量不要伤害他们性命"的请求，没有伤害洞中兽类性命。

序写到这，我在想也许这不仅是时代的改变，更是我对自己的反思与检讨。多年来沉醉在游戏制作中无法自拔而疏于对亲人的关怀，少了人性的作者怎么可能写出动人的故事呢？

书中还有许多类似调整，这里就不一一列举了。也许会有人注意到，也许会无心翻过，如果有人能体会我们对字句的斟酌，让各位内心有所共鸣就足够。这里也要感谢作者苏末那老师，她的生动文笔，做到了让每个熟悉的形象跃然纸上，偶然间会令我回想起过往。

在立项四代时，团队中大部分的声音都是想要维持三代的制作规格延续经验，那时的我却很不想继续维持3～4头身的人物表现法，我想挑战等比例角色。那时有一种这次不做恐怕下一次没有机会的危机感，花了很多时间与团队沟通。我内心也很不安，慌乱如我却得装作轻松让大家安心，所幸真人化的挑战也收获了不少认同。

虽然仙剑进化不是第一次了，在三代时我们也挑战过从2D转变为3D，但当时我真没意识到前面有多少困难要克服。从设定上就要改变做法，以前3头身在设定上并不需要详尽。许多时候完成七八成就可以了，毕竟游戏中角色造型会经过浓缩简化，设定太详尽反而会浪费宝贵的开发时间，但是等比头身不同，有很多细节要解释清楚。幸好那时有了寸身言加入，至今我依然感谢他把我那七零八落的草稿补全得如此完整，也开启了我们后来重逢到再度合作的契机。

仙剑一影响了我这一个世代，开启了一个崭新的游戏类型，影响了我们对游戏的理解和我们的叙事方式，以至于审美，甚至思考方式。

我自己也画图，从最早加入《轩辕剑叁：云和山的彼端》时我就是美术。在那个受限于技术思考还有认知、什么都要自己来的时代，我逐渐对编剧、画面表现、描写人物这一连串的事件关系产生了很浓厚的兴趣。说兴趣也许不够准确，它比较像是一种使命感？这也促使我在四代完成后没有选择留在软星，也没有跟着过去团队离开，而是去了一个没有经历过的环境让自己继续学习。

直到多年后依然还不成熟的我又站在这里，意外的是，你们依然在。

时间终究要带来变化，仙剑从游戏走向小说、漫画、动画，这是我们乐于见到的，但要说如何回报各位，唯有在游戏舞台将更好的故事说给大家听。

我从来不对自己的作品感到满足，自古文无第一，创作路上我们也从不敢说自己做到了完美。从始至终就不断地学习，认真看、仔细听，期望让作品无限接近自己喜欢的样子。

仙剑是软星的城墙，他保护着软星至今依然屹立。但城墙能立起来保护我们，也能倒下来压死我们，我们唯有如履薄冰、小心前行。

我一直坚信活着不仅有对痛苦的赞美，更有着对幸福的回忆，你们的存在证明了岁月这把无情刀，每一刀都是爱。

再次感谢您的支持。

谢谢。

张孝全
2021 年 11 月

楔子

昆仑之巅，云雾缭绕，时浓时淡，变幻莫测。

云雾深处，一座座飞檐翘角的建筑若隐若现，似天上琼楼。

琼华派立派于此已有千年之久，以维护天下苍生为己任，修仙问道，除妖荡魔，为方圆百姓所敬仰。

十九年一期，幻瞑界再临，琼华派掌门太清真人带领门下众弟子聚集在卷云台之上，另一秘台，一红一蓝两柄剑冲破天光，在巨大的光柱内，幻瞑界的入口缓缓裂开。

天色剧变，狂风卷起，天空中忽然降下无数硕大的血红色球体，每个都仿佛被一团血肉包覆，内里不断蠕动，在即将坠地的一刹那，数百只梦貘破体而出，凶恶地扑向琼华派弟子。

守在入口的琼华派弟子纷纷拔剑："布剑阵，除浊气，除魔卫道！"

一道道剑气冲天而起，汇聚成结界，卷云台上霎时回荡起梦貘们凄厉的惨叫声。

半空之中，太清真人与幻瞑界之主婵幽对阵，婵幽不敌，竟强行催动生命力使出幻瞑之术击杀太清真人，携众梦貘重回幻瞑界。

琼华派经此一役，亦元气大伤……

第一章

十九年后。

终年被云雾覆盖的黄山群峰，云雾奔腾翻涌，如同浩瀚的大海。层叠的群峰在雾霭之中若隐若现，像极了海上的岛屿，美不胜收。

薄雾之中，群峰一处，绿树成荫，鸟语蝉鸣，四周都透着一片盎然的生机。

青鸾峰石壁深处，"叮"的一声，铁镐牢牢地嵌在石缝内，一道纤瘦的红影顺着铁镐利落地翻过顶端的岩石，轻巧地落在了地上。

少女身手敏捷，一袭红裙，裙摆随着山风招摇翩飞，环顾四周，姣好的面庞上划过一丝喜色。

这里气候温暖，万物在此处相协生长，融于这山境之中。

韩菱纱从怀里拿出罗盘，顺着自己所在的方向缓缓推动，抬起头看向前方被大榕树遮蔽的位置，两间木屋隐约可见。

"艮位。"韩菱纱盯着木屋的方向，眼眸一亮。

看来这山上的仙人传闻，诚不欺我。

韩菱纱小心地避开了木屋，穿过石桥，顺着罗盘指针的方向来到了一处山洞口。洞口被生长繁茂的木藤遮掩了大半，洞门紧闭。

"这么浓郁的灵气，还有聚相。"韩菱纱脸上的欣喜之意越浓，"还有机关！"这必然就是山下村民所说，剑仙隐居的洞府了！

机关复杂与否，取决于洞里的东西重不重要。

而眼前的机关如此大费周章……韩菱纱伸手摸上了机关，心中殷殷期盼："希望这次能成功找到长生之术，我韩氏一族就有救了！"

未久，"咔嗒"一声，机关已经被破坏殆尽，碎片随着左右缓缓分开的石门簌簌地往下掉了些。韩菱纱掩不住高兴，飞快闪身入内。

洞内十分幽暗，韩菱纱刚一进入，就被黑暗吞没，无法视物。直到取出萤石，才幽幽地照亮了身前的一方天地。

韩菱纱正准备探路，忽然感觉到背后一道寒意袭来，若不是先前没有察觉到杀意，她也不至于此刻才发现，待要避开已来不及，只见一物擦过她的手臂。

"唔！"韩菱纱被剑气扫到，踉跄了两步，这才发现差点伤了她的竟是把长剑。长剑停在半空，此刻竟然发着微弱的淡蓝色荧光。

不等她细看，那把长剑就凭空消失了。她下意识地摸了摸袖口，发现那儿破了个口子。于是她愤然走出山洞，去寻那始作俑者。

"谁那么卑鄙，居然偷袭！"

洞门外站着一名举着长弓、穿着兽皮袄的少年，一双世间少有的俊朗眉目此刻正一眼不错且好奇地盯着她，看上去有些憨。"怎么还会说人话，难道是猪妖成精了？"

不知怎的，少年心底有些庆幸，还好刚才没瞄准了射。

韩菱纱尚不知因为少年的一念自己才捡回来一条小命，揪着他话里的"猪妖成精"气得跳脚。

"傻小子，你说谁是猪妖！"韩菱纱回想起刚才胆战心惊的一幕，痛斥道，"到底有没有常识啊，把剑当箭射，可恶！"

韩菱纱忽然上下打量起少年来："等等……你该不会是山上成了精的妖怪吧？！"

"你才是妖怪——"少年听到这句时变了脸，当下又要搭弓射剑。

"喂，你别乱来！比蛮力我可拼不过你。"韩菱纱见他没有要罢休的意思，连忙取出烟雨夺魂，往地上掷去！

"砰"的一声，红粉的烟雾顷刻在洞口处弥漫开来。

待烟雾散去，韩菱纱早已进了洞里。她是奔着山上剑仙的传说来的，才没工夫和这野人纠缠不清。

此山峰灵气汇聚，山洞口还设有机关，以她多年的经验，这山洞必然不简单。

哪怕遇不到仙人，能找到一些仙人留下的东西，也不虚此行了。

这般想着，韩菱纱又从怀里拿出萤石，一边照着前面的路，一边往山洞深处走去。

山洞内的道路崎岖不平，却十分干净。按理说久不见阳，总会有附着而生的青苔虫蚁，此地却没有，而且空气里隐隐约约有气流涌动，随着她的深入，似乎有越来越冷的趋势。

不多时，韩菱纱看到前方有亮光。

走了几步，眼前的景象豁然开朗，洞中小径的尽头，一个宽敞的石室出现在了眼前。

石室最深处，一个洞口正向外散发着幽幽的蓝色光芒，将整个石室照得分外明亮。

韩菱纱心中一喜，果真如她所想，洞内另有乾坤！

正欲往里，前方忽然出现的熟悉身影让她猛地顿住了脚步。这家伙怎么又出现在了这里？

"爹，您放心，我抓了猪妖就把它烤了！您别生气，孩儿不是有意打扰您和娘的。"

韩菱纱只隐约听到爹、娘的字眼，正打算避过少年，不想他突然回头，两人的视线就这么直直撞上了！

"来得正好，这回看你往哪儿逃！"少年二话不说，直接搭剑上弦，眼看就要拉满。

又来！

韩菱纱连忙去摸烟雨夺魂，可摸遍了腰袋都没找着。"不可能！我明明记得还剩一个！"

"死猪妖，别想再用古怪的妖法。今天的晚饭已经决定，就是你了！"

这家伙竟说她是猪妖！韩菱纱倏地一顿，抬起头，那把光剑已经冲她射过来，容不得多想，她利落地朝旁闪避，可那把长剑的速度似乎超出她的想象。

手臂间一阵钻心的痛，眨眼间，剑擦过她的右臂径直射入了她背后的墙上。

韩菱纱迅速捂住手臂往后瞥去，只见那裂口处蓝光大作，这一回看了个真切，这把剑当真会发光。只是下一瞬，它又一次突兀消失，再次回到那野人手里。

好嘛，还给伤了个对称。

韩菱纱捂着伤口，气得整个人直发抖："你……你是猪吗？没看那么大一个大活人，你喊什么猪妖，想谋财害命啊！"

少年完全没顾上韩菱纱的话，反而低头看着自己手里又一次飞回来的剑，十分疑惑："以前从来没有这样过……"

就在这时，洞口处忽然传来低吼声，韩菱纱转身望去，只见一头体型庞大、健硕的山猪站在那儿，冲着他们野蛮嘶吼。

不等她反应，一道光影闪去，直中山猪的胸口。

"砰"的一声，在光影消失在山猪胸口时，山猪轰然倒地。

仅仅是片刻的工夫，纵然是人，只怕也是避不开的。

韩菱纱看得目瞪口呆，心情略有些复杂地看向少年，所以刚刚那两次，他不是真的要杀自己……

少年在射杀山猪后，视线在韩菱纱和山猪间来回转悠，终于反应过来："原来你不是猪妖啊。"

还说她是猪妖！

韩菱纱气得不行，长这么大从来没有被人这样对待过，此刻站起身，竟然有些发颤："你……你——本姑娘姓韩名菱纱，是一个如花似玉的少女，竟然被你……你才是猪！"

少年有些呆呆地看着她："少女？"待缓过神来，他猛地抽了口气，惊讶不已："你……你是女人？爹说过的那种？"

韩菱纱被他这后知后觉的反应气红了脸，几乎咬牙切齿道："我——哪——里不像女人了?!"

"我没见过，也不知道像不像。"云天河挠挠头，完全顺着她的话说，却看她似乎更生气的样子，连忙转移话题："我叫云天河。刚才追着一头山猪过来的，后来山猪不见了，洞口的机关被破坏了，你又刚好在那儿……"

说到山洞机关被破坏，韩菱纱沉默了，显得有一丝丝心虚。

"等等，你不是猪妖的话，那门的机关是哪只猪打开的？"云天河就是发现洞口的机关被破坏了才进来查看的。

"咳——你这呆子傻站着干什么，还不赶紧过来扶我一把。"韩菱纱故意打断，瞧着他脸上就差写了单纯好骗的神情，心底起了一个念头。

"哦。"云天河走过去，伸手把她扶了起来，还不忘强调，"我爹说过，男女授受不亲，我只是为了帮你。"

韩菱纱轻哼了一声，看他穿着兽皮坎肩，衣服和裤子都是粗布制成的，模样挺俊，就是傻了些。"你这一副没见过世面的样子，应该不是山脚下村子里的人吧？"

"嗯，我一直住在山上。"

一直住在山上啊……

韩菱纱心想难怪养成这个性子，与他相处格外轻松，不自觉放下了心中戒备，随后俏皮地眨了眨眼，凑近他笑眯眯道："你是不是知道这里的秘密？告诉我好不好？"

完全一副狡黠的小狐狸模样。

云天河一怔，顿时明白过来："是你把机关打开闯进来的，你想干什么?!"

"我……"韩菱纱一时间不知道该怎么解释，忽然感觉到眼前的少年脸色一沉，拿起剑一副要动手的模样。

"喂，怎么说得好好的，翻脸跟翻书一样——"

不等她把话说完，石室里忽然响起一道极冷的声音："嘘为云雨，嘻为雷霆。通天彻地，出幽入明，千变万化，何者非我！"仿佛从虚空中传来，又近在咫尺。

空气中的杀气浓郁，就连韩菱纱都不由得提起精神全力以对。

云天河立刻提剑转身，剑指虚空："什么人，出来！"

随着云天河的话音落下，石室中央缓缓浮现出一个人形幻影。此人面貌威严，一身劲装，全身上下透着一股凌厉之气，如同寺庙里的神将一般，让人一见便生畏惧之感。然而他脚不沾地，飘浮在空中，周身为白气笼罩，宛如下凡神仙一般。

韩菱纱下意识躲到了云天河背后："这是什么?!"她盗墓多年，就没见过今天这样奇怪的事！

云天河打量着，脸上并无惧色，反而带着股初生牛犊不怕虎的憨劲儿。

"吾乃魁召，奉主人之命镇守此地，凡擅自闯入者，令其立毙当场！"说话间，魁召手中已经幻化出了灵剑，瞬间朝他们袭来。

韩菱纱立马感觉到了力量的悬殊，拉住云天河催促道："我们快走！"

"为什么要跑，我爹凶起来比他可怕多了。"话没说完，迎面一股厉风，云天河将韩菱纱护到了自己身后，举剑回击。

你爹？你爹是谁？能打老虎还是能斩妖除魔啊！

韩菱纱心底一阵抓耳挠腮的郁闷，倏然听到刺耳的冰裂声响起，二人被迫后退，脚下的冰面被震开，陷入其中才勉强稳住，然而魁召却毫发无损。

"不行，你这样是去送死，死马当活马医……"韩菱纱拦下还欲冲上前去的云天河，凭着自己从古书上看来的仙术，急声念道："道贯三才为一气耳，天以气而运行，地以气而发生，阴阳以气而惨舒……"

一道风卷从魁召身下出现，然而只将他击退了几步而已。尽管用仙术攻击魁召收效甚微，但比之前刀枪不入要强上一些，韩菱纱便唤云天河："喂，你静下心来听我念咒,我们一起用仙术对付他!"

"什么仙术,我不会啊!"云天河学着韩菱纱的样子,七手八脚一通比画,咒语也念得零散,好不容易打出一道火咒,只见刺棱一下冒出一个火球,一下击中了魁召肩膀,后者隐隐却步。

"咦?管用了?"

这场面看得云天河自己都有些呆愣,他低头看了看自己的双手,仍没理解自己是怎么使出来的。

韩菱纱见此也愣了一瞬:眼下这野人看着呆呆傻傻,但这火咒使得倒不错,莫非真有些天赋在身上?

魁召再次举剑,身侧瞬间又幻化出了两道影子,分别冲着二人袭来。

"小心!"云天河想也没想护住她,扛下一招,当即痛得闷哼了一声。

韩菱纱连忙拉着他躲过魁召的二次攻击,喘着气焦急道:"不行……他太……太厉害了。"

两人被接连攻击,身形狼狈。

又一次被掀翻在地之后,云天河猛地起身,以长剑为矢,再次拉满了长弓。就在这时,剑身再度发出蓝光,衬得整柄剑剑身通亮。

"望舒……"

魁召周身的杀气骤然消散,仿佛之前的绝杀是一场错觉,他盯着云天河手中的剑,双目中似有异光闪现。

云天河见他忽然朝着自己恭敬行礼,拉着弓一时不知道下一步该做什么。

"原来是主人驾临,无怪乎吾感应到'望舒之气'而醒觉,初时以为错认,故言行犯上,望主人恕罪。魁召告退。"

向云天河鞠躬施礼之后,那团白雾连同魁召一起消失无踪。

韩菱纱和傻傻拉着弓的云天河面面相觑:"主人?"

第二章

韩菱纱仔细看了一眼他手里的剑:"他叫的应该是这把剑的主人。望舒?这把剑原来叫望舒啊!"

这把剑看着就不同寻常,非铜非铁,非金非玉,比一般的剑又长出许多,剑柄、剑身之间也没有剑格,当真罕见。

而对云天河来说,这不过是一把可以劈柴砍树、杀猪烤肉的趁手工具,仅此而已。

韩菱纱转眼又被地上的东西吸引。"这好像是……道家的符咒!这么说来,刚才那个是用法力驱使的符灵?!"她兀自研究了一会儿,随即眉开眼笑,"太好了!我就知道,剑仙的传说果然是真的!"

"剑……仙?"云天河低头看去,只见那人消失的地方留下一道黄色的道符,上面用朱笔画了一些奇怪的图形。

"就是仙人嘛,会很多法术,飞来飞去的那种。我瞧你那把古怪的剑,也许就是剑仙之物呢。"韩菱纱解释道。

"你怎么知道?连我爹都没交代过。"

"因为我见多识广。"韩菱纱瞅着呆子故意使坏,"你爹不教你,可能因为你太笨了。"

"我爹说了,在山上只要把剑法练好,不让人欺负就行了。"云天河皱着眉头驳了一句。

韩菱纱决定不跟这个呆子继续在这儿耗下去,看着山洞内,双眼放光。来都来了,岂有空手而回的道理?

这里居然还有符灵守卫,里面一定还有更多宝贝!

"等一下,你不能乱闯!"

话音还未落下，韩菱纱早已闯进洞里，只剩下一道残影。云天河只好跟了进去。

一进内洞，韩菱纱顿时有一种神清气爽的感觉，然而没过多久便觉得一阵寒冷，仿佛底下的冰气从脚底直蹿上来，渗入骨头缝儿里一般。

她皱了皱眉，注意力顷刻转移到这隐藏在整个石沉溪洞最深处的地方。

眼前这地方比起前面的石室略小一些，大约三丈见方，洞穴尽头整整齐齐地放置着两副棺材，云天河一望便知那是父母身后所在。

其中一座棺木四周被厚厚的冰层覆盖，由内而外透着淡蓝色的光芒。看来整个石室中的光亮就是从这副棺木中发出的。

洞里的空气也甚是清新，整个洞穴于寂静中竟隐隐给人一种无比肃穆和圣洁的感觉。只是那些厚厚的冰层一刻不停地向外散发出阵阵寒气，无形中又有一种拒人于千里之外的意味。

韩菱纱三步并作一步站在了冰阶台子上，仔细打量着面前半人高石柱子上飘浮的物件，惊喜不已。

"喂，快来看！这玉石好漂亮！像有光在里面流动一样。"

然而却一直没等来回应。等她扭头看去，才发现那呆子此时正愣愣地看着石台，一副出神的模样。

——凤玉，世上没有了你，这云海雾凇也如此寡淡。早些时候我一直耿耿于怀，此处钟灵毓秀，为何只找到了阳阙，留我一人在此，莫非是惩罚……如今我大限将至，却是想开了。

——石沉溪洞，洞悉尘世……这世上又有几人真能做到，罢了。

——一切我都已安排妥当，洞口设有机关，寻常人等绝对无法乱闯，你也不用费什么心。如果想尽孝道，对我的牌位早晚上三炷香便是。至于你娘……多年来未曾给她立个牌位，那也是她的意思，我们都不要拂逆吧。

——我说的那些，将来有一日你都会明白，不过爹宁可你一直都不用明白。

"喂，呆子，呆子……你想什么呢？"

一声叠着一声的清脆呼唤将云天河从回忆里拉回，他抬起头，看到韩菱纱欲对石柱上的东西下手，急忙道："你别乱动！"

"我爹说过，他死了以后要和我娘合葬在这里，他不想被打扰。连我也是第一次来这里。"云天河环顾四周，语气里隐隐藏着退意。

"这里面是你爹娘？"韩菱纱的脸上露出不可置信的表情，"不对，剑仙怎么可能死——"

可事实又摆在眼前,真是太古怪了。

云天河显得有些沉默。

韩菱纱察觉到,收了话,余光扫到棺木后面的石壁。"这上面有字。"

石壁上自上而下、气势恢宏地刻着二十八个大字,竟是一首无题七绝:

涛山阻绝秦帝船,

汉宫彻夜捧金盘。

玉肌枉然生白骨,

不如剑啸易水寒。

字是用剑锋刻上去的,浑然有力,铁钩银划,一看便知出自习武之人的手笔。只是在洒脱之余,又不免流露出一丝凄凉、一丝无奈。

"那上面的是什么意思?"云天河问。

"前面两句,说的是古代有两位皇帝求仙问道的事,至于后面两句……"韩菱纱看向冰棺,视线随即转向呆子,眼神里多了几分不同。修造这个洞穴,布下的机关还有刚才出现的符灵……都显示墓主很厉害,怎么会有这么个傻儿子呢?

"呆子,你爹真的没有与你说起过'剑仙''以气御剑'之类的话吗?"

云天河摇头。

韩菱纱再回看那诗句,求仙问道,问的可有长生之法?她内心陡然一热,仿佛自己一直在追寻的,近在咫尺。

"那你爹有没有告诉过你,有关于……长生之术的事?"她急切地问道。

云天河依旧摇头,还好奇地反过来问她:"什么是长生之术?"

"……"

韩菱纱看着云天河和他手里的剑,脑海里只有"暴殄天物"四个大字。偏偏这个呆子资质倒是挺好,刚才自己念的五灵仙术是从古籍上学的半吊子,他却一次就成功了。

到底是真傻还是装傻?

"喂,我把我知道的都告诉你了,换你说说两位前辈的事了!"韩菱纱认定棺木里的二人不凡,应该说这地方透着不凡。就是冷得古怪,像是渗进骨子里,要把血液都冻住了一般,十分难受。

"那个……你……我们快些离开吧,不然爹要生气了。"云天河说着忽然紧张起来,似乎很害怕他爹生气这件事。

云天河刚上台阶拉住韩菱纱，手里的剑忽然光芒大绽，只见一缕缕蓝光从冰棺上飘浮而起，像盛夏的萤火之光，悬在半空中，将密室照得通透，两人都不由得被这景象吸引。

"好漂亮啊。"韩菱纱禁不住叹道。

一缕缕的蓝光缓缓地朝着二人飘来，如有灵性般，在二人周身环绕，如同俏皮的精灵在与他们逗玩。随后，又像是受了剑的吸引，蓝光尽数汇入了剑身内。

剑身上的蓝光骤然大涨，云天河只觉得手上握着的是一股磅礴之气，似乎控制不住，要炸裂开了一般。

一道凌厉的剑光随着他握剑落下，朝前劈去，只听见"砰"的一声，坚固的石壁竟被这道剑光劈开了一个大口子。

石壁一破，原本十分幽静的岩洞立刻震动起来，洞顶不断地向下掉落着碎石，被劈开的石壁也开始摇动，坚持了不一会儿，终于整个倒了下来，将那两副棺木和厚重的冰层都压了个严严实实。

"咳咳！"

"咳……咳咳……"

一时间，洞内满是石屑和灰尘，刚才那般美丽的景象顷刻间荡然无存。

韩菱纱好不容易稳住了身形，就看到云天河扑通一声跪在了地上。"爹娘的墓室被我毁了！我把爹和娘的墓室毁了……怎么办怎么办怎么办啊！我完了，彻底完了……爹一定会生气的！"

"你不是有意的，是那把剑不受控制，事情已经这样了，相信你爹娘不会怪你的。"韩菱纱走到云天河身后，只感觉这山洞里越来越冷，便皱眉道："我们还是尽快出去吧。"

云天河转过身看着她："你先把东西给我。"

"什么东西？"韩菱纱装傻。

"墓室里的那块石头，你不是拿出来了吗？我要挖个坑把它埋了，陪着爹娘。"云天河盯着她认真说道。

"你……你哪只眼睛看见我拿了？逃出来的时候谁还顾得上那个。"韩菱纱微红了脸，不由自主地撇开视线。

"我不可能看错，你要再不拿出来，就算男女授受不亲，我也要自己找了。"

"怕了你了。"韩菱纱被他盯得没了辙，忙退后一步，心不甘情不愿地从怀里掏出了一块通体碧绿的玉石，"这可不是什么石头，是上好的古玉，你不会真要埋了吧?"

说话间,云天河已经从她手上抢过,开始背着她找地方埋了。

韩菱纱看着云天河忙活的背影,陷入沉思,这块玉上勾勒的符文看着有点蹊跷,要真被这呆子埋了,线索恐怕就断了。

韩菱纱很快就有了主意:"喂,你说自己一直住山上,要不要跟我下山?"

云天河正"吭哧吭哧"地忙着挖洞,头也不回地拒绝:"山上山下都是一样过日子,不去。"

"傻瓜,当然是大大的不一样。"韩菱纱扬长了声,循循善诱道:"你就没想过下山了解你爹娘的过去吗?"

云天河顿了顿,继续挖坑:"我爹和我娘……不就是这样了吗?"

"我是在山下听说了剑仙的传闻才找上来的。你说你从小生活在这里,没有见过别人,你想啊,他们口中的剑仙会不会就是你爹娘?一般人过世怎么会将墓穴制成这样,又是机关又是冰洞的?你爹娘的来历啊,肯定不简单!"

"是吗?"

听着听着,云天河已经不由自主地停下来,思量着韩菱纱的话。韩菱纱轻轻勾了一下嘴角:"你把剑和古玉带上,下山四处走走,说不定哪天遇上你爹娘以前认识的人,就能知道他们过去的事了。"

爹娘过去的事啊。

云天河不禁想到娘过世后,爹时常一个人站在崖边的情形,好像藏了许多事,可他问的时候却什么都不肯告诉他。

云天河抬头看着棺木,爹和娘以前一定经历过许多事……

"先说好,我还要去找其他的宝物和传说,没那么多时间耽搁,天黑前肯定要下山。你爹要打要骂,我都毫无怨言,不过如果他天黑以后才出现,就剩你一个,到时我想帮也帮不成了。"

身后传来声音,云天河登时一震,整个身子肉眼可见的僵硬。

"你不是说你爹很凶吗?又说他很喜欢你娘,现在墓室毁了,你觉得你爹会不会因为你娘,比以前更凶呢?"见他这般,韩菱纱眨了眨眼,凑到他身后压低声,"还有啊,这山上的阴气重,我看瀑布旁那棵古树盘根错节,俗话说'木下有鬼',阴寒至极……我真替你担心呀!"

"不过呢,替你担心也没用,多保重吧。"说完,韩菱纱直接转身,挥了挥手朝洞外走去。

没走几步，她身旁倏地闪过一道身影，眨眼间云天河就到了她前面，一手提剑，一手握着古玉，扔下一句"我和你一起"，便朝出口快步奔去。

仿佛这会儿他爹已经出现，来找他兴师问罪了。

韩菱纱霎时咧开了嘴角，轻笑着念了声"呆子"，随即跟了上去。

第三章

两人从石沉溪洞出来,外面正午的日头高高悬挂,热辣辣地照在人身上,直到下山,韩菱纱才觉得身上的寒意在消退。

再看前面走着的云天河,在山洞的时候她就发现这家伙好像一点儿都不怕冷。

这一趟没捞着宝贝,倒是捞回来个麻烦。

韩菱纱有些泄气地想着,真是越混越回去了。不行,一定要把古玉拿到手!

从青鸾峰下山,途经紫云架,到山脚下时已临近傍晚,看看不远处的农田村落,云天河左顾右盼,脸上尽是新奇。

"哇!好多人!"

"好多房子!"

"好多……"

直到进入村子,韩菱纱都冷着一张脸,控制着自己的手,不往那傻子头上招呼。

山脚下的小村子,入口由两根木柱子撑着块匾额,上面写着"太平村"三个字。刚下山的云天河兴奋不已,左顾右盼,瞧什么都新鲜,如同脱缰的野马,拉都拉不住。

韩菱纱被落在他身后三四步远,看着他一会儿逗逗狗,一会儿追着鹅跑,留下爽朗的笑声,还不忘同她分享。那份单纯的快乐磨灭了韩菱纱的脾气,反而还让她觉得有一些好笑。

不一会儿的工夫,云天河已经问了上百个这是什么和那是什么。

韩菱纱耐着性子给云天河讲山下民俗:"山下和山上不一样,不能随着你自己的性子来,也不是拼谁的拳头硬,得讲规矩。总而言之就是一句话,不该看的别去看,不该问的别去问,跟紧我就对了。"

云天河"哦"了一声,老实地点点头,目光却溜达去了别处——跳大神戴面具的红衣男,洗衣服的老婆婆,吃着红果子的小孩儿……这可比山上热闹多了!

韩菱纱见状不由得叹了口气。她让云天河暂时等在村子口,反复交代了好几遍才不放心地离开,自己去寻两人晚上的落脚处。

她就离开一炷香的时间,在她回来之前老实候着,应该不是很难吧?

韩菱纱满怀担忧地看了云天河一眼,这才不安地离开。

等韩菱纱走后,云天河叼着一棵草坐在河畔大树的树根子上,乘着荫翳,好不自在。

"瞧一瞧看一看咯,新到的胭脂水粉。"

"卖包子咯——"

起初,云天河还能记着韩菱纱交代的,可这些声音入了耳朵,勾得他心底痒痒的,就想知道那些是什么。云天河开始沿着街上卖东西的摊位,东走西逛,不知不觉就走远了。

"这可是只有端午节才能吃得到的粽子,过了这村可没这店了!"叫卖的摊主热络地向云天河推荐,"小哥,尝尝看吧。"

云天河拿了一个,连壳带粽子三两口,最后"呸呸呸"吐出几个难嚼咽的壳。"难吃。"他扫了摊主一眼,豪气道:"山下的人吃这个,难怪长不结实,下回我猎几头山猪送你。"

摊主愣了好一会儿才反应过来,一看人要走,连忙一把拽住了他:"你这人怎么回事,你——"

云天河突然站住,好奇地看着摊主。他本就生得高大,一下子阴影罩住了摊主。"我说了是下回,今天可不行。"

摊主整个人呆住,眼睁睁看着云天河走了。

没走两步,云天河就看到一只大母鸡朝着自己横冲直撞地冲了过来,在他身后不远,一名壮汉气喘吁吁地追着:"欠揍的东西,别以为能生几个蛋我就治不了你!今天我就要宰了你!"

云天河见那鸡飞狗跳的样子,竟一把抱起了母鸡护在怀里,壮汉见状朝云天河喊道:"你干什么,把鸡放下!"说着撸起袖子朝云天河挥拳而来。

那壮汉虽然人高马大,云天河日日在山上锻炼得也不差,倏忽间,只见一个人影飞了出去。

"我才想问你要干什么！"云天河还抱着母鸡不肯松手，生怕它被这粗鲁的壮汉欺负了。

壮汉挨了云天河一记飞踢，勉强从地上爬起来后，更加怒火中烧，扯开嗓子喊起来："哪里来的臭小子，老子自家养的鸡要杀要剐关你什么事！"

这一动静引来不少人围观，那卖粽子的摊主挤到了最前面。"大家伙看哪，就是他，吃了我的粽子不给钱，还污蔑我的粽子，大家给评评理呀！"

"是你要我尝尝，我才吃的。"云天河怒道。

"好哇，你想赖账?!"摊主气得一把揪住了云天河的衣服，等拉近了盯着他的脸，突然琢磨起来，"你……你是云天青？"

"云天青？"经他一提，村民们一个个都细细打量起云天河的长相。张婆婆抱着孩子，咂摸道："像，真是像，这眉毛，这眼睛，和云家那惹祸精十几岁时没两样……"

"他是云天青？不对吧，年龄差距太大了。"

韩菱纱正巧回来碰上这一幕，一看到被众人围起来的云天河，连忙挤进了人群里，想也没想就挡在了他前面："大家莫激动，我这位朋友初来乍到，有什么得罪的地方，我给大家赔个不是。还请问你们说的云天青……"

"你们认识我爹？"

"你是他儿子！那混账回来了没有！"人群之中，一位文生公子打扮的中年书生当即不顾文人体统，气势汹汹地撸起袖子，怒道："我要找他算账！"

"他是云天青的儿子？"

"云天青居然还敢回来……"

一时之间，云天青这个名字似乎激起了民愤，四下里全是声讨的声音。

就在这时，一名拄着竹棍的盲眼老者却摸向了云天河的方向，嘴里激动地喃喃着："是天青吗？天青带着儿子回来了？"只是那着急的声音很快被众人的讨伐声淹没了。

"云天青他个挨千刀的骗了我，害我和小翠儿……我的小翠儿……"

"云天青那个狗东西……"

那些声音几乎将云天河淹没，他想捂住耳朵，不想听，也不想相信，可周围的人越说越过分，顶天立地的父亲在村民口中竟成了顽劣不堪、地痞流氓似的人物。

"住口——"云天河突然爆出一声大喝，手中的长剑同时绽出蓝光，破空而出，在他周身旋转，回到了他手中。

村民们顿时噤若寒蝉。

"妖法！是妖法——"一声颤抖的惨叫声在人群中引起剧烈的骚动，一时推攘逃散，场面霎时混乱起来。

"哎，不是，等等。"韩菱纱企图安抚众人，"这是误会……"

奈何不等她说完，就已经被吓着的村民连撞了好几下，要不是云天河护着，她险些被撞到河里去。

"端午节这等日子，你们在此喧哗胡闹，还有没有祖宗礼法了！"一声沉稳的低喝倏然止住了暴动。

在场的村民纷纷让出一条道来，不过离云天河仍是远远的，仿佛楚河汉界，隔了老远。

被众人簇拥而来的村长，一眼就看到了和韩菱纱站在一起的少年，脸色忽然一变，"云天青是你什么人？"

"他是我爹，你们再敢污蔑，别怪我不客气！"云天河一脸怒容。

村长的目光冷冷地扫视过云天河，抬手制止了身后的议论，道："云天青早已不是云家子孙，和他有亲缘之人也不得留在这太平村！韩姑娘，你若是和他一道，也请吧。"

韩菱纱一惊："您……您这话是什么意思？"

"我云家先祖因镇守边疆有功，被朝廷恩赐修建祠堂，原本的云家村也被赐名'太平村'。"村长顿了顿，形容愈发凛冽，"不想出了个浪荡子云天青，不遵礼法，行止违和，屡教不改，早已被逐出家门，永不得返！我说得够清楚了吗？"

言辞间，竟是不念一丝亲情。

人群中的盲眼老者着急想要解释，尽可能将他那原本低沉而又沙哑的声音提到最大："不是的，不是的，天青他不是……"

奈何老者的声音又被一重又一重附和着赶他们出去的争吵声盖了过去。

韩菱纱和云天河站一个阵营，看着云天河为众人所指，似受伤的小兽强撑着，她的手按在了云天河的肩膀上，轻轻拍了拍，随后脚步一挪，站在了村长的对立面，勾起嘴角，笑得尽是嘲讽。

"瞧瞧，这就是云家的长辈，这么多人围着一个小辈谩骂，还真有长者风范！这没人情味的破地方，待着我还嫌膈应呢！我们走！"

说完，她便拉着云天河煞有骨气地扬长而去。

第四章

　　两人离开太平村，天色已近傍晚，天边追着红霞，树林中雾霭沉沉。

　　韩菱纱一路皱着眉头，着实被村子里那一群不分是非的愚民给气着了，回头再看到云天河脸上神情茫然无措，心中一软，不由得停下了脚步。

　　"他们说的，你不要往心里去。"韩菱纱想了想，劝慰道："许多事，耳听为虚，眼见为实，你和你爹朝夕相处，他是什么样的人你最清楚。"

　　云天河憋了一路，忍不住疑惑道："可他们……也不像是骗人的样子。"他生性单纯，显然无法理解为何会有这样两种极端的说法。

　　"你爹在太平村那会儿还小呢，谁还没有年少轻狂的时候。"韩菱纱不甚在意地拍了拍他的肩膀，"其实也没什么，无非是个性十足，与旁人不同，再说后来他四处闯荡，不还成了剑仙吗。"

　　言语之间，还藏着一丝羡慕。

　　"是这样吗？我看他们好像都不是很高兴的样子！"云天河挠了挠头，虽然他们说的那些话很多他都听不懂，但情绪还是感受得很真切。

　　这些人不喜欢爹。

　　韩菱纱看了他片刻，叹道："哎，呆子，我是说假如……假如你爹他是个大恶人，你还会像现在这样喜欢他吗？"

　　"我爹怎么会是大恶人？"云天河立马反驳道。

　　"不说你爹，就说假如有个人是这样，做了很多不好的事，大家都很讨厌他。"

　　"不会吧，有人这么可怜？"云天河瞪大眼睛觉得不可思议，"如果有个人，别人都对他不好，那他一个人怎么可能打得赢那么多个，我得帮他。我爹说过，要保护弱小。"

韩菱纱扶额，她怎么会心血来潮问呆子这种问题，简直是……答非所问。

"好了好了，先不说了，我们要在天黑前赶到巢湖边，树林里不安全。"

"树林多好呀，打猎方便！"云天河朝远处望去，听着耳畔传来的阵阵野兽鸣叫，整个人都兴奋了起来。

下山到现在都没吃东西，正好饿了！

少年的身姿就像是一头矫健的猎豹，"咻"的一下就闯进了树林里。林中鸟雀被惊起无数，受惊般扑簌簌惨烈地飞向高空。

"哎，你等等！"韩菱纱见喊不住他，只得跟着进去。

可自他们进了林子，别说什么野兽，连刚才还在吃草的兔子都跑没影了。

云天河不信邪，又往林子深处去，韩菱纱追着他去，这一走又多走了不少冤枉路，仍然一无所获。

直到暮色四合，两人又累又饿，到了林间一敞阔处，再也走不动道。

"不行了，今晚就在这儿将就下吧。"

一股带着水汽的风吹来，韩菱纱抬起头，庞大的湖泊横在林边，出现在眼前。

温暖的风驱散着树林内带来的潮冷，湖泊之上还隐约有星星点点的亮光，与星空遥遥呼应。

"菱纱，这是'海'吗？"在山上生活多年的云天河从未见过这样的情形，不禁有些看呆了。

韩菱纱扑哧笑出了声："这应该就是太平村村民所说的巢湖了。"只不过入夜后就连熟悉此处的村民都很少过来，他们今天留宿在此不知安不安全。

一面想着，韩菱纱在湖边捡了些木棍作柴火，后面多了一个憨头憨脑的尾巴。

"菱纱，你这是要做什么？"

"生火啊。"韩菱纱将木棍堆起来摆弄成火堆，想了想又添了一根下去。

"这能生火？"

韩菱纱扭头瞪着他："这怎么不……"话未说完，顺着云天河的视线，韩菱纱看到了木头底端滴滴答答的水，气势骤降，"应该不会很难吧……打火石被我弄丢了。"

想她闯荡江湖这么久，也没听说那些大侠在野外还有生不起火的，但她也是头一回落魄到要露宿野外。

都是因为这个呆瓜!

"你在这里等等。"云天河说完就又朝林子里跑了过去。

片刻之后,云天河便抱了一堆枯枝出来,走到她面前,憨憨一笑,就忙活着把那些枯枝都给堆了起来。

"想睡觉的话一定不能在上风口,不然野兽的鼻子那么灵,等你一觉醒来,说不定已经在它肚子里了。"说着,云天河已经把火点起来了,"太靠近水边的木头也不好,不容易点着,就算能点起来,烟也熏得够呛……好了,你看!"

看着这熟练的生火架势,韩菱纱有些诧异:"这些都是你爹教你的?"

"爹教过一些,还有我自己琢磨出来的。"云天河又往火堆里添了几根干柴。火烧得越加旺盛,将四周照得通亮。

夜空之中,一点一点的星光仿若萤火,同人捉迷藏般忽隐忽现。

晚风徐徐,巢湖上波光粼粼。

周遭静谧而美好。

湖边,篝火的光衬着云天河的侧身,韩菱纱抬眸,看到那张被火光映衬着的英俊面庞,乌黑的眼眸里似乎映入了满天的星辰,盛着灿烂的光。

那是未曾沾染任何世俗的清澈,令人不自觉地卸下心防来。

直到一声肚子的"咕噜"叫声,韩菱纱这才回过神,顿时挪开了视线。她从身上背着的布袋里掏出干粮,递了过去:"来,先吃点垫垫肚子,明天进城我带你去吃好的,我还带了……"

正转个身摸袋子的工夫,刚放下的干粮就被云天河吃光了。

四目相对,云天河分外无辜:"我还没吃饱,村子里那个叫粽子的,不好吃。"

"还说呢!"想到那几个粽子,才刚生出的同理心瞬间烟消云散,韩菱纱气不打一处来,"下回再有人告诉你,他的东西是拿来卖的,你想要就得拿钱去换!否则进了城再这样,会被人直接抓去关起来的。"

"关起来?"

"是啊,如果有人不守法令,就会被官差抓到衙门关起来,严重的说不定还会被杀头,你没钱可以问我要,不过太多的话,我可不帮你出。"

云天河似懂非懂地"哦"了声,想到自己和韩菱纱仅仅相识一天,她就帮了自己很多忙,更是教了自己许多在山上时从来不了解的东西,不禁看着她道:"菱纱,你对我真好。除了我爹以外,你是对我最好的人。"

对上云天河诚挚单纯的目光，韩菱纱的脸上顿时飞上两团绯云，转过头哼声道："胡……胡说什么，你这辈子才认识几个人，又怎么知道谁是真正对你好？"

"我当然知道。"通亮的火焰下，云天河的神情极其认真，"爹说过，对你好的人，不一定看得出来，你需要用心去体会。这和学剑术是一个道理，不能只看外表。"

韩菱纱闻言愣了愣，沉默须臾，低垂眼睑轻声道："你爹虽然过世得早，但教会了你很多东西，不像我，连话都没和爹说上几句。"

"你和你爹不住在一起吗？"

"嗯……"韩菱纱低低应了一声，目光落在摇动的火光里，神色恍惚地抱住了自己的膝盖，声音愈发低哑，裹挟着夜里的凉意，"只有伯父对我好。"

从她记事以来，她就没怎么见过爹娘，很小的时候自己就被送到了伯父家，和伯父伯母，还有几个哥哥一起生活。

在她的记忆里，就好像她是伯父家的孩子。

那时候她经常疑惑，为什么阿棠她们有爹娘陪着，去看戏时爹爹会背着她们，而她的爹娘，偶尔的那几次见面，都如同只是同族中人一样，对她很是疏远……就连她生病的时候，也不曾来看望。

如果……如果是不喜欢她，为何还要把她生下来呢？

然而直到他们过世，她都没有找到答案。

因为韩菱纱的沉默，周遭忽然安静下来，篝火堆里发出柴火燃烧的响声。

云天河此时虽然看不清韩菱纱的表情，但从她的语气中隐隐能感觉到她心情不好，他挠了挠头，不知道该说些什么，只能呆呆地坐在一旁，就像以前爹心情不好的时候那样陪着。

韩菱纱回头看到他这呆愣的模样，那满腔的情绪被稍稍抚平："瞧你那副呆呆的样子，天底下什么事都有，只是你没见过罢了。不说了，今天不知道为什么，比平时赶路都累，早点休息吧。"

"这就睡了吗？"

"对啊，养足精神，明天一早我们去附近的寿阳城，不管要办什么事，都还是大城里方便些。"

云天河分外无辜："可我还是好饿。"

"我刚刚不是……"刚要躺下的韩菱纱猛地转过身，果然看到刚才拿出来的几个粽子也不见了，饶是不可置信，"你……全吃完了？"

她还一口都没吃呢！

"这些东西填不饱肚子。"

见他说得煞有介事，韩菱纱被气得没了脾气，侧身躺下，深吸了几口气。

算了，明天去寿阳买干粮。

云天河心里有些过意不去，看向林子深处，灵光一闪："有了！"说完，他起身跑到了林边，冲着黑漆漆的林中"哦咿哦咿"地叫了起来。

"三更半夜你杀猪啊！"韩菱纱被吵得不行，起身走到他身后，抬手就赏了他后脑勺一个爆栗。

"不是，刚才我是学母山猪叫，公山猪听到这个声音就会被引过来。春天这招特别管用，夏天的话就不好说了，不一定能成。"

韩菱纱怔了怔，随即满脸通红，羞怒交加："你！粗俗！"

"这怎么就粗俗了？"

对上云天河好奇的目光，韩菱纱这一肚子的气偏又发不出来，眼前这个呆瓜半点不通人情。

两个人正说着，林子深处突然传来窸窸窣窣声。

"哎，有动静！"云天河面露喜色，正要拿弓，神情却骤然大变，一把将韩菱纱拉到自己身后牢牢护着，戒备不已。

"有杀气！"

第五章

话音刚落,一只妖兽便从茂密的林中伸出头来,只见它身形异常庞大,双足而立,前爪眼见的锋利,凶悍的脸上斑纹纵横,獠牙外露,面目狰狞,看起来可怕极了。

这哪里是什么山猪!

"你这招来的什么怪东西!"韩菱纱从身后摘下峨眉刺,警惕地看着眼前的妖兽。难怪他们进林子后就没见到什么猎物,原来躲的不是他们,而是这只妖兽。

"怎么会这样?看来春天和夏天真的不一样啊。"云天河嘴里还在嘀咕着,面前的妖兽却不耐烦了。

它大吼了一声,右爪横扫,直接将他们面前的一棵碗口粗的大树拦腰劈断。

韩菱纱神色一凛:"小心,这妖兽太过于凶厉,和你往日猎杀的动物可不同。"

然而身旁的云天河手执望舒剑,眼底却闪着兴奋,一副半点没怕的样子:"我倒要看看是它厉害,还是山猪厉害。"

"……"

正在这时,不远处又有一声怒吼传来,转眼间竟又来了一只妖兽。

两只妖兽站到了一块儿,居高临下,步步逼近,两只巨爪在胸前挥舞,眼中闪着残忍的目光,紧紧地盯着面前的两人,垂涎欲滴。

显然已经把他们当成盘中之食。

韩菱纱带着云天河接连后退,直到脚踩到湖边,回头看到身后漫漫的湖水,两人已经无路可退。

"菱纱,你别怕!"云天河说完拔剑就冲了上去,眼里同样是看着"食物"般的垂涎。

"你别冲动——"

妖兽怒吼一声，锋利的左爪疾速抓向了云天河。

"小心！"韩菱纱倒抽了一口气，只见云天河侧身躲开，动作利落干脆，还没来得及松一口气，就看那妖兽又朝着云天河发起攻击，顿时一颗心吊在了嗓子眼儿，当即咬牙上前引开另一只，为云天河争取猎杀的机会。

韩菱纱的身形灵活，招呼着"大傻个"在林子里溜了一圈又一圈，气得那只追着跑的妖兽连连撞开一路阻碍它前进的大树，场面异常惨烈。

云天河那边则是和妖兽铆上了，仿佛他身上有什么妖兽畏惧的东西，然而云天河本人在妖兽面前实在太过"渺小"。

二者之间实力悬殊，肉眼可见。

周旋片刻后，那妖兽最终忍不住了，朝云天河冲过来。虽然它身高力大，利爪尖牙，却有些笨拙，几次要伤到云天河时，都被他灵巧避过，自己身上反而还多了几处被剑刺出的伤口。

妖兽彻底被激怒了，朝着天空怒吼了几声，眼眸变得猩红，周身散发出来的力量忽然大增，连速度都肉眼可见变快了许多，直接一爪朝着云天河的脖子袭去。

云天河避过了要害，然而妖兽的另一爪已经抓住了他的后领，用力一提，把他生生带离了地面，张开大口朝他的脖颈咬去。

"天河！"韩菱纱见到这一幕，失声惊呼。

"来得正好！"云天河喝了声，拿起望舒剑抵了那妖兽的利齿，抬脚往它下巴上狠狠踢去。下一瞬，手中的剑一转，利用妖兽将他拎起的高度，将长剑狠狠刺入妖兽的胸膛，竟一剑刺穿了它的心脉。

妖兽凄厉的惨叫声顷刻在林间回荡，让人头皮发麻，紧接着"砰"的一声巨响，妖兽庞大的身躯轰然倒下，硕大的脑袋正对着云天河的方向，猩红的双眼带着不甘。

韩菱纱见状，总算是松了口气。云天河这人虽然行事鲁莽，总归有惊无险。他掰开妖爪，将望舒剑从妖兽的尸首上拔了出来，随后冲她得意一笑。

就这一分神的刹那，韩菱纱的肩膀骤然受了力，"嘶啦"一声，衣帛连着皮肉被利爪骤然划破。

韩菱纱用峨眉刺招架，扛住了另一只妖兽的爪击，接着又猛地一刺，刃尖恰好插入了妖兽的眼睛。只见妖兽因此发出嘶吼，爪子猛地前扑，陡然又在她右腿上划开了一道长长的口子。韩菱纱顿时失了重心，腿边血流如注，整个人跌坐在了地上。

早被激怒的妖兽此刻垂涎地盯着韩菱纱，正要扑过来结束这次狩猎，陡然整个身体如同被定在半空，一道蓝光极速穿透妖兽的心脏，如一团云雾顷刻消失殆尽。

望舒剑如同在石沉溪洞一样，眨眼间又回到了云天河身旁。

韩菱纱定定地看着这一幕，就在刚刚，她以为自己要命丧妖爪，下一秒却落入一个宽厚温暖的怀抱。

"菱纱，你没事吧！"云天河一手捂着她的肩膀，一手去捂她受伤的小腿。那声音似乎离得有些远，可那温热的触感却从他的手心一直传递到她的心底某处。

"菱纱……"

"皮外伤，没事。"韩菱纱轻轻扯了下嘴角，看着云天河帮自己包扎伤口。

从小到大，受伤的次数多了去了，危及性命的也不少。

每次都是自己草草包扎了事，没人会过问她疼不疼。

空气里掺杂着浓郁的血腥味，还混杂着妖兽的味道，并不好闻。

云天河皱了皱眉："小心，这里血腥味重，容易引来野兽。"

话音刚落，湖面上又传来妖兽的吼叫声。韩菱纱抬眼一看，只见天空中妖吼连连，有三只背生双翼的相似妖兽朝着他们所在的方向飞了过来。

乌——鸦——嘴！

三只妖兽朝着二人所在的方向疾行，咆哮怒吼声回荡在巢湖上。

糟了！

"快跑！"韩菱纱匆促起身，下一刻忙推着云天河要他走，"赶紧往东边跑，不要管我，快！"

然而被推开的刹那，云天河反握住她的手，将她护在了自己背后，同时抓紧了手中的剑。"我不会丢下你不管的。"

"你这笨蛋，我……我受伤了，跑不快的，你要是带上我，我们谁都走不了！"韩菱纱一愣，当即又气又急，但又知晓他的倔脾气，只好咬着唇软下语气哄道："正所谓，君子报仇十年不晚，你先离开这儿，之后再来为我报仇，你……"

"我不要报仇，我要带你一起走。"云天河挺直了背，格外坚毅。

"你不是说下了山听我的，我让你……"

不等她把话说完，云天河就已经冲上前，搭剑向最近的一只妖兽射了过去。

却见那妖巨爪一挥，平地陡然卷起一阵狂风，硬是将长剑吹得失了准头。韩菱纱看着，整个心都悬了起来："天河！"

眼前的云天河被狂风硬生生击退了数步，勉强站稳，可那几只妖兽并没有给他喘息的机会，伸着利爪，施法卷起狂风，朝他们袭来。

韩菱纱看得心惊肉跳，奈何受伤不能帮云天河分担，正吃力想去拿地上被击落的峨眉刺。下一刻，被狂风卷退的云天河忽然蹲下身，把她抱在了怀里。

伴随着尖厉的呼啸声，韩菱纱抬起头，对上了他决然的目光，里面半分犹豫都不曾有。

韩菱纱的心狠狠一颤："你这笨蛋！"

任凭她怎么推，云天河也只将她护得更紧，就好像这样的话，等妖兽袭来时，他能让她活下来。

韩菱纱紧紧盯着云天河的眼，他的瞳孔之中倒映出自己的模样，和那不谙世事的纯粹。他都还没来得及好好见识一下这尘世间。

真是个大傻子！

第六章

就在韩菱纱绝望之际，二人周身忽然亮了起来，仿佛撕开黑夜、骤然降临的黎明之光，将浓墨般的夜照得如白昼一般，晃人眼睛。

韩菱纱下意识挡住了眼，须臾才适应了那光线，朝那光影看了过去。

只见天空之中突然出现了无数银白色的小剑，闪着凌厉的光芒，将三只妖兽团团围住。

剑意凛冽呼啸，三只妖兽感受到其中的危险，疯狂地想要冲出去，却怎么都突破不了，反而为剑意所伤，发出焦灼的气息。

转眼间，小剑分成几堆聚拢到一起，形成几柄巨大的光剑，朝它们射去。

磅礴的力量从光剑中扩散开去，震慑人心。

受了伤的妖兽变得越发凶厉，嘶吼着想要以此来恐吓。

为首的那只妖兽陡然伸出巨爪挥向光剑，却什么也没有碰到，那光剑转瞬透过巨爪，直刺入妖兽的胸膛！

轰的一声，妖兽仿佛被定在了半空中，竟完全丧失了生命迹象。

"嗷——"长长的哀嚎声过后，那妖兽瞬间化作星点四散，消失在了半空中，半点踪迹都不剩。

另两只妖兽见势，终于怕了，扭头想逃，可光剑快如闪电，几乎同时刺穿了它们的心脉。

两只妖兽瞬间化作飞灰，从半空落下来，消失了。

几柄光剑击杀妖兽后，在空中飞舞了几圈，一柄柄有序地飞到了一个脚踏长剑、飘浮在空中的少年剑侠背后，随即隐去不见。

韩菱纱一眼不错地看着，被这画面震撼得说不出话来。同样震惊的还有她身边的云天河。

"他好厉害!"

之前被云天河射出去的望舒剑此时慢悠悠地飘落了下来,那人挥了挥手,望舒剑便如同被一根无形的线牵着一般,缓缓地飞到了他的手中。

"多谢剑仙出手相救!"韩菱纱朝着那方向高声道谢,满脸皆是劫后余生的喜悦和对剑仙的崇拜之情。

少年却只是冷漠地点了点头,算作呼应。

让人感觉仿佛声音重一点儿都是对他的亵渎和惊扰。

韩菱纱无意识地屏住了呼吸。四周恢复了安静,月光静静地泻下来,在平静的湖面上落下一片斑驳。

月光之下,那少年剑侠稳稳地站在一柄长剑上,居高临下地看着他们。他眉眼之间甚是英俊,神气中却是一派成熟。蓝白相间的道服,身后背着一个长大的剑匣,挺拔若松。

湖畔清风吹过,袍袖随风飘动,少年宛如仙人一般,潇洒至极。

少年瞥见韩菱纱受了伤,口中默念了几句咒语,轻轻一抬手,只见一团淡黄色的光球从他的袖间飞出,笼罩在韩菱纱受伤的右腿上。

光球很快渗进伤口中。韩菱纱只觉得腿上一阵温暖,方才受的伤竟奇迹般地瞬间愈合了,若非那带血的衣物证实着伤势,她的腿甚至都看不出伤口的痕迹。

韩菱纱又惊又喜,抬头望着这不知从何而来的剑仙,眼神微闪。

他能这么轻易地治好自己的伤,修为一定很高深,那或许……或许真的有法子,能让大家活下去……

韩菱纱身旁的云天河同样惊奇不已,他从未见过有人能在剑上飞行,而且这般轻巧,也从未见过这么重的伤能被这样轻易治愈。要知道,他出去打猎受伤,没十天半月可好不了。

那少年似乎没有察觉到他们的反应,只是低头看着手中的望舒剑,微露诧异之色,但并未过多观察,便忽地一扬手,将剑掷回给了云天河。

云天河伸手接住长剑:"多谢!"

"区区小事,不必多礼。"少年冷然地做了个告别的手势,随即御剑而起,白影闪动,腾空而去。

"剑仙,等一等!"韩菱纱急忙追上前去,想要询问他究竟是哪个门派。

但她怎么追得上御剑之人,眨眼之间,少年的身影便已消失在天边的月色之中。

就在这时，湖畔不远处，一个娇俏的声音也急得喊道："紫英师叔，等等我嘛！"

韩菱纱转身望去，一名十四五岁的少女急匆匆越过她的身边，朝着少年的方向追了过去。少女身上穿着的白色道服和衣服上的花纹式样，与刚才那少年穿的并无二致，显然出自同一门派。

韩菱纱的眼睛顿时又亮了起来，还有机会！

少女看着少年消失的方向，气得直跺脚："真是的，又没追上！"

"璇玑，你慢点……"这时又追过来一个长身玉立的青年，到了少女身旁，拉住她劝道："璇玑，咱们别追了。"

"怀朔师兄，要不是你这一路慢慢吞吞的，我们怎么可能把紫英师叔追丢了！"被称作璇玑的少女娇俏地埋怨着，一张脸蛋清秀可爱，乌黑的眼睛像葡萄一般大大的、圆滚滚的，瞧着十分讨人喜欢。

怀朔抬手擦了擦额头的汗水，颇为无奈道："璇玑，别忘了，你我之前收妖时不慎中了禁咒，四十八个时辰内无法施展御剑之术，光凭两条腿，如何追得上师叔啊？"

说罢，他顿了顿又道："何况师叔他本次下山是有正事要办，你这样一味跟着，又算什么？"

"我不管，我就喜欢跟着他！你陪我去陈州，现在就去！"璇玑可不听他说的这些，"师叔说过要去陈州查看那里的先天八卦阵有无乱象，我们去了就能遇到他！"

怀朔无奈，只得小声劝道："好好好，都依你。不过咱们得先找个地方歇脚，待御剑术恢复之后，关山万里也不过瞬息而至，又何必急在一时呢？"

璇玑的脸色这才好一点儿："这可是你说的，说话要算数！"说罢，她也没顾着湖畔有人，一心记挂着师叔，蹦蹦跳跳地跑开了。

怀朔望着她的身影，笑着叹了口气。这小师妹也真是，此次下山就没太平过。

转目间，仿佛才看到旁边的韩菱纱和云天河似的，怀朔与他们招呼道："抱歉，惊扰二位。"

韩菱纱笑着摆了摆手："是我们该道谢才对。要不是刚才那位剑仙前辈出手相助，我们怕是已经进了妖兽的肚子。对了，不知那位剑仙前辈叫什么名字？"

"你是说紫英师叔？师叔的年纪其实与你们相仿，我还虚长他几岁，不过论及剑术境界，他的修为造诣可比我们高出不少。"怀朔温柔笑道，"师叔他疾恶如仇，适才之举，想必也是举手之劳，二位不必放在心上。"

云天河想起刚才除妖的情景，不禁赞道："他那一招，用几把剑同时砍中妖兽，真是厉害！"

怀朔微微一笑，话语中亦满含钦慕之意："师叔已臻'以气成剑'之境，剑气收发，有形而无质，区区几只小妖，自然应付自如。如今这附近妖气已除，二位尽可安心歇息了。"

他转头望了一眼璇玑的身影，见她就要跑远，便对他们拱了拱手道："在下怀朔，相逢自是有缘，二位气质不凡，不知不觉与你们多说了几句。我也该去追我那小师妹了，告辞！"

目送怀朔走远，韩菱纱默念着他们的名字："紫英……怀朔……"也不知他们出自什么门派，修为如此高深，想必那门派底蕴应该很深厚才是。

一旁的云天河还是一头雾水："菱纱，他们刚刚……"

"他们就是我之前与你提过的剑仙。"韩菱纱回过神，眼神湛亮，对心中所念之事越发坚定。

"他们……他们就是剑仙？"云天河这回算是开了眼界，不由得想到爹和娘，又想到韩菱纱一直称爹是剑仙，不知是不是也像刚刚那位一样厉害，能御剑飞行。

"刚才的情况你也看到了，尤其是那个紫英师叔，不但一下就能打倒难缠的妖兽，还治好了我的腿伤，他修仙的时日肯定不短了。"韩菱纱想了想又道："他们说要去陈州，不如我们也赶去那里碰碰运气。那个怀朔看起来挺好说话的，要是肯收你我入剑仙门下，就再好不过了！"

"唔，那几个人衣服上的花纹我觉得很眼熟，好像在哪里见过！"云天河挠着头，若有所思地喃喃自语。

"你不过第一次下山，怎么会……等等！"韩菱纱心下反应过来，急道，"快把那块古玉拿出来，墓室里的那个。"

云天河从衣襟内取出古玉，两人对着月光一瞧，只见古玉上面的图案与方才怀朔、璇玑身上道服绣着的图案竟然一模一样！

饶是云天河也反应过来了："菱纱，这……这是不是说明那两个人认识我爹和我娘？"

韩菱纱想了想，摇摇头道："也不一定，要是你爹娘在山上隐居了好多年，

第六章　029

以年纪来算，不太可能和他们认识。不过说不定你爹娘和这个修仙门派有什么关系呢。"

云天河心下一喜，那岂不是很快就能知道关于爹娘的事了。

"我知道寿阳城有条近路可以去陈州，明天一早我们就去。说不定到了那里，不光能见到怀朔和璇玑，还能见到方才的剑仙呢！"韩菱纱的脸上不禁绽放出笑容。

这一趟出行，或许真的能找到解决办法，这么一来，大家就有希望了……

这一番折腾，眼看着月色已近三更，韩菱纱催促他道："行了，赶紧睡吧，明天还要赶路呢。"

云天河低低地"哦"了一声，在篝火边上躺下，没了声音。

韩菱纱背对着云天河，一双眼睁得大大的，脑海里闪过的都是这一天发生的事，从她到青鸾峰到见到剑仙，短短一日的变故，比她出来这阵子遇到的还要多。

"咕噜——"

背后忽然传来的声响打断了韩菱纱的思绪，她猛地想到了什么，目光柔和了几分，语气却生硬得很："若下次再遇到危险，我让你先逃，你动作要快点，少像今天这样婆婆妈妈的。"

背后一阵翻身似的窸窣，须臾，云天河的声音传来："那不行，我不能丢下女孩子！爹早就说过的！"

"打不过，你留下来一样打不过，况且你又没什么江湖经验，乖乖听我的才对。这样，至少以后还有报仇的机会。"

"但是，就算报了仇，已经死了的人也不会再活过来了吧？"

"当然，又不是僵尸。所以才说人命宝贵，又何必多拖累一个人呢？"韩菱纱轻叹了一声。于她而言，性命太珍贵了。

"话是这么说没错，但是丢下你，我就是做不到！"

"倘若留下会死呢？"

"那我就和你一起死！"

空气有片刻的凝滞，韩菱纱的脸颊浮起一抹红霞，下意识垂了垂目光："谁……谁要和你一起死！"

说完后她蜷起身子，闭上了眼睛，心中闪过一丝道不明的情绪，洋溢到了嘴角，微微勾起。

第七章

湖畔的风静静吹着，深夜里，草丛中偶尔传来虫鸣。

空气里弥漫着一股淡淡的青草香，遥远的树林深处，还有"咕咕"的叫声传来，也不知是何物。

天将亮，篝火渐渐熄灭，天际泛着鱼肚白，月光隐去，湖面上微光粼粼，像是月光最后洒下的银色。

韩菱纱被一阵香烛燃烧的气味唤醒，一睁开眼，就看到前方不远处跪着的背影，嘴里不知念叨着什么。她走近了一听，忍不住弯起了嘴角。

"爹，孩儿对不住您和娘，昨天不小心把您和娘的墓室毁了……这件事都是孩儿的错，和菱纱无关，您要罚就罚我。不过您要是有其他事，晚儿天再来找孩儿也没关系……"

韩菱纱凑近瞧着，笑眯眯道："这么早就给你爹上香？"

"爹说过的，早晚三炷香，我不能忘。"云天河觉得自己这么听话，说不定爹会既往不咎。

"兴许他老人家有别的事要忙呢。"韩菱纱忍着笑意，拍了拍他的肩膀，"好了，我们赶快进城去，我带你去吃好吃的。"

云天河顿时来了精神，立马将牌位收拾好，二人朝着寿阳城的方向走去。大半个时辰后，天色大亮时，他们终于从林中走了出来。

官道尽头，一座大城赫然入目，城墙连绵数里，望不见头。城楼上高悬一匾，题着"寿阳"二字。

云天河自小在山上长大，哪里见过此景，连声惊叹道："好大的门！"

"见识到了吧。"韩菱纱带着他往客栈的方向走去，一路叮咛着，"我们先去客栈找点吃的，你记住了，这里可不同山上，不能再像昨天那样。"

云天河懵懵懂懂地跟了过去，走到客栈门前时抽了抽鼻子，整个人仿佛被什么给迷住了一样："咦，这是什么味儿？好香啊。"

韩菱纱顺着他那直勾勾的眼神看过去，看到酒坛后不禁失笑："香吗？难不成你还是个酒鬼？"

云天河显然一副没见过酒的稀罕样子。韩菱纱见他停住脚步，忙提醒他："呆子，这可不是什么好东西，喝下去会头晕、乱说话，说不定啊还会闯祸，少碰为妙。"

云天河似懂非懂地点点头，可仍然忍不住去看那些酒坛子。韩菱纱看得哭笑不得："我看天色尚早，不如我买点干粮直接上路，这样还能早点到陈州。"

正说着，一阵咕噜声传来，云天河低头看自己的肚子，嘿嘿笑着。

韩菱纱微蹙着眉心，再度叮嘱："我去去就来，你在这儿等我，哪里也不许去，也别多管闲事，更不许乱拿别人的东西！"

得了云天河的保证，韩菱纱才放心地进了客栈。

寿阳城要比山脚下的太平村热闹许多，街上往来的人们形形色色，有穿着锦衣华服，提着鸟笼子溜达的；还有挑着担子走街串巷，吆喝买卖的……云天河张望着，都看不过来了。

街上飘来食物的香气，云天河暗暗咽了下口水，好不容易忍住了，不料转身就被前方数步开外立着的一块木牌吸引了过去。

木牌上贴了不少纸，一张覆盖着一张，最上面的是一张人画像。

云天河起初是好奇，待扫视过后，视线便盯着那幅画像挪不开了，越看越眼熟。

这不是菱纱吗？

云天河仔细打量，画像上的少女眉眼清秀，面带调皮之色，细看她的长相，竟与菱纱大同小异，特别是眉眼间那股活泼机灵的神气，与真人差不离，就似一个丹青高手当面写真一般。

云天河的注意力都在画上，并没注意画像旁边的字，加上他虽识字，却认得不多，大都不知具体意思，自然也就没注意到那"通缉"二字。

"画得这么像，可真厉害啊。"云天河叨念着，越看越惊奇，想着要不带回去给菱纱好好看看，手已经忍不住把画像给撕了下来。

正打算往怀里揣，身后传来了声音："小兄弟，你既然揭了告示，可是见过画上之人？"

云天河抬眼望去，只见面前走来了两名褐衣官差，一人紧盯着自己，另一人却四下环视，似乎在寻找着什么。

云天河不明白那官差说的"告示"是什么，脑海里记的都是菱纱交代的话，便问他们："这是你的？不能拿？还是……要钱？"

"小兄弟莫要说笑，你可知画上此人现在何处？"官差肃然问道。

"菱纱刚进客栈了。"云天河指了指客栈的方向，脸上则是一副轻松淡然的模样。

两位官差起初还稍稍迟愣了一下，随即回过神来。

"快！你马上禀报裴捕头！"问话的官差连忙吩咐旁边的人，随后冲云天河赞赏道："小兄弟无须害怕，那贼人虽然狡猾，也挡不住人多势众！你今日举报有功，官府必有重谢！"

"重谢？什么意思？"

不用他给钱了？

"天河，我们走吧！"就在这时，韩菱纱手中拎着一个包裹从客栈走了出来。

"菱纱！"

云天河正要上前，身旁的官差比他快了一步，朝韩菱纱冲去，拔起腰刀呵斥："大胆贼人，果然是你！"

韩菱纱这才注意到那名褐衣捕快，再听他喊的话，脸上不禁现出几分怒气："什么贼？你居然说我是'贼'？睁大你的眼睛看看，我从头到脚哪一点儿像'贼'！"

"好个女贼，人证俱在，还敢狡辩！旁边这位小兄弟已揭了通缉告示，我在此守着，果然等到你来！识相的，还不乖乖束手就擒！"捕快疾声喝道。

"云——天——河！"韩菱纱这才明白，这原来又是云天河惹的祸，不由得火冒三丈，"我这才离开多久，你刚才是怎么答应我的?!"

云天河看了看韩菱纱，又看了看官差，一时有些无措："我也不知道怎么回事，那张纸上有你的脸，我撕下来想让你看看，画得还挺好的……"

"你说你是不是想气死我啊！"韩菱纱气得胸口都疼了，她与这呆瓜结识也不过短短一天，却平白无故地惹上了无数麻烦，由夜至昼，硬是没半分安歇。

街上突然传来高亢的男声："裴捕头到！将犯人拿下！"

只见两名捕快一前一后走了过来，当先者穿着一身红衣，二十六七岁的年纪，神色干练，步伐沉稳，想必就是那所谓的裴捕头。

来人看了韩菱纱一眼,刚要上前,目光扫及云天河,突然一愣,喝道:"且慢!"

在众人怔愣之际,裴捕头伸手入怀,取出一幅画像,仔细看了看,又端详了云天河一会儿,开口问道:"请问这位小兄弟姓甚名谁,哪里人氏?"

"我?我叫云天河,刚从山上下来。"

姓云,那错不了了!

裴捕头不禁一喜,又问道:"云公子,有一位姓云的前辈,名讳天青,敢问你与他是何关系?"

云天河下意识看了一眼韩菱纱:"云……天青?这是我爹的名字,你也认识我爹?"

"果然是云公子!在下裴剑,代我家大人请云公子去府上一叙,敢请公子一定赏脸。"裴捕头恭请道。

韩菱纱闻言暗暗松了口气,见云天河一脸不明白地望着自己,忙解释道:"简单地说,就是他的老大想请你去他家玩啦。"这可真是傻人有傻福。

裴剑点点头,恳切地说道:"我家大人姓柳,正是这寿阳的县令。大人与云家颇有渊源,这些年一再叮嘱我留意云家人的行踪,若是公子不肯前去,裴剑受罚事小,大人多年的夙愿却难了却了。还望公子随我一行。"

"好吧,我懂了,大人就是老大,我不去你就要挨骂,那我去总行了吧。"云天河心性单纯,自有他的一套处事方式,倒也可爱。

裴剑哑然失笑,道:"多谢云公子!我家大人的府邸就在城北,请随我来。"

说罢,裴剑转过身去,对韩菱纱微微一揖,说道:"对不住,这位姑娘,今日之事,还请你和诸位官差回衙门一趟。若最后查清真是冤枉了你,官府自会还你一个公道。"

韩菱纱一愣:"什么?我和他一同来的,还要去衙门?"

"抱歉,只是姑娘和那通缉要犯实在相像,官府办案宁枉勿纵,还请见谅。"

不等韩菱纱作何反应,云天河当即一个纵身挡在了她面前,大声道:"不行不行!菱纱不想跟你们去,谁也不许强迫她!她说去衙门是要被杀头的!"

"大胆!敢这样对裴捕头讲话,你待如何?!"另外两名官差立马过来将她二人围住。

眼见要起冲突,韩菱纱稍一迟疑,便按住了云天河的手,将他的剑推了回去,"他们是衙门的人,不可乱来。"

这可不是杀妖、杀山猪,伤了官府的人可是要被判重罪的。

"可是，他们要把你带走！"云天河嘴里叨念着"不仁不义"的言辞，昨日才听韩菱纱说起过，马上就活学活用了。

韩菱纱笑出了声，这呆子。

云天河扭头看她，心中可着急呢。"菱纱，我来挡住他们，你快走！不然，你我两条命就搁这儿了！"

韩菱纱看着他较真的模样，心里蓦然升起一阵暖意。

相识不过才两日，他就这样无条件地护自己周全，韩菱纱自是没忘昨天夜里他眼底的坚毅，那份纯粹是她从未看到过的。

真是傻得可爱。

"罢了，我跟你们去衙门便是。天河，你跟着这位捕头大人去县令家中，将这件事说个明白。"

韩菱纱拍了拍云天河的肩膀："你放心，我不会有事的。"

"不行，我要跟你一起去。"

"他们不会把我怎么样的，倒是你，不如趁着这个机会，好好看看那县令是什么来头，他不是认识你爹吗。"

见云天河仍是不肯，韩菱纱压低了声道："你走吧，见机行事，到时候我自然会去找你。"

云天河还想再说什么，韩菱纱拍拍他，示意他不要再说了，随后跟着那两名捕快向城中走去。走着走着，她嘴角的笑容上扬，扭头冲着云天河的背影喊道，"喂，呆子，谢谢你！"

跟着裴剑离开的云天河还没反应过来："谢我什么？"

韩菱纱脸上微微一红，笑道："没事，走啦，别问这么多！"说完便转身离去。

这厢，云天河站在原地看着韩菱纱的背影，挠着脑袋，很想跟着一块儿去，却被一旁的裴剑给阻拦下了。裴剑恭恭敬敬道："云公子，请随我来。"

"哦，好。"云天河三步一回头，直至看不到韩菱纱的身影，心里暗暗做着自己的打算，若晚上还没看到菱纱来找他，他就去闯那什么衙门！

第七章　035

第八章

一弯明晃晃的月悄悄爬上柳梢头,攥一把碎星,投入浩瀚夜空。

打更的沿着一堵灰墙"笃笃"地敲着手里的梆子,报了三更的时辰,步履蹒跚地走过。

灰墙另一侧,柳府一隅的东厢房,窗户大敞着,一抹俏红的身影在窗边一闪,转眼入了屋。

韩菱纱轻轻掸了掸衣服上的灰尘,看到床上呼呼大睡的云天河,气不打一处来。这家伙,她吃牢饭,他倒睡得香。

走近了几步一瞧,韩菱纱竟还听到他在笑,脸上泛着两团红晕,不知做着什么美梦。

而此时的云天河半点没注意到屋内的动静,完全沉醉在自己的梦里。

梦里面,望舒剑的剑身突然变得无比巨大,他御剑飞行,穿云越雾,眼看着天高海阔,山水缥缈,说不出的肆意快活。

待飞到了青鸾峰上,他就看到上次逃掉的那只大山猪,那把剑顷刻间化作数百小剑,几乎是心念动的刹那,团团围住了大山猪。山猪被困在其中不能动弹,那些小剑最后又合为一把巨剑穿过了山猪的身体。

"这下看你还往哪里跑。"

"到了我嘴边的肉,就没有让你跑了的道理!"

韩菱纱愣了愣,这家伙说什么呢!

看着这呼呼大睡的呆瓜,韩菱纱心念一动,眼底闪着狡黠,伸出手朝着他鼻子捏去。

不等靠近,云天河忽然抓住了她的手,紧闭着眼的脸上居然露出不满的神情。

"这蹄子怎么没看上去那么肥呢!"

韩菱纱一愣,顿时怒了。

蹄子?说我的手是蹄子?

不等她反应,云天河又仔细摸了两把。

"云天河!你给我放手!"

听到脑门子被敲得"邦"一声,云天河被吓了个激灵,猛地坐起来,正撞上了韩菱纱怒气冲冲的目光。

"菱纱……"云天河这时才反应过来,自己手里抓着的是菱纱的手,不是什么山猪蹄子。

"你摸够了没!"韩菱纱站在床边陡然涨红了脸,在那一身绯衣的映衬下,乌黑的发和耀眼的红,将少女眉眼间的绝色凸显到极致,透露出一种摄人心魄的美。

这一幕把云天河看愣了,无意识般虚握了一下右手,好半晌才找回自己的声音:"菱纱,我梦到我抓到山猪,正喊你一块儿吃来着。"他猛地一顿,这才想起韩菱纱似乎是被抓到牢里去了,"你是怎么出来的?"

韩菱纱因着他前面那句,顷刻间消了大半的火,再看那呆子关心自己的样子,轻哼了声:"小小一间破牢房哪里困得住我?不过是想等夜里再行动,省得和官府起冲突,要不我早就出来了。"

"对了,你从那柳大人那儿可有打听到你爹的事情?"

"柳伯伯请我吃了好多好吃的,菱纱,我爹救过柳大人,后来我爹当剑仙去了,两人就没再见过了……也不知道我娘是谁,长什么样,嗝……"

韩菱纱听得直皱眉头,说的都是些什么,没半点用处。"早知道还不如早点赶去陈州呢。"回头竟发现云天河正盯着她数数。

"一、二、三……菱纱,你还会分身术啊。"

察觉到云天河有异,韩菱纱猛地凑上前嗅了嗅,总算知道一进门就闻到的那味儿从哪来的了。"你居然喝酒了!"她气得一把揪住云天河的耳朵,"我来之前怎么跟你说的!"

"一点点,真的就喝了一点点,柳伯伯说没关系的。"见韩菱纱是真的生气了,云天河带着些微的讨好说道。

"菱、菱纱……我当时晕乎乎的,柳伯伯好像还让我做他们家的女婿,什么意思?"他讷讷地问,见菱纱还未消气,试探着换了个话题。

韩菱纱猛地回神,一下就把人给推开了:"什么?女婿?!你答应了!"

"啊?"

云天河更晕了。

韩菱纱气不打一处来:"这柳家真是莫名其妙,连你这种山顶野人都要收做女婿,说不定他女儿比你大上十岁八岁,早已经徐娘半老了!我们快走,立刻去陈州!"

说罢直接就把他拽出了厢房。

韩菱纱抓着踉踉跄跄的云天河,一路穿过花圃环绕的庭院,又走了一段儿,忽然停了下来。

只见整个柳府不知何时笼罩在了一片淡紫色的云雾之中,唯有屋檐下悬挂的红灯笼晕开两处暗红的光,空气中暗香浮动。

韩菱纱连忙警觉地屏住呼吸,待要去捂云天河的口鼻时,却见他重重打了个喷嚏,并无异样,反而似乎醒了酒一般。

云天河打量四周,总觉得这儿和白天不大一样。"这是哪儿?"

"应该是府内。"韩菱纱仍屏住呼吸,过了片刻,见云天河没有异样,这才放下心来,"小心点,这里奇怪得很。"

夜幕之下紫雾弥漫,越发难以看清院中道路。

韩菱纱索性带着云天河翻墙而过,没想到仅仅是一墙之隔,风景便大为不同,身处之地鲜花满园。虽然紫色雾气仍在,但香气已不似方才馥郁刺鼻,而是淡雅清香。

"在院子外面的时候我闻过这个香味。"云天河略一皱眉,却想不起来是哪儿。

与此同时,一阵似有似无的乐声随着雾气飘散开来。轻灵缥缈,似情人耳畔的窃窃私语,少顷,又转作疾风骤雨,奏至深处,又如花下莺语,冰下泉流,呜咽断续。

一曲终了,两人直觉酣畅淋漓,意犹未尽。

直到最后的琴音止,二人才如梦初醒。

韩菱纱这时才看清楚淡雾之中若隐若现的女子身影,顿时有些生气,这分明是故意作弄他们。"什么人装神弄鬼,藏头露尾的!"

"梦影雾花,尽是虚空,因心想杂乱,方随逐诸尘,不如——万——般——皆——散!"

"散"字一出，韩菱纱只觉得眼前一明，霎时间院内的紫雾尽散。

园中不远处，桃树旁的一座小亭中，一名少女手抱一件形似竖琴的乐器，那双妙目正淡淡地凝望着两人。

她看上去比韩菱纱略长一些，十八九岁的年纪，眉心一点朱砂痣，容颜十分美丽，颈中系的一块儿翠玉在这夜幕中闪着晶莹的光泽。如瀑的秀发上松松地挽了两个发髻，身上一袭海蓝色长裙，衣间襟带随风微动，整身装束华美之余，更显得分外大气，不似一般闺秀般娇怯扭捏。

"二位且放心，这'千华灵幻之阵'对人无害的。"轻灵悦耳的声音响起，女子起身，朝着她们缓步而来。

"你是何人?!"韩菱纱的目光中略带审视，端看女子衣着华丽，容貌殊丽，身上那温柔娴静的气质，糅杂贵气，更带着几分引人窥视的神秘感，饶是韩菱纱一介女子，第一眼看了都觉得心动。

"菱纱，她就是柳梦璃，柳伯伯的女儿。"云天河热情地为她介绍道。

柳梦璃——真是个衬得其人般的好名字。

韩菱纱陡然想起那呆子刚才提到的女婿，再看面前的女子时，倏然染上了几分异色。

"天河是你爹故友之子，你何必设下迷障为难我们呢?"

"抱歉，我得知他是云叔的儿子，便想试试他的功力，而且我还想问问他，云叔他现在过得怎么样了。适才我过去时云公子已经喝醉了，爹又什么都不肯跟我说。"柳梦璃的语气中带着一丝歉意，但她那温婉柔和的细语仿佛有种抚平心灵的力量，沁人心脾。

"你也认识我爹？我爹他病死很久了。"

闻言，柳梦璃整个人狠狠一震，似乎是难以相信云天河所说的话，怔愣良久，看着云天河不似作伪的天真神情，一双美目盈了浅浅水光。

"云叔他……过世了？怎么会这样……当年他在祸乱中救了我一命，我一直想找机会报答他，谁知……竟是永别。"

难怪爹爹什么都不肯说。

"爹爹他……"

彼时，院外正好传来柳世封的呼声，像是循着动静来的，他一进院子就看到云天河和宝贝女儿站在了一块儿，顿时一喜："贤侄啊，我本想找你秉烛夜谈，你怎么跑璃儿这边来了，莫非……莫非你们已经私定终身了?"

柳梦璃闻言，脸颊微微一红："爹，您也喝多了！我看云公子和这位姑娘都无意在府上久留，不如打点打点，让他们自行离去吧。"

"那怎么行，天河可是爹千挑万选才帮你看中的夫婿，他可是你云叔的儿子。"

韩菱纱心中暗怒，这是什么样的一家子，赶着抢女婿呢，剃头挑子一头热。

不待她开口，柳梦璃先开口打断了柳世封那念想："爹，既然您知道云叔是女儿心中的大英雄，那又怎么可能有人能比得上他，更何况仰慕之意并非儿女之情，终身大事女儿还是想自己做主。"

"这本就是一桩美满良——"

"爹！"

见女儿如此坚持，柳世封满心欢喜落了空，只得无奈道："好好好，爹都依你。"

韩菱纱一直未出声，何况她心情不好，自然就不会容易让人发现她的存在，直到此刻安静下来，柳世封才注意到。

"这位姑娘是……"

"柳伯伯，她就是菱纱，我们要走了，以后有机会再来看你。"云天河连忙道。

"什么？她就是那女贼?!"柳世封吃了一惊，语气中恢复了一县之主的威严，"这位姑娘既是戴罪之身，岂能四处乱跑？理应在衙门听候发落才是。"

韩菱纱顿时脸更黑了，娇声斥道："什么贼？我们韩家习风水堪舆、通机关巧槛，世代都是独行千里的陵墓大盗，可不是什么毛头小贼！我从没做过伤天害理的事情，凭什么抓我坐牢！"

"你——这是歪理！"

"柳伯伯，菱纱不是坏人，你不能抓她去衙门，我们还要一块儿去修仙的。"韩菱纱面前多了个高大身影，抬头便见云天河执拗的侧影，那模样，若非眼前之人是老爹故友，恐怕又要变成客栈前那一幕了。

"那可是淮南王的陵寝，倘若朝廷追究下来，你让我如何交代！"柳世封见云天河维护，亦是气急为难。

"爹，女儿倒是有个办法。"柳梦璃柔声出言，"近来寿阳附近的女萝岩时有妖兽出没，惊扰了乡民。您和裴大哥为这件事伤神许久，既然如此，不如让云公子和韩姑娘他们同我一同去查探此事，韩姑娘久历江湖，对付这些山精野怪一定有办法。

"倘若能解决此事,她便也算是为我们寿阳县做了件大好事,将功补过,您既往不咎放了她,也说得过去,这样可好?"

"这倒是可行!"韩菱纱略一思索,颔首应和,免得这一路又是画像又是追兵的,不太平。

"不行!那女萝岩的妖兽可不是什么人都惹得起的,这是大人的事,你们还是孩子,我怎么能允许你们去冒险!不可,此事万万不可!"柳世封坚决不肯让女儿去冒险,断然拒绝。

"爹,您不用担心,女儿自有分寸。"柳梦璃连忙安抚道,"我听裴大哥说,女萝岩那里的妖兽并不伤人,前去采摘离香草的村民只是受了惊吓。女儿修习仙术多年,云公子武艺超群,韩姑娘更是博闻强识,我们不会有事的。

"少了离香草,我们寿阳熏香可就做不出了,这京城的达官贵人岂是好相与的。"柳梦璃给她爹下了一剂猛药。

"离香草是什么?好吃吗?"云天河横插一杠子,瞬间把那忧愁的氛围破坏了个七七八八。

提到离香草,柳世封的目光不由得落在他的宝贝女儿身上,颇为感慨和自豪:"璃儿七八岁时就已十分懂事,她见我为此地民生烦恼,便私下查阅府中书籍,凭借一双巧手,把山上的'离香草'做成各式熏香,引得各地商贩争相竞买,连京城里的贵人都对这种香赞不绝口,离不了身。"

"如今剩下的离香草不多,只怕时间一长,百姓难免心中惶恐。"柳梦璃接着道。

柳世封闻言陷入犹豫,若这姑娘能保住离香草,出入前朝皇陵也不是什么大不了的事情……

"爹——"柳梦璃又软软央求了一声。

柳世封到底拗不过她,犹豫再三,终于在她一声又一声的央求声中松了口:"你呀,什么都有自个儿的主意,依你也未尝不可,爹只有一个条件,就是万不能让自己受伤。"

"女儿一定会多加小心的!"

柳世封不由得伸手,满眼不舍地摸了摸她的头。"都是爹没用,要你这般……"

"爹,是女儿想为您分忧!"

一旁的韩菱纱望着这父女温情,虽不好打扰,却又忍不住提醒:"好了好了,柳大人，我们速去速回便是。再这么交代下去，要是回来晚了可更危险了。"

听她这么一说，柳世封抬手捂了捂嘴巴："那……那你们早去早回，璃儿……"

梦璃微笑着朝柳世封行礼，仿佛在叫他放心："爹，那女儿先告辞了。"

"放心吧，柳大人，令千金不会有事的。"菱纱对自己的江湖经验颇为自信。

云天河看看梦璃，又看看菱纱，学菱纱的样子向柳世封点了点头辞别，也跟着转身而去。

只留下柳世封苦着一张脸，难舍地望着女儿的背影。

第九章

柳梦璃所说的女萝岩在寿阳城以北,城门之外数里。

山峦蜿蜒连绵,盘亘了数百里。

循着山路往西北方向数里,山林渐深,有一条人为辟出的小径往里延伸,直到道路尽头,一个深邃山洞藏于绿藤间。

自闹出妖兽事件之后,此处便沉静了下来,人迹鲜少。

阳光照耀不到的女萝岩内并没有想象的那么暗,爬满苔藓的石壁上隐约透出些荧光,洞顶部似有白色光石,微光照亮了山洞。

韩菱纱和云天河跟着柳梦璃来到女萝岩,好奇地四处张望,并没有见到一只所谓的妖兽,四周一片空旷。

透着风的山洞内气味并不难闻,似乎还有着一股淡淡的草香,只不过与往年不同的是,遍地的离香草不见了,只剩下光秃秃的石壁和石笋。

"真是奇怪,以往到了这时节,山洞内到处都是离香草。"柳梦璃望着洞底地面,他们进来已有半个时辰,往洞内走了许久,仍旧没有收获。

韩菱纱正四处瞧着,忽然听到身后云天河惊呼:"菱纱,小心!"

韩菱纱被吓了一跳,本能地往后退去,只见数步之外,隐蔽在岩壁阴影之中,一条赤色毒蛇忽地探出头来,"嘶嘶"地吐着血红色信子,高昂着三角扁头,朝韩菱纱的腿扑咬过来。

所幸云天河提醒及时,韩菱纱躲过了蛇咬。

一口未中,那条蛇挺起蛇头,疾速地又一次扑上来。

"小心,我来对付!"云天河一个箭步冲到了韩菱纱身前,拔出长剑,然而几次未刺中。

蛇性狡猾,阴毒地盯着面前三人,身形灵活却非一味盲攻,甚是难缠。

只听柳梦璃急斥一声："疾！"

骤然间，一道明亮霹雳破空劈下，正中蛇头，旷野之中忽然亮如白昼，又听轰隆一声，地面上只留下一个焦黑的深坑。

深坑内，毒蛇被闪电击得通体漆黑，瘫在坑内一命呜呼。

这不是雷咒吗？

知晓五行之术的韩菱纱对此颇有印象："梦璃，你也会仙术？"

"嗯，小时候有一位游方道人曾来到寿阳拜会我爹。机缘巧合，他指点了我一些法术。可惜，他教了我五日，便向爹爹告辞，离开柳府云游四方去了。走之前，他留下一本仙术的修习之法，让我日后自行研习。"

"说起来，这位道人于我算是有半师之分呢。"柳梦璃说起来颇为感念，"只可惜这些年来，爹爹和我都再没得过他的半点音讯，就像云叔一样……也不知他这些年过得好不好，今生有没有缘分再得相见……"

自学成才，想必就是所谓的天赋过人，这位深居简出的闺中大小姐，真叫人惊讶。探山定穴、机关暗器菱纱无一不精，倒是这仙法即使得了典籍，也只能学个皮毛，没想到梦璃竟使得一手利落仙法。

"梦璃，你真厉害。"韩菱纱不由赞叹道。

柳梦璃清冷之余似乎是染上一分羞赧："其实我也是第一次用雷咒，那位道人说我全身灵力充沛，只需修行稍有小成便能极好地驾驭这些仙法。"

"菱纱告诉我的仙术，我总是练不好，都不能好好烤山猪吃，梦璃，你教教我好不好。"云天河听言欣喜道。

柳梦璃怔了怔，烤山猪？

"梦璃，不用管他，他就惦记吃了，那么高明的法术用来烤猪简直暴殄天物。"韩菱纱笑出了声，朝着云天河眨了眨眼，"怎么，还惦记刚刚柳大人说的糕点？"

"对啊，刚才柳伯伯说要为我们准备些吃的。"这都过去一夜了，云天河早就饿了。

韩菱纱冲他扮了个鬼脸："你就知道吃！"

如果当时不马上走的话，依照柳大人那女儿奴的性子，明天这时候都还不一定能到女萝岩，那他们还怎么来得及赶去陈州。

听着他们拌嘴的柳梦璃终于明白过来，掩嘴笑出了声，眼眸琉璃，似是有星光。

"云公子，修习法术并非一朝一夕就能完成的，你无须着急。若是想进一步修习，以我的修为只怕教不了你太多，但神州大地上，知名的修仙门派数不胜数，云公子不妨去试着拜会一下。"

"怪不得爹要去那个什么门派修仙呢。"云天河点点头，他和菱纱也要去找剑仙。

趁着他们说话的工夫，在附近绕了一圈的韩菱纱走了回来，觉得有些奇怪："梦璃，我们进来这么久都没发现妖兽的踪迹，寿阳城的百姓真的是在这儿被伤的？"

"此事已经发生好几起了，所以城中贴了告示，让城中百姓不得靠近女萝岩。"柳梦璃朝着石壁走去，蹲下身子轻轻拨开覆盖在地上的土壤，但莫说是离香草幼苗，便是连根都不见，实在太不寻常了。

"也就是说，最近没有人到过这里。"韩菱纱四下看着，"兴许妖兽已经离开了。"

"也不应是这样的。"柳梦璃摇了摇头，心里说不出的奇怪，这都已经是女萝岩的中段位置了，不该连一星半点的痕迹都没有。

"再进去看看。"韩菱纱转过身，发现云天河不见了。

"天河？云天河？"

韩菱纱喊了几声，才一转眼的工夫，这呆瓜又跑去哪里了？

"总不能是跟着野猴子跑了吧？"韩菱纱嘴里嘟嘟囔囔的，恰被柳梦璃听了个正着。

"菱纱，原来你不仅精通风水堪舆之术，就连问卦占卜也颇有成就，真是太厉害了。"柳梦璃指着岔路的另一边，脸上似有笑意。

韩菱纱顺着她指的方向看去，又回头看了看依旧神情温婉的柳梦璃，不知是不是错觉，竟从她的眼神中读出一丝戏谑。

只见云天河一手拎着猴子，一手拎了只小兽飞快地向两人奔来。猴子跟小兽都软塌塌的，不知死活，云天河献宝似的扬了扬手中物，问她们："饿不饿？这是我刚抓来的，烤了吃正好。"

话音刚落，云天河手中的蓝色小兽微不可见地抖了下，继而将身子蜷缩得更紧。

这一幕被韩菱纱瞧见："快把它放下，你还真是什么都敢吃！"

偌大的山洞，进来都没瞧见有什么野兽，这会儿眼前的小东西又能听懂人话,还会装死,只怕是只妖兽。

"不都是肉吗?"云天河低头打量着,却见那小兽瑟瑟抖了一下,"瘦是瘦了些,总比没有好,你们等着,我生火很快。"

这一下是遮不住了,小兽抖得越发厉害,那惧怕的模样,无论如何都不能与伤了百姓的妖兽联系到一块儿。

"云公子,可以让我看看它吗?"柳梦璃似有所感应,出言道。

云天河点点头,将小兽递给了她,不忘提醒她:"好不容易抓着的,别给跑了。"

柳梦璃接过圆滚滚的小兽,只见它凌乱的灰蓝色皮毛上沾染着脏污,极力掩饰着呼吸,却忍不住地瑟瑟发抖。在感受到它内心的痛苦和悲鸣时,柳梦璃的心跟着抽紧。

这只幼兽究竟经历了什么事?

"这是槐妖幼崽,不过槐妖都是成群结队的,它还这么小,怎么会落单?这里究竟发生了什么?"柳梦璃朝远处望去,看得却不甚清楚,女萝岩内的光线太暗了,"云公子,你是怎么发现它的?"

"我一路追着猴子跑到那边的山洞,在洞口抓到的它。"云天河指了指方向,还在惋惜,若是再大一些就好了,肉多,够他们三个人吃。

"去看看。"柳梦璃将小兽抱住,温和地抚了抚它的后背,柔声安抚,"别怕,我们不会伤害你的。"

小兽显然不信任她,绷紧了身子。柳梦璃轻叹了一声,抱着它跟随云天河和韩菱纱往洞口方向走去。

一路上并未有什么异常,直到快到洞口时,一道怒喝声暴起。

"把大哥还给我们!要不然我们就不客气了!"然而那声音孱弱娇嫩,像极了撒娇打滚的小猫。

三人循声而望,看到四只一模一样的灰蓝色槐妖幼兽一字排开,身上毛茸茸的,好像是巴掌大的蒲公英,看上去十分蓬松柔软,此刻正瞪着湿漉漉的圆眼,龇着小虎牙放狠话。

韩菱纱简直要被它们这副可爱的模样逗笑了,矮下身,也想抓一只抱抱。

那四只幼兽见韩菱纱伸手过来,纷纷后退,厉声尖叫,为首的那只更是连叫数声,恨恨地看着她。

"你们快走,别管我,我死了没关系,你们要活下去给爹娘报仇!"小槐妖大哥忽然从柳梦璃手里昂起脑袋，一颗又一颗滚烫的泪珠掉在了柳梦璃的手背上，然而声音里却透着坚毅，有种要与人同归于尽的决绝。

"大哥，我们不走，要死一起死！"四只小妖齐齐喊道，谁都不肯退却。为首那只更是冲上来咬住云天河的裤腿不放，嘴里含糊不清地发出声音："额拉住咖了，拟嫩开去够尬哥。"

"你们这些坏人！杀了爹娘、叔伯还不够，还要杀我们兄弟五个，你们一定要赶尽杀绝吗?!"

小槐妖们一声更胜一声地凄厉质问，呜咽之声混在哀鸣之中，叫人心疼不已。

被它们这一哭，韩菱纱的戏弄心立马消散，整个人都手足无措起来。这里到底发生了什么事？

"怀朔师兄，这儿哪有妖兽？我们不要多管闲事了，快去陈州吧。"

这时一道娇俏的女声远远传了过来。

第十章

"怀朔?"好耳熟的名字。

韩菱纱脑海里划过一道仙风道骨的少年身影,随即意识到这群小妖有危险。

她猛地低头看了看这几只小得不能再小的槐妖,别说剑仙了,就连自己也能一手捏死一只。

要是撞上他们……

她猛地一激灵,连忙问:"哪里可以躲起来?绝对不能让他们看见这几个小东西,否则它们一个都活不下来。"

"山洞里岔路极多,很容易迷路,最适合藏身了。他们第一次来,应该不敢太深入,你们随我来。"柳梦璃当即抱着槐妖老大快步向山洞走去。

韩菱纱怕四个槐妖弟弟不肯跟随,故意板着脸,装作恶狠狠的样子,压低声音肃声道:"你们四个听好了,要是不想你们大哥受伤,就乖乖地跟着。"

"喵……"小槐妖们还想反驳,却被韩菱纱一顿抢白:"也不准发出声音!"

也许是韩菱纱的脸色实在吓人,也许是小槐妖太过年幼天真,一个个滴溜圆的大眼睛里蓄满了泪水,却又强忍着不敢流下来,小脸皱成一团,乖乖地跟在几人身后,就连脚步也极为轻盈。

蜷缩在柳梦璃怀中的槐妖老大也许是感受到几人的善意,出奇地安静。

然而一进山洞,三人便闻到一股浓烈扑鼻的血腥味,韩菱纱脚下更是踩到了什么软软的东西,就着云天河长剑发出的蓝光细细辨认,赫然是一棵大树!

可明明是树,却长着人类的五官,还有着人类一般的柔软触感,然而被拦腰斩断,像破絮般的布偶被丢在一旁。

从韩菱纱脚旁看过去,一只、两只……数十只妖物的尸体横七竖八,在树形的妖物之外还有几具男人和女人的尸体,一直到洞穴深处,它们的身上、地上,墙壁上……到处都是绿色的不明液体。

"这些……全都是槐妖？可是，它们从不轻易伤人，为什么会这样？"柳梦璃愣愣地望着那些尸体，声音微颤。

离柳梦璃最近的槐妖尸体已然化为人形，她腹下正藏着个槐妖幼兽的尸体，那姿态俨然是临死前想将孩子牢牢护住，可却无能为力，双双丢了性命。

她的眼底还噙着泪，四只利爪嵌入地面，绝望地望着一个方向，似乎是质问为何要杀了它们，死不瞑目……

小槐妖们看到这一画面，小小的身子抖颤成一团，其中两只没忍住，直接扑到了那堆槐妖尸体上面，哭喊着爹娘。

可它们实在是太弱小了，别说是将尸体搬运，就是扶起来都做不到，幼弱的牙齿咬着，"呜呜"声响起，听得人心里发酸。

韩菱纱眼眶微微湿润，心中如压着大石头一样难受，撇过视线不去看这一幕，转而蹲下身观察起周围的痕迹来。

"怎么会这样？"她的声音微微诧异。

只见地上的沙土中，非但没有打斗挣扎的痕迹，甚至连脚步的印记都几乎没留下。再查探那些槐妖的尸体，她越看越心惊："一剑封喉。"

这么看下来，杀妖之人必然身手极快，这里的几十只妖兽几乎是同时被一剑刺穿身体，当场毙命。

来人剑术之高、修为之深，可以想见。

余下那几只小槐妖红着眼扑过去，努力地蹭着那冰冷的身体，似乎想用自己的体温让那具身体暖和起来，然而努力了半响，都是徒劳。小家伙们睁着大大的眼睛，看着再也无法抱着它们的父母，终于没忍住，发出低低的悲鸣。

一旁的柳梦璃眼眶微润，神色凄然："我们来这里也只是想探查一下洞内的妖为何会忽然伤人，不一定非要除妖。这里的槐妖素来性情温和，应该是有什么缘由才会如此……"谁知竟会是这样的结果。

"这里的血腥味这么重，想必这些槐妖被杀没多久。"韩菱纱顺着尸体绕过去，话音未落，忽然觉得脚下一松，未等反应过来，整个人就直接坠了下去。

"啊——"

就在这时候，柳梦璃怀中的槐妖老大趁着柳梦璃发愣之际忽地一跃，趁乱逃了。

那四只小妖连同着一起向陷阱内跳了下去。

第十章　049

"菱纱！"

见韩菱纱掉下去，云天河顿时慌了，脑中一片空白，只想跟着跳下去。

突然，一只素白的手抓住了云天河的手，手的主人焦急说道："云公子不可！我们不知道下面有什么，如果连你也受伤了，就更救不了菱纱了。"

"可是……"虽然柳梦璃说的在理，可他怎么都不放心。

"我知道一条近路可以下去。"柳梦璃不给云天河思考和反抗的机会，连忙拉着他快步离开。

"菱纱，你别怕！我马上就到！"也不管韩菱纱能否听到，云天河对着深坑大声喊道。

柳梦璃亦很担心，但更多的是疑惑，此处何时多了个坑？

她从七八岁开始就时常出入山洞，对这里的地形极为熟悉。

哪里的离香草品质最佳，哪里的最茂盛，她都烂熟于心，说山洞是她的第二个家也不为过。

而槐妖向来性情温和，从不伤人，为什么会突然暴起？又是被什么人所杀？

柳梦璃纷乱的思绪尚未厘清，两人便远远地看到一点儿鲜红，正是韩菱纱的衣衫。

"菱纱，你醒醒！你别死啊，菱纱！菱纱！"云天河几步抢到跟前，晃着韩菱纱的身子大声呼喊着，奈何韩菱纱却仿佛被定住一般，一动不动，云天河更慌了。

"怎么办怎么办，菱纱她不会死了吧？梦璃，怎么办？"

柳梦璃上前探了探韩菱纱的鼻息，松了一口气，温言安慰道："没事的，菱纱只是一时晕过去了。"

说完，她从袖中拿出一个翠绿瓷瓶，拔开木塞，在韩菱纱口鼻处晃了一晃，便收了起来。

淡淡的药香味散开来，云天河紧盯着韩菱纱不曾松懈。柳梦璃瞥见这一幕，看着那酷似云叔的面庞，心中倏然腾起几分异样。

"她怎么还没醒呀？"

"你那个药行不行？她不会是哪儿受伤了吧？"

韩菱纱悠悠转醒，尚未睁开眼就听到云天河的吵嚷声，一伸手就准确推开了他凑近的脸："云天河你吵死了！"

"菱纱你醒了！"

韩菱纱睁开眼，对上了两双关切的目光，不由得面上一红。

想她闯过那么多陵墓机关，没想到竟败给如此简易的陷阱，真是阴沟里翻船。

"我没事。"

"先别急着起来。"柳梦璃轻轻按住她，"我先替你上药。"说着便取出了来之前备下的药，为她包扎伤口。

韩菱纱闻到了一股奇异的香气，惊奇不已："什么东西这么香，闻着都不痛了。"

"这是我用离香草加上几味药材制成的香囊，有凝神镇痛的功效，只是不能治本，现在敷上药，很快就会好了。"柳梦璃扶她起身，"来，慢点。"

"梦璃，谢谢你。"韩菱纱感觉双臂清凉，说不出的清爽舒服，再对上那双不掩关心的美眸，心中不免有些感动。

"你说过的，我们是朋友。"柳梦璃见她恢复稍许，温柔地笑了笑，转身看向洞内，眉头微微蹙起，"这里原本是离香草生长最茂盛的地方，现在一点儿都见不到了。"

韩菱纱眼尖，看到了一块巨石后面隐约露出一点儿绿色。"你们看那边，那可是离香草？"

正要上前，只见绿叶后面突然冲出一只小兽冲着她呲牙嘶吼，竟然是方才的小槐妖。

小槐妖死死地守护着身后的离香草，虽然恐惧得瑟瑟发抖，却仍不退缩："你们这些坏人，我是不会允许你们把离香草带走的。我们只有这些了，如果被你们抢走，我们会饿死的……爹……娘……"

怒吼声越来越小，说到最后，竟成了声声呜咽。

韩菱纱被它哭得心里头难受，颇有几分无措道："我……我们不是坏人，也不会拿你的草……"

柳梦璃上前几步，慢慢蹲下身子，和小槐妖齐平了视线，耐心温柔道："你放心，我们不会把离香草抢走的，我只是想问几个问题，你能告诉我吗？"

"问完之后你就要杀了我吗？"小槐妖哭哭啼啼地哀求，"那你可不可以放了他们？我们一个人都没有杀过，就连爹娘、叔伯他们也只是吓唬吓唬那些人。你们人类就要把离香草采光了，我们槐妖没得吃，才会这样做，都是你们人类的错！"

"你们的爹娘是怎么死的？"韩菱纱问道。

小槐妖的声音突然高亢激愤："我一辈子都记得那个人！他穿着白色的衣服，身后背着一个很大的盒子，用一把飞来飞去的剑把爹娘他们全杀了！要不是我们弟兄几个妖气太弱，不容易被发现，我们也早就死了！"

"槐枝！你跟他们说这些干什么？他们人类只会戏弄和残杀我们妖！"槐妖大哥不知从哪里冒出来，训斥弟弟。

柳梦璃细眉之间笼罩着一片郁色，眸中似有悲悯："这的确是人的错，你们……有地方可以去吗？如果有就快走吧，女萝岩里如今只剩下毒虫毒草，并非久留之地。"

那槐妖听柳梦璃这么说，吃了一惊，颤声叫道："喵！你……你不杀我们？"

旁边一直不语的云天河突然开口："反正你说的那些我也只听懂一半，不过妖杀了人，人要报仇，人杀了妖，妖也不罢休，这样打来打去，到哪一天也没结果。"

听到云天河这么说，韩菱纱略有些惊讶，这呆子竟然还能说出这么有道理的话。

"这都是我爹说的。他说人和人是这样——因时果报，我想人和妖应该也差不多吧。"云天河挠了挠头，颇有些不好意思。

"话虽如此，但人对妖的敌视，很多时候很难改观。"韩菱纱轻叹了一声，毕竟力量悬殊，人在妖类面前，实在是太弱小了。

柳梦璃俯下身，向着那五只槐妖轻声道："你们走吧，回去以后我会告诉城里的人，让他们采摘适度，绝不让你们没有了食物。"

为首的槐妖呆了呆，不可置信地望着梦璃，梦璃也温和地望着它，轻轻挥了挥手。

那槐妖似乎是被柳梦璃感动了，轻叫一声，说道："喵！我叫槐米，它们是我弟弟槐花、槐实、槐角、槐枝。长大以后，我们还是要找到那个人，替爹娘报仇！不过……人也不全都是坏的，我记下了！我们走！"

它回头低鸣了一声，几只槐妖各自从石壁旁衔起一把离香草，又望了柳梦璃三人一眼，恋恋不舍地离开了。

"真可怜，这么小就没有了爹娘，以后恐怕会过得很辛苦。"柳梦璃讷讷道。

说者无意，听者有心。

韩菱纱不由得望向云天河，这么说来，这呆子岂不是也……

云天河感知到她的目光，转过身来，冲着她嘿嘿一笑。韩菱纱嘴角微扬，呆一些也好，至少不会那么伤怀。

正感慨，他们忽然又听见一声弱弱的喵叫，一只瘦瘦小小的槐妖颠颠地又跑了回来，张口吐出一颗土黄色的珠子，然后推到柳梦璃身前。

"喵，我叫槐枝，老大自己不好意思来，让我把这个送给你。这是我们家族以前在洞里找到的宝贝。"

柳梦璃一怔，低头看着那颗宝珠，只见它通体晶莹剔透，在昏暗的岩洞中闪着奇异的光彩，虽不耀眼，光泽中却隐含着一股温厚的力量。

韩菱纱将那颗宝珠拾在手中，端详片刻，突然惊道："这……这不是土灵珠吗？"

"土林猪？是什么东西？看上去不像猪啊？"

"据说天地间一共有水、火、雷、风、土五颗灵珠，由灵气聚集而成，是了不起的宝贝，韩家先祖曾经得到过雷灵珠，所以本家文献上有记载。"

韩菱纱思索片刻，神情一扬，喜道："我明白了！书上说灵珠往往生成在阴阳交汇、灵气极盛之处，这女萝岩、八公山都是厚土福地，土灵珠出现在这里，倒也不奇怪。"

"这么贵重的东西……你们……要送给我？"柳梦璃受宠若惊。

"喵，老大说人有好坏，你是好人，对我们也很好，所以我们要感谢你。"槐枝说完，也不待柳梦璃回答，转身便跑远了。

韩菱纱手握着土灵珠也是十分开心，但转念一想，又颇觉他们三人实在是无功受禄，便问柳梦璃道："梦璃，那些槐妖说这是它们家族的宝贝，我们就这样收下，会不会……"

"没关系，它们报恩是一心一意的，要是我们不收，反而是失礼了。"柳梦璃从小槐妖消失的地方缓缓收回视线。

"梦璃，你的想法真是与众不同，我还是第一次听到人夸妖兽呢。"

柳梦璃一顿，而后声音似乎低沉了些许："其实，渺渺世间，不独有人。人要活下去，妖又何尝不是？为何彼此之间不能多一些理解呢？至少我不认为妖都是狰狞可恨的，万物皆是生灵，又哪里有天定的贵贱善恶之分？"

韩菱纱微微一怔，看着柳梦璃不由得深思，这位闺中大小姐的想法有时着实令人出乎意料。

"没错，我爹就常常这样说！"一旁的云天河不住地点头。

韩菱纱忍不住拍了下他的后脑勺,把土灵珠递给了柳梦璃:"出去再说。"
话音刚落,他们身后出现了两道剑影,声音随之而来。
"这里好重的妖气!"

第十一章

话音落下的工夫，两道白影一先一后，伴着清光风啸，出现在韩菱纱等人身后几丈远的地方。

为首的少年扶了一把从剑身上踉跄下来的少女，一回眸，便看到了韩菱纱等人。

四目相对，韩菱纱状似十分意外，随即热络地朝他挥了挥手："怀朔，原来是你们呀？"

"二位，想不到又见面了。"怀朔亦抱拳回应道。

跟着的璇玑愣了愣，轻轻拽了下怀朔的袖子："师兄，他们是谁？"

"你不记得了？那天夜里我们去追师叔，在巢湖边遇见的他们两位……"

璇玑这才想起二人来，脸上一红，噘起小嘴嗔道："下山以后天天见那么多人，要是每个都记住，人家还不累死了？"

说罢，她望了望韩菱纱他们身后，着急道："师兄，别管这些啦，你说这儿有妖气，赶快把妖兽打跑，我们好去找紫英师叔！"

小姑娘说风就是雨，行事风风火火的，透着几分天真娇憨，此时已经拉着怀朔，检视四周的妖气来源。

韩菱纱与柳梦璃对看了一眼，不动声色地朝离香草那儿挪步，遮住了槐枝隐入离香草的最后身影。

"这里……"

"原来你们也慢了一步，有人早就把妖兽杀光了。"韩菱纱指向不远的山洞处，"我们到的时候，这里就已经这样了。"

怀朔顺着指向看过去，只见地上躺着数具树形的槐妖尸体，身上及地上都淌着一些绿色液体，空气中多了一些除了草木味以外的难闻气味。

"我不信，哪有人这么厉害！"璇玑遮了遮口鼻，颇有些不爽，她都还没出手呢。

"小妹妹，我可没骗你。"韩菱纱冲着她眨了眨眼，"我们也是来女萝岩探查妖伤人之事，进入洞中才发现所有槐妖都被一剑穿心而死……说不定是剑仙所为。"

"看样子师叔总是比我们快上一步，这辈子是别想追上了。"怀朔查明了槐妖身上的伤，剑气凌厉，除了师叔不作第二人想。

"真是师叔做的？"璇玑看着眼前妖尸遍野的情形，想到那位风光月霁的师叔，顿时眉开眼笑，"紫英师叔就是厉害，他的剑法在同辈弟子中可是无人能及的！"

妥妥的痴迷模样。

韩菱纱觉得小姑娘十分有趣，更对他们的门派产生了无尽的好奇。

"照理说这里妖兽尽除，不该还有妖气才对，谨慎起见，我们还是再查看一下有无妖类余孽为好。"怀朔不放心道。

韩菱纱不禁绷紧了身子，依照这些修仙之人对妖兽的仇视程度，那几只小妖只怕难逃一死。

——只能再拖延上一阵子了。

"二位，若是还有什么妖类，早就被我们发现了，可惜你们说的那位师叔没给我们机会。我们揭了榜过来，本想着能领些赏，可还是迟了一步，进洞时这些槐妖都已经断气了。"韩菱纱惋惜道，暗地里却将那位紫英师叔吹捧得更高了。

璇玑果然上钩："就是啊，怀朔，紫英师叔你都信不过吗？"

"当然不是，只不过……"

"不过什么，师叔他都赶去陈州了，我们也要快点追上，你别总慢慢吞吞的啦！你再这样，人家要生气了！"

在璇玑心中，再没有比师叔更厉害的，哪里容得怀朔一而再再而三的犹豫质疑，索性直接御剑消失在了远处。

这回连道别都来不及，见璇玑离开，怀朔急忙追了上去。

韩菱纱正盘算着如何同仙门攀上关系，不料二人突然离去，一眨眼就不见了踪迹，一个"等"字尚卡在喉咙里，不上不下，难受极了。

"这两个人还是风风火火的，拜入他们师门的事情都没机会说。"韩菱纱无奈地叹了口气，"不过，他们居然也还没去陈州，这就表示——还有机会！"

"菱纱，你和云公子想要去修仙吗？"

"嗯，我想去那个门派，天河他主要是为了探访他爹的事。"

"云叔？他和那些剑仙有关系？"柳梦璃的声音略上扬了些许。

韩菱纱点点头，遂将当日石沉溪洞中所发生的事告诉了柳梦璃，包括自己的一些猜想。

"天河的爹说不定比那些剑仙都要厉害呢，在那儿打听更方便！"

"那我能跟你们一起去吗？"柳梦璃连忙问道。

不等韩菱纱作答，云天河已是一脸的喜色，高兴全写在上面了："真的吗？"

韩菱纱瞟了云天河一眼，心底腾起几分不爽，这白痴，干吗一副期待的模样？

"可是你爹他会答应吗？"韩菱纱一想到柳大人，几乎就能预想到结果，"还有，一开始，你不是不喜欢我和天河吗？跟我们一起去……"

"不……不是。"柳梦璃焦急否认，对上韩菱纱隐匿着一丝戏谑的眼，染上几分哂然。

经过此行，柳梦璃早已对二人有所改观，韩姑娘率性坦然，云公子单纯正直……联想到自己先前的试探，此时深感歉疚："我……我从小到大几乎没离开过柳府，对人有些戒心，所以一开始确实像你说的，但是后来我知道，你们都是心地很好的人，我不应该……"

"梦璃，你对我们很好啊，把菱纱画得那么像，还夸我爹是大英雄，他要是知道了，肯定很高兴。"

韩菱纱其实也见不得美人难过，好在云天河打破了这气氛，连忙安慰道："对……对啊，连我的亲人都无法画得这么传神。"

她这一说把大家都逗笑了，柳梦璃定定地看着二人，心中划过一丝从未有过的异样情感。

"爹和娘那边我会和他们好好说的，今后就麻烦你们了。"柳梦璃闻言渐渐浮起笑意，最初的那点不愉快在这半日多的相处中烟消云散。

这嫣然一笑，若雪莲初绽，姿态横生，那肩上的乌黑青丝更是衬得她肌肤雪白，仿佛是不食人间烟火的仙子，因这一笑添了几分生气。

韩菱纱不禁一愣，只觉自己平生之中，从未见过如此美丽之人，都说国色倾城，自己身为女子，本以为容貌也算不差，可是和眼前之人相比，顿时就有了一种被比下去的感觉……

这感觉颇没由头,直到她扫见云天河两眼发直盯着女子的模样,胸口蓦地一紧,泛起一丝丝莫名的酸。她深拧着眉,径自越过二人走在了最前面,头也不回地催道:"该回寿阳了。"

***

从女萝岩回到寿阳城,约莫半日路程,赶到柳府已是日头中上。

柳世封亲自在大门口迎接,看到女儿平安归来,才展露笑颜将人带进了家门,全然忘了后面还有两个一道回来的。

韩菱纱落在后面,眼底闪过一抹羡煞,但很快敛了去,尚没迈进门槛儿,就一转身要往外去。

"菱纱,你去哪儿?"不等她回答,云天河又接了一句,"我和你一起去!"

"那怎么成!"想到这呆瓜在外闯的祸,她这事儿还真不能带上他,"我就是去买点东西,女孩子的东西,是秘密。你就老实在府里待着,等我回来。"

"什么……小秘密?"

不等云天河刨根问底,地上"嘭"的一声轻响,一片红烟弥漫,人已经消失在了红雾中。

"到底是什么秘密,为什么不能跟我说呢?"云天河对韩菱纱有秘密这件事好奇得要死,奈何人已经不见了,到底听了韩菱纱的话,没跟着往外跑。

白日里的柳府瞧着更是气派,云天河被奉为贵宾,一路上都有见礼的,还有帮忙指路的。

云天河索性在府里头逛了起来。

偌大的府邸百花争艳,四处透着清甜的气息,但在云天河看来不过仍是拘泥在四方框子里,少了自由。他有些怀念青鸾峰,对于没抓着那只闯入石沉溪洞的山猪更是遗憾不已。

他东逛逛、西逛逛,爬树逗鸟,一晃就是两个时辰。云天河正走着,眼前突然出现一片桃林,像极了昨天夜里和韩菱纱翻墙来时看到的。他不由得往前走了几步,遥遥望去,亭中似乎伫立着一个熟悉的窈窕身影,似心事重重的模样。

是柳梦璃。

"是柳伯伯不同意让你跟着我们一道去寻剑仙吗?"

柳梦璃冷不丁被吓了一跳,待看清楚是云天河后,神色放松了几许,摇了摇头,"我只是在想一些事情。"她顿了顿,下意识望向他的身后,"菱纱呢?"

"她出府了,说是有小秘密,不让我一起去。"

听着云天河语气里的小委屈，柳梦璃抿嘴一笑："对了，爹和娘已经答应了我，以后我就能跟着云公子，还有菱纱，大家一起四处游历了。"

"那真是太好了。梦璃，你也很想当剑仙吗？"云天河惊喜道。

"我对修仙倒没有太大兴趣，只是我从小到大都生活在这个府邸里，过了一天又一天，有的时候，我也想知道自己究竟从哪里来，发生过什么。"柳梦璃抬头望向院墙外的天际，神情中蓦然平添了一丝恍惚。

"有时候，我的脑海里总闪过一些奇异的景象……说不定到了外面，就能找到什么线索。"

云天河之前从柳伯伯的口中得知梦璃是他爹抱来送给他们抚养的，跟着好奇梦璃的来历："我爹他当年什么都没说吗？"

"没有，我想云叔肯定有他的理由，或许连他也不知道呢。"柳梦璃说完，轻叹了口气，"其实这也没什么。爹和娘都很疼我，能遇上他们，我已经是天底下最幸运的人了。"

云天河一时也不知道该如何安慰人，只连连点头："你说得对！柳伯伯他们是好人，像你们这样一直在一起，也挺不错的。"

柳梦璃望着他，神情中有几分感动，也有几分同情，轻声道："其实，如果你愿意，也可以把他们当成你的爹娘。我听说，你娘也是很早就过世了……"

"不用不用！我不能抢走你的爹娘，还有啊，我要是喊别人作'爹'，我爹说不定真要被气歪了！"提起他爹，云天河想念之余，总是从心底感到畏惧。

柳梦璃听了忍不住笑了出来："云叔哪有你说的那么凶？"

见她终于笑了，云天河放心了些，忽然想起什么："梦璃，我有点事不明白，柳伯伯他总是喊我'咸枝'，还有这里的人叫我'姑爷'，我都不明白是怎么一回事，你知道吗？"

柳梦璃闻言划过一丝羞恼，但看云天河天然流露的纯真神情，低声问道："云公子，云叔教过你读书、写字吗？"

"小的时候爹教过一些，他还留了几本书给我念，不过……不过后来为了生火方便，差不多都被我烧掉了。"

"这么说来，你只是不晓得哪些字该对上哪些意思，以后我有时间慢慢告诉你吧。"柳梦璃说完，脸上微微一红，又道，"至于'姑爷'，那是底下人闹着玩的，别理他们。他们大概听了我爹的话，以为我和云公子要成亲呢。"

"成亲？什么意思？"

"简单些说，假如有个女孩子看着你心里舒坦，便会想要嫁给你，从今往后两个人一生一世都厮守在一起，永远也不分离。"柳梦璃笑了笑，又微微摇了摇头，叹道，"如果真的能和某个自己重视的人一生一世相守不离，那应该也是莫大的幸运吧。"

云天河挠了挠头，这过于深奥，他听不明白，只是脑海里不禁浮现出一个少女的模糊轮廓……

"快到中午了，我还要出府一趟，云公子不如回去休息片刻。"柳梦璃看了一眼天色，对云天河微微福身，"我们明日就出发，对吗？"

云天河点点头。按菱纱的意思，是要尽快赶去陈州的，这样才能追上剑仙。

柳梦璃颔首离开，在与云天河擦身而过时，忽然一顿，幽幽叹道："云公子，今天你对怀朔他们说，女萝岩里没有妖兽，我……很感激你愿意帮槐米它们……你是个好人，让我想起云叔，你们都有一副好心肠。"

第十二章

　　从韩菱纱的角度看，就像是一对璧人比肩，甚是亲昵的姿态。

　　她往亭子去的脚步倏然一顿，停在了花团锦簇的阴影之下，遥遥看着这一幕。

　　直到柳梦璃离开亭子，云天河仍望着那个背影，就连韩菱纱悄然翻上扶栏来到他身后都没察觉。

　　她猛地一拍云天河的肩："想什么呢！"

　　云天河毫无防备被吓得一哆嗦，差点就顺势还击，所幸及时反应过来，收回了手。

　　韩菱纱见他这般，忍不住挥手假意朝他头上拍去，"还想还手，你活腻歪了！"

　　云天河揉了揉脑门，瞧见她又惊又喜："你什么时候回来的？买了什么秘密？"

　　韩菱纱俏皮地歪了下脑袋，促狭地看着他："嘻，偏不告诉你。"

　　"好菱纱，是好吃的吗？"

　　"你接着猜，反正你也猜不到。"韩菱纱跃坐在了扶栏上，轻轻晃动着双脚，思忖了半晌，倏然低头认真地看着他，"我问你，你想好了，要和她一起去修仙？"

　　"嗯，她说要和我们一起修仙。"云天河傻傻笑着。

　　"一起自然好，但她和我们终归不一样。"

　　"哪里不一样？"

　　因为我们都是孤身一人，无牵无挂。

　　韩菱纱心中默默想着，却没有说出口，她看向柳梦璃的闺房，轻叹了声：

"说真的,像梦璃这样,虽然不清楚自己的身世,可是养父母待她那么好,还真让人有点羡慕呢……唉,可惜不是人人都有这种福气。"

这一家人总让她想起自己,明明爹娘当初都在,可她连一点儿亲情都没体会过。

"菱纱。"云天河关切的声音传来。

韩菱纱回过神,忙止住思绪,抬起头冲着云天河笑道:"不过,她虽然是个千金小姐,倒也不娇气,还会仙术。看她对妖兽的态度,倒是跟你一个样子,真是有趣。"

"其实今天见到的那些小妖兽也蛮可爱的。"云天河附议道。

"一个从小到大都在山顶当野人,一个从小到大都在家里当千金大小姐,想法又差不多,难怪要你当'姑爷'!"

见云天河脸红,韩菱纱心里忽然不是滋味:"梦璃跟我们一起去修仙,你干吗高兴成这样?"

云天河怔了怔,问道:"菱纱,你……你不喜欢梦璃吗?"

"没有啊。"韩菱纱跳下扶栏,转过身看向亭子外。

亭中忽然安静下来,韩菱纱怔怔看着围墙外的天空,脸上的笑意渐渐退去,笼上了一层悲戚之意,在云天河眼里,那神色便如那晚在巢湖边上时一般。

无风的天,连云都懒得涌动,蔚蓝笼罩下来,阳光落进亭子,印在韩菱纱的侧脸上,明明是温暖的颜色,却无法融化那一抹寒意。

她微启嘴角:"其实,谁喜欢谁,又讨厌谁,这种事情真的有那么重要吗?虽然世上的人千千万万,可每个人都是孤零零地来,孤零零地去,没有可以依靠和陪伴的人。再真挚的感情,再深沉的牵挂,也还是会有分开的一天……"

顿了顿,韩菱纱转过身,轻轻眨了眨眼睛,星眸闪亮,直望着天河:"就像你爹和你娘,到头来又怎么抵得过生死离别。"

云天河听得愣住了,菱纱说的这些道理,他连想都没想到过,更谈不到为之困扰神伤了,愣了好久,才道:"不是……你说得不对,虽然我讲不出来,可不应该是这样的……"

韩菱纱望着他,沉默片刻,忽地哼道:"你下山才多久,倒学会数落我了!"语气又恢复了平常的倔强和骄傲。

"不……不是,我觉得……有时候你好像不是菱纱……不,像是另外一个菱纱……"

"什么这个那个，我又不是妖兽，难道还会变来变去？"韩菱纱说罢心中却是一动，还想再说什么，又说不出来，只是隐隐觉得，今日自己面对这相识不过数日的野人，似乎说出了很多以前从没有宣之于口的想法。

一夜酣眠，算是休整。

翌日清早，韩菱纱将云天河从床上提溜起来，和已经等候在门口的柳梦璃一道，准备出发去往陈州。

韩菱纱看着一副没睡醒样子的云天河，摆了摆手："醒醒。"

"该吃饭了？"

韩菱纱果断一个爆栗让人清醒，云天河一个激灵站直了身子。"该出发了！"

柳梦璃笑了笑，从身后的行囊中取出一张崭新的长弓递给云天河："云公子，你看，这是昨日说要送你的，试试称不称手。"

云天河愣了一下，转瞬脸上满是惊喜，连忙接过长弓仔细看了看，不由得赞道："这把弓真不错！木头好，木纹又匀，射出去的箭肯定箭势强劲儿、箭路不偏，而且木头外面还加了小石头，握着应该很稳！真是太好了！"

"什么小石头，明明是玉，不识货！不过，梦璃你的眼光真不错，造这把弓的人可一点儿也没偷工减料，玉片都是用上好的碧玉打磨，这样一把'玉腰弓'肯定价值不菲吧。"韩菱纱嫌弃云天河那没眼力见儿，但这把长弓确实衬呆子。

柳梦璃谦虚地摇摇头，道："哪里，我见云公子的弓用得久了，似乎有些破旧，所以想送他一把新的。其实我对弓的优劣不太懂，多亏了铁泽居的刘老板，他手艺精湛，人又热心。"

话没说完，只听身后柳世封高声喊着往门口赶来："璃儿，璃儿，快来看，爹都给你们准备妥当了！"

三人齐齐回头，只见柳氏夫妇提着一篮点心，不远处，裴剑牵着一辆由骏马拉的大车，正向这边走来。

柳梦璃有些惊讶："爹？您这是？"

"这是爹特地为你挑的车马，车上已铺了毯子，璃儿你在里面舒舒服服地睡上一觉，醒来就到陈州了。"

韩菱纱不禁莞尔："还是县令大人考虑周到，这马车我们就收下了。"

柳世封这才放心些，又细细地嘱咐了不少事，看着柳梦璃满脸的不舍。

柳夫人将一篮子点心递给她："璃儿，这些点心带着路上吃吧。"

柳梦璃接过点心，心知这一去，不知何时才能再与父母相见，想起这些年父母对自己的养育之恩、照料之情，不禁扑到母亲的怀抱里，声音微微哽咽："娘……您二老要保重。"

"璃儿……在外面，一定要照顾好自己……"柳世封抹了抹眼，强忍住泪水，一双眼却是通红。

柳梦璃伸手从包中拿出一个香囊，道："爹、娘，这是离香草制成的香囊，我会把它永远带在身上。传说它离家越远，香气就越浓，终有一日，女儿会回到你们身边。"

看他们一家离别伤感，韩菱纱心里也有点难过，她轻轻抚了抚柳梦璃的后背，对柳大人道："县令大人，你们放宽心吧。就算别的不行，江湖规矩我可是懂不少，梦璃跟着我不会有事的。"

"是啊，柳伯伯你放心吧，我一定不会让别人欺负梦璃的！"云天河亦保证道。

"云公子、韩姑娘，璃儿她从没出过门，在外面就请你们多多照顾她了。"

"放心吧。"

三人背着行囊，先后上了马车。

少年咋咋呼呼的，但只要前面赶车的姑娘一出手便老实多了，没过一会儿，那位姑娘就俏皮地冲着马车里另一名安静的姑娘眨眨眼，大喊一声："出发咯！"

前路未知，当下却是豪情壮志，长似少年游。

第十三章

出了寿阳，韩菱纱朝城门里望了一眼，熙熙攘攘，好不热闹。她好几次来，都是一个人来，一个人走。

这次不单带了云天河，还带走了县令之女柳梦璃，真是想想都觉得不可思议。

"菱纱，还能不能再快点！"坐在马车内的云天河往嘴里塞着点心，才出发一会儿的工夫，点心就少了一半。

"你就知道吃！"韩菱纱喊了声"驾"，马车四平八稳地行进在山路上。寿阳人杰地灵，从淝水古战场到这八公山，留下了多少故事。路旁偶有古迹遗存，菱纱便与梦璃探讨起来。云天河帮忙撩着帘子，两位姑娘相聊甚欢。可在他看来，这里的山啊水啊，和青鸾峰也没什么区别，倒是对菱纱手里的马鞭有了兴趣。

他在山上只会和野猪野牛赛跑，从没见过被人驯服的动物，于是牵了牵菱纱的衣角："菱纱，要不我来驾马车……"

"我没有听错吧，你这野人竟然会体贴人？也罢，往后的路还长着呢，那我就教你试试。"

韩菱纱暂停了马车，将马鞭交到天河手上，一个教一个学，不一会儿就有模有样地赶着马车再次踏上了山路。

"哟吼！"见起步尚算顺遂，云天河一高兴加快了速度，车内韩菱纱与柳梦璃没有防备，险些被晃倒，好在互相搀扶住了对方。

"云！天！河！"少女的怒火从车内冒出。

马车在菱纱怒气冲冲的声音中停了下来，可云天河手上并没有停。云天河再次扬鞭，那马却怎么都不肯走了。

"菱纱，它们怎么不走了？"

"什么不走了，不是你停下来的吗？"韩菱纱探出脑袋，只见原本精神奕奕的两匹马，此时不知为何，不安地在原地踱步。

韩菱纱跳下马车，就近查看。这附近是官道，道路畅通无阻，更重要的是，这两匹马是今早县令准备好的，如何都不会出问题。

云天河和柳梦璃跟着下了马车，四下望着，静悄悄的并没有什么异常动静。

忽然，韩菱纱身后的马厉声嘶叫了声。

"小心！"云天河一把将韩菱纱拉开，避过了忽然猛冲过来的两匹马。

马蹄声近在耳畔，随即朝着远处奔去，不一会儿就没了踪影。

韩菱纱心有余悸地抚了抚胸口："怎么回事？"

柳梦璃轻轻摇了摇头："或许是这一带有什么山兽吓到了它们。"

"不应该啊，官道上每日来来往往的马车这么多……"韩菱纱也想不通，但眼下有个更让人头疼的问题摆在眼前，没有马车的话，走官道没四五日到不了陈州。

到那时候哪里还有怀朔他们的影子。

"菱纱，之前你说不走官道，是有其他办法去陈州吗？"站在岔路口，柳梦璃下意识地看向最有主见的韩菱纱。

韩菱纱轻挑秀眉："东边这条路，上去是淮南王的陵寝，只是山势陡峭，道路崎岖难行，并不好走。"

"话说淮南王那老头儿还挺会挑地方呢。这八公山山势不错，兼具'四势'中的'青龙''白虎'，两相拱抱能让穴场不受外风吹袭。可惜美中不足，这山前只有一条寿阳的护城河，要是能够聚水成沼，就真的再好不过了。"

云天河听得云里雾里："菱纱，你说的这些好难懂……"

韩菱纱瞥了他一眼："你啊，就是吃得多，懂得少！"

"我听爹说过，风水堪舆之术晦涩难明，往往一二十年才能略有小成，菱纱你知晓这么多，已是十分难得。"柳梦璃微顿了一下，猜想到了几分，"你是想从东边走？"

"好梦璃，你可真聪明。"韩菱纱挽住她笑得狡黠，"我早就想好了，我们这次就取道淮南王陵地宫，顺利的话，要不了多久就能到陈州附近的碗丘山，这可比走官道省了许多时间。"

柳梦璃吃了一惊："淮南王陵？可是，贸然进入那里有违法令，怕是不好。何况你的通缉告示才撤下没多久……"

"不用担心，凡事都有变通！再说，我们此去又不是搜刮宝器，不过是借人家的地盘当一下过道。那淮南王怎么说也是堂堂一介王爷，不至于这么小气吧？"

柳梦璃思忖片刻，点了点头："既然你已有打算，就按你说的做。"

韩菱纱抿嘴轻笑，她原以为要多费些工夫来说服她，没想到她接受得这么快，这样也好，往后途中可以避免很多摩擦。

"走那个什么陵，就能遇上剑仙？"云天河在一旁问道。

"御剑术瞬息万里，我们即便借道也追不上他们，不过能快一些也好，就盼着他们能在陈州多逗留几日。"韩菱纱目光中流露出坚毅之色，信誓旦旦地说道："你们放心，就算是错过了他们，天下之大，我就不信没有别的办法找到那个门派的线索。"

她找寻了那么久，好不容易有些线索，绝不会轻易放弃。

"那我们就走那什么陵！"

云天河已然跃跃欲试。韩菱纱笑骂了声"呆子"，带着他们往东侧走去。

东侧的山路基于地势与王陵的缘故，鲜有人迹。

小径两侧的草都已经有半人高，所行之路几乎都被遮蔽在树荫之下，十分凉爽，无形中倒是减轻了几分行路之苦。

走了约莫一个时辰，眼前豁然开朗，三人已经行至山腰处的一处平台前，抬眼望去，只见面前是一座巨冢，冢前立的石碑上刻着"汉淮南王之墓"六个大字，碑体为风霜侵蚀，已然有些残破，所刻之字却依旧方正凛然。

"八公山草木茂盛，相传秦晋淝水之战时，秦军统帅苻坚站在寿阳城上遥望八公山，见山上草木随风摇动，心中恐惧，竟以为满山都是晋军的旌旗士兵，遂有'草木皆兵'的成语流传于世。"

"菱纱你知道的可真多！那这山为什么叫八公，不是九，也不是……"

韩菱纱看着陵前站着的持矛披甲的兵士，本想低调智取，然而没来得及捂住云天河的嘴，就看到守陵人已经发现了他们，瞬间就被兵士用长矛对准了。

"你们是干什么的？此地不可通行，还不快滚！"

韩菱纱见他如此无礼，借着柳梦璃的身份高声道："大胆！你们可知我身后的这位姑娘是谁？"

"我管你是哪位！"问话的那兵士啐了一声，忽然瞥见了柳梦璃，脸上立马现出一副轻薄神情，嬉皮笑脸地说道："哟，这小妞长得倒是真不赖……"

"瞧你那德行，一副没见过女人的样！"旁边另一个年龄略长的兵士不屑地嗤笑一声，随即转向韩菱纱怒喝道："快滚！这里不是你们能随便走动的地方！"

"这位姑娘乃是寿阳县令的千金，今日代父巡查此地，你们还不快快让开！"韩菱纱轻拧着细眉，想拿柳梦璃的身份迫退二人。

没想到那两个兵士听了，非但没有敬重，反而眼中满是轻视。

柳梦璃不喜对方气息，退了退，正好韩菱纱伸手一回护，就躲到了韩菱纱身后，郁郁地看着守陵的二人。

"甭管是谁，这儿也不能让你过！还是说……你想留下来陪大爷玩玩儿。"

"闭上你的臭嘴！县令千金你们都敢冒犯！"韩菱纱怒火攻心，已经暗中摸向自己的峨眉刺。

"县令千金?!那又怎样！她爹办事不力，前阵子这儿竟出了盗墓贼，如今这前朝王陵已归京中直接管辖，不干县令什么事了！"

说到这儿，另一个士兵也跟着骂起来："听说那蟊贼是个女的，不知长啥样。我呸！要不是那婆娘，我们兄弟又怎么会来守这鬼地方，不但没油水捞，最近连妖兽都冒出来了，真是苦差！"

守陵人嘴里骂骂咧咧、不干不净的，云天河本被韩菱纱拉着，此时再也忍不住，举着拳头就要冲过去揍他们。

不等他的拳头落下，那两名守陵人忽然两眼一翻，软倒在地。

云天河愣了愣，收住了势头，回头就看到柳梦璃拢了拢袖子，甚是云淡风轻。

"这个法子好，我都忘了梦璃有仙术。这样弄昏了人，他们也不敢供出我们来，否则治他们个渎职之罪，让他们吃不了兜着走！"韩菱纱来了精神，跃跃欲试地想跟柳梦璃讨教一二。

"这法术只对寻常人有用，若是稍有修炼或是精神力强的人，就一点儿用处也没有了。"柳梦璃微顿了顿，"更何况，人的记忆本是最重要的东西，随随便便夺取，未免过于残忍。"

韩菱纱见她这般神情，连忙安慰："梦璃，你的心真好。不过这两个家伙一看就知道平时作威作福惯了，根本不算什么好人，所以你做的也不算是坏事！"

云天河也在一旁附和："对对对，我爹说过的，对坏人就要有硬心肠！梦璃，你做得没错！"

"谢谢你们，我心里好受多了……趁他们还没醒，我们快走吧。"

"等等，"韩菱纱瞅了睡倒在地上的二人一眼，哼笑道："这两个家伙刚才说了不少梦璃和我的坏话，连县令大人也敢羞辱，不教训一下也太说不过去了！"

说着，韩菱纱俯下身去，解了这两个人的钱袋。"让他们破点财，以后也好知道嘴上多积德！"

解完钱袋，韩菱纱还觉得不够解气，正皱眉间，似乎想到了什么，笑着伸手从包中取出一支笔，在他们的衣服上涂涂画画。

"哈哈！这个好玩儿！"云天河看得有趣，从她手里接过笔，直接在另一个人脸上画了只山猪。

片刻后，两个士兵的脸上和衣服上都被画满了东西。

一旁的柳梦璃捂嘴笑着，不忘提醒他们："他们差不多快醒了。"

"走吧。"

韩菱纱拉上柳梦璃，指使着云天河搬开台阶下的一块儿大石头，稍稍挪了挪，就瞧见下面露出一个黑黝黝的地道洞口，有草丛遮着，并不明显。

三人依次进入，待云天河进来后，就听外头传来鬼哭狼嚎声，嚷着"有鬼"的呼救声，伴随着碰撞磕绊，好一通响儿。

"这里的人真怪，好好的大门不开，偏要把门开在石头下面。"云天河小声咕哝。

"洞就是洞，哪来的门？这洞可是我一铲一铲辛苦挖出来的！"韩菱纱轻哼了一声。这么说，对得起她这番辛苦吗！

云天河盯着盗洞瞧，突发奇想，低声对柳梦璃道："梦璃，不晓得菱纱和老鼠，哪个打洞更厉害一些？"

话没说完，他的耳朵忽然被人给拎了起来，韩菱纱阴恻恻地盯着他："说谁呢？"

"菱纱，我错了，我错了。"云天河连忙讨饶道。

韩菱纱这才罢手："你懂什么，别看只是挖个洞，讲究的事情多着呢！挑地点要慎重，下铲要匀，万一挖得不好，把周围弄塌，命都会丢……行了，我们先下去。"

云天河吃痛揉了揉耳朵，老老实实地"哦"了声，乖乖跟了上去。

眼见身材高大的云公子忽然像个小媳妇，身后的柳梦璃没忍住笑出了声。

韩菱纱带着他们顺着地道而下，初时颇为狭窄，越到后面越是宽阔，眼前的视野也逐渐明亮起来，最后直通到一座庞大的地宫之内。

眼前的大厅极其宽阔、雄伟，四面墙壁都用清一色的大理石砌成，地面由玉石铺成，石壁光洁，三人的影子在上面清晰可见。

厅中几根巨柱，上面刻着许多浮雕，尽是些道士修仙之事，那些匠人的手艺出神入化，这一座座浮雕虽是死物，在旁人看来却如真人活生生立在那里一般。

最令人惊叹的，还是三人面前的两座雕塑，一左一右虎踞在大厅正中，身形庞大，似乎是一种猛兽，圆睁的双目中透出淡黄色的火光，却极为明亮。整座大厅都被这四点火光照亮，竟如白昼一般。

饶是柳梦璃博览群书，也对眼前的景象惊叹不已："从前只在书上读到王墓'巍峨雄浑、气象万千'，如今亲眼所见，确实是一点儿不差。"

"这还只算一般的，若是皇帝老儿的墓，常常要国库相倾，数十万工匠修上二三十年才修成，不知有多华美呢！"韩菱纱径自上前，已是熟门熟路。

"如此劳民伤财，竟然只为一个死人，未免也太……太……"

"太混账了，对吧？"韩菱纱扭头看柳梦璃，颇有知己感，"我就知道你和我想的一样，所以我们借过一下这老头子的墓，那是一点儿都问心无愧的。"

云天河殿后，环顾四周，不禁皱起了眉头："我感觉周围好像有杀气。"

"杀气？"韩菱纱顺着他的视线望过去，这大厅内莫说是什么妖魔鬼怪，就是鼠蚁都不曾见着，"这八公山风水可好得很，又有'脱卸剥换'之象，好比凡人脱胎换骨，是了不得的吉兆！这么个好地方，怎么会有不干净的东西！"

云天河摇了摇头，他说不出那种感觉，就是直觉这地方不太好。正想再往前看看，他瞥见前面的雕像，好奇得紧："这是什么？老虎吗？眼睛还会冒火！"

"这个东西我在书上见过，好像叫'辟邪兽'。"柳梦璃为他解惑道。

"辟邪兽是为了镇住墓中邪气而设置的，不过这一对除了镇邪之用，匠人们还在它的肚子里灌满了油，当作'长明灯'来用。"韩菱纱心中暗叹，这淮南王可真舍得。若非这一趟走得急，她还真想再进去看看。

柳梦璃有些惊异："淮南王过世至今，已有数百载了，这灯火……竟能一直不熄？"

"何止百年，传说长明灯的灯油是秘法制成，点亮以后能千万年不灭。淮南王怎么说也是一方镇侯，用得起这宝贝，倒也不稀奇！"

韩菱纱正说着，走在前方的云天河忽然又道："菱纱，前面真的有杀气！"

第十四章

接连听云天河提了两次,又加上云天河对危机如野兽般敏感的感应能力,韩菱纱不由得跟着凝了神色:"你这么说,倒让我想起外面那两个人说的闹鬼一事。"但八公山的风水,无论如何都不太可能啊。

正当她收回迈出去的一步,忽然瞥见正前方的角落出现一名红衣女子,飘浮在半空,脚不沾地,眨眼之间猛地向三人俯冲而来。

韩菱纱被迫正面应对,心头一震,好在她身形灵活,拽上柳梦璃一道躲开了那致命一击。

"小心!她身上的戾气很重!"扑面而来的异样感让柳梦璃心生警惕。

那女子身形诡异,犹如鬼魅,转眼间已再次飘到了韩菱纱面前,一声厉嚎,右手五指利如尖刀,直向韩菱纱面门上扑来。

"这是什么鬼东西!"韩菱纱一边仓皇后退躲避,一边头疼喝道。

云天河连忙冲上,挡在她身前,一剑砍去,却劈了个空。不等他反应过来,女鬼已然调转方向,如被激怒一般,朝着他发起进攻。

"这女鬼没有形体!"韩菱纱急忙提醒道。

云天河前几日蒙柳梦璃指导一二,于法术的运用上已略有精进。此刻意随心至,只见那女子身上的衣服"刺啦"沾上了火星子,顷刻之间燃烧起来,一声凄厉惨叫过后,眨眼就消失不见了。

"她不见了,怎么办?爹说过的,不能打女孩子。"

"……"韩菱纱忍了忍,看在他帮自己的分上,没动手。

"云公子,刚才那个女子恐怕不是活人,反倒像是戾气凝成的魂魄,十分凶煞。"柳梦璃颦眉道。

韩菱纱亦若有所思:"这淮南王陵中一定出了什么大事,不然不会风水生变,连厉鬼冤魂都冒出来了！之前那两个士兵就有提及，说明已有异常，如此一来，只怕会影响到附近。"

"这座陵墓距离寿阳城如此近，万一那些厉鬼危害到城中百姓怎么办？"柳梦璃立刻担心起寿阳城来，这原本就是寿阳城的管辖范围，虽说那些百姓不会到陵墓这边来，可出入女萝岩，总是会受影响。

虽说和她无关，但都是无辜百姓，刚刚那样的事，他们遇到尚且有办法应对，若是普通百姓，必定会丧命。

韩菱纱想了片刻，很快有了决定："我之前到这儿时还未如此，想必是近日才发生的，另外寻路也不定能快一些到陈州，既然已经到这儿了，就进去看看。"她顿了顿，神情愈发严肃，"不过风水突变的陵墓我也是头一回遇上，大家千万要小心。"

"我保护你们！"云天河自告奋勇，冲在了最前面。

大厅尽头处是一条黑洞洞的长廊。

韩菱纱晃亮火折，蹑手蹑脚地走了进去，行进间，火光闪耀处，隐约照见长廊四壁，不乏许多精美的壁画和装饰。

和之前在大厅看到的一样，走廊内鬼魂游荡，极为凶厉，而它们的着装像极了数百年前宫人的服饰，像随葬之人所化而成。

韩菱纱击散眼前的厉鬼，望着那华丽石壁轻嘘："淮南王一代名王，素有民望，当年的百姓都说他不是死，而是成仙得道，一人飞升，福及鸡犬。如今看来，所谓飞升得道，多半不过旁人谣传，因他无辜枉死的人，却是实实在在。"

柳梦璃听言微微叹了口气，随葬之人生前定是生怨的，再好的风水也无法洗清他们的怨气。

走了许久，三人终于出了长廊，进到了一座更大的殿内。

这座殿内并未设置辟邪兽，而是将无数长明灯嵌在四周的墙壁上，光焰从四方射来，显得殿中更加堂皇。中央高台上固定着一把长椅和一张长桌，布置得十分美观。尤其是长椅两边扶手上的雕塑，一红一黄，温润通透，发出柔和的光泽，不知是什么材料制成的。

与刚刚经过的几条走廊不同，这座殿内空空荡荡，既没有鬼魂，也没有杀气。

然而一股从地底升腾而起的森寒笼罩其中。

不等韩菱纱查明情况，云天河的身影一闪，已经冲上了中央高台，正对着扶手上的蛤蟆，颇为爱不释手地抚摸着，还不忘招呼："菱纱、梦璃，你们过来看！这两只蛤蟆真有意思！"

云天河的这副模样冲淡了这陵墓内风水变动的凝重。

韩菱纱走上前去，低头看扶手上的蛤蟆，并不十分喜欢："淮南王陵中岂会有凡物？传说嫦娥奔月，飞升成仙，月亮里就有只很大很大的蛤蟆，所以这丑东西也变得讨人喜欢起来。"

"据说淮南王生前笃好寻仙修炼之术，最后同八位老者服食仙丹而飞升，'八公山'也因此得名，不知是真是假。"柳梦璃曾在寿阳县志上看到过关于八公山的传说，此时起了几分探究之心。

"你们看这两只蛤蟆，用的玉也不同，左面是红玉的，右面是黄玉的。我猜呢，应该是分别对应'日中赤气上皇真君'和'月中黄气上黄神母'，正合了仙籍典故里常说的阴阳顺调、天人合一。"韩菱纱说着，被云天河拉着手摸了右边那只蛤蟆，可能是因为太过珠光宝气，难得没讨厌此物。

话音落下的刹那，两只蛤蟆发出了一红一黄两道光束，射向殿顶天花板上悬挂着的一面明镜，两束光在镜上反射后相交在一起，在墙壁上幻出一道华丽的光带。

片刻后，那两道光束突然消失，只听耳旁传来隆隆的响声，方才墙壁上光带覆盖之处，竟一下子凹陷了进去，成了一条暗道。

韩菱纱看着那暗道，又低头看了看手中的蛤蟆，恍然大悟："真是没想到，难怪我之前一直找不到地宫的密室，原来在这里……"

"菱纱，这两块玉石……莫非是通灵之物？"柳梦璃亦是惊诧。

"刚刚竟然看走眼了，那根本不是什么黄玉、红玉，是传说中的宝物，名为'阴阳紫阙'，我还是头一回亲眼见到呢！"韩菱纱的声音充满惊喜。这东西，淮南王也能寻到！

"阴阳紫阙？这东西我知道，是爹告诉我的，他说有种叫'阴阳紫阙'的好东西，人吃了以后身体就会变得很壮，就是不知道味道怎么样。"云天河又仔细摸了摸手中的蛤蟆，这硬邦邦的不好下口啊，爹也没说到底怎么做。

"算你这呆子说对一半。"韩菱纱冲他扮了个鬼脸，就知道吃，"听名字就知道，阴阳紫阙分为阴、阳两部分，却长在一块儿，在地下一千年才能成玉石之形，这个时候把它挖出来做成玉器，就已经是无价的宝贝了。喏，就是如今这样。"

柳梦璃只觉得世之广大，无奇不有，这一趟出来得值。"既然是'玉'……

又怎能服食？"

"这就是它最神奇的地方了，要是阴阳紫阙成为玉石后，没有被人挖出来，再过上一千年，玉髓成精，就能用来填肚子了。至于功效怎样，我可不清楚，只是听说它有了灵性便要乱跑，阳实和阴实会分开，凡人如果只得其中一个吃下去，反而不好！"

"那不是和成了精的人参差不多？真是有趣得很。"

"有趣的还多着呢，这阴阳紫阙如果感应到极盛的阳气与阴气，便会激发灵力；但如果只碰触一边，或是阴阳互换，就一点儿用都没有。看来淮南王是请了奇人把它们做成机关，恰好男为阳、女为阴，被我和天河碰到，倒把这机关给破了。"

韩菱纱盗过很多墓，帝皇之陵比之豪华的也有，但像淮南王这般舍得的，可没几个，"这老头儿用了这么贵重的宝物当开门锁，不知里面藏了什么，我们……"

话音未落，只听见"当"的一声，韩菱纱扭头看去，云天河竟然拿着剑在劈阴阳紫阙。可铁剑打在玉石上，莫说是裂口，就是痕迹都不见一丝。反倒是铁剑，隐隐有要裂口的架势。

"你在做什么？！"韩菱纱惊呼。

"菱纱，你不是说这东西再在地下埋一千年就能变成吃的吗？那一定是大补之物，你之前说累，正好我带走，把它埋起来，到时候给你补身子。"云天河抹了把汗，打算继续。

"……"韩菱纱深吸了一口气，默念着不和他计较，"难道我还能活一千年？走啦，我们还要赶路，那么大个的东西，带了根本就是累赘。"

云天河这才恍然大悟："也对啊……"

"对什么，你个笨蛋！"韩菱纱最终还是没忍住，掐了一下他的胳膊，"谁能活千年，王八吗？"

"王八能活千年，吃了是不是能活万年？"

"……云天河，你给我闭嘴。"

看着面前吵吵嚷嚷的二人，柳梦璃望着云天河的背影，目光中流露出了一丝念想。

没过多久，三人面前出现了一道墓门。两片门扇间的缝隙上斜贴着一道符咒，云天河伸手就要去揭，韩菱纱连忙拦住他："等等，这可能是个陷阱！"

仙劍奇俠傳

全新版官方小說 四

赠品 | 云天河Q版折立卡

© SOFTSTAR

粘贴处

仙剑奇侠传

全新版官方小说 四

赠品 | 慕容紫英Q版折立卡
© SOFTSTAR

粘贴处

仙劍奇俠傳

全新版官方小說 四

粘贴处

赠品 | 韩菱纱Q版折立卡
© SOFTSTAR

仙剑奇侠传
全新版官方小说
四

"陷阱？"

韩菱纱没有回答他，凝着神色，挥手让他们退后数步，方才掏出一枚铜钱，瞄准两扇门之间的门缝，纤指轻扬，将那枚铜钱掷了出去。

她这一掷，准头把握得恰到好处，铜钱不偏不斜，恰巧从门缝之中穿过，符咒也被拦腰切断。

就在这时，韩菱纱眼神一厉，纵身后跃，只听"铮铮"数声，几枚弩箭分别钉在墓门和门前的地面上。火光照处，箭锋上闪着诡异的蓝光，显然淬有剧毒。

等了片刻后韩菱纱才起身，她轻轻拍了拍手上的灰尘，看着那墓门，心中已有了判断："进入陵墓以来，这里的机关最凶险，看来此处不简单。"之前她走遍整个陵墓，差的恐怕就是这处了。

"好歹毒的机关。"柳梦璃看得心惊，刚才那一刹那，若非对此有过了解，便是她会仙术也不一定能躲避过去。

"这算不得什么，比这厉害的机关我见得多了。"韩菱纱挑眉得意道。

云天河却一把拦住要上前查看的韩菱纱："菱纱，那太危险了，你以后还是不要……"

"我们韩家祖上乃是名震一时的卸岭大士，在同行里也算是佼佼者，后代子孙要是连这点险都不敢冒，岂不是辱没了祖宗的威名？"韩菱纱拂开了云天河的手，从包中取出一根短棍，随手一拉，短棍瞬间伸长了数尺。

韩菱纱留了个心眼，站在远处，用铜管轻轻地推开墓门。

墓门一开，韩菱纱连忙闪到一边，见并无异状，这才让柳梦璃和云天河进来。

顷刻间，一股腐朽的气息扑面而来。

这个殿面积甚小，装潢也很简朴，远不及先前两个大殿雄伟华丽。殿内并无多余的装饰，仅仅在光秃秃的石壁上安置着几盏油灯。殿中央摆着一个巨大的丹炉，颇为华贵，炉壁上雕刻着各种奇禽异兽，栩栩如生。

"原来这里就是传说中的淮南王丹室。"韩菱纱心中惊喜，之前进来就为了找其炼丹之所，没想到今天误打误撞碰到了。整座陵墓内都不见淮南王的尸骨，或许他真的成仙了，若果真如此，他的丹室中必然有线索！

柳梦璃走到丹炉旁边，细看四周，只见丹炉旁边散落着许多盛放丹药的器皿，那些木质的因为年头太久，已经腐烂了，散发出一股难闻的气味。

她小心地拾起旁边一张土黄色的旧纸："……夜半，王梦于青云之上，太一神君现明轮间,瑞气千重,光普三界,垂目示下尔……鸡鸣日出,炉紫气龙腾,顶现晕华,敛于赤绯玉壶,气凝若神丸,方知'太仙霞丹'乃成,王与八公顿首而拜,心悦服食,终脱胎换骨,白日飞升……"

韩菱纱越听越觉得有希望:"这么说淮南王真的是做了神仙!太好了!他的那些仙丹一定还有剩余,我们快找那个'赤绯玉壶'!"

三人仔细翻看各个器皿,找了半天,却没见到半粒丹药。韩菱纱不肯气馁,又在丹室内仔仔细细找了一圈,最后实在没有收获,不由得泄气道:"这老头儿把仙丹全吃光了,也不给别人留点。哼,还说什么'一人得道,鸡犬升天',真是胡说八道!"害得她高兴了半天。

"你们快到我身后来!"云天河忽然举剑,以极戒备的姿态环顾四周。

韩菱纱此时也察觉到不对,拉着柳梦璃来到云天河身边,三人互相背抵靠着,仔细凝神环顾四周。

只见瓶瓶罐罐中有一红色的小壶开始摇晃。

"杀气变强了!"

那个红色小壶晃动得越发厉害,丹室内的气氛煞是凝重。

突然,壶中传来一个阴森森的声音:"生气……竟然是生气……"

"砰"的一声,壶盖被弹了出去,一股黑气自壶口冒了出来。烟雾之中,一个人形隐隐现出。那人头戴王冠,衣饰俨然,一身灰褐色道服虽不十分华贵,却制作得极为讲究。看那人的衣着,显然非寻常修道之人。

"真没想到,本王竟然重见天日了!哈哈哈……"

第十五章

妖壶之上，那人一脸阴戾之气，满目凶光，嘴角却挂着阴森的笑容，说不出的乖戾恐怖。

韩菱纱看着他身上的衣着，满是不可置信，然而眼见此人周身笼罩的阴郁鬼气，心中委实有了不好猜想："你……你是淮南王?!可你不是已经成仙了吗？"

"成仙？"淮南王的声音阴沉得似渗水，透露出一股渗入骨髓的森寒之意，"当初本王积功德、求仙道，想不到却为一个无耻道士所欺。"

淮南王回顾往事更添怨气："本王和八位贤人服下所谓的'太仙霞丹'，白白送掉性命！那妖道一心骗取荣华富贵，眼见酿成大祸，又心恐本王索命报复，竟将本王与八公的魂魄封于这赤绯玉壶，自行逃之夭夭了！"

"想不到，这玉壶经数百年封印，力量渐失，尔等又闯入此间，有生人阳气助力，今日本王与八公才得以脱出，真是天助我也！待本王出世，定要索那妖道性命！哈哈哈……"他放声长笑，笑声中充满了怨毒之意，有如戾枭夜啼，让人忍不住寒噤。

韩菱纱却没兴趣听他说这些陈年旧事，当即不满道："我说老头儿啊，你死都死了，还让手下写什么《玉鼎灵丹文》来骗人，又把地宫修得神神秘秘的，让姑娘我白白高兴一场！"她花了多大工夫，此刻就有多不满。

"大胆刁民！竟敢在本王面前放肆！"淮南王勃然大怒。

韩菱纱不屑地一撇嘴，柳梦璃悄悄向她摆了摆手，温言道："这世间早已改朝易代，你已不是淮南王了，你要找的道士也早已不在世上，你又如何报仇？我看，你还是早早投胎，重入轮回吧。"

"一派胡言！本王大仇未报，岂能就此罢休？既然那妖道已死，那么本王索性即刻出去，杀光全天下的道士，以泄本王数百载的怨恨！"

"你怎可如此残忍？害你的人早已不在人世，你又怎能以这股怨气伤及无辜?!"

柳梦璃想到方才在墓中撞见的那些厉鬼，话语中谴责之意更浓，扬声道："王爷你因自己一人被骗丧命，便要杀尽天下道人。敢问这墓中被迫殉葬的宫人，千载之下魂魄不安，他们又该找谁索命？都说人死万事空，素闻王爷生前也是行善修德之人，何以死后反而看不破这'仇怨'二字呢？"

淮南王阴沉沉地盯着面前三人道："区区几个贱民竟敢非议本王！本王就先吸干尔等的精血，再出去杀光全天下的道士！"

说话间，丹室四周竟闪出了数十个鬼魂，高声号叫着，向着三人扑了过来。

云天河大喝一声，急运灵力，炎咒一出，离三人最近的几个厉鬼瞬间被烧作灰烬，韩菱纱和梦璃也连施仙术，将众鬼魂阻在两丈之外。

淮南王连连怒吼，众鬼魂却仍无法攻近。

然而韩菱纱这边连续施术，十分吃力，她怒道："老头儿，有本事就和我们单打独斗！叫这些虾兵蟹将帮忙，也不怕坏了自己的名头！"

"乡野愚民，当真不知天高地厚！既然尔等存心找死，本王便让尔等见识见识八公的怨力！"淮南王连声冷笑，阴恻恻道。

随着他的话音落下，只听妖壶之中传来无数的低语声："大王，求您救救老臣……""大王，老臣愿忠心跟随大王……""大王，老臣在此……"

"众位爱卿，你们只需与本王合力杀了这几个不知天高地厚的家伙，本王自有方法为你们报仇！就是再修仙道，也不是什么难事！"说话间，他的身形缓缓升起。

韩菱纱隐隐望见无数怨魂围绕着淮南王的魂灵旋转，殿中的小鬼也上前围住淮南王。众鬼魂越转越快，不时发出一阵阵阴森的怪笑声，看得人只觉头晕眼花，胸口烦恶欲吐。

猛然间，只听轰的一声巨响，所有魂灵全部融入了淮南王体内，淮南王的身形急剧膨胀，竟增大了一倍有余，眼中凶光闪出，双手五指均化作尖利的骨节，如同骷髅一般。他怪笑数声，向着最近的云天河猛扑过来。

"天河！"

云天河已有了经验，知他乃是魂灵，并无实体，收起长剑纵身退后，同时口中默念咒文，只见一道火光闪过，淮南王身形一晃，竟毫发未损。

原来那淮南王反应也是极快，见云天河仙术出手，便以鬼力默运邪功，化解了这一击。他身形飘然而至，五指直指云天河的面门。

就在这时，韩菱纱和柳梦璃几乎同时使出了雷咒，两道闪电凌空劈下，淮南王急忙收手，险些被劈断五指。

他心下恼怒，大喝一声，又向柳梦璃攻去。韩菱纱见此，闪到他的身后偷袭，淮南王被逼得撤招自保。

"你们胆敢……胆敢如此以下犯上！"

"老头儿，早跟你说改朝换代了，如今可不是你的什么天下，你做什么春秋大梦！"

韩菱纱说罢双手合印，咒语出，淮南王身下一道风卷，将其包围。趁此机会，云天河和柳梦璃施法攻击，打他了个措手不及，淮南王被逼退少许。

其实，这淮南王生前道行本已不浅，死后复仇心切，更是日夜修炼鬼魂所用的邪功，其修为实在他们三人之上，更何况此刻又加上了八公和众鬼魂的功力。

韩菱纱明白这一点，三人硬碰的胜算不大，所以便出言激将，等到淮南王意识过来，已是数招过去，他的面上陡然涌起一股狞厉之气，飘身退后，双手指天，大喝道："疾——"

只见墓室上空突然出现了一团黑气，不久化作一张人脸，两眼漆黑如墨，猛地张开，射出一道黑色光箭，直指云天河。

"天河，快躲开！"韩菱纱急忙提醒。

云天河急忙后跃，险险避开那道光箭，只听"轰"的一声，方才落脚之处竟被击出了一个大坑！

尘烟飞扬间，散发出一股腐臭之气，韩菱纱等人都不禁掩鼻退开了几步。

"夺魂妖术？如此恶毒的法术，你是如何习得的？"柳梦璃心中一震，不禁高声质问。

淮南王刚才所使用的法术，正是妖邪中一种极为歹毒的术法，若是生灵被刚才那道光箭击中，必然魂飞魄散，命丧当场。

淮南王哈哈大笑道："那不过是本王这些年来苦练的招数罢了，用来对付你们这些刁民，真是杀鸡用了牛刀——"

"我听书上说，你在世之日，一向体恤百姓，诚心向善，一心想要得道成仙，却为何会修习这种伤天害理的妖术？你就不怕修仙不成，反遭天谴吗？"柳梦璃见此情形，着实痛心。

韩菱纱闻言愕然，然而凝视着淮南王那双痴狂近疯癫的双眸，心底陡然一颤。

那是执念，亦是妄念。

"你可知，本王修道数十载，行善积德无数，自认修仙之心可算至诚，想不到到头来竟为一个妖人所害，这上天未免待我太薄了！"淮南王目光阴郁地扫过前面几人，"既然老天不让我成仙，我便成妖成怪，又有何不可?!"

"都是歪理，梦璃，别跟这疯老头儿废话！"韩菱纱喝道。

淮南王"哈哈"狂笑，又一道光箭射向韩菱纱，她急忙闪身躲开。光箭连连射下，直将一座好好的丹室击得满地是坑，尘土飞扬。

韩菱纱被灰尘呛到，忙甩袖挥了挥眼前，余光瞥见柳梦璃悄然绕到淮南王身后，顿时咬着牙根继续吸引淮南王的火力："就你这坏心眼的糟老头子还想修道成仙，我呸！"

"不知死活——"

淮南王的利爪凝聚黑气，果然冲着韩菱纱去。陡然间一记霹雳击下，正中淮南王的头颅。

柳梦璃这一击又准又狠，淮南王立时抱头怒吼，头痛欲裂，然而"夺魂"之术已然无法施展，方要回身扑向柳梦璃，突然身上的道服又起了火，哀号一声，站立不稳，扑倒在地。

三人不敢大意，连着又是几记仙术，眼见淮南王浑身是火，面孔被雷电劈得漆黑，已无还击之力，这才收了手，无力地瘫倒在地。

"大胆——放肆——本王要杀了你们——"

韩菱纱望着这生前德高望重的一代王侯，此刻却成一具狰狞枯骨，哪里还有半分传说中的得道仙风，不禁生出几分唏嘘。

淮南王集中最后的力气，抬起头来，恶狠狠地望向三人，从牙缝里一个字一个字地挤出来："本王……本王还要千秋……万代……与……天同……寿……我不甘心……我……诅咒……你们……"

一声巨响，淮南王形体轰然炸裂，化作无数怨魂，就此消散。

这一场恶斗为时虽短，却着实惊险，眼看淮南王神魂俱灭，三人这才安下心来。

韩菱纱擦了擦冷汗说道："好险，还以为这次真的要去见玉皇大帝了呢。"

经此一役，三人心中皆感庆幸，一来是因配合默契，二来是淮南王被困了数百年，反应迟钝，且狂妄自满，才给了三人可乘之机。

"幸好……这淮南王生前求仙不成，他心里的怨恨极重，若是让他跑了出去，不知有多少百姓要遭殃。"柳梦璃心有余悸道。

"总之啊，都怪那臭老头儿不好！明明没有成仙，还故弄玄虚，浪费人家的感情！唉，还以为真的能找到长生不老药呢，结果又是空欢喜一场。"韩菱纱对这老头儿可不少埋怨，她千里迢迢过来，就是这么个结果，让人好生失望。

"菱纱，你找那种药，莫非也是想长生不老？"

"是啊。"

柳梦璃迟疑了一瞬，面色露出些许凝重："也许……也许我不该这么说，可是人生在世，虽然只有短短数十年，只要能和喜欢的人在一起，也好过一个人孤孤单单过上百年、千年，那样的日子岂不是更让人痛苦？长生之法，人人艳羡，却又有几人真正明白自己想要的是什么——"

"不是的！你什么都不知道！"韩菱纱忽然悲愤地打断了她的话，语调中透着刻入骨髓的心痛，"我……我要的是——"

话到一半，嗓音竟哑住了，她眼圈渐红，转开了头。

这一幕把柳梦璃和云天河看愣了，毕竟这一路来，韩菱纱一直都是那样活泼开朗，不承想她竟然会有这么伤情的时候。柳梦璃更是因为自己的失言而觉得歉疚，看韩菱纱此时的模样，她分明是有隐情的……

"菱纱，你……你别伤心……"云天河急着想要劝慰她，却嘴笨得很。

韩菱纱并不想让他们看到自己脆弱的一面，背过身去，可眼泪却止不住，眼底闪着泪花，哽咽着说道："抱歉，我失态了，我只是……我要救人，我要找到长生药，救整个村子的人！如果我找不到，他们就要永远永远受苦下去……每次一想到这个，我就……我就……"

她永远都没有办法忘记那一幕，明明是身强力壮的年纪，身体却日渐衰败，无药可医。那就像是一个诅咒，蔓延了整个村子，整个韩家。

有人曾猜测是墓中带出来的病祸，可病祸有因，但什么痕迹都难寻，伯父如此，爹娘亦如此，身边的人一个接一个，直到有一天，她自己也会如此。

她踏遍千山万水，只是想找到办法，听闻淮南王陵内有长生之法，她才来到此处。对她而言，即使只有万分之一的可能性，她都要去尝试，哪怕机会微乎其微，她都不能，也绝不会放弃。

柳梦璃心中愈发内疚："都怪我不好，我真的什么都不知道，我……有没有什么可以帮你的？"

"谢谢,这毕竟是我们韩家的事……"言下之意便是婉拒了。韩菱纱擦了擦眼泪,压抑着心中充斥着的悲痛情绪,转过身来冲着他们笑了笑。

"那就不说,以后我帮你一起找那个什么药好了!!"云天河看着韩菱纱哭红的眼,心微微抽紧,认真开口道,"我们菱纱一定能长命百岁!"

韩菱纱的脸微微一红,哼了声:"什么时候成你家的了,你别胡说!"

云天河忽然转头问柳梦璃:"梦璃,你说过,看一个人顺眼,就会想要嫁给他,对不对?"

"是啊。"

"那好啊!菱纱,我越看你越顺眼,干脆我嫁给你,以后我们俩都一起玩,找什么东西也可以一起找!"

"……"

"……"

时间仿佛静止了一般。韩菱纱睁大了眼睛,呆呆地看着云天河,一动不动。丹室中忽地安静下来,三人之间,彼此呼吸可闻。

过了片刻,柳梦璃实在忍不住,低声笑了出来,韩菱纱的脸越来越红,如同发烧了一般。

云天河感到气氛不对,朝她凑近,小声问道:"菱纱,我……我是不是又说错了什么?"

"你!你白痴啊!猪头!什么嫁……嫁给我!我才不要你这种野人!不,不对,根本不是这个问题!气死我了!不晓得是不是上辈子作了什么孽,这辈子遭报应,让我遇到你!"

可对上云天河的视线,韩菱纱连多看一眼都觉得羞愤,干脆转身下了高台,去寻出去的通道。

"菱……菱纱,你别走啊……"云天河见韩菱纱跑开,便想追过去。

柳梦璃笑着拉住了云天河,问道:"云公子,你看菱纱很顺眼,所以就想要'嫁'给她?"

"是啊。不过,我……我看你也很顺眼,可以的话,我嫁给你们两个,以后我们三个都在一起玩儿,找什么东西也一起找!"

柳梦璃好不容易忍住笑意,摇头道:"云公子,只有女孩子才能嫁人,男孩子是不能嫁的。"

云天河听了柳梦璃的话,先是一愣,随后却急了,道:"那……那男孩子岂不是很可怜？"

柳梦璃没忍住，又笑出了声："被你这样一闹，至少菱纱没那么伤心了。我们先离开这里再说。"

第十六章

韩菱纱很快找到了机关。启动后，丹室内出现了一条暗道，往内走去，三个人来到了一处洞口。

洞口处的陵墓位置乱石堆砌，像是被人用什么轰炸开，一条道从洞口蔓延到了深处，阴风阵阵。

"难怪那些鬼怪都跑出来了。"韩菱纱看着乱石方向，"有人把淮南王的冥宫风水给破了！"

"此事重大，莫非是有人和淮南王结了深仇大恨？"柳梦璃随后跟着走了出来，只觉着此处的风吹得人不大舒服，遂拿出香丸让他们服下。

"弄得这样乱七八糟，或许只是不懂事的小蟊贼，一味蛮干，闯了大祸自己都不一定晓得。"韩菱纱走近细瞧，但凡懂点风水的，也不会炸在此处，弄成这副样子去陵内，不是自寻死路吗。

就是可惜了，墓道内都吹着这怪风，那冥宫肯定被破坏得更厉害。

韩菱纱扭头看柳梦璃，见她担心，笑着安抚道："你放心，这地宫虽然处在龙脉处，但怎么看也只是小旁支，就算风水骤变也成不了灭族绝后的大凶地。再加上如今这儿已经成了缚地之象，冤魂都被束缚住了，跑不出地宫的，以后找个厉害的道士来收魂就行。"

正说着，就看到一道横冲莽撞的熟悉身影往里侧走，韩菱纱连忙高喊了一声："云——天——河！你回来！"

"菱纱，风水被破坏了，你那么厉害，再把它改回来不就好了？"云天河收住脚步，回头道。

"说什么傻话，你当改风水和吃吃喝喝一样简单吗？弄不好是要遭天谴的。"韩菱纱气得拍了下他的脑袋，"你可别想跑进冥宫胡闹，那是淮南王安置棺椁的地方，机关重重，现在更成了凶地，我们几个就这样进去，几条命都不够死的。"

"不去不去，我都听你的。"云天河挠了挠头，忙保证道。

对上他的眼神，韩菱纱猛地想起刚刚丹室的事，脸颊不由得又开始泛红，她轻哼了一声，转过身朝洞口那儿走去。"这条路应该通往碗丘山，过了碗丘山便是陈州，我们赶快出发。"

从前人挖出来的过道出去，再没遇到鬼魂。行了约莫半个时辰的路，他们的眼前才出现亮光。

韩菱纱从洞口爬出去，转身拉了一把柳梦璃。午后的阳光倾泻而下，穿过枝头，拂过嫩叶，投下一片斑驳光影，落在身上暖洋洋的，瞬间驱散了从地宫底下带来的寒意。

"总算出来了，我们快点进城。"韩菱纱伸了个懒腰，催促道。

这一路仅用了一夜，倒也没有耽搁太久，若是走官道的话，至少得三四日才能到陈州。出了地宫，连接着碗丘山，韩菱纱对这一带也算熟悉，又有路牌指引，天黑前就望见了陈州的城门口。

入了城门，满眼皆是行人，沿街两边有卖花的、卖首饰的，还有卖糕饼点心的……吆喝声不断，热闹非凡。

"说起来，陈州才算得上是淮河岸边真正的宝地。传说天神伏羲在这儿设下了先天八卦之阵，再厉害的妖魔也不能作乱。总之，这儿是个人杰地灵的好地方，好吃的多，好玩的也多。"

韩菱纱说起这些头头是道，一面开路，一面给二人解说："而且历朝历代的皇亲国戚都特别偏爱这里，最最有名的要数那个才高很多斗的曹……曹……曹子佳？梦璃，你在书上读过吧，那个人叫什么来着？"

没等到柳梦璃那提醒她的声儿，韩菱纱的心陡然一慌，转过身去，放眼四处，哪还有柳梦璃和云天河的身影。"梦璃？云天河！"

"这家伙！竟然又乱跑，还把梦璃也一起拐跑了！"韩菱纱被他给气累了，真是一刻都松懈不得，这才进城多久啊！

果然是个大麻烦！

韩菱纱气鼓鼓的，犹如一只被吹满了气的河豚，心里头想着的都是如何把云天河揉成一团再胖揍他一顿。奈何眼下还是先得把两人找着，毕竟一个单纯好骗又爱闯祸，一个未见过世面。韩菱纱的一颗心吊着，专挑热闹的地儿找。

她找了半天都没找到人，反而把自己累个半死。

"真是稀奇了，就一晃眼的工夫，还能跑到哪儿去！"韩菱纱用手给自己扇了扇风，一头汗也不知是惊的还是急的。

韩菱纱这一身红衣和满脸怒容，在人群之中煞是惹眼，但凡路过的都不禁多张望两眼，实在是小姑娘家生得标致，生起气来也着实好看，像一团炽烈的火一般，吸引人的目光。

韩菱纱歇了一会儿又继续找，走着走着，忽然听到弦歌台处传来嘈杂人声夹杂着阵阵惊呼。

她快走两步，心脏跟着扑通一跳，连忙拨开人群冲了过去。

弦歌台旁边的湖中，荷花开得正旺，连绵起伏的荷叶将湖面点缀得一派生机，绽放的花瓣散发出阵阵清香，随风飘来，不觉让人心旷神怡。

不过韩菱纱却没有心思欣赏，她三步并作两步，噔噔噔地跑上弦歌台，果然第一眼就看见一个一身猎装、背着弓和长剑的人站在那里，可不就是云天河。

还好找着了。

云天河正好回头看到韩菱纱，连忙招呼她道："菱纱，你快过来呀！"

"来什么来！你又到处乱跑！嫌以前闯的祸不够多是不是！"韩菱纱吊着的一口气松懈下来，此刻满是怒意，等一挨近，顺手就赏了云天河一个爆栗子。

"你自己丢了也就算了，你还把梦璃给拐跑了，诚心想急死我是吧！"

"我……我也不知道，不知不觉就走到这里来了。"云天河揉了揉脑袋，憨憨地解释道。

"菱纱，都是我不好，我见云公子看这里的风景看得入迷了，越走越远，本想把他喊回来，结果却也……"柳梦璃说着羞赧万分，她从来不曾有过这样"贪玩"的时候。

"好梦璃，你别事事都替这傻瓜担待。其实你们四处逛逛也没什么，就是千万别不打招呼就消失，我会很担心的。"见两人平安无事，韩菱纱放下心来，"我们去客栈吧！我都饿坏了。"

"菱纱，我想买样好东西，可身上没钱，你有吗？能不能给我一点儿？"

"你居然还有脸要钱，一点儿不知反省……"韩菱纱说着就看到云天河露出着急难受的神情，最终还是没了脾气道："唉，算了，说吧，这次你又想买什么？"

云天河闻言一喜，指向另一边："就是那个……"

韩菱纱顺着他的指向抬眼一看，只见亭子中央站着一名女子，女子面前的石桌上放着一把七弦琴，她理所当然地把云天河要买的东西理解为石桌上的琴。这把琴，琴身古朴，纹理细腻，不失为一把好琴。

"你想买琴？"韩菱纱实在想不出呆子买琴做什么，他突然对乐理感兴趣了，那岂不是要折磨她和柳梦璃的耳朵？

她陡然一激灵，正好看到了旁边一直凝视着琴面的柳梦璃：梦璃会弹琴，且弹得极好。

这呆子该不会是为了梦璃吧，不愧是第一次见面能把他眼睛看直了的大小姐，如今这呆子竟对她如此上心。

韩菱纱心情复杂，只看着那琴嘀咕："梦璃不是已经有一把琴了吗？她那把琴还更好呢。"

不料云天河连连摇头，指着琴旁站着的女子道："不是，是买她！"

韩菱纱愣愣地盯着被云天河指着的这名女子，这才仔细打量，女子看上去应该比自己还年长些，一袭淡蓝色长裙，面上未施脂粉，神气间透着一股淡淡的哀愁，却有几分难言的忧郁之美。见韩菱纱望来，她微微施了一礼。

"等等，你说……买她？！"韩菱纱后知后觉，惊得连声音都变了调。

云天河认真地点了点头："是——哎哟，疼疼疼！"

韩菱纱大力揪住他的耳朵，火冒三丈："你……你这色心不死的呆子！你竟然还想——"

"我想……"

"少废话！想都别想！"

"这位姑娘莫要误会，我只是答应为云少侠唱上一曲，还未来得及告诉他不纳金银，求他帮我一个忙。"女子连忙解释。

韩菱纱闻言倏地一松手，云天河揉着被揪疼的耳朵，委屈极了。"是啊，我只想买她唱首歌，菱纱你干吗……"

"哼，谁让你胡说八道！"韩菱纱虽清楚是误会，脸微微一红，嘴上却不服软。

"菱纱，我刚才听这位姑娘抚琴，曲意凄婉哀伤，好像有莫大的痛苦。我们要是力所能及，就帮帮她吧？"柳梦璃轻轻挽住韩菱纱的胳膊，小声央求道。

云天河亦望了过来，一双澄澈的眼里同样满是期待。"菱纱……"

韩菱纱故意不看他，耳朵尖却泛着一丝丝红。她的目光不期然撞上那名女子孤立无援的凄苦眼神，不由得心动，随即又掩了过去。"梦璃想帮，咱们就帮。"

那女子对韩菱纱深施一礼，感激道："两位姑娘，还有云少侠，若是愿意耽搁片刻，我自会把前因后果都告诉你们。"

"还不知道怎么称呼姑娘。"韩菱纱心里虽念着追上怀朔等人，但既然允了对方，自然诚心帮忙，拉着柳梦璃一道坐下来听。

"三位叫我琴姬便好，我已为人妇，又哪敢再以姑娘自居。"

韩菱纱与柳梦璃面面相觑。人妇？可这明明是姑娘家的梳发。

"柳姑娘说我曲意哀伤，心中痛苦，倒是言重了。"琴姬淡淡一笑，眉眼间却是化不开的忧愁，"人生在世，难免有许多妄念，我有个心愿未了，怕是到死都看不破……"

琴姬将过往娓娓道来。她自幼喜爱音律，更仰慕世间的高人侠士，及笄之后便出门闯荡，仗着一身武艺惩奸除恶，倒也十分痛快。后来，因音律结识了陈州秦家的独子，虽不懂武功，是个文弱书生，却待她极好。嫁给他之后，二人便过上了琴瑟和鸣的幸福生活。

"后来呢，是出了什么变故？可是你相公负心了？"韩菱纱听过的话本也不少，见琴姬停顿，便知这美满故事有反转。

"不，他对我很好，我们在一起钻研曲谱，他还教我读书、写字，那真是……真是我一生中最快乐的一段日子。可惜，不管我怎么做，也做不来知书达理的大家闺秀，不能让公婆开心。"

琴姬话音中的苦痛之意甚浓："他那样孝顺的一个人，当初为了娶我，不惜违逆家里的意思。只是，这种事又怎能一而再、再而三地犯。"

"渐渐地，就算有相公陪伴，日子也变得越来越难熬。我心中的郁闷之情亦不知该如何纾解，而那些事，我也知相公为难，但又不能事事言说，久而久之，我就越来越想要逃离这个家，过以前的生活。终于有一天，我又不小心惹得婆婆不高兴，那一次连相公也责怪了我几句，我伤心极了，便留书出走……其实，我倒宁愿是他负我，也就不会有今日的伤心……"

韩菱纱见她十分悲伤，不由得安慰道："你做得也没什么错啊，与其在家里受气，当女侠说不定还自在很多呢。"

"或许吧，每个学剑的人都梦想成为上天入地的剑仙，最初离家的时候，因为心气郁结，我也是这般想的。"

"做得好！"韩菱纱双眼放亮，觉得琴姬此举解气极了。

"但其实，我这一行并不如从前来得肆意，反而常常思念相公，他的身子本来就不是特别好，我很担心，所以我向师父求教延年益寿之法。几年下来终有所成，我便辞别下山，数月前，我回到了陈州。"琴姬面露哀戚，眼中浮现重重水光。

"那你见到他了吗？"

"我回到陈州时才知道，他……他竟然已经过世好几个月了。听说相公在我离开后，身子更加糟糕，整日流连在书房和琴房，任何人劝也不听，只反复奏着我们初识的曲子，我竟一点儿都不知晓……"琴姬说着，泪如雨下。

"后来婆婆为他定下一门亲事冲喜，但新妇过门没多久，他还是去了。我曾经想象过千百遍和他重逢的情形，我宁可他骂我、不原谅我，也未想过那一别竟然是天人永隔……"

"成亲的时候，我们互相许诺要共度此生，想不到，他离开的时候，我竟然不在他的身旁。是我，是我辜负了他，或许这就是上天给我的惩罚吧。"

她说到最后，语音愈低，垂下头去望着那把七弦琴，一颗又一颗的泪珠滴落在琴面，沾湿琴弦。"这把琴还是成亲的时候相公送给我的，如今，我也只有它了。"

韩菱纱眼角湿润，忽然余光瞥见从云天河的方向递过来一块儿帕子，她一把收了过来，胡乱抹了一下，又问琴姬道："那我们要怎么做才能帮你？"

毕竟，人死不能复生。

琴姬抹去眼泪，面色较之刚才更苍白："如今后悔无用。我不知道秦家把相公葬在哪里，只想到千佛塔去，在他的牌位前上炷香，请……请他原谅……"

"只是去上炷香？那有什么难的？我天天都会给爹上香啊。"云天河不甚在意道。

琴姬摇了摇头，解释道："云少侠有所不知，这河心的千佛塔中供有佛门圣物，塔顶有圣光投下，可保佑亲眷的魂灵受佛祖保佑。

"秦家曾捐钱修塔，和方丈也颇有交情，或许是秦家知会过什么，那些僧人根本不让我进塔。我也想过在夜间偷偷进去，可守卫重重……"她悲痛地望了望东南端那座高耸入云的宝塔，目光眷恋万千。

"当初听到相公过世时，我伤心欲绝，想到他和婆婆生前都不喜欢我舞刀弄剑，那次离家出走也与此不无关系，便立下重誓再也不使用武艺。何况，如果为了拜祭相公，跟守塔之人起了冲突，相公地下有知，也会怨怪于我。从那天以后，我一直在这弦歌台上弹琴卖艺，既是谋生，更是想从那些往来的人中找到一位肯帮我了却这个心愿的人。"

"那秦家的人未免也太过分了，人都入土了，祭拜一下又不会怎样，干吗做得这么刻薄！"韩菱纱霍地一下站起身，"这个忙我帮定了！"

"可……"

"琴姬姐姐不想和那些守塔的和尚起冲突，咱们就神不知鬼不觉地溜进去。事不宜迟，琴姬姐姐，我们今晚就去！"

云天河和柳梦璃见韩菱纱一口答应下来，都暗暗松了口气。

琴姬向三人深深一福，道："那就有劳各位了，你们的大恩大德，我一生一世都铭记在心……"说到感动处，她又有些哽咽了。

"琴姬姐姐，你太客气了，我们还想听你弹琴唱歌呢，所以也不算是白白帮你。既然这样，我们便今晚戌时在千佛塔下见面吧。"

琴姬感激地点了点头，回过身去，轻轻抱起那把七弦琴，便离开了弦歌台。

韩菱纱望着她的身影走远，叹道："哎，老天爷也太会捉弄人了吧？明明是一段好姻缘，偏偏变成这种结局……"

"是啊，这次多亏云公子误打误撞，不然我们只怕就错过了。"柳梦璃亦感慨道。

"那这么说我们也不算白来，嘿嘿。"云天河憨憨一笑，为着受了这夸奖。

"少在那里得意了，你这野人也不想想，自下山来一路惹出了多少事——再说了，琴姬姐姐的事和你乱跑胡闹根本是两回事，别以为以后到处乱跑就没事了，否则，小心我……哼！"韩菱纱比画了一下拳头，警告之意十分明显。

云天河下意识地缩了缩肩，心底只有一个念头——韩菱纱真是他见过最凶的女子了！

柳梦璃在旁轻笑道："眼下到戌时还早，不如我们先在城里四处看看，我正好想去布庄。"

"好啊，去逛一逛，要是能遇上怀朔他们就太好了。"韩菱纱跃下台阶，冲着云天河招手，"呆子，你跟我一起。"

要跟着柳梦璃去布庄，只怕待不过片刻就又偷偷溜出去玩儿了，还是得自己随时盯着他才行。

第十七章

陈州之大,自离开弦歌台后,沿着荷花池,入眼便是另一条街市,热闹程度不亚于城门口,云天河看得目不暇接。

韩菱纱想着买些东西带在身上,今晚去千佛塔时万一用得上呢。

一转头,刚还紧跟着自己的云天河这会儿落在她身后不远处,不知盯着什么,一动也不动。

或许是习惯了,看到他这样,韩菱纱也不生气,走过去顺着他的视线看,一幅极怪的画面映入眼帘。

这是路边马车背后贴着的一张纸,只见那上面画着一个女子,扭腰摆首,像是在跳舞,但是头大身小,上粗下细,极不成比例。

"菱纱,这是什么?上面还有字。"上一次看到这样的画,还是在寿阳城的告示栏上,但这画的也不是菱纱。

"芙蓉转圈舞蹈处,左摇右摆好似鸭。挥袖扭腰真窈窕,看得我心花怒放……"韩菱纱念着不由得笑出了声,"这也太好笑了,哪有人这样写诗的?'左摇右摆好似鸭',到底是在夸人还是在损人啊?还有这个女的,难道就是那个'芙蓉'?这长得……长得也太有特色了吧?"

大抵是这画上画的着实逗乐了韩菱纱,她笑得连连喘气。

一旁的云天河从没见过菱纱笑得这么开怀,愣神之余,也不禁笑了起来。

突然间,只听一个恼怒的童音从后面传来:"好大的胆子!竟敢嘲笑本少爷的墨宝!"

韩菱纱转身看去,只见面前一个穿着绸缎衣衫的小小少年双手叉腰,满脸怒气地盯着两人。

"什么墨宝?"

"可恶！你们不是刚刚还拜读过！还胡乱说话！"小小少年伸手指了指马车后面贴的那张纸。

"你说这个？"韩菱纱指着刚才那画问。

"那当然！本少爷的卓然文采一定要公布出来，让全城的人都能看到！"

韩菱纱强忍住笑意："天河，我们走吧，我想起来还有些东西要买。"

"等一下！你竟然小瞧我！告诉你们，我爹当年金榜题名，连中三元，如今官拜礼部尚书！虽然我景阳现下没有功名，可谁人不知本少爷是陈州第一才子！"那小小少年看出她脸上的嘲笑之意，气得满脸通红。

韩菱纱一愣，姓景，又是礼部尚书。"难道你爹是景桓，景大人？"

"没错！看不出你还有点见识，知道我爹的大名。"

韩菱纱又看了一眼那幅画，连连摇头："我说，小少爷，你爹又不是你，你的那点本事就不要拿出来显摆了好不好。要是这也算陈州第一才子，那我还是中原第一美少女呢！"

景阳闻言被气得眼瞪得大大的，像是从未见过如此厚颜无耻之人："你……你少不要脸了！敢不敢与我拼诗文？"

"别，我可没空陪小孩子玩儿。天河，我们走吧。"

景阳却不依不饶，叫嚷道："胆小鬼！你怕了——"他正欲激将，身后不远处走过来一个丫鬟，正四处喊着："少爷！你在哪里？夫人说我们要走了！"

景阳望了那丫鬟一眼，又怒气冲冲地看了看韩菱纱，有些遗憾地哼了一声，道："哼，娘在找我，今日就算了，下回再比试！"

韩菱纱目送景阳跟着丫鬟离开，还三步一回头，像是提醒她记得比试约定，不由得觉得这一幕实在有趣极了。

"想不到景大人这样一位治世能臣，他的儿子却是个绣花枕头。"韩菱纱嘴角噙着笑，眉眼弯弯："先去买东西，改天有空再来看看这小少爷，到底有没有成为陈州第一才子。"

在集市内买齐了东西，韩菱纱想着再换一把趁手的武器，便带着云天河往铁匠铺走去。

河边绿柳荫荫，接近傍晚时，暖风袭来，似乎能抚平白日里的躁动。

远处似有乐声靡靡，大抵是画舫那儿传来的，空灵幽远，更衬得附近安静，韩菱纱不由得放慢了脚步，这几日难得有像现在这样偷闲的工夫。

一旁的云天河就这么跟着，也不说话，韩菱纱看了他一眼，心中微叹。

在去青鸾峰之前，她决计想不到自己会遇到这么个呆子，还将人给带下山了，这几天发生的事都快赶上她几个月遇到的了。

"孩子，这人生在世，遇到谁都有缘分在其中。"

脑海中忽然响起大伯说过的话，韩菱纱微微一怔，也许吧，她遇到云天河也是缘分。

走了一段路，"叮叮当当"的打铁声近了，韩菱纱抬起头，不远处迎风扬着的布帘映入眼底，偌大的一个"铁"字。

韩菱纱的峨眉刺上次对阵妖兽的时候就彻底废了，但胜在轻巧便携，她让打铁的师傅用上好的玄铁又打了一副。

"师傅，进城我就听说您这儿手艺好，您可要替我打好喽。"

"姑娘，你就放心吧！"

打铁铺子里热，韩菱纱交代完，就走到河边。远处一轮红日缓缓落下，几乎没入了天际，余下红霞满天，煞是好看。

晚风徐徐，这样惬意的时光似乎不少有。云天河安静地陪着韩菱纱，看着河边的少女，风吹动乌发和红裙，与远处斜阳构成一幅极美的画，刻在了他的心底。

第十八章

直到暮色四合，韩菱纱和云天河才回到客栈，后者的两只手里都拎着吃食，荷叶鸡香喷喷的味道飘散而来。

"都是你，这一路吃过来，都什么时候了！梦璃该等急了！"韩菱纱数落着云天河。等推门进房才发现，柳梦璃根本还没回来。

竟然比他们还晚。

彼时已经过了晚饭的点儿，韩菱纱受不了云天河的聒噪，就让他留在屋子里休息，自个儿下去让伙计把荷叶鸡加热，在大厅里等柳梦璃回来。

约莫过了一个时辰，柳梦璃才从外头急匆匆回来。瞥见等在大厅里打瞌睡的韩菱纱，她倏然一愣，眉眼之间拢上几分柔和。

"菱纱。"

"梦璃，你回来啦！"韩菱纱打了个盹儿，还梦着他们三人追上了怀朔，对方一听他们要入门派，立马给举荐了上去。

她抹了一下嘴角，还有一丝丝意犹未尽，就是没梦着结果。

柳梦璃看着她睡得迷糊的样子，不似白日里那般张扬机灵，好像一只刚睡醒的小野猫似的，却对她毫无防备的信任与亲近。

"本是在布庄逛逛的，没承想遇到些事情耽搁了，又害你担心了。"

"人没事就好。"韩菱纱一边让伙计把热好的饭菜端上来，一边道："我把你带出来，就要负责你的安全，把你完好如初地交还回去。对了，你说碰到事儿，事情严重吗？可要我帮忙？"

柳梦璃心一软，几次张了张口，最终化作一句："谢谢你，菱纱。"

"我们是朋友，说谢谢多见外呀。"

"嗯。"柳梦璃看着少女冲她俏皮眨眼，眼神愈发温柔，同样也把朋友两个字放在了心底。

到了戌时，趁着夜色，韩菱纱带着云天河和柳梦璃悄然来到了弦歌台。弦歌台上，夜空之中乌云蔽月，就连星光都匿去了踪迹。

紧挨着弦歌台的码头被笼罩在伸手不见五指的墨色中，静谧得出奇，一艘小木船漂在湖面上，唯有摇橹打着水面的声音悠悠荡荡。

韩菱纱一行人乘坐小木船，一上岸便望见了岛中央矗立的高塔。塔高达八层，四周均是寺院，时至半夜，仍隐隐有钟声传来，更令人觉得此地宝相庄严、神圣至极。

藏身于树后的琴姬看见三人，悄然上前施礼道："这便是千佛塔，相公的牌位就在塔的顶层，一切有劳三位了。"

韩菱纱见她此刻换了一身素服，神情间更见哀伤肃穆，心中隐隐有些难过，问道："琴姬姐姐，你说的和尚呢？我们这一路上，连半个和尚也没遇到。"

"此时大部分僧人恐怕已经休息了。出家人讲究六根清净，无论何时都是空门大开，因此这千佛塔晚上也不关闭。只不过塔中的圣物实在很重要，寺院才会派人把守。"

韩菱纱向塔内望去，果然见门边有三四个僧人，手持禅杖站在那里，看起来武功不弱。

"要是只有一个看门的倒还好办，这么多人，怕是不好瞒过去。待我想想……"韩菱纱扫视四周，忽然一喜，指向不远处宝塔侧面的红漆木窗，"有了，你们看那边！"

"那边怎么啦？"云天河突然想起进淮南王陵时的情景，恍然大悟道："哦，我明白了，菱纱，你又想学老鼠打洞吧？呵呵，这招真好用，哪天你教教我好不好——"

话没说完，肩头已中了韩菱纱狠狠一拳，云天河当即痛呼道："哎哟，你干吗又打我！"

韩菱纱轻哼了一声，不理会他，悄声走到窗边，轻轻地推开了窗子。那木窗年久失修，推动时发出吱呀的响声，四人都捏了一把汗，所幸门口的几名僧人离得较远，并未察觉。

四人依次顺窗口跳入塔内。这千佛塔分内外两层，外面一层围墙只起装饰之用，塔中各层建筑和楼梯均在内层的围墙里。

韩菱纱走到内层的窗口处向里张望，只见塔底三三两两地坐着十几个僧人，背对着大门，或诵经，或打坐。

"这些和尚看起来武功不怎么样，不过万一要是被他们发现，喊叫起来，让外面的和尚听见，可就不好办了。"她仔细看了看塔中的结构，眉头微微皱起，自言自语道，"糟糕，这座塔跟我想象的不太一样，这可不太妙……"

柳梦璃环顾四周，忽然低声说道："嗯，我倒有个方法，可以不让这些僧人发现我们。"

说罢，她伸手从腰包中取出了一个香囊，道："这本是普通的香料，常人闻了有宁神静气的功效。我在里面多加了一些药，一般人闻多了便会昏昏欲睡。我看门口就是香炉，不妨试试。"

韩菱纱想到在淮南王陵被迷昏的两个士兵，点了点头，接过香囊，蹑手蹑脚地走到门边，趁那些僧人不注意，将香囊里的香料全部倒入香炉，随即屏息离开。

不一会儿，塔内的僧人大多已打起了瞌睡，偶有几个没睡着的，也是眼皮打架、哈欠连天，连经都念不下去了，哪里还注意得到门外的情形。

时机已到，韩菱纱带着人连忙悄无声息地从门口走进去，绕开这些僧人，顺着楼梯一路向上。

走到第四层，迷香的气息已基本散尽，眼看塔中仍有少量僧人来回巡视，四人不由得暗暗叫苦，只得硬着头皮，小心翼翼地避开他们。

韩菱纱对此颇有经验，以盛装经卷的书柜为屏障，在前面探路，众人在她的指引下，倒也平安躲过。

每当遇见实在没有躲藏之处的地方，韩菱纱便悄悄绕到另一边，弄出些声响，以声东击西之计转移僧人视线，自己带着三人趁机迅速通过。就这样一路小心走来，四人终于来到了千佛塔顶层。

此处没有僧人把守，塔顶中央安置着一尊巨大的佛像，金光闪闪，十分华贵。佛像面前乃是一排灵位，一名女子正跪在正中央的牌位前，牌位上赫然写着"秦逸"二字。

琴姬目光凝视着那块牌位，陡然失声道："相公！"她神情激动，噙着泪水，几乎要跪倒在牌位前。

两三步外，一道冷喝突然响起："站住！"

灵前的女子缓缓站起，转过身来。她一身盛装，头上还簪了鲜花，全然不像是来此祭祀之人的装扮。和全身素服的琴姬一比，她更显得古怪。

那女子扫了云天河等人一眼，目光最终停留在面前琴姬的脸上一动不动。随后，她的眼神微微一颤，却没显出丝毫惊讶之色，悲哀之余，竟有几丝愤怒和无奈。

"我知道，终有一天你会来的。虽然我们从来没有见过面，但是我一眼就能认出你……只不过，你比我想象的差远了。"

琴姬疑道："你是？"

那女子目光凝聚，死死地盯住琴姬的双眼，似乎想要看穿她心里的一切，冷然道："你想不出我是谁吗？我可是一眼就认出你了。如今相公面前，也只有你我二人而已。"

"你是秦逸他……他的——"

"他的妾。"

琴姬如遭雷击，呆呆地站在那里。

"你尽可安心，直到相公过世，我也做不了他的妻子，我的名分永远都只是一个妾而已。"那女子微叹一声，带着几分轻蔑。

"不，不是……我……我从来没有这样想过……"

那女子却以愤怒至极的语气打断了她："不管你是怎么想的，在相公和公婆心里，我却胜过你这个妻子百倍、千倍！若不是相公心肠太好，顾念一点儿旧情，今天又哪里轮得到你坐正妻之位！扪心自问，你配吗？你——"

她用手指着琴姬，指尖轻颤，几年来心底的怒气和不甘似乎都凝聚在了这几句话中。

琴姬听着她愤怒的斥责，垂下头去，以手抚面，痛苦得全身颤抖，几乎站立不稳。

韩菱纱见状，拧眉道："喂，你别这么尖酸刻薄地欺负人！人都过世了，争这些有的没的还有什么用！"

那女子望了韩菱纱一眼，嘴角露出一丝苦笑，语气一下子平静下来，淡然道："小姑娘，你说得太好了，本来我和她就没什么可争的。毕竟相公生前，日夜侍候左右的是我，给他熬药穿衣的也是我，我敬他、爱他，他也待我如珍宝。"

"夫妻同心，心意相连，就算……就算他的病再也没法治了，这短短数月，不也如神仙眷侣一般——"

琴姬闻言痛苦至极，颤声道："不……不要说了！"

那女子看了看她，冷笑一声，轻蔑道："怎么，你不爱听？不爱听我和相公是如何恩爱的？"

琴姬痛苦地摇着头，那女子的每个字都如一把尖刀刺在她的心上。

"你可知，妇人妒忌，合当七出？你连这点规矩都不懂，也难怪公婆不喜欢你。"

"你不爱夫婿，不敬公婆，还指望着相公会喜欢你吗？他是太念旧情了，要不然，还轮得到你弃夫而去？"

琴姬捂住耳朵，可那些话还是一句句地钻入她的脑海中。

看着琴姬痛苦的样子，那女子眼中闪过一丝快意，然而随之而来的是更加悲愤的神色，似乎她自己也沉浸在痛苦之中不能自拔，对琴姬的斥责也不知不觉停了下来。

琴姬连喘了几口气，犹如溺水之人逃出生天，好久才积聚起说话的力量，有气无力地说道："求你……求你别再说了……我今天来，只是想给相公上炷香，很快就走……"

"走？是啊，你又可以抛下他，就跟从前一样。不是吗？"

"不是的，我不是——"

那女子厉声打断了她："不是什么？！你知道吗？自从相公去了，我怕他一个人孤单寂寞，每天都来这儿陪着他，从早到晚都待在他身边。"

女子的话音陡然提高了八度，她愤怒道："可你呢？！你抛下他整整四年！不是四天、四个月，是四年！四年了，相公坟上的土都干了，你才假惺惺地来这里！你不用解释什么了，没什么好解释的！你如今要说的话，相公他若泉下有知，也不会愿意听的！"

琴姬无话可说，痛苦地低下了头，只听那女子道："你要上香，可以，但须得答应我一件事。你上完香之后，即刻离开陈州，永远不许再回来！你根本不配待在这里！"

韩菱纱听不下去了，怒道："太过分了！凭什么这么欺负人？！"

琴姬却无力地点了点头，微声道："好，我……我答应你。"

"琴姬姐姐，你……"

琴姬颤抖着摆了摆手："心愿了却，我……我再也不踏入陈州半步！你说得对……我不配留在这里……"

"这样最好，我想相公他也不愿再见你。"女子说完退到一旁，冷冷地看着琴姬。

琴姬走到灵位前面，徐徐跪下，双眼一阵模糊，恍惚间仿佛回到了成亲之时，两人新婚宴尔，琴瑟和谐，说不尽的快活时光一幕幕地在眼前闪过。忽然一阵冷风吹来，眼前景物一晃，尽皆消失，只留下面前冰冷的牌位，她不由得悲从中来，两行清泪止不住地流了下来，滴落在佛前的地面上。

三炷香很快就烧完了，琴姬勉强起身，面向那女子，微微一躬身："多谢……告辞！"

那女子冷笑一声，转过身去再不言语。

韩菱纱看得怒上心头，刚想出言痛斥那女子，却被柳梦璃拉住，摆了摆手，悄声道："菱纱，走吧，孰是孰非，不是我们可以说的。"

众人悄然返回塔外，坐船回了弦歌台。

此刻已近黎明，天际间晨光熹微，照在众人脸上，然而谁也没有心情看日出。

韩菱纱见琴姬神情黯然，尽管此刻心愿已了，但她看上去比先前更加难过，于是安慰道："琴姬姐姐，你别难过了。哼，刚才那个女的真是讨厌！陈州又不是她家大院，要由她做主！琴姬姐姐，你不用管她，以后什么时候想再来看看你相公，只管来便是！"

琴姬惨然一笑，摇头叹道："谢谢你，韩姑娘。你不用多说了，她、她也不过是个可怜的人。唉，一切都是我咎由自取，如果当初没有意气用事，再和相公想想别的法子，或许……或许很多事情都会不同了。"

柳梦璃也安慰道："我看那女子满面怨怼，她说的话，也未必全是真的。你也不必太自责了，也许事情不是你想的那个样子。"

琴姬抬首望着塔顶灯火，话音恍若隔世："生人已逝，真的还是假的，已经无所谓了……若她令相公开开心心地过完那段日子，我反倒只有说不尽的感激和惭愧。我对不起相公，她代我做我该做的事，我也没有什么遗憾了。"

一旁沉默不语的云天河突然开口说道："嗯，你这么说，和我爹说过的很像。他说真心为一个人好，就是要让她天天高兴，就算那个人不喜欢自己，甚至根本不认识自己也没关系。"

"令尊的话一点儿都没错，世人只盼神仙的好，却不知心有牵挂，无论圆满不圆满，也胜过孑然一身，独自漂泊。"琴姬叹气道。

"琴姬姐姐，以后你要去哪里呢？"韩菱纱问她日后的打算，颇有几分怜悯。

"与琴相伴，四海为家，走到哪里便是哪里了。"琴姬闭上眼，睁开的一刹那却茫然道："其实，记不清有多少次，我真想放下尘世一切，就这样随相公去了。"

第十八章

"琴姬姐姐，你别……"

"可是，我对不起相公，我没有脸去见他……相公他生前最喜欢弹琴，我不能陪伴在他左右，便以琴为姓、与琴为伴，每天给他弹琴奏乐，希望他在天上听见我弹奏的琴曲，能够原谅我……我还告诉自己，一定要尽心搜集历代的乐曲残谱，替相公了却生前心愿，或许……或许这样，他才愿意在梦中与我见上一面。"

琴姬看着几人担忧的神色，宽慰道："你们不用担心，该怎么做，我心里很清楚……我不在相公身边的时候，他一定也很痛苦、很伤心。如今，我不过是尝到昔日的苦果，又凭什么一死以求解脱呢？"

韩菱纱三人心中感伤，一时皆沉默不语。

"各位的热血心肠，琴姬不胜感佩，既已说过为你们歌唱一曲，自当信守诺言。这大概是我在陈州唱的最后一支歌了，就送与你们三位一听吧。"

说完，她将七弦琴轻轻地摆放在地上，端坐下来。韩菱纱三人也席地而坐，静静地侧耳倾听着。

琴姬纤指轻拨，琴上传来一阵极轻微的颤音，如人低语，微不可闻，然而语中悲戚感慨之情却深深地印刻在了三人心中。

韩菱纱和云天河心中一阵难过，不由得想起了逝去的父母。柳梦璃则低下了头，默默思索着什么。

乐韵回环，琴音逐渐由短而长，连绵反复，乐声亦渐转悠扬，然而曲中那令人难以忘怀的悲伤仍贯穿始终，不曾断绝。这一曲音律虽悲，听来却哀而不伤，闻者伤感之余，仍不由得为这支琴曲的凄美精绝而赞叹感佩。

三人听得正入神时，只见琴姬轻启朱唇，悠悠唱道："细雨飘，轻风摇，凭借痴心般情长；皓雪落，黄河浊，任由他绝情心伤。

"今生缘，来世再续；情何物，生死相许。如有你相伴，不羡鸳鸯不羡仙……"

这支歌初时唱得十分优美动听，然而数语之后，声调便转凄凉，琴上音色也为之一变，悲伤之意更进一层，林间远远地传来几声鸦鸣，似乎为歌声所感，更显得悲伤不已。琴姬唱到最后一句时，嗓音已然哽咽。

韩菱纱听得眼眶发红，几乎要流下泪来，身边的柳梦璃悄悄地递了块手帕过来，她也叹息不已。

一曲唱毕，三人只觉如同经历了一场大梦，梦中种种悲伤之事、悲哀之情、悲痛之感，犹如亲身所遇所感，如幻如真。

琴姬忍住泪水，冉冉起身，向三人道别。

韩菱纱含泪看着琴姬孤单的身影走上码头，乘船远去，心里难受至极，哀声道："琴姬姐姐，她是在用自己全部的心和命在唱这支歌啊……为什么上天要让两个人有缘却又无分呢？"

"我想，或许人和人之间的缘分都是注定的。等到上天要收回的时候，连一天一刻都不会多等。"柳梦璃道。

"像琴姬姐姐这样，真的好残忍……要我选的话，我宁可一开始就不认识那个人，也好过相识以后却要生离死别……"

云天河呆呆地望着她，摇了摇头，坚定地说道："菱纱，虽然你说得没错，但是……就算我们三个明天就会分开，我也不后悔认识你和梦璃。爹说过，活着的时候要尽欢，死的时候才没有遗憾，要是因为害怕以后的事，一直避开当下的事，那活着也不会开心的，又有什么意思？"

韩菱纱抿唇不语，眼神幽暗。

"我想，我能明白云叔说的意思，与其担心人生无常，不如多珍惜眼前时光，多珍惜和重要的人在一起的时光。"柳梦璃附和道。

"我爹总说，我命在我也，不在于天。以前我不明白是什么意思，今天我想大概是让我们把握自己，把握眼前快乐的事吧。反正只要每天都过得开心，以后想起来也就没什么遗憾了。"

"是吗？生尽欢，死无憾……"韩菱纱擦了擦眼角的泪水，望着远处琴姬所乘的那条船早已缩为河面上一抹浮光，喃喃念道："生尽欢，死无憾……"

斗转星移，暮色更沉，此时的千佛塔内，秦逸之妾姜氏又重新跪倒在丈夫的灵位前。身上的华服换作祭服，此刻满面黯然，向着丈夫的牌位，幽幽问道："相公，那个人，就是你直到过世前都念念不忘的女子吗？她……比我好吗？"

"好到你为了不让她伤心难过，连自己病了的事都不让她知晓，任由着她和姑母闹翻离去，也不愿意她在你身边……"

姜氏脸上的苍白之色更显，退去了周身的盛气，仿佛随着琴姬的离开被抽走了所有力气。她眉眼低垂，一闭眼就是身形消瘦的男子，抚着那人抚过的琴，握着笔一遍遍描摹着她的模样……

"相公，你知道吗？我从小就一心一意喜欢着你，只想做你的妻子……可是为什么，为什么你偏要和她一起。"

姜氏叹了口气，脸上现出万分不甘却又无可奈何的神色，用极柔和的语气说道:"后来,她弃你而去,姑妈说要我嫁入秦家冲喜的时候,相公,你知道……你知道我有多高兴吗?我想好好照顾你,让你忘记那个女人,从今往后只想着我……可你……你怎么忍心看都不看我一眼?"

她忽地笑了,哀叹道:"这些天我一直穿着最好的衣服,戴着最美的花在这里陪着你,相公,你不会怪我吧?我……我只是不甘心,想要看看是什么样的人把你迷得神魂颠倒,我知道,她总有一天会来的。"

"今天,我终于见到她了,她……也不过是个很寻常的女子,没有我美,也没有我对你那样好。可是,你为什么爱她,不爱我呢?"

塔内一片寂静,只听见呼啸的北风在窗外卷过。

姜氏的眼神愈加迷离,喃喃地说道:"相公,你听,这儿的风好大,吹得人好冷。你在那边,有没有这么大的风,你会冷吗?相公,你是不是很寂寞?我来陪你好不好?相公,你要记住,这世上只有我是最爱你的,不管你到哪里,我都会跟着你,不像其他人把你抛下……"

一阵狂风吹来,塔顶的窗子被大风吹开,佛前的烛火摇了一摇,随即熄灭,整座千佛塔就这样陷入了一片死寂。唯有寺院里的晨钟,正伴着田间农舍的鸡鸣声,远远地回荡在周围。

第十九章

陈州的早晨格外热闹，客栈内，天南地北的人会聚于此，进进出出的，十分忙碌。

临着楼梯的一张桌子上摆满了陈州当地的美食。

韩菱纱搅动着手中的豆花，脸上有一丝显而易见的苍白，她的心思都在旁边的桌子上。那里坐着几个城里的食客，他们正说着今早城里发生的新鲜事。

"你们听说了没有？咱们陈州城的首富秦家又出大事了！"

"你说他家媳妇自尽的事？"

"对对对，听说他们家的媳妇昨夜在千佛塔自尽了！仵作看过，说是吞毒死的！更奇怪的是，守塔的僧人说昨天夜里似乎有人闯了进去，偏偏又讲不出贼人相貌。听说方丈已经决定关闭禅寺三个月，秦家的人恐怕不会善罢甘休！"

"唉，可叹世上痴情女，丈夫死后竟如此贞烈……"

谈论声字字句句传到耳中，韩菱纱闭上了眼睛，心中后悔不已："想不到她的性情那么烈……也许……也许我昨天不应该那样讲，我……我实在是……"

都是苦情之人，何必如此刁难。

韩菱纱当时也是气不过，所以说话重了些，却不承想她会那般。

一旁的云天河见她这么难过，安慰道："菱纱，这与你无关，我想，那个人她是想去陪自己的丈夫吧。我爹说过，人能够按照自己的愿望做出选择，不管对错，其实都是件幸福的事。"

韩菱纱怔怔地看着说出这番话的云天河，颇有几分意外。

"要是我们可怜她，她大概也不会高兴的。"云天河继续道。

"或许你是对的。"韩菱纱垂眸，仍旧不能释怀，"她生前不一定为相公所爱，死后却一定要去争，我不能理解……不过发生了这种事，总是让人难过。一个人,昨天明明还和你说话,也还会动,今天却哪里都找不到了,这样的感觉,一点儿都不好受。"

柳梦璃轻轻握住了她的手,柔声道:"菱纱,人死不能复生,何况她的死,于她而言也未尝不是一种解脱。无论如何,过去的事就让它过去吧。"

云天河点点头道:"是啊,梦璃说得对。这是她自己的选择,我们就不要太难过了吧。"他望了望桌上的美味,早就垂涎不已,"我们快吃饭吧,菱纱你看,这可是正宗的烤猪腿,凉了就不好吃了!"

韩菱纱瞪了他一眼,哼道:"吃吃吃,你就知道吃!"

话音刚落,他们身后传来一声叹息:"师兄,那个女的好可怜哦……"

这话音十分熟悉,韩菱纱当即转过身去,看到进店的二人,不由得眼眸一亮,连日赶路的疲惫似乎在此刻一扫而光。

"两位,想不到真的会在这里遇上,我们找你们好久了!"

那二人正是他们此行所寻的怀朔和璇玑。璇玑刚刚听客栈内的人说到秦家,眼眶还红红的,她盯着韩菱纱看了会儿,语气有些骄纵:"找我们?难怪到哪儿都会遇上……你们干吗要跟着我和师兄啊?"

"璇玑!"怀朔低低喝了一声。

"没关系,其实小妹妹说得对。"韩菱纱笑眯眯地摆了摆手,"我叫韩菱纱,他叫云天河,这位是柳梦璃,我们特意赶来陈州,是想拜入二位的师门!"

"什么,要入我琼华派?!"璇玑愣了愣,连忙摇头,"不行不行,修仙哪有你们说的那么容易?"

"小妹妹,我们自然知道不容易,但早已经下定了决心。"

"什么小妹妹,总这么喊,人家哪里小啦!"

韩菱纱眨了眨眼:"那……璇玑姑娘,你和你师兄能不能带我们入门拜师呢?当日在巢湖,多亏你师叔仗义相助,不然我们早成了妖兽的口粮。那之后,我们对剑仙之风更加仰慕。"

璇玑怀疑地看着韩菱纱的眼睛,听到"仰慕"二字,忽然神色一紧,面上由疑转惊,又由惊转怒,急声道:"等等,你说你仰慕师叔?你……你不会也看上我师叔了吧?"

她紧盯着韩菱纱,见她容貌姣好,顿时敌意大盛,紧张之色尽显于外。

"璇玑,怎可这样讲话!"怀朔在一旁听得哭笑不得,他一面拉住璇玑,向她连连摆手噤声,一面急向韩菱纱作揖致歉,"实在抱歉,小师妹她口无遮拦,韩姑娘别放在心上。"

"不碍事的，我们求仙是一片诚心的，更感激剑仙出手相救，怎敢有其他念头？璇玑姑娘也不过是心直口快。"韩菱纱倒是挺喜欢璇玑这性子的，虽然她有一些娇蛮，但什么都直来直往的，是一眼就能看透的单纯可爱。

韩菱纱自小久历江湖，对这些人情世故早已稔熟，此刻她笑着转向璇玑，心知这小姑娘多半心仪她的那位师叔。"我见璇玑姑娘聪明伶俐，一定很得令师叔的喜爱吧？"

果不其然，璇玑姑娘的脸当即红了，小手捧着，分外羞涩。"哼，算你有见识。"

"那璇玑姑娘能否带我们去拜见一下贵派山门呢？令师叔修为高深，为人仰慕；璇玑姑娘聪明可爱，又这么善良，果然是名门风范。我们就算入不了贵派，能到宝地沾几分仙气，瞻仰一下剑仙的风采，也会开心得不得了呢。"

韩菱纱话说得巧妙，惹得璇玑咧着嘴笑，对她的态度瞬间发生了转变，转而替她央求怀朔道："师兄，他们这么诚心，不如我们就帮他们一把好了。掌门不是常说做人要时存善念吗？反正最后能不能入门还要看他们自己。"

怀朔看到这番变化，心中发笑。自家小师妹的脾性他最清楚，令他意外的是面前这位姑娘，她圆滑但不市侩，古灵精怪的，十分有意思。尤其是在她扑闪着一双大眼睛专注凝视时，让人不忍拂逆。

"也罢，既然三番五次有缘相遇，或许是天意……"

"真的？你们答应了?!"韩菱纱惊喜道，原本以为还要费些工夫，想不到这么容易他们就答应了，"那你们何时动身？"

"我和璇玑还有些事要办，一个时辰后，大家在城门口会合便是。"怀朔对他们轻轻点了点头，做了个简单的告别，随即便带着璇玑离开了客栈。

"哟呵！终于可以学御剑飞行了！!"云天河高兴坏了。

韩菱纱目送着他们远去的身影，心中萌生起一丝向往，喃喃道："原来他们的门派叫琼华派。"

"菱纱，那我爹娘是不是也是琼华派的？"

"从古玉看，即便不是，也应该有渊源，等去了就知……"韩菱纱说着一扭头，发现柳梦璃从遇到怀朔他们之后就一直没说过话，太过于安静了。

"梦璃，你有心事？"

柳梦璃眼神一顿，似乎被惊到了，瞬间回过神，说道："没什么，只是想到

第十九章

这两天发生的事,心里总是不太舒坦。"

这两日,柳梦璃心里总恍惚般飘过一团影子,却又看不清楚究竟是什么。

"好梦璃,别再想了。你刚刚不是说过嘛,过去的事就让它过去。"韩菱纱安慰道,"我们都要珍惜当下,在一起时就要开开心心的,别辜负了来这世上走一遭。"

柳梦璃脸上的神情舒展了些。"我想先去买点香。"

"一起吧,时辰尚早,我也不放心让这呆子乱跑,把他带在身边最安心。"韩菱纱笑着挽住她,招呼云天河跟上,三个人一起离开了客栈。

路上除了云天河险些跟着杂耍团走丢,中途倒也没生出别的变故来。一个时辰后,韩菱纱他们抵达了城门口。

怀朔和璇玑已经等在那儿,他们身上的道服飘然若仙,再加上容貌出色,吸引了不少目光。

璇玑一回头就看到了三人,目光盯住落在最后的云天河,好奇地问道:"你的耳朵怎么这么红?"

云天河连忙捂住,下意识朝韩菱纱瞥了一眼,"呵呵"笑着。

韩菱纱轻咳了一声:"请问两位,我们要如何前去?"昆仑山距离这儿可有些远。

怀朔含笑:"本派虽距陈州有千里之遥,但凭御剑术,一盏茶的工夫即可到达。只不过我与师妹只有两把佩剑,要搭载这么多人怕是不够,所以想借云兄弟的佩剑一用。"

云天河爽快得很,直接将剑解下递给怀朔:"好啊,你拿去。"

怀朔伸手接过,眼神一愣,大为惊讶:"这把剑的造型十分特异。"

一旁的璇玑插嘴道:"师兄,这剑怪模怪样,连剑格都没有,和寻常的样子差太多了,说不定铸它的人只是想哗众取宠而已……"

"这倒也不能妄下定论,此剑灵力强大,并且不知为何,其中竟蕴有巨大寒气。"怀朔转向云天河,连忙问道:"云兄弟难道没有察觉吗?平日使用这把剑时,不会被寒气伤身?"

"伤身?没有啊,这剑我耍着玩好久了。"

"这便奇了,莫非云兄弟修炼了何种高深的内功或法术?"

云天河摇了摇头。

韩菱纱忽然想起当初在山洞内,剑入山壁时的奇异景象,加上剑内蕴含的力量,可是将整个石室都给劈开了。"如此说来,这是一把不同寻常的宝剑?"

"不错。"

"这剑是我爹给我的，我从小就用，也没啥特别，只不过前些日子突然变得有点怪……威力大了些，摸起来更冰凉了，不过也不是一直都这样，有时候好用，有时候不好用。"云天河倒是没瞧出剑的特别来，反正拿来猎山猪挺好使。

怀朔沉吟片刻："姑且不论此剑，即便宝剑有灵，所持之人也要有与之匹配的力量方可激发，否则人不可役剑，剑无以护人，也是无可奈何的事。"

韩菱纱点点头，不愧是修仙练剑之人，这几日来他们都不明白的缘由，被他这三言两语给说通了。

"可惜我相剑之术所学不精，看不透此剑深浅。"怀朔摇了摇头，"罢了……我们即刻起程，青冥之中务必要心无杂念，不然——"

"不然从天上掉下来，我和师兄可不管哦，嘻……"璇玑笑嘻嘻地接上了话，一脸促狭。

怀朔无奈得很，立身默念："心由念动，剑自气灵，气念互通，人剑相合——起！"

三人只觉身子一空，耳畔风声飒然，睁眼一看，足下长剑竟已载着自己飞到了半空中。

韩菱纱等人都是第一次御剑飞行，不禁睁大了眼睛，只见自己穿行在蔚蓝的天幕中，脚下或身旁不时飘过几朵云彩，清风拂面，爽意满怀，说不出的畅快舒服。

"太好了！想不到御剑这么有趣！"

这一高兴，竟忘了抓牢云天河，韩菱纱脚下的剑立马晃了起来，令她一个趔趄，险些摔下去。

幸好怀朔就在旁边，长袖轻拂，韩菱纱只觉身旁传来一股力道，助自己站稳了身子。

她吓出了一身冷汗，紧紧地抓住云天河的肩头，再也不敢放开。

云天河想笑，可他又不敢，刚刚跟着去看杂耍被韩菱纱给拎了回来，耳朵还疼呢，只得小心道："菱纱，你抓紧我。"

韩菱纱"嗯"了一声，心有余悸般轻轻咽了咽口水，险些闹出笑话。

怀朔见她紧张，笑着安抚道："韩姑娘不必如此害怕，御剑之道本就讲究人剑合一、心剑相通，只要心中不生杂念，是不会有危险的。"

韩菱纱听了他的话，微微放心，但还是不敢放手。

云天河倒是一点儿也不害怕，他张开双臂，迎着风，肆意呼喊道："哟嚯！

第十九章

我——会——飞——了，好——开——心——啊！"兴奋之情，溢于言表。

怀朔见两人已无危险，微微一笑，负手向前飞去，片刻间就将两人甩在了后面。

不过一盏茶的工夫，前方传来怀朔的喊声："诸位，到地方了，我们下去吧——"

话音刚落，韩菱纱等人只觉脚下长剑一个劲儿地往下沉，本来看不清的地面慢慢变得清晰起来，远远望去，一个圆形的村镇渐渐出现在自己脚下。

不一会儿，三柄长剑稳稳地降落在了沙地之上。

韩菱纱从剑上跳下来，想起刚才的奇妙体验，更坚定了拜入琼华派的决心。

"此地乃是播仙镇，就在敝派所居昆仑山的脚下，我和师妹只能将你们带到这里了。若想入门拜师，就一定要自行上山。"怀朔拂了拂灰尘对他们道。

云天河还沉浸在刚刚的御剑飞行中，对怀朔所言不甚在意："自行上山？哈，那也没什么，走山路一点儿都不费力。"

一旁的璇玑刮刮脸蛋，笑嘻嘻地打趣道："掉以轻心，小心到时候哭鼻子！"

"三位，这山中设有不少险阻，乃是为了考验来此求仙之人的毅力。上山之时，还望多加小心，如果有为难之处，也不必硬闯……"

话没说完就被璇玑给打断了："师兄，不用讲一堆啦，他们自己去镇上打听打听，就能知道怎么上山，反正我们能帮的都帮了。"

柳梦璃款款施礼道谢："多谢两位，接下来若有任何困难，都该由我们自行解决，方能显出求仙的诚心。"

这般落落大方的姿态惹得怀朔不由得多看了她一眼，只见她眉眼温柔，看似易碎的琉璃，却也有其坚硬的一面。

"多保重，下回见面时说不定已是同门。"怀朔的话没说完，又被璇玑催了一顿，只好拱手还礼，随即踏上长剑，和璇玑一起向着云端上的山峰飞去。

韩菱纱仰头望着那座昆仑山，但见其山势巍峨磅礴，仅是半山腰处便已没入云端，白云缥缈处，隐有六七个山头彼此相望，最近的一个，距他们三人立脚之处怕也有数里路程。

"就知道，没那么容易……"

随即韩菱纱又望向前边不远的村镇，刚向前走了两步，忽然眼前一晕，只觉双腿发软，身体直直地朝前栽了过去。

第二十章

"菱纱!"云天河一个箭步冲上去将她扶住。

柳梦璃也急忙上前:"菱纱,你怎么了?"

"头好晕,身上也没劲儿……我也不知道怎么回事,这几天经常头晕,大概是累了。"韩菱纱握着云天河的手臂,勉强站稳了身体,但双腿仍然发虚,"没事,过一会儿就好,先去打探打探上山的事。"

云天河牢牢扶住她,微凝着神色:"今天不上山了!我们先去客栈休息一下。"

"没关系,我的头不晕了。"韩菱纱强撑着,一直找寻的门派就在眼前,她不想因头晕这点小事浪费时间。这也是她一路强忍着不适未说出来的原因。

不想云天河却前所未有地坚持,他眼底的执着,似乎是有十个她来拎耳朵都不会改变主意。"那也不行!还是得过一晚再走!"

"不是说了在外面都听我的吗?"韩菱纱佯作生气,只是那惨白脸色毫无威慑力。

"话是这么说没错,怀朔他们讲过,上山的路很危险,所以你一定要先找个地方休息一下,不能硬来!"云天河皱眉道。

云天河的这番强势态度让韩菱纱心中有些怪异,她微红着脸小声道:"你这么关心我干吗……哼,你走山路一点儿都不费力,我却要休息,显得我很差劲儿似的。"

但这一回连柳梦璃也站在云天河那边了。"就按云公子说的办吧。先休息一天,养足精神再上山也不迟。菱纱,看你这个样子,不光云公子担心,我也放心不下呢。"

看着这一软一硬的,韩菱纱撇了撇嘴,只得妥协。三人在播仙镇中找起了落脚处。

这个镇子位于沙漠之畔，地面上除了几条青石铺就的大路，其余大多地方都是黄沙。镇中无人行走的空地上，倒是有不少地方安置了许多葡萄架，在盛夏日头的照耀下，一串串长得正盛的葡萄让这片黄色的世界有了些许生气。

三人略行了几步，只觉一阵凉风迎面吹来，抬眼望去，只见镇子正中，一条清澈见底的小河静静地流淌，穿过整个村镇，向远方流去。村镇外是一望无际的沙漠，此处竟能有一条如此清澈的河流，叫人看得惊奇。

再望那小河的源头，便在数里外的昆仑山上。

镇中居住的大多是西域人，穿戴与中原人大不相同，但都说着汉话，显然是深受中原文化的熏陶。也有不少汉人杂处其中，互通贸易，双方相处得十分和睦。

当地人也十分热情好客，云天河这不善言辞的，只询问了一下，他们便热情地为他们指路。不多时，三个人来到了一座圆形尖顶的房屋前。

入内，门边柜台旁有一位穿着灰色长袍的胡人女子，她见三人进来，满面笑容，操着一口熟练的中原汉话，道："三位客人，欢迎欢迎！神仙会保佑你们的。"

柳梦璃微笑回应，柔声道："掌柜的，请给我们三间客房。"

云天河觉得新奇，从进来便一直东张西望，四下打量："这里的房子和其他地方的都不一样，圆圆的，顶上还有尖刺。"

掌柜爽朗大笑道："西域和中原不同，我们世世代代都住在这种房子里，才能躲过风沙日晒。"

安排好客房，正要叫人带他们去客房的掌柜倏然注意到了韩菱纱，关切道："这位姑娘面孔发白，是中暑了吧？这样的身体千万别去仙山！"

韩菱纱这一路原本就是累的，也无心欣赏镇上的风景，听到掌柜的这么说，抬起头来问："您怎么知道我们要去那里？"

"姑娘，你们几个的装扮，一看就是从中原来的，还带了刀剑，不是做生意，那应该就是去仙山了。许多中原人都知道山上的神仙，他们来这儿就是想见神仙一面。"

韩菱纱提了些精神："那，你能告诉我们去山上的路吗？"

"当然，这儿人人都知道，出了播仙镇，往南就可以去仙山，可是没什么人能见到神仙。"

"为什么？"

"山路上有会伤人的怪物啊！怪物也杀不死，很多人就逃回了镇上。也有人去了那边，再也没回来过，也许是被神仙带走了吧。"

韩菱纱听了这番话，暗暗吃惊，想不到怀朔等人所说的考验竟然这么难通过。

"菱纱，不用怕，山上的怪物打不过我们的。"云天河不甚在意道。

"谁怕了？"韩菱纱瞪了他一眼。她担心的根本不是这个，原本想打听一下山上的具体情形，现在看来，这里的百姓也不清楚。

想到这儿，突然一阵眩晕感袭来，韩菱纱微微踉跄，云天河本能将她揽住，生怕她会摔下去。

那抱着她的少年丝毫不觉得行为有何不妥，而韩菱纱此时已没了力气，也没法开口说些什么。

这时天已经暗了下来，云天河和店里的伙计把韩菱纱带到床上，刚关好窗子，回头就发现她已经沉沉睡了过去。

初识时那般活泼张扬的性子，眼下却像是易碎的瓷娃娃似的安静地躺着，如玉的脸因病更显苍白。

云天河呆呆地伫立在床畔，目光凝落在韩菱纱的脸上，看着她这样子不觉拧起了眉头，他自己也不知道，这种感觉或许叫作"怜惜"。随后帮她轻轻掖好了被子，方才退了出去。

这一夜，韩菱纱睡得并不安稳。

她梦到自己回到了韩家村，昔日繁华的村子变得极为萧条，广场中央悬挂的五彩横幅已变得破破烂烂的，好像数年都不曾有人去更换打理，横幅下的石台更是长满了青苔和杂草。

没有人做祭了。

韩菱纱在村子内漫无目地逛着，一圈又一圈，却找不到家的方向。行人应该都是她认识的，可每个人的神情都很漠然，怎么叫他们，他们都没有反应，而且微青着脸，没有血色。

"这到底是怎么了？"直到看到昔日玩耍的小伙伴也变成了这样，韩菱纱彻底慌了，她冲上前去拉住了他，可手才接触到他，"砰"的一声，他整个人化作了一阵烟尘，消失在了自己眼前。

"大伯，大伯娘，哥哥……"韩菱纱心底的恐惧开始攀升，她往记忆里的路跑去，但这本该熟悉的一段小径竟变得无比漫长。

近在眼前的屋舍却怎么都抵达不了。

"菱纱。"

"好孩子。"

身后有声音在喊她，韩菱纱转过身去，整个人木在了那儿，那是两张异常熟悉的脸。

"爹，娘……"韩菱纱怔怔地看着他们，两人亦望着她，脸上是她从未体会过但期盼已久的温暖笑意。

韩菱纱顿时泪如雨下。

"爹，娘！"韩菱纱朝着他们快速奔去，可他们之间的距离却没有缩短，任凭她怎么努力都追不上。

韩菱纱渴求地看着前方，无力感席卷全身，只能眼睁睁地看着他们远去，连同那温暖的笑意，彻底消失不见。

"菱纱，菱纱！"耳畔又有悠长的声音传来，似乎是在提醒着她什么。

"不要——"韩菱纱猛然睁开眼，云天河关切的目光映入眼帘。

"菱纱，你没事吧？"

韩菱纱喘着气没作声，看了他片刻，抬了抬身子想坐起来，却发现自己一直抓着他的手。

她急忙松开："你怎么在这里？"

"我……我在隔壁听到你一直在说梦话，好像是做噩梦了……"云天河挠了挠头，"我就过来看看。"

韩菱纱抬眼看向窗外，天已经亮了，再看云天河，他半跪在床边，似乎保持这姿势很久了。

"你……进来多久了？"

"不记得了，来的时候天还是黑的。"正说着，要起来的云天河因为蹲了半天，腿麻了，直接朝后坐在了地上。

韩菱纱愣了愣，笑出了声："你这傻瓜！"

"菱纱，你别怕，就算……就算你爹娘不在了，你还有我们啊！我爹娘也不在了。"云天河摸了摸摔疼的屁股，想安慰她什么，却嘴笨说不出来，绞尽脑汁想着，"我们……我们以后可以在一起。"

"在……在一起？"韩菱纱的脸颊腾的一下红了，"你这呆子！"

"菱纱，你醒了吗？"就在这时，屋外传来柳梦璃的声音。

"你不许说话！"韩菱纱制止云天河，冲着外面喊道，"醒了，天河刚过来叫醒我。梦璃你等等，我收拾一下。"

韩菱纱对云天河再三嘱咐，不准他说出在自己屋子里待了半夜的事，得了他点头保证才出门。

柳梦璃等在门外，瞧着她气色好了许多，一颗悬着的心这才放了下来。"可还有哪儿觉得不舒服？"

"没有，放心吧，我没事。"韩菱纱挽着她下楼，"昨天可能是太累了，休息休息就好了。"

"那怎么云公子他……"柳梦璃朝后看去，发现云天河眼眶周围青黑一片，像是没睡好。

"我……我好得很，我们快点上山吧！"云天河看了一眼前面的韩菱纱，连声催促。

柳梦璃觉察到二人之间的气氛古怪，不等她开口多问，就被韩菱纱快步拉走了。

三人按掌柜所说的，出了播仙镇，向南走出数里，便到了昆仑山脚下。山脚不远处是一片荒漠，而眼前的山路上却树木成荫、绿意盎然。

柳梦璃不由得叹道："真想不到，这儿竟还有这样绿树成荫的地方！"

"要不然怎么叫仙山呢。"韩菱纱四处望着，笑说道。

一路上山，走了没多久，云天河突然神情紧张起来，手牢牢地握住长剑，十分谨慎地注视着身前的景物。

"怎么了？"韩菱纱瞥见，下意识环顾四周问道。

"这里……不对劲儿！"云天河不安道。

想到云天河异常准确的直觉，韩菱纱不由得提起了心，只见空中突然降下一道闪电，正中云天河。

"轰"的一声，云天河被击得蹲在地上，他那鸟窝般的头发根根炸开并竖起。须臾，云天河喷出一口白烟，连连呛咳了起来。

"天河！"韩菱纱惊呼。

柳梦璃亦担心地向前了一步。"云公子，你没事吧？"

"没……没事……只是全身麻了……不能动……你们小心……"云天河勉强站起身，活动了一下僵硬的胳膊。

第二十章

忽然三人耳边传来一阵怪笑声，三丈开外出现了一个人形的怪物，它一手持刀，一手举盾。最怪异的是，那怪物竟没有头颅，赤着上身，从腹部发出诡异的笑声。

它不偏不倚，正好拦住了他们的去路。

韩菱纱凝了神色，拔出短剑纵身上前。"梦璃，你先看看天河的伤！我来对付这个怪物！"

"菱纱，小心！"柳梦璃一声惊呼，就看怪物持刀劈向韩菱纱，数米长的大刀寒光烁烁，凶险万分。

韩菱纱几番躲闪，气喘吁吁，论体力，她根本敌不过这个庞然大物，更遑论伤它分毫，反而险些被它砍掉右臂，身上还被划了好几道口子，颇为狼狈。

"菱纱，我来帮你……"云天河拼着力气正要提刀过去，下一瞬就看到韩菱纱被怪物的右臂重重扫落在地，"菱纱！"

高高举起的刀在落下的一刹那，一道白影忽地闪过，"铮"的一声嗡鸣，怪物手中的刀不知被什么东西挡了一下，突然被震飞了出去。

众人眼前一花，面前已经多了一个谪仙似的人物，那人右手捏了个剑诀，疾喝一声，一道光剑飞出，正中那怪物胸口处，顷刻间怪物便化作齑粉消失了。

第二十一章

这一下快得出奇，韩菱纱还未看清来人是如何出手的，怪物便已消散。

她恍然大悟，原来这怪物与石沉溪洞中的魁召一样，并非实体，仅是法力高强之人设下的灵像。

出手之人转过身来。在韩菱纱的印象中，似乎只有一人能将身上的道服穿得那样仙姿秀逸，孤冷出尘。

少年背负剑匣，宽袍缓带，气度庄严，郑重的神情下，望向众人的目光里有几分探究之意。

"剑仙，真的是你？你又帮了我们一次！"韩菱纱眉眼弯弯，着实欣喜地望着少年。

一旁，柳梦璃扶起云天河："菱纱，这位是？"

"梦璃，这位就是那天在湖边救过我和天河的剑仙，他的剑术很厉害呢！"韩菱纱觉得运气极好，在这儿遇上了他，说不定他能带大家上山呢。

那少年听了韩菱纱的赞誉，丝毫不为所动："你们为何在此？"

"我们正要上山寻仙访道。"

"原来如此。刚才不应该帮你们的。"少年轻轻皱了皱眉道。

"剑仙何出此言？"

"既是来此求仙，这太一仙径只不过是小小试炼，须得凭自身之力通过方可。"

"太一仙径？名字倒是很好听，可怎么这样凶险啊……咱们素昧平生，剑仙你帮了我们两次，真是侠义心肠，只是这里的怪物实在厉害，不如剑仙你好人做到底，就带我们上山吧！"韩菱纱有了上次对付璇玑的经验，满面笑容地恭维着那少年，只盼他能说出一个"好"字，这样一来，他们三人可就省了大力气了。

第二十一章　　115

不料那少年长袖一拂，冷然道："不可。"

韩菱纱一愣，心念一动，换了个说法："虽说要凭自身之力，可剑仙你刚才明明帮了我们，既然已经出手，就是打破规矩了，破例一次和破例两次又有什么分别呢？对不对？"

少年背过身去，冷冷道："不必多逞口舌之利。你们适才遇电击也不知闪躲，毫无应变之能可言，若是没有修仙资质，就请回吧。"

韩菱纱好话说了一箩筐，到头来还是被人毫不客气地拒绝，而且听那少年语气中竟有奚落之意，她不禁生气道："你！你少瞧不起人了！"

那少年淡淡地道："我不过就事论事。"说到这里，忽地御剑飞起，转瞬之间，他便杳然不见。

眼见那少年离去，韩菱纱气得直跺脚。"这家伙的性格真讨人厌！"

云天河挠挠头道："算了，他也没怎样，还帮了我们……"

"你啊，到底懂不懂人争一口气的道理！哼，这家伙断定我们上不去，那我们拼了命也要爬上山，让那个冰块儿脸刮目相看！"韩菱纱气得捶他一下，跟那少年铆上了劲儿。

柳梦璃已经熟悉了韩菱纱的脾气，微笑劝说道："其实，有些人就是面冷心热，他肯出手帮我们，应该也没有恶意，菱纱你就别气了。"

韩菱纱"哼"了一声，叹道："其实，你说的我也知道，他救了我们两次，是个好人。我只是不喜欢他那么说话……唉，算了，我们走吧。"

三人定了定神，继续向山上走去，一路上又遇到许多小怪拦路，这些怪物法力都不算高，数量却不少，想必是那些修仙门派既想考验寻仙之人，又不愿当真伤了他们，故而用这些并不太难对付的小怪来试探他们。

若是来人没有坚定的决心，见有如此多的怪物挡路，必然要打退堂鼓，也不致受到伤害；如果来人真有诚心，又有些道法修为在身，上山倒也不是太难的事。

韩菱纱等人一路行来，配合越来越默契，走到后面也越来越轻松。

此时已经到了半山腰，山路两旁的树木渐渐茂盛起来，远处一条清澈的瀑流飞泻而下，显然是播仙镇中那条小河的源头。

三人眼望山下黄沙遍野，山上却郁郁葱葱，一片清凉，心中不由得感叹所谓洞天福地，便是如此。思及此处，他们又对山上那些修仙门派多了几分羡慕和向往。

韩菱纱打定了主意，就是赖也要赖在那仙山上，除了不能被那少年看扁的自尊心作祟之外，还有个更重要的原因，那便是得了仙法就能回韩家村救人了……一念至此，韩菱纱拼了命地往山上赶。

云天河和柳梦璃被她的拼劲儿所感染，亦加快了步子。

又走了一会儿，仍是郁郁葱葱的林荫，不见山门，韩菱纱停下来喘口气的工夫，林中蹿出两道身影，拦在他们面前。

"站……站住！此山是我开，此树是我栽……"

听这语气，上气不接下气的，像是累得够呛。

旁边另一个披着斗篷的人有些不满，瞥了他一眼，大声向韩菱纱道："要从此路过，留下干粮来！"

看着这俩人的模样，韩菱纱笑道："才想说没人呢，马上就来了两个傻瓜。"江湖上说的都是"留下买路财"，这两个人倒好，竟是"留下干粮来"。

"你们是谁？"云天河好奇地问道。

"老大，怎么办？我们都已经讲得这么直白了。"

"担心什么，他们只是在故作镇定罢了！"

"仙山之中，怎会有匪徒出没？"柳梦璃不禁皱眉道。

那披着斗篷的人陡然喝道："错！我二人不是匪徒，乃是江湖上人称'剑南双侠'的豪杰！还不快拿干粮出来！"

"为什么要把干粮给你们？"云天河立马护住自己的包袱，心想都还不够自己吃呢。

那两人见云天河不肯，均是一怒。披斗篷的人晃了晃手上的长剑，喝道："蠢货！没看见我们手上拿着剑吗？"

"对，老大说得对，拳头大的人才有干粮吃，还不快拿来！"短衫人也跟着帮腔道。

"剑？可是我也有啊。"云天河越发觉得奇怪，说着将身后的望舒剑解了下来，又看了看两人的手，笑道，"我看你们的拳头小得很，应该你们把干粮给我才对。不信咱们比一比。"

对面的两人同时愣住，这是什么情况，被打劫的人竟然这么虎，怎么办？

"人说秀才遇到兵，有理说不清，今天是强盗遇到野人，一样有理说不清。"韩菱纱突然"扑哧"一声笑了出来。

就连柳梦璃也不禁用袖掩了唇角，眸中露出几分笑意。

第二十一章　117

那两人被笑得又羞又怒，却都对云天河有些怵怕，不敢发作。短衫人低声问："老大，这小子身形剽悍哪，打不打？"遭了老大一记白眼后，短衫人机灵道："咳……这位少侠，既然大家都是使剑高手，我们……那什么……英雄惜英雄。这样吧，你继续吃你的干粮，我们继续吃我们的干粮。那个……"

"青山不改，绿水长流，就此别过！我们走！"

二人刚想拔脚离开，忽听得身后的韩菱纱忍着笑喊道："慢着！"

两人回过头来，见她一脸笑意，反倒紧张起来。那老大忐忑不安地问道："你……你想怎样？"

"不怎样，只是想问问你们两位，这条路是不是能通到仙山顶上？"

"就算是，就凭你们几个也上不去！连我们'剑南双侠'都——"短衫人听身旁老大咳嗽一声，忙止了回答，"哼，你问我我就说，岂不是太丢我们'剑南双侠'的面子了！"

韩菱纱轻轻一笑，双手向腰间的短剑摸去："是——吗？"

"姑……姑娘，有话好说——"

"耿峰、巴靖安！你们两个又欺负刚上山的人！"一道气急的女声由远及近，不多时，一名紫衣少女匆匆奔了过来。

见双方并未发生冲突，少女暗暗松了口气，向韩菱纱他们抱拳施礼："三位，实在对不住，你们别理那两个不争气的家伙，他们除了欺软怕硬，别的什么都不会！"

说完她气冲冲地瞪视着身侧的两人："在这里挡什么路，还不快回去练剑！"

那两人呵呵干笑数声，连连点头，神情如蒙大赦，一溜烟儿地跑了。

韩菱纱好奇地打量着喝退二人的少女："请问，你也是来修仙的吗？"

"我们都是来这里求仙问道的，只可惜通不过派中试炼，又不甘心就此离开，所以在山腰结庐，苦修武功，想要再去闯关。"

"对了，我叫石榴。"石榴姑娘眉眼英气，面上腾起一丝难为情，"我们几个一直住在这里，虽然山上偶尔也会送些东西下来，但过得毕竟很清苦，所以那两个没骨气的东西就想了这么个馊主意，专门打劫你们这种刚上山的人，抢点东西吃，真是对不住。"

韩菱纱看了云天河一眼，要不是这位姑娘来得及时，谁抢谁还不一定呢。

"你说的山上，是指那个修仙门派吗？"

"是啊，这座昆仑山方圆数百里，据说山上一共有悬圃、玉英、昆仑、琼华、碧玉、紫翠、阆风、天墉八个修仙门派，道法各异，有的以植物为媒，有的以宝石为媒。在播仙镇附近的这个最大、最强，叫作'琼华派'，供奉着九天玄女。"

石榴望向山顶的眼神里充满了向往。"这一派讲究'人剑合一'的修行之法，收取门徒极其严格，可以说是百里，不，千里挑一！"

"有这么难？那你和我们一起上山吧，人多不怕闯不过去！"云天河挥了挥拳头，一股子蛮劲。

"多谢，但是我不能入门并非因为走不过太一仙径，这儿不少人都和我一样。"

她说到这里，看见三人表情疑惑，面露难色，便拱手道："对不起……我知道你想问什么，可往后的试炼我连一点点都不能透露，要是让人知道了，我会立刻被送下山去。"

"没关系，大门派就是规矩多。"韩菱纱想到刚上山时碰到的那位，暗暗撇了下嘴。

"但愿你们都能如愿以偿。"石榴笑了笑，挥手向三人道别，走向林荫深处的茅草屋。

韩菱纱从她的背影处收回目光，望向高处云雾中若隐若现的飞檐翘角，眼底染上兴奋之意。

"听她这么一说，我更想快点上山看看了！"

第二十二章

这一走，又是一个多时辰。

沿途皆是风景，韩菱纱却没了欣赏的心思，又因为体力不支，渐渐落在了最后。

云天河本就留意着韩菱纱的情况，一回头看见她泛白的脸色，便拉着她一屁股坐在岩石上。"累死了，快坐着歇会儿。"

"可……"韩菱纱看着近在咫尺的山顶，颇不甘心，只是一挨着岩石坐下就没能再起来。

柳梦璃从随身的背包中取出香包，递了过去。"此香能够提神，你且随身带着。"

韩菱纱接过闻了闻："好闻。"那香气与柳梦璃身上的相似，让人仿佛置身温柔花田，清新淡雅的香气萦绕，沁人心脾。

"我去给你弄点吃的。"云天河说完，就要往附近的林子里走去。

"不用，我歇一会儿就好。"韩菱纱不由得皱眉，"谁知道林子里是不是藏了别的什么，还是快点赶路。"

韩菱纱说着就要起来，却被云天河一把按了回去。"我去去就回。"说完，他一溜烟儿就跑没影了。

柳梦璃想了想道："我去帮忙。"

两人一前一后入了林子，余下韩菱纱坐在岩石上愣了片刻，直到一阵山风吹来，似乎才醒过了神，眉眼间不自觉拢上一层淡淡的说不清道不明的情愫。

这厢，柳梦璃跟着云天河进了林子，看着他在前头探路，不一会儿就用前襟兜了许多野果子，还不忘分她一些。

"这些红的是可以直接吃的，毛果子得去壳，别看那小果子带青，吃起来最可口了。"

"云公子懂得真多。"柳梦璃的手上被塞满了，不由得笑道。

云天河突然被夸还有些不好意思："你就别笑话我了，我一个山上长大的，什么都不懂，还给菱纱添了不少麻烦呢。"

"那地方一定很美。"

"嗯？"

"能让云叔在那儿隐居，如闲云野鹤一般，叫人羡慕。"柳梦璃言语间流露出几分憧憬，又暗藏了几分不一样的心思。

云天河憨憨一笑道："确实自在，我爹烤的野猪肉可香了！我学他那法子，可就是不如他烤的好吃，还有山上的雀儿……"

柳梦璃听着云天河讲述山上的日子，仿佛能透过他所说的，看到那个人的身影，他的一举一动浮现在眼前，让她不自觉牵起了嘴角。

"你要是喜欢，以后我带你回去看看，包管你待着不想走。"云天河说了一通，最后道。

柳梦璃闻言回神，看着那张和救命恩人相似的面庞，顿了一顿，方是笑着应道："好，一言为定。"

约莫一盏茶过后，韩菱纱缓过了劲儿，正站在林子外张望犹豫之际，就看到两人并肩走了出来。

"菱纱！我摘了好多好吃的果子！"云天河小心兜着，兴奋地来到韩菱纱面前，给她挨个擦了擦，献宝似的递了过去，"快尝尝。"

韩菱纱就着他的手咬了一口，果子鲜嫩多汁，脆甜脆甜的。"好吃！"

云天河笑得比自己吃了还高兴："那你多吃点，可惜这儿只有果子，要是再烤点肉吃，一下就有力气了。"

"你当我是你吗？是你自个儿惦记着肉吃吧！"

"嘿嘿。"

"等等，你后面那是什么？"韩菱纱瞥见他身后蓝色的小小一团，仔细看，才看清楚那是一只形似梨子的动物，背上长着双翅，大大的脑袋几乎占了整个身子的一半，正冲着云天河咿咿地叫着什么。

"你说这只小妖兽呀，刚才在林子里碰到的，差点被蛤蟆怪给吃了，我把蛤蟆怪打跑了，它就跟着我了。"云天河回头看了一眼，后者也眨巴着水汪汪的大眼睛看着他，露出欣喜期待之色。

第二十二章

"看起来皮薄，应该不用剥皮，直接烤了算了。"云天河道。要不是韩菱纱不喜欢蛤蟆，他本来是想抓了蛤蟆怪的。

旁边的韩菱纱和小妖兽双双瞪大了眼睛。

"它这么可爱，你居然想吃掉它！"

许是听懂了"吃掉"二字的含义，那小妖兽扑腾着翅膀，"咻"的一下飞走了。

"其实果子挺好吃的，没必要非要吃肉。"柳梦璃见状暗自舒了一口气，从刚才就一直提着的心重回了肚子里。

韩菱纱立马点头附议，有些恋恋不舍地看了一眼小妖兽飞走的方向，她刚才都没来得及摸一摸，好可惜。

"哪里可爱了！"云天河嘀咕着，实在无法理解女孩子的审美，就是当食物他都觉得硌碜，况且还不够他塞牙缝呢！

"总之，你不准吃小动物！"韩菱纱耳提面命，而且她隐隐觉得那小兽有些不凡，就是不知道它跑掉了之后会不会再遇到危险……

经过这一打岔，三人上山虽误了些时辰，韩菱纱却养了些精神，一口气走到了离顶峰不远的地方。

山顶恢宏的建筑在望，身边的空气却越来越寒冷，山道两旁的树木上覆盖着一层白霜，地上也微微结了一层薄薄的冰面。

"这里真冷……"韩菱纱抖了抖身子，皱眉道。

云天河看她眉眼冻得红通通的样子，当下就把身上裹着的兽皮解了下来，裹在了她身上，其间不小心碰到了她的手，他顿时眉头皱得更厉害了。"你的手怎么这么冰？"

韩菱纱也因那短暂的触碰，如过了电流一般不自在。"你们不觉得冷吗？"

"是有点。"柳梦璃眺向远处，"这里已经登顶，气温与山下相差较大。"不过韩菱纱的反应委实过大。

地上结了冰面，有些滑溜，走起来更不方便。

天河搀着面色不大好的韩菱纱走在了前面，柳梦璃搓了搓胳膊，在二人身后，不料正前方伸过来一只手，那手的主人道："快点儿来。"柳梦璃愣了愣，突然觉得昆仑的寒风似乎也没那么刺骨了，看着等着她的少年，她笑着把手伸了过去。

三人通力合作，不久便登上了山头，走到了一座巨大的山门前。

那山门高数丈，位于峰头最宽阔处，俯瞰群山，更显得气势磅礴、无比壮观，目光所及之处，云雾缭绕，宛若人间仙境。仅这一道山门，便足以看出此地修仙之人的高超技艺。

韩菱纱不由得抬头仰视，看着顶部的篆体大字。"昆仑琼华派。太好了，我们终于到了！"她高兴之下，当先跑了过去。

刚到门口，门边站着的两个身穿道服的弟子各自伸手将她挡了下来。

"姑娘请留步！非本门弟子，不得入内！"

韩菱纱一愣，身后的云天河和柳梦璃已走上前来。柳梦璃向那名弟子微微一福，道："这位少侠，我们是来贵派拜师的，能不能劳驾通禀一声？"

那弟子也方方正正地回了个礼，道："对不住，掌门有令，近日派中诸事甚多，无暇他顾，暂不收徒。各位还是请回吧！"他的语气虽然十分礼貌，但话语中拒绝之意甚坚，并无商榷的余地。

韩菱纱好不容易来到这里，正满心欢喜之时，想不到连山门还没进，就被人一盆冷水泼了回来。"哎哎，不会吧？我们花了好大力气才爬上来的，没有功劳也有苦劳吧，怎么就这么赶我们出去……"

"各位若是不愿下山，可先在太一仙径白灏道盘桓数日，那里有人居住——"

"数日到底是几日啊？我们千里迢迢，一片诚心地从陈州赶到这里来拜师，总不至于连大门都不让我们进吧？"韩菱纱心急打断道。

"这……我们也是奉命行事，还请姑娘莫要为难。"

旁边另一名弟子却有些不悦，大声道："明尘师弟，不必跟他们多说！师门规矩，用不着多解释！"

"三位还是请回吧。"

看守山门的两名弟子死板不肯通融，韩菱纱正想理论两句，却被柳梦璃拉到了一旁。

"我看，方才他们神情肃穆，举止也很戒备，或许门派里真的有什么大事也未可知。"柳梦璃劝她道。

"来都来了，哪有就这么走的道理。"韩菱纱哪是轻言放弃之人，一双狡黠的眼骨碌转着，"让我想想，怎么样才能溜进去……"

忽然听身后传来一声轻咳，韩菱纱冷不丁被吓了一跳，转身看去，只见一名身着道服的弟子站在面前，看他的服饰，与山门口的明尘大同小异。不想被人家听个正着，韩菱纱的耳朵不禁有些发热。

第二十二章

"啊！那个，对不住，我……我说要溜进去，只是说说而已，我们可还什么都没做——"

那弟子望了她一眼，目光又转向云天河，然后微微颔首，沉声说道："三位，掌门要召见你们！"

"掌门？你说，掌门要见我们？"

云天河却听得糊里糊涂，好奇道："掌门？什么是掌门？"

韩菱纱拽了拽他，满眼喜色道："呆子，掌门乃是一派之主，门派里的事都归他管。"蒙掌门召见，那可了不得呢！

云天河"哦"了一声："那我们能进去了？"

那名弟子好奇地在二人之间扫了个来回，而后眼观鼻、鼻观心，交代道："三位等一下在掌门面前不可乱说乱动，无论你们是不是本门弟子，规矩法度总要守的。"

说罢，他又看了云天河一眼，缓缓道："尤其是这位……少侠，似乎阅历甚浅，既要来此修仙，便请注意自己的行止庄重，切记！"

"多谢，请带路吧。"韩菱纱连连保证自己会看好云天河，此刻已经迫不及待。

那名弟子不再多言，带着三人往山门内走。

"虚邑师叔，他们三位，这是？"

"是掌门让我带他们几个进去的。明尘、明光，你们照常值守便好，如另有他人要来拜师，不必让其入门。"

明尘和明光听了，退到一边放行。

韩菱纱看着这情形，心中思忖，照这个虚邑师叔说的，他们三个是被破格召见的，也不知是什么样的因缘，她一时心里有些没底。

待进了琼华派大门，众人只觉一股暖意扑面而来，此地虽是峰顶，却无半分寒冷，与方才山路上冰封雪绕的景象形成了鲜明的对比——一派春意盎然，百花盛放，彩蝶扑绕。

石板铺成的道路两旁尽是草坪，不时传来几声虫类的鸣叫声，轻灵悦耳，伴着微风轻送，满目惬意。这一峰之景，在他们看来便如昆仑山顶上一颗最璀璨的明珠，光彩耀目，夺人心魄。

再远观四周的殿观房舍，皆是按照先天八卦的图案排列，布置得井井有条。半空之中，几座大的道观位于更高一层，汩汩清泉从上面流下，流进下面的池塘里。远远望去，泉水如同瀑布一般，房屋则像浮在空中，此等奇景，令人叹为观止。

距他们不远的空阔广场上，众弟子三两一群，正各自聊天、练剑。

韩菱纱直勾勾地盯着那些弟子，他们身上的穿着和怀朔、璇玑相似，又有些不同，使着长剑，划出一道道剑气荧光，看上去十分厉害。

原来这就是修仙了……

"这边请。"虚邑见三人呆滞地望着广场，小声提醒道。

韩菱纱率先回过神，此时他们三人已经绕过广场，离场地正中的神女像十分近。偌大的雕塑足有三丈三高，需得仰头凝视，但也不能窥尽。她身着道服，遥望苍穹，面上的神色似喜似嗔，却又十分威严，想来便是石榴所说的九天玄女了。

"好大的……"脚字还没出口，云天河的嘴就被韩菱纱牢牢捂住了，她瞟了一眼前面带路的虚邑，低声警告云天河："你少说话！"

三人环视派内景观，不知不觉，心中均大生敬意。

难怪石榴说这里的美景是神仙赐予，确实，人世间论及仙山风物，普天之下，又有几处地方能与此地媲美呢？

虚邑引着三人来到一座匾上写着"琼华宫"三字的大殿前，殿中背对众人站着一人，只见她穿着一套白底蓝边的道袍，头上发髻高耸，两缕青丝垂在身后——竟然是个女子。

"掌门，弟子已将他们带来了。"

那女子微微一点头，道："虚邑，你且退下。"

虚邑答应一声，转身退出殿外。

琼华派的掌门转过身来，她五官十分端正，一双凤眼乌黑明亮，两道剑眉微微颦起，淡淡地看着云天河三人。

不知为什么，三人看见她，不知不觉就想起了殿外九天玄女的塑像，两人的容貌虽然不同，却是一般的神气。

"你，叫什么名字？"她的目光落在云天河身上，凝了几分深意。

"我叫云天河。"不知为何，云天河一见到掌门，心里便涌起一股莫名的紧张感，说话不自觉透露出几分局促。

韩菱纱悄悄瞥了他一眼，也不清楚这原先天不怕地不怕的野人怎么竟突然怯场起来。

"你爹是云天青？"

"是啊，你……哦不，掌门也认识我爹？"

第二十三章

殿内划过短暂的停滞。

掌门一双过于漠然的凤眸闪现过一丝过往情绪，那是在她成为琼华派掌门之前，亦是上一任掌门身死殉道之前，为数不多的快活日子。

她掩下眸："今日我在敬天之屋，以天珠占卜，得知有故人之子前来，想必卦象中说的就是你了。"

"我爹他以前真的在这里待过？"云天河惊道。

"不错，你爹他确实曾入琼华派，只可惜他半途而废，不久就自行下山去了。如今他可是心有遗憾，才嘱咐你上山拜师？"

"不……不是，是我自己想来，我爹他很早就死了，也没交代过什么……"

掌门面上微微一惊，眼中露出遗憾之色，长叹道："他……竟已过世了？怎会如此……也罢，也罢，死生由命。"

说罢，她稍稍顿了顿，似乎平息了心里的波澜，又向三人道："近日门中将有大事，我意本门暂时不收外人为徒，但念你是天青之子，又是千里迢迢来此，诚心可嘉……"

韩菱纱一颗心被吊在了她那后半句未完的话里，一抬眸却不经意撞上掌门的目光，仿佛冬日深雪里浸染过的凉薄寒意，顷刻冰封。

"……姑且让你们试上一试。若能通过试炼，我便破例一回，让你们入门，倒也无妨。"

长长的一句说完，韩菱纱的一颗心彻底落回了肚子里。"你们"二字便是将她们三人看作了一路，自己修仙有望了！

当初决定去青鸾峰寻仙，真是太对了！

"那要是没通过呢？"云天河忽然有些忐忑道。

"那便是几位仙缘浅薄，不适修行，也只好请你们下山去了。"掌门淡然地一拂长袖，问道："你们几个可准备好了？"

"我且将你们送往一处境地，如何去而复返，须得你们自行领悟。若是在其中困得久了无法出来，我自会将你们召回，但入门之事也就不必再提了。"

"掌门你的意思是，不凭自己的本事跑回来，就不算数？"云天河问道。

"不错。"

云天河呵呵一笑，拍着胸脯道："掌门你放心，不就是回来吗？没什么难的。不管是跑路还是爬山，我都可以的！"

掌门望着那一张酷似某人的年轻面庞，眼中闪过一丝笑意，话音仍十分郑重："但愿如你所说。"

韩菱纱担心云天河这般憨傻莽撞惹得掌门不快，当即扬声道："我们准备好了，请开始吧！"

掌门点了点头，神情忽转严肃，右手掐指，疾喝道："闭目，凝神！"云天河等人连忙闭上双眼，只听见她吟诵道："玄女有命，普告万灵，自在往来，腾身紫微——"

韩菱纱等人只听她的话音越来越远，脚下只觉天旋地转，睁眼一看，不过片刻间，他们三人竟已被送到了一个奇异的空间之中。

转身看去，四周一片漆黑，许多平坦的板块浮在空中，其间以铁索相连，三人正站在中央最大的一块儿平台上。

"这是哪里？掌门不是说要带我们去一个地方吗？"云天河四下张望，从未见过这般奇异的景象，不禁睁大了眼睛。

"嘻，这你就不懂了吧，还跑路、爬山，掌门可不是带你去踏青，她使的可是仙法！"韩菱纱说着便对这些仙术愈发心生向往。

柳梦璃点了点头，道："嗯，这法术十分厉害，须臾之间便能将我们送来此地，看来这琼华派的剑仙的确不是浪得虚名。"

"梦璃，你不是也会幻术，能带我们出去吗？我们现在出去，掌门肯定吓一跳，说不定马上就收我们入门了。"韩菱纱突发奇想道。

"方才被送进来的时候我就留心过了，此地亦幻亦真，虚实难辨，凭我的法力还不能破解……"柳梦璃见菱纱有些失望，又道："不过，此地既然是试炼之所，应该有专门负责考验我们的人，若能通过考验，我想自然便能出去了。"

"咦，你们看，那边有个老头儿！"云天河眼尖，指着一处道。

第二十三章　127

韩菱纱和柳梦璃循着望去，平台一角，一位白须白眉的老者坐在一个巨大的酒葫芦上，背靠一尊青铜大鼎，正醉态可掬地打着呼噜。两人顿时心中一喜，明白这大概便是幻境试炼之人，忙拉上云天河走了过去。

未及近身，只觉一股浓烈的酒气扑面而来。

韩菱纱闻到酒味，皱了皱眉头，本能地侧身退开两步。柳梦璃走上前去，便欲询问，见他睡得正香，又有些不忍心打扰，但环顾四周，见这里除了这老者以外再无别人，也只好温声问道："老人家，打扰一下……"

她连问了两三声，只听那老者含含糊糊地道："唔……好酒……酒……哎呀，怎么全不见了？"

老者忽然睁开双眼，看见面前的柳梦璃等人，顿时大为不满地咳嗽一声，道："你们……你们几个小娃，没看见老夫正在打盹儿吗？吵醒了老夫，梦里的好酒都喝不上了！"

"老人家，实在对不住，我们不是有意要打扰您睡觉，只是想问问怎么从这儿出去。"柳梦璃连忙道歉。

"出去？唔，原来是从琼华派来的小娃。是凤瑶那丫头送你们进来的？呵呵，倒是好久没见过了。"老者扫过三人，笑呵呵道。

韩菱纱听他的语气，能管那位厉害掌门叫丫头的，肯定更厉害，连忙讨好道："是啊是啊，您老人家的眼睛真灵！能不能告诉我们出去的路啊？"

那老者瞥了韩菱纱一眼，笑道："小丫头，别以为说两句好话就能过关。让我想想，该怎样考验考验你们……唉，被你们刚才这一闹，肚子里的酒虫全醒了，现在是咕咕直叫，怕是想不出什么好注意喽。"

"你肚子直叫？那一定是饿了，我这里有干粮……"云天河摸向口袋。

"干粮管什么用？老夫乃是酒仙翁，自然要喝酒。说起来，你们几个害老夫梦里没喝到酒，自然要给老夫找酒来。这样吧，你们就在这里找上十几二十个葫芦美酒，把我身后这个酒缸装满。"

老者抬手指了指四周浮着的板块上空悬挂的酒葫芦和身后的巨鼎，笑道："老夫要是能喝得过瘾，自然少不了要帮帮你们。"

"谢谢仙翁指点，我们这就去。"韩菱纱转瞬明白过来这就是试炼的内容，笑眯眯地示意柳梦璃和云天河。

"哈哈，快去快去，老夫的酒瘾犯了，可等不了多久！"

众人听他的语气，不敢怠慢，连忙向其他板块跑去，只见凌空挂着的酒葫芦离地足有两丈多高，韩菱纱端看了半晌，扭头道："天河，你来试试。"

云天河后退数步，纵身一跃，"呼"的一声，竟足足跳起了三丈有余，比酒葫芦还高出许多，一下子越了过去，没抓着酒葫芦，落地时只觉身体轻飘飘的，缓缓地落了下来。

韩菱纱和柳梦璃看得目瞪口呆，云天河自己也是一惊，讶然道："这……我……我怎么跳得这么高？"

"我明白了，这大概是法术的作用，道家有所谓的腾翔之术，修行者可以身轻如燕、御风凌云，掌门大概是小小地施展了一下，让来到这个空间里的人都变轻了许多！"韩菱纱喜道。

她脚下稍稍使力，身子纵起，果然刚好够到一个酒葫芦。她伸手稳稳取下，飘落回地面，向云天河得意一笑，开心不已。

云天河和柳梦璃也如法炮制，没多久，每人都取到了六七个酒葫芦挂在身上。

玩到兴起，两人比着看谁跳得更高，若不是柳梦璃催促正事，只怕是贪玩上瘾了。

待三人回到中央平台上，酒仙翁闻到三人手中传来的酒味，喜道："不错，不错！这就是刚才梦里美酒的味道！"

他挥了挥手，三人身上挂着的酒葫芦纷纷飘起，飞到巨鼎上空，美酒倾泻而下。

眼见巨鼎渐渐盛满，酒仙翁陶醉地抽了抽鼻子，捋捋长须，放声笑道："哈哈，难得今日又有美酒，老夫可要一醉方休了！你们几个小娃，很好很好，老夫说到做到，就送你们一程！"

"太好了！我们这就可以回去了吗？"

"当然不是，后面还有其他的试炼等着你们哪！待老夫想想，'酒色财气'四关，你们已经过了'酒'这一关，这接下来嘛……"

韩菱纱和柳梦璃听得一愣，敢情这仅仅是个开始，还有更多的试炼在后面。不知后面的试炼又会是什么样子，什么"财""气"倒还好说，至于那个"色"，真不知道会是怎样令人难堪的考验，她们的脸上不禁大有窘色，刚高兴了一会儿，心一下子又沉了下去。

酒仙翁看了两人一眼，似乎看出她们的心思，嘿嘿笑了一声，对云天河道："你这小娃，我瞧你艳福不浅，身边两个如花似玉的女娃应该都挺喜欢你的吧？

‘色’那一关就可以省下啰！哈哈——"

"仙翁，你……"

"仙翁，你你你，你搞错了吧？我……我怎么可能喜欢这种野人！才……才没那么回事！"

两道同时响起的声音，韩菱纱的一下盖过了柳梦璃的。韩菱纱的双颊生了红晕，竟是难得的女儿家的娇羞姿态，却用怒声掩盖了内心的悸动。

柳梦璃愣愣地看着她，心中倏然一顿，似有些许恍惚。

酒仙翁笑道："哈哈，喜不喜欢，你们自己心里都有数，老夫说对说错，又有什么关系。"

言罢，酒仙翁放声长笑，随手舀起一葫芦酒，喝了起来，赞道："好酒，好酒！"

"菱纱，那个……我……"云天河转向韩菱纱，面色十分沉重。

"你……你想说什么？咳咳，可别胡思乱想哦！"韩菱纱面红耳赤，那一抹绯红一直蔓延到后脖颈，越是生气着急，越发明艳张扬，姝色撩人。

"不，我……我是想说，原来你这么讨厌我，以前都不知道……"

"什么讨厌？"韩菱纱一愣，"我几时说过讨厌你了？"

"刚才你不是还说……可是，我就很喜欢你和梦璃，为什么你会讨厌我？"云天河有些难过，连声音都低了下去。

韩菱纱只听得心中越来越乱，红着脸连连跺脚道："什……什么啊！你这野人，木头脑袋！这要我怎么说啊！"可听到他说还喜欢梦璃，韩菱纱的心底更不是滋味儿了。这野人真是讨厌死了！

酒仙翁见两人一个懵懵懂懂、一个欲说还羞，向云天河笑道："哈哈，小娃，你的喜欢和女娃说的喜欢可不是一回事啊。你说的恐怕是朋友之谊，可女娃和老夫说的却是男女之情啊。"

"朋友之谊、男女之情……这……这有什么不同吗？"

旁边的柳梦璃忽然心中一动，回想起淮南王陵墓中之言，无声地笑了一笑。

"你这小娃，老夫是仙，并无凡人爱欲，你却问老夫这个问题，可叫老夫如何回答你呢？老夫只知凡人追求痴情爱欲，而何谓情爱，并无定论——有人平平淡淡便是真情，有人却非要弄到天崩地裂才肯罢休，有人则一见倾心，有人将朋友之谊变为爱怜之情。情之一切，到底只看你自己是如何想法。"

说罢，他又摇首叹道："反正啊，那个跟她在一起时让你觉得最舒心、最自在的人，八成就是你真正喜欢的人了！"

云天河听他这一番长篇大论下来，不觉呆了呆，摇头道："我……我还是不懂，喜欢还有假的吗？而且还要分那么多种？好复杂啊！"

酒仙翁拿起葫芦喝了一口，满面红光地笑道："哈哈，那老夫教你一个不用伤脑筋的办法如何？"

云天河喜道："好啊！"

酒仙翁微微一笑，道："两个字——喝酒。"

云天河闻言却一脸难色，迟疑道："听起来不错，可是……那个……菱纱说喝酒伤身，我喝多了会被她骂，还有别的办法吗？"

韩菱纱脸上又是一红，见柳梦璃瞅来，更是羞煞，连忙干咳一声，打断道："天河，我说呀，别总在这个问题上纠缠不休了，我们还是快点通过试炼比较重要！"

"不错不错，女娃说得对，跳脱不出尘世多情，你们还求什么仙道啊？快走吧，老夫要开始畅饮美酒了，然后睡上个天昏地暗，你们也加把劲儿，快快通过考验。男娃哪天有机会，来给老夫送上几坛美酒，老夫再给你讲讲别的办法！哈哈——"

长笑声中，酒仙翁袍袖一摆，韩菱纱等人脚下出现了一个法阵，众人还没反应过来，全身上下已被一阵白光笼罩。待到白光散去，睁眼四望，三人已被送到了一座大殿之中。

"天哪，这么多金币！"韩菱纱惊叫一声，只见满殿地上都是散落的金银钱币，还有各种珠宝玉器。

大殿的角落里堆着数不清的箱子，有的箱盖打开着，里面也全是金银。殿顶上吊着无数的夜明珠，发出的光芒被地上的金银反射，耀眼炫目至极。

韩菱纱三人进入淮南王陵时，曾深感那里的奢华，可是今日一见，淮南王陵与此处相比，不过是小巫见大巫罢了。

正当感叹之际，他们忽然瞥见殿中有一人骑在一只黑色老虎身上，他头戴赤红色的铁冠，一身装束像是戏台上的，颇有些滑稽。他右手执着铁鞭，怀抱着一个巨大的金元宝，两眼平视前方，长髯微微飘动，甚是威严。

"这位莫非是财神？看来他就是负责'财'试炼的人了。"

韩菱纱想起世传财神名叫赵公明，俗称"赵公元帅"，他曾助纣攻打武王，后来却被姜太公封为"金龙如意正一龙虎玄坛真君"，专司金银财宝、迎祥纳福之事，能使人宜利和合、发家致富，故而广为世人祭祀。

若不是眼下不合时宜,她真想把这位神仙请回家去!

"您好,请问这一关要怎样才能通过呢?"韩菱纱虚心讨教道。

那财神爷仍目视前方,看都不看韩菱纱一眼,哼声道:"不难,不难,让我高兴就好。"

"要怎样您才会高兴?"韩菱纱忍着他恶劣的态度道。

财神爷铁鞭一指,道:"去那边找十颗宝石给我。听好,我只要最值钱的九眼石,其他的,我通通看不上眼,就不用拿来给我了。"

"你——"

"九眼石?对不起,我们没见过,能告诉我们是什么样子吗?"柳梦璃拉住韩菱纱,柔声问道。

"唉!怎的如此孤陋寡闻?一看就知道生财无方,一辈子注定要做穷鬼。九眼石就是一种金色的石头,这么简单都不知道……唉,指点你们费时又费力,快去吧,找十一颗九眼石给我。"

"不是说十颗吗,怎么突然又多出来一颗?"

"既然你问我答,自然要多一颗,算是我回答你们的报酬。去找十二颗来吧。"

韩菱纱气道:"什么?你——"虽然柳梦璃在一旁拽住了她,可她还是忍不住低声愤愤道:"这叫什么财神,骗人的吧?财神爷不是应该散财吗?这个家伙居然见钱眼开又乱抬价!"

"小姑娘,别以为小声说我坏话,我就听不见。你问我答,天上各路神仙一大把,要是不想办法敛财,哪来的财可以散?单是我的这身行头也不便宜哪——喏,去给我找十三颗九眼石来吧。"

韩菱纱气得还想骂他两句,柳梦璃忙拉开了她,小声道:"菱纱,你先别和财神爷说话了,我们说得越多,他要的宝石就越多……"

"是啊,就像夏天山里的蚊子,越打越多,没个完。"云天河赞同道。

财神笑道:"嗯,你们两个倒是聪明。这句免钱,快快去吧!"

三人无奈,在殿内四处转悠,只见满眼珠光宝气,珍奇异宝比比皆是。

云天河和柳梦璃自不用说,一个个看得目眩神驰,就连盗墓无数的韩菱纱,也从没见过这么多的稀世珍宝,只觉此刻恍如梦中。

韩菱纱在地上寻了一圈儿,一无所获,走到角落掀开其中一个宝箱的箱盖,见上面一层都是金币,便伸手进去摸索,突然"哎呦"一声,手指似被什么夹了一下，她连忙抽出来，指尖顿时又红又肿。

殿中传来财神的笑声："小姑娘，不知道钱多了会咬手吗？凡人总是如此，只知敛财，不知散财，到头来积得一大笔钱财，反倒成了祸殃，实在是可笑啊！哈哈——"

韩菱纱趁财神不注意，狠狠地回头瞪了他一眼，心里的火气又增了几分，暗自发誓无论如何也要想个法子，好好收拾一下这家伙！

云天河和柳梦璃听了这话，不禁住了手。云天河灵机一动，用力将箱子翻了过来，果然看见倒出的一堆钱币元宝上，赫然有几块金黄色的石头，想必就是九眼石了，喜道："菱纱，梦璃，我找到了！"

接下来韩菱纱和柳梦璃也依样画葫芦，没过多久就找够了，三人一起向殿中走去。不知为什么，一向腿脚最快的菱纱这次却落在了两人的后面。

"财神爷，您要的宝石我们已经带来了。"

财神看了看三人手中的九眼石，点头道："嗯，不错不错，快给我吧！"

云天河和柳梦璃刚要交上，只听见身后的韩菱纱笑道："慢！财神爷，你可看清楚了，是这些吗？"

"是啊，既然拿到了，还不快给我？"

"你既然是财神爷，那一定懂商道吧？难道没听过一手交钱一手交货吗？"韩菱纱一扬眉，俏皮笑道。

"嗯，有道理！"财神的铁鞭在空中划了个圆圈，只见三人身前不远处现出一个法阵。"你们几个从那里出去，就是下一关了。还不快把东西给我？"

三人将九眼石交给财神，只是要离开之前，韩菱纱忽然故意从后面拍了云天河一下："天河！"

"菱纱，怎么了？"

"你看，这是什么？"韩菱纱伸出右手，故意在云天河的眼前晃了一晃。

云天河只觉金光耀眼，定睛一看，见她掌中赫然便是三颗九眼石："这……这是——"

"嘻嘻，既然财神爷这么喜欢这些宝石，那一定很值钱，我刚才顺手多弄了几颗，打算带回去卖钱。"韩菱纱有意放大声音，让财神听见。

果然，那财神大吃一惊，急忙喝道："不可不可！这些宝石并非凡物，你们不能把多余的带走！"

韩菱纱"哼"了一声，故意向法阵走去，嘴里说道："懒得管你，反正门都

第二十三章　　133

开了，也已经给你十三颗九眼石了，咱们银货两讫。我要带什么，还用你管？"

财神闻言勃然大怒，铁鞭一挥，地上的法阵瞬间消失无踪，怒道："放肆！竟然敢这样跟财神爷说话！你们谁都别想走！"

韩菱纱见他生气了，心里暗自高兴，嘴上仍一副不饶人的架势："喂，刚刚说好的，一手交钱一手交货。怎么，堂堂财神，讲话不守信用吗？"

财神素来被万家供奉、四时受祀，自己深以为傲，连一些低等的神仙都不放在眼里，在凡人面前更是摆足了架子，想不到今日却被韩菱纱当面一顿抢白，脸面丢个干净，气得上气不接下气。

"你……你……你好大的胆子！从来没人会想多带宝石，每个试炼的人都战战兢兢、规规矩矩！你……你……你们这几个闯关的家伙，尤……尤……尤其是你，太不像话了！不要以为财神爷只数钱，不……不打架！看我今天好好收拾你们，我……我……我一定要给你们好看！"

他猛喝一声，在老虎背上轻击一鞭，那只黑虎长啸一声，驮着财神，就要向韩菱纱扑来。

见他要向韩菱纱动手，云天河急忙拔出长剑，刚想上前迎敌，只听"哎哟"一声呻吟。云天河看着身前向自己匍匐行了个大礼的财神，一时摸不着头脑。

唯有在二人身边看清楚的柳梦璃抿嘴笑了起来。

刚才韩菱纱走在最后，除了多拿了三颗九眼石之外，还顺手从地上捞了一把金币揣在兜里，就在方才财神发火要冲过来那一瞬间，她用暗器手法，将这一大把金币一下子都掷了出去。

她这一招攻得也十分刁钻，并不击向财神本人，而是击向他骑的黑虎。那黑虎一惊之下，急忙腾身闪避，这一下却忘了骑在身上的主人。财神此时正俯身向前，黑虎这一跳开，他一个没坐稳，便结结实实地摔了个嘴啃泥。

此时，那只黑虎本想帮助主人，反被主人的鞭子不小心扫了好几下，无辜地退在一旁，低声嘶吼，似乎是在抗议。

"这招暗器功夫乃是韩家的家传，名叫'乾坤一掷'，小女子练得炉火纯青，就没有失手的时候！"韩菱纱挑眉得意道。

"你要是不放我们走，我也不介意在这儿耗着，反正说话不算话的人不是我，这要传出去，丢人的是你！"

财神勉强从地上站起来，头上的铁冠歪到一边，身上的衣服全是皱褶，长髯也脱落了几根，颇为狼狈。他瞪着韩菱纱三人，不说话。

韩菱纱也笑嘻嘻地瞅着他。

两人对视了许久，那财神忽然换了一副神情，张嘴干笑道："哈哈……哈哈，三位真乃人中豪杰，刚才是跟各位开个小玩笑，千万别当真啊，有话好商量嘛。"

"这家伙的态度转得好快，果然是无商不奸……"韩菱纱轻轻喷了一声。

"哈哈，不瞒各位，这么多闯关的人来来去去，就只有这位姑娘会想到多搜集一些宝石，真是难得的人才，人才啊！这位姑娘如此有眼光，将来一定大富大贵！哈哈哈……"

这财神刚才还怒气冲冲，现在就拍出如此马屁，韩菱纱只觉得这家伙言不由衷，分外不中听。

"别嘴巴跟抹了蜂蜜似的，姑娘我才不吃这一套呢。哼，想要全部的宝石也行，那就直接让我们把后面两关也过了！"

财神爷面露难色，擦擦头上的汗珠，哀声道："啊？这个，你们不一关一关地闯，这不合规矩呀！"

"是吗？那就没得谈了，你要的宝石给你，多余的我带着继续闯关啰。"

"别，别！有话好商量。大家都是熟人，都是熟人呀！不用这么计较吧？"

"谁是你的熟人？大家说好了，一手交钱一手交货。宝石都给你了，还不让我们走人，哼哼，是不是还想来一下？"

韩菱纱说着右手微微一扬，财神忙赔笑道："不用，不用！我想想……"

他想了许久，叹了口气，脸上露出极不甘的表情，叹道："唉，罢了，罢了，亏了，亏了！"说罢，他扬鞭一划，大殿另一边的地上又出现了一个看上去和刚才一模一样的法阵，向三人道："三位过去吧，从这里直接就能回琼华派了。"

待转向韩菱纱，他的脸上拼命挤出笑容，向她手上的九眼石连使眼色。韩菱纱哼了一声，扬手抛给了他。

"哈哈，三位慢走，三位慢走。"

众人不再理他，踏入法阵，一瞬之后，他们就见到片刻前身处过的华丽宫殿。韩菱纱一落地，心下暗忖那财神果然说话算话。

若是让财神知晓韩菱纱腹诽，只怕又是一顿跳脚。

殿中站着的掌门凤瑶正向云天河淡淡望去，目光中颇有几分赞许之意，道："不错，比我想的还要快上许多。"

"啊，很快吗？那是因为——"

韩菱纱连忙抢过云天河的话头："那是因为我们都很认真努力地闯关！"

第二十三章　135

柳梦璃恍恍惚惚地眨了眨眼，问道："这……我们很快吗？为什么我觉得好像已经过去很久的样子……"

"久？自从虚邑带你们踏入琼华宫的大门，连一炷香还未燃尽，何久之有？"夙瑶淡然道。

"这……这是幻术吗？简直太奇妙了。"柳梦璃陷入痴迷。

夙瑶微叹一声，说道："人生一场迷梦，又岂知哪些是幻，哪些是真？你们方才不过神识出窍，历经了一场梦中之梦。吾辈修仙，正是要从生死大梦中超脱，方可窥得世间真意。"

她望向云天河，突然说道："云天河，你身上的佩剑可否让我一观？"

云天河不明所以，解下望舒剑递了过去。

夙瑶持剑手中，仔细看了看，神色似喜似忧，过了半晌，忽然开口问道："此剑，你从何处得来？"

第二十四章

"这把剑是我爹给我的。"

云天河发现,遇到的琼华派的人似乎都对他身上的剑好奇,如今就连掌门也不例外。

"这把剑威力如何?近日内可是有些变化?"凤瑶仔细端详着手中细长的剑身,目光微有所动。

"掌门你真厉害,连这都看得出来!"云天河诧异,实心眼道,"这把剑原来还不错,用着很顺手。可是那天在洞里突然发光后,一下子变得力量无穷,我都险些控制不住!"

凤瑶沉默片刻,将剑递还给云天河。韩菱纱从旁看出些端倪,疑道:"掌门,莫非……这把剑以前是琼华派的东西?"

"此剑不凡,你须小心收好,切勿怠慢,更不可有丝毫损坏!"凤瑶并未正面回答她的问题,目光又转向她二人,郑重说道:"你们三个既已通过试炼,今后便算是我琼华派的弟子了。我派素来以剑为尊,炼剑修仙,直至天人合一之境,方为大成。云天河,你初入本派,便有神兵在手,修行自然事半功倍,因此更要爱惜此剑。"

此言一出,便是正式宣布三人拜入门中。

众人面带喜色,韩菱纱高兴道:"掌门,我们是不是很快就能开始修习仙术呢?"

"你等虽有些修为,但根基不稳,所学甚杂,实是修仙大忌。"凤瑶顿了顿又道:"我本想让一名玄字辈的长老亲自教授,奈何他在外未归,只得另觅人选,此人名分上是你们的师叔,规矩礼法不可废,须以师道尊之。你们可都明白?"

"是,多谢掌门!"三人齐声应道。

只听得门声响动，殿下一个熟悉的声音传来："弟子慕容紫英，奉命前来。"

韩菱纱三人回头一看，走进大殿之人正是那个两次相助他们，却又表现得十分冷淡的少年剑侠。

"参见掌门！"他举止端方，朝着凤瑶恭敬施礼。

"是你?!"韩菱纱低呼了一声。

那少年听见韩菱纱的声音，心里已明白了大半，身子却一动也不动，仍向掌门保持着行礼之姿，未作理会。

韩菱纱一看他那高冷孤傲的姿态和死板的性子，觉得牙齿隐隐作痛。

"你起来吧，怎么，看来你们几个似曾相识？"凤瑶温言问道。

"启禀掌门，弟子在山下时，确与他们有过数面之缘。"

凤瑶微微一笑，道："哦？如此甚好，看来我没有选错人。紫英，这几位初入门的弟子，就由你负责教授。你在同辈弟子中亦算出类拔萃，却从无授徒经验，不如将此当作一种历练吧。"

慕容紫英深深一揖，郑重道："是，弟子定会尽心传授，不辱掌门之命！"

"好了，你们都下去吧，余下的事便由紫英安排。"凤瑶摆了摆手，转过身去。

慕容紫英又是一躬身，退了出去。韩菱纱三人忙跟在他后面，走出了琼华宫。

等到了殿外，韩菱纱暗暗吁了一口气，方才在大殿内，掌门的威压着实让人不由得绷紧了神经，到了外面，她才如鱼得水，顿时欢快了起来。看着慕容紫英，韩菱纱的小脸爬上了得意之色。

"哈哈，刚才你是不是吓了一跳？我们可是凭自己的实力入门的哦！"韩菱纱笑得开怀，一边似乎还有个浅浅的梨涡，连圆溜溜的大眼睛都笑成了一弯月牙儿，十分可爱。

平心而论，她自己都没想到此次入派会如此顺利，四道试炼仅历其二便算过了关，看来这次他们三人的运气当真是好到了极点。话说回来，她在财神面前露的那一手也算是真功夫，实至名归。

慕容紫英瞥了她一眼，声调中仍是冷冷淡淡的："叫我'师叔'，不可无礼。"

韩菱纱嘻嘻一笑，顽皮地盯着他的眼睛不放，像是非要等着他回应自己前面问的那句话似的。

慕容紫英淡淡地看着她，面上既无悦色，也无不满之情，见她目光诙谐，咳了一声，转目向云天河和柳梦璃看去。

"师叔，你认不认识我爹？他叫云天青，以前也是这儿的人。"云天河连忙问道。

"从未听过此人。"

慕容紫英随即话锋一转，沉声对三人道："你们初入本门，理应专心修行，勿念其他杂事。今日天色已晚，你们稍后便去前山弟子房歇息，不要错过明日早课。"嘱咐完这些，他便转身离去，不再理会三人。

云天河呆呆地看着慕容紫英走远，不禁有些泄气，"看来爹和那块玉的事只有问掌门了……"

"慢慢慢，我们才刚来，你可别随便乱问啊。"韩菱纱回想起殿上对话，总觉得哪儿怪怪的，但又说不上来，她沉吟道："好歹先待上一段时间，搞清楚状况再说。"

"嗯，我也觉得这里很神秘的样子。原本上山时听那位石榴姑娘的话，好像入门的试炼会很艰难，不过今天我们似乎没费太大力气就通过了……掌门对云公子、对我们好像尤为厚待，不知道是不是因为云叔。"柳梦璃说道。

"肯定是，故人照拂之情总是有的。"韩菱纱望向云天河，嬉笑着眨了眨眼道，"天河，这次我和梦璃可都沾了你爹的光呢！"

"是吗？我也没想到……挺好的。"云天河单纯，脸上的笑意藏不住，显然是太平村所遇令他颇受打击，才有的这般反应。

"云公子，云叔是好人，受欢迎很正常。这门派里都是些仗剑行侠、除暴助人的剑仙，云叔生前一定也是这样的人，大家同气相求，关系一定很好。"柳梦璃提及云天青时，眼睛里仿佛装满了星辰，闪闪发光。

韩菱纱点点头，拍了拍云天河的肩安慰道："梦璃说得对。"

"听师叔之言，我们今天应该是不会有功课了，不如我们先按他所说，回房休息吧，有什么事，明日再做打算也不迟。"

韩菱纱听见"师叔"两字，笑道："我说，你们两个别那么正儿八经地喊他'师叔'好不好？对了，你们看他长的那张冰块脸，年纪又和我们差不多，不觉得很奇怪吗？"

"可入了琼华派，应当照这儿的规矩……"

韩菱纱生性就不是守规矩的人，不过她懒得费口舌，于是洒脱地摆了摆手道："好吧，我们回去休息。"

三人顺着路回到弟子居住的剑舞坪，早有几人围上前来，有些惊讶地跟他们打起了招呼。

琼华派收徒向来极严，这些弟子见一日之内竟然连来三人，无不十分惊奇，窃窃私语。

璇玑正巧经过，一看到韩菱纱和柳梦璃，瞬间瞪大了眼睛："你们还真的通过了！"

"璇玑姑娘！"

"我来给大家介绍，这位是韩……"

"韩菱纱。"

"对！"璇玑显然忘性大，一点儿没记住他们三人的名字。

韩菱纱接过话茬，接着道："她是柳梦璃，寿阳县来的。还有他，云天河，是个山顶野人。"

她活泼伶俐，与人打起交道来落落大方，十分讨人喜欢，一下和同门的师兄弟们拉近了距离。

琼华派的这些弟子入门时大多费了九牛二虎之力，有的甚至花了数年时光方得入门，见三人如此轻松地通过试炼，眼中不觉流露出钦慕之情。

寒暄过后，韩菱纱、柳梦璃与云天河在住处前分道扬镳——男弟子的住房在另一边。

然而云天河过去没多久，又突然折返回来，一副急得抓耳挠腮的模样，喊了二人去他的住处。

等到了一看，韩菱纱欣喜地发现勇气猪居然在云天河的床上盘旋着，床铺上是一堆花花绿绿的宝石。

"梦璃，你快帮我看看，勇气猪到底在说些什么？"云天河刚才进门时被吓了一跳，只是勇气猪咿咿呜呜地急切说着什么，他完全听不懂，才想到来搬救兵。

"这儿是琼华派，你这小妖兽是怎么进来的，也不怕被烤了吃了。"云天河咕哝道。

小家伙一听到"吃"这个字，打了个哆嗦，心想这里想吃它的也就只有面前这人了。它小心地飞到他跟前，仍努力咿咿呜呜地说着什么。

韩菱纱瞧着有趣，伸手想摸摸小家伙的翅膀，奈何它机警得很。

柳梦璃侧耳倾听片刻，笑说道："云公子，它说你床上的那些宝石都是它这几年来搜集的，想送给你，希望你不要吃它。"

"原来是这样啊，吃它的事我早就忘了，呵呵，我答应不吃它便是。不过，我要这些石头又没用，也不能当饭吃。"

"是啊，宝石送给天河这家伙，实在糟蹋了，他又不懂得欣赏。"韩菱纱盯着床上的宝石，一双美目流露出赤裸裸的垂涎之意。

这些宝石形状各异，似天然生成，并未经过人工雕琢，虽然看上去有几分粗陋，可比起在财神处见到的炫目珠宝却多了一份天然之美。

勇气猪飞了个圈，又呜呜地叫了几声。

"云公子，它说它叫五毒兽，那天看你打妖兽很厉害的样子，这些天来一直悄悄跟着你，想让你带它一起修炼，教它变强，以后就不会被别的怪物欺负了。"柳梦璃负责解释道。

"原来这就是五毒兽呀！我以前听族里的人说过，那是一种很了不得的仙兽呢，它们孕育的五毒珠能解世间百毒。真没想到就是这样小小一只……"韩菱纱惊奇地说道。

小家伙用小脑袋蹭了蹭云天河的手，但又保持着一丝警惕，随时准备落跑的样子，十分有趣。

"我们带上它一起修炼吧！"韩菱纱本来就喜欢勇气猪丑萌的样子，小家伙又通人性，最重要的是它非常有财！

"菱纱，我明白你的想法，只是人和仙兽的修炼之法颇有不同，是不能在一起修炼的……"柳梦璃不知想到了什么，忽然暗下了眼眸。

这儿是琼华派，是人而非妖修炼的地方。

韩菱纱面上的笑意不禁止住，忽然想起当日她在陈州对自己说过的话，又有些惭愧，只好压下自己的喜爱之情，默默点了点头。

勇气猪听到柳梦璃的话，似乎也有些难过，哀叫了两声，想要飞走，却又有些不舍。

云天河难得也感应到了那一丝难过，伸手摸了摸它耷拉下去的小脑袋，算是安慰。

柳梦璃再次柔声道："你不要伤心，我感觉得到，其实你的灵力很强，只不过潜力还没有发挥出来而已，你不需要羡慕任何人。我想，只要你多加修炼，一定会变成一只强大的仙兽。"

"嗯，梦璃说得对，你要有信心。你现在就这么懂事，以后肯定会很强的。不过，到时候别忘了来看看我们！"韩菱纱亦为它鼓劲儿道。

勇气猪的心情似乎好了些，绕着云天河兜了好几个圈子，咿咿作声。

"它说，它想好了，现在先离开，等炼成五毒珠，变得强大起来后，再回来报答云公子和我们。"

勇气猪点了点头，不舍地望了三人一眼，振翅飞出门外。

韩菱纱和云天河目送勇气猪离去，心中均不胜怅然。柳梦璃从门外勇气猪消失的方向收回目光，落在了云天河身上："云公子，我还有个不情之请。"

"啊？什么事？梦璃，你不用跟我这么客气的。"

"不管是这只五毒兽还是以后碰到的……可不可以不要……"

云天河一下明白过来她的意思。"好，我答应你，以后这些妖兽什么的，我不吃它们……我保证。"

"云公子，谢谢你，你能明白……我真的很高兴。"柳梦璃感激道。

云天河忙搭扶了一把，受了她这一记虚礼，心底却想着话是这么说没错，但说完后感觉……好后悔。

第二十五章

琼华派上的第一个夜晚，月明星稀，夜空似穹庐一般铺延开来。

仿佛近在咫尺。

可摘星辰。

云天河的屋子在最左侧的偏僻角落，门口蹲着一只威武的石狮子，云天河拨弄了一会儿它口中衔着的石珠子，然后无趣地躺回了床上，这一躺，翻来覆去怎么也睡不着。

这里的房间很大，他却住得不大习惯。

床也硬邦邦的，不够软。

爹也睡过这里吗？

自从来到琼华派以后，他总觉得自己离爹好像近了些，然而有时却又觉得爹离得好远……

云天河想起小时候，爹还在的时候，想着想着，不知怎么想到了爹御剑而飞的情形，一时分不清是梦还是真实见过……

"不知道啥时候才能学御剑……呼！"他含糊嘀咕着，伴着哈欠声，在天快亮的时候才沉沉睡了过去。

在梦里面，他变成了三四岁时候的模样，正头顶着碗，站在烈日下扎马步，双腿都打战了，也不敢动。

他偷偷瞟了一眼对面的白衣男人，自己浑身暴汗如雨，衣服都湿透了，他爹却一丝变化都没有。

接下来是练剑，日复一日。

待长到了六七岁，提着把剑有模有样了，可他爹似乎仍一副心事重重的样子。

偶有星星爬满夜空，爹会抱着他坐在屋顶一起看星星。

爹说过，那是娘在天上看着他们。

小小的身子依偎着他爹，只感觉他身体冰冷，便想为他取暖："爹，你冷吗？"

男人一把扛起他，夹在了自己腰间，就这么把他拎回了屋。

小孩儿睡得迷迷糊糊，隐约听到爹在说话，"凤玉……剩多少日子……终有一日，天河……"不一会儿就睡沉了，梦里还念着明日吃什么，要快点学会剑法，去猎一头山猪给爹烤来吃，这样他就不怕冷了！

睡着的云天河咂摸了下嘴，已经成年的他猎到了一头又肥又壮的大山猪，正盯着那香喷喷的烤前腿淌下三尺口水之际，忽然被什么东西从床上掀了起来。

随即脸朝下，重重地磕在了床板上。

云天河连忙捂着鼻子坐起来，就看到慕容紫英一脸怒气地盯着自己，此时他的脸色冷得吓人，能把人冻上一般。

"师叔，我……"

"懒散贪睡，不知进取！知不知道早课时辰已过?!念你初犯，暂不追究，半炷香内洗漱换衣，到剑舞坪中央的练功场来！"

云天河被训得抬不起头来，喏喏道："可是，我……我还没吃早饭……"

"不必吃了，五谷都是浊气，一早就要沾染，你的修为永远也无法精进！"慕容紫英说完就铁青着脸飞快走了出去。

他这一走，屋里的气氛稍稍缓和了些，云天河却再不敢怠慢，连忙换上了床头摆着的弟子服饰，胡乱洗了把脸，饭也不敢吃了，急急忙忙地赶到了练功场。

韩菱纱和柳梦璃早早地站在那儿，一看到云天河那鸡窝似的脑袋，"扑哧"一声笑了。

云天河却怔住了。韩菱纱此时换了琼华派女弟子的服装，一身紫白相间的短装，衬得身段窈窕，又活泼利落，一笑起来，给这蕴含着青翠生机的场地平添了几分元气。

"咦？云公子好像大不一样了，看起来很精神呢。"柳梦璃身上亦是琼华派的服饰，一身雪白上衣，比韩菱纱要端庄沉稳许多，十分秀雅。

"是……是吗？"云天河尚未从韩菱纱那一眼的惊艳中回过神，此时呆呆地红着脸，有些紧张地说道："梦……梦璃，你穿成这样也很好看，像仙女一样。"

"真的吗？谢谢云公子的夸奖。"

韩菱纱哼了一声，哂道："下山没多久，倒学会油嘴滑舌了。"

"菱纱你穿上这身衣服，也很漂亮！"

韩菱纱微微高兴，却偏打趣他道："哼，看不出，你还知道左右逢源呢。"

"不……不是，菱纱，我说的是真的……"

"够了，你们三个，言之无聊，成何体统！"一声断喝让三人从互相欣赏中回过神来，对面的慕容紫英正一脸严肃，看着三人直皱眉头。

不知怎的，韩菱纱偏偏不怕他，笑道："喂，干吗摆出一副长辈的样子？说不定啊，你只是长得老成，其实年纪比我还小呢，对吧？小——紫——英——"

她说话时故意拖长了音，嬉笑地望着慕容紫英，完全就是把他当成同辈人一般玩闹。

慕容紫英的脸上一道怒气闪过，但看见她满脸无邪之色，又不知不觉消了下去，冷冷地一甩袖，向她肃然说道："再说一遍，叫我'师叔'。还有，不要拿别人的名字开玩笑，很不礼貌。"

柳梦璃看着紫英的表情，暗暗为韩菱纱捏了一把汗，连忙转移话题道："师叔，我们今天要做什么功课？"

"我自有安排，等下便知。"

他环顾众人一眼，朗声说道："你们三个，既入琼华派，自当知晓门派中的一些规矩。"

"本派前山乃是所有弟子清修之处，后山的思返谷则为弟子思过之所。铸剑所用'承天剑台'，位于五灵剑阁上方，剑台后的剑林处则通往禁地，凡我琼华弟子，万万不可靠近，切记！"

"对了，我以前听说过，蜀山仙剑派也是很有名的修仙门派，那除了蜀山、昆仑，是不是还有其他地方也有人修仙呢？"韩菱纱好奇地问道。

"你所问之事，与你入门修行并无关系。"

韩菱纱直视着他，面上仍一副调皮的表情，笑道："都是修仙，怎会没关系呢？再说，做师父的不就是要替徒弟解惑吗？你就告诉我们嘛。"

慕容紫英被她盯了片刻，撇开视线徐徐道："若论到人间仙境，确不止昆仑和蜀山两处。除此之外，颇成气候的，还有十洲三岛、十大洞天、三十六小洞天、七十二福地，不过彼此之间也并非都有往来……"

"哇！这么多修仙的地方，一定都藏得很隐秘吧？"

"那倒未必，有缘之人自然得见。"

韩菱纱皱了皱鼻子，这话说了岂不是等于没说？

"师叔，你知不知道宗炼长老在哪里？我想见见他。"一旁的云天河猛地一拍自个儿的脑袋，问他道。

慕容紫英听到"宗炼"二字，神情一震，猛地盯向他："宗炼师公？你找他所为何事？"

韩菱纱被他那严厉的模样吓了一跳，随即想起那日铁匠的嘱托，连忙解释道："是这样的，我们来这里前，曾经在寿阳见过一个叫刘得宾的铁匠，他说他之前受过宗炼长老的恩惠，托我们上山感谢他老人家。"

慕容紫英闻言稍显沉默，须臾，才低低叹了一声，目光黯淡道："师公……他老人家十几年前就过世了。"

三人听了这话，为之一怔。

"怎么会这样？"韩菱纱如遭雷击般僵住，听刘得宾的话，宗炼长老十几年前也不过五十多岁，怎么会死？

除了云天河的爹娘，又是一个修了仙也没有长生不老的人，难道……难道修仙的人也不能长寿？

韩菱纱心中一时惊惧交集，两手抓着衣角，担忧地思量着。

"师叔，这是怎么一回事？"柳梦璃问道，"还有之前掌门说的大事将要发生，是什么事？"

"你们可知，世间的妖界，其运行如星辰一般，有其既定的天轨？"

"妖界？！"三人齐声惊道。

"妖与人不同，彼此之间并不亲厚，多半单独隐匿于山林之中，只存有兽性冷血。它们一旦聚集群居，必是由十分强大且残暴的妖所统领，实力深不可测。"慕容紫英略微皱眉道。

"分散多处的妖界极难被察觉，只能在各处布下八卦灵阵，用以探察妖界所在。"

韩菱纱听得暗暗点头，想来当夜露宿巢湖，自己和云天河遇险，慕容紫英能够及时赶到相救，多半便是受灵阵指引而来。

"我琼华派处于昆仑山巅，本是天地间钟灵毓秀之所，却怎料此地也正是某个妖界运移天轨之所在，彼此之间，每隔十九年，就会有一次最为接近的时候……"

柳梦璃惊道："那岂不是……"

"此妖界名为幻瞑界，乃是梦貘一族所居之地。十九年前，本派就曾与其殊死相搏，我虽未亲身经历，但也耳闻状况是何等惨烈。宗炼师公就是在那场恶战中身负重伤，不治身亡。"

"那场恶战……结果如何？"韩菱纱讷讷地询问。

"妖邪残忍无情，更兼无比狡猾、诡计百出，那一战，全派弟子死伤过半，连前任掌门也不幸战死。"慕容紫英眼中的怒火一闪而逝，声音中陡然涌起了一股无可抑制的愤恨。

"最可恨的是，听说门派之中竟有叛徒出现，以致造成重大伤亡……所幸，众弟子视死如归、同仇敌忾，也杀伤了不少妖邪，昆仑山下的黎民方得保全。"

"真想不到，这里竟然有过那样可怕的厮杀……"韩菱纱望向四周。鸟语花香，如此太平之景，令人无法想象当时的惨烈情形。

而站在她身侧的柳梦璃从一开始就惨白了脸色，许是她本来就肌肤雪白，又或是说的内容过于惊心动魄，三人脸色都很难看，并无人察觉到她的异样。

慕容紫英面向三人，正了正色，语气中更加严肃："如今十九年已过，幻瞑界又将再至，掌门所说的大事，正在于此。你们几个身在派中，更应勤加修炼，万万不可懈怠。"

"可是，我听别人说，昆仑山上还有另外七个门派，他们会不会来帮我们？"

"与幻瞑界抗衡，有性命之危。其他七派处事各有不同，并非都是除魔卫道之士，与本派也并不同心，恐怕不会来援。"

听了这话，韩菱纱急道："那就是说，我们要是打不过，也不能指望援兵了？"

慕容紫英见三人脸上微有惧意，舒声道："不必过早担忧，你们修为尚浅，若不得已与妖界短兵相接，当以保护自身性命为先。"

韩菱纱望了望紫英，脸上不禁露出担心的表情，道："性命为先……那你呢？难道就要不顾一切冲上去？"

"若有所需，自是不计生死！我琼华弟子一向以斩妖除魔、护佑苍生为己任，岂有妖邪肆虐之时，反而畏首畏尾、临阵退缩之理？纵然妖邪强大，我辈以命相抗，若是力所不济，有死而已！又岂能眼看妖邪涂炭人间，独自苟活？"

他这一番话朗朗说来，自有一股侠义之气充乎其中，说得气势磅礴，然而话语间又不免带了一份悲壮之情，眼中也露出些许忧色，显然他自己对能否打败妖邪，也不是十分有底。

韩菱纱听得心下黯然，云天河却摩拳擦掌道："我只知道谋事在人，成事在

第二十五章 147

天，要战便战，男儿大丈夫顶天立地，就该担起天下苍生！"

"不错，正要有此气魄！"

他平日极少夸人，此刻见云天河气势十足，心里很是欣慰，不由得称赞了一句，又道："你们才刚刚入门，其实今日本不必跟你们说这些门派旧事，但十九年时限已至，危机迫近，若是觉得心中害怕，可以立即下山去，也不是什么丢脸的事。"

云天河摆摆手，笑道："反正我现在没感到有杀气，应该不危险。来都来了，也不用想太多吧？要是以后有危险，就以后再下山好了……"

慕容紫英初时颇为满意，听到这里，不觉为之愕然，怒道："你——"

"师叔别介意，云公子他没别的意思，他说话一向就是……"柳梦璃连忙替云天河打圆场。

"就是呆头呆脑、胡说八道、野人脾气改不了。"韩菱纱接上那半句，看似是数落云天河，却也是在帮他。

慕容紫英压下怒气，许久才道："接下来我便教授你们本派的入门心法，须知，琼华以剑为苍冥间浩然正气，习剑者明是非、遵礼仪，即便手中无剑，心中也要存有慧剑——"

第二十六章

不得不说，慕容紫英虽然严肃，但教人十分耐心，且教授起来全心全意。他口中念诵，将派中基本的习剑口诀和御剑心法传授给了三人。

韩菱纱他们虽说有些基础，但到底是初入仙门，许多东西记得并不是那么快，然而在慕容紫英的教导下，似乎又变得不那么难。

时间过得很快，眨眼便是几日，三人按着慕容紫英教授的办法反复记诵，互相帮衬，倒是很快都记下来了。

"你们三个才刚入门，进境不会太快，先在此练习，把口诀融会贯通。我有事待办，最多两个时辰便会回来。你们在此等候，不要乱走！"

相处这些天，慕容紫英对他们稍有了解，嘱咐一番过后轻轻一跃，背后长剑自鞘中弹出，踏在脚下，一道白影划过，便倏忽不见了。

云天河看得一脸羡慕之色，叹道："师叔真厉害，唉，真不知道什么时候才能练到他那个水平……"

韩菱纱戳了戳他的脑袋，轻笑道："笨，紫英刚才说的，不就有你最想学的御剑术吗？自己练练不就知道了？"

到了此刻，韩菱纱仍直呼紫英名字，并无师徒之间的敬畏，与其说她不尊敬师长，倒不如说她根本没把紫英当成师父，而是当作一个同辈朋友，加上她心中觉得这个与他们年纪相仿的人行事过于刻板，便想着与他更加亲近些，好让他多指点一些。

"我试试。"云天河挠了挠头，然后默念慕容紫英刚才教给自己的口诀。

"哈，这也不是很难嘛，我好像已经能飞起来了！"韩菱纱练了一会儿，已经能够踩着慕容紫英留给他们练习用的长剑，在离地半尺处飘来飘去。

她正得意间，回头望去，竟未见云天河："喂，天河，你上哪去了？"

只听"唰"的一声，云天河忽地飞回她眼前，跳到地上，笑道："从上面看琼华派，可真有意思！"

韩菱纱闻言大吃了一惊，没想到这家伙学得这么快，转眼之间，竟飞得比自己还好："奇怪，你一会儿说听不懂，一会儿又学得飞快。"

"我也不知怎么回事，在脑子里想着想着就突然飞起来了。"云天河看着望舒剑兴奋不已，"不过爹留下来的这把剑真厉害，现在还能站在上面御剑！"

"真不知道你这呆子是什么运气……"韩菱纱憋了好一会儿，才憋出了这一句，真真是羡慕极了。

云天河憨憨地挠了挠头，抬眼看向柳梦璃，只见她呆呆地站在那里，面上露出少有的忧色，不由得担心问道："梦璃，你怎么了？"

"梦璃，你怎么脸色怪怪的，是身体不舒服吗？"韩菱纱亦发现了柳梦璃的异常。

"不，我没不舒服……只是，不知道为什么，心里一直想着幻瞑界的事，真是奇怪。"柳梦璃摇了摇头，语气中有几分犹豫，又像是说服自己，"还是云公子说得对，没发生的，多想也没用，大概是我自己太放不开了。"

"对，没发生的，不用多想，大家难得学会御剑，不如飞去山下玩玩？"

"这……不妥吧？"

"离两个时辰还早呢，我们到外面去玩一圈，早点回来，紫英一定不会发现的！走啦走啦！"

韩菱纱单纯地想让柳梦璃高兴起来，拽上她，又招呼上云天河，兴致高昂地朝外跑。

刚到山门，当值的明尘见三人出来，忙伸手拦住，道："各位师弟师妹，请留步！"

韩菱纱看了看两旁，见此刻门口只有他一个人，心里一松："咦，又要留步？难道这里不许人随便进，也不许人随便出去吗？"她凑近明尘，左观右看："你脸上又没写着规矩二字。"

明尘猝不及防见到那张放大的俏丽面庞，俊脸上微微一红，摆摆手道："师妹有所不知，你们刚刚入门，资历尚浅，若要下山，须得奉了师长之命——"

"哦，那就没问题了，正是紫英师叔让我们去山下办事呢。怎么样，能不能出去？"韩菱纱笑着打断。

"是这样？当……当然可以，如此多有冒犯了，各位师弟师妹请多加小心。"

明尘连忙转身让开，放三人出去，心中暗自惊讶——想不到，紫英师叔行事，当真不拘一格，竟会差入门才几天的弟子下山办事……

待出了山门，韩菱纱伸了伸懒腰，这才嗅到了一丝自由的气息，才短短几日，就十分怀念。

"我们私自下山已经是有违门规，刚刚还说是师叔之命，我担心……"柳梦璃杵在原地，频频后望，不由得犹豫道。

"不用担心啦，先玩再说！我们早点回来，不让紫英知道不就行了？"

"可是……"

"梦璃，一起走嘛，少了你就玩得不开心了！"云天河亦加入游说。

柳梦璃看了看云天河期望的表情，终于点了点头："好吧，云公子，梦璃知道了……"

韩菱纱出了山门就像是飞出笼子的鸟雀，整个人都是欢快肆意的。云天河的目光再也没从她身上移开过，笑道："我们快走吧！最好飞去附近的山里，好久没打猎，我的手都痒了！"

"谁信，只怕不是手痒，是肚子里的馋虫在闹吧？"

"从陈州飞到这儿时，我见播仙镇东南方向烟尘无尽，似乎十分广阔，不如我们就去那里看看？"柳梦璃提议道。

"好啊，就这么说定了！"

三人有心试试新学的御剑之术，各自闭目施法，果然都飞了起来。

柳梦璃飞得最快，飞在最前面给二人带路，云天河次之，韩菱纱飞得最慢，摇摇晃晃地落在最后，只是她越心急就飞得越慢，还不稳当。

直到云天河也慢慢悠悠落在了柳梦璃后面，挨着她不远，她才慢慢稳住了，还觉得自己御剑的水平好了起来，心中十分高兴。

云天河飞在她的左前侧，一回头就瞥见她脸上得意的小表情，嘴角不由得弯了弯，且由她这么误会着吧。

飞了没多久，只见下方地面上烟尘滚滚，三人飞低一看，只见地上尽是沙砾，一条长长的沟壑横跨其中。

"这儿的土怎么和播仙镇的不太一样？"云天河诧异道。

"哪儿有土？分明全是沙子。"韩菱纱举目四望，"看样子，这里原本有条河，后来水都干了，才会变成这样。"

"这就是沙漠吗？我在书上看到过，大地干涸，树木都会枯死，人也会迁徙

第二十六章　151

离开。"柳梦璃望着眼前的景象，方知书上说的是什么意思，太过荒芜了。

"那沙漠的另一边是什么？"云天河则跟猴儿似的好奇道。

"不知道，可能是绿洲，也可能什么都没有。"韩菱纱道。

"那我们过去看看不就知道了？"

"哪有人会跑去沙漠里玩？"韩菱纱想也没想地拒绝，"那里面很没意思，又危险，去了也白去。"

云天河一副失落的模样，柳梦璃见状道："其实……进去看看也无妨啊。"她迎上韩菱纱的目光，略有些羞赧道："我们身上都有水袋……若有危险，也随时都可以御剑离开，不是吗？"

韩菱纱瞬间被两道期待的目光盯上，最终无奈道："好吧好吧，拗不过你们两个。"

"太好咯！"云天河立马高兴地朝着那个方向撒欢似的冲了过去。

韩菱纱和柳梦璃落在后面，两人并排走着。"梦璃，你未免对那个呆子太好了吧。"

"没……没有啊，是我自己想去看看……"

"唉，一个愿打，一个愿挨，倒显得我是大坏蛋。"

"菱纱……"柳梦璃闻言突然紧张起来，"我……我不是……"

"好啦，我逗你的。"韩菱纱一改刚才低沉的模样，冲她做了个鬼脸，分明是憋着笑意故意的，她朝着云天河的方向飞奔了过去，"梦璃，快点，小心那猴子又跑没影了！"

柳梦璃一怔，看着那张扬明媚的笑脸，随即如受感染一般，脚步轻快地追赶了上去。"来了！"

第二十七章

三人继续向前飞去，果然没飞多远，便看见沙地之中隐约出现了一个破落的村庄，村庄门口立着块破牌子，上面写着"月牙"二字。

地上孤零零地立着几棵枯死的老树，枝干已经完全光秃，被毒辣的阳光晒出了道道裂纹。旁边几口水井的井架经久不用，已然腐朽，里面的井水也早已干涸。

没有水，在沙漠之中无疑是最大的威胁。

村里虽有不少房舍，大多数却是门户大开、空无一人，想必许多人家忍受不了这里的干旱，早已逃离了。

"想不到，这里离播仙镇不过数十里，差别却这么大。"韩菱纱见眼前这一片荒凉景象，不禁感慨。

"等一下！"柳梦璃忽然指着远处的一间房屋，语气十分惊恐，"那里……那里有人在喊，让我们救救他！"

"什么？"韩菱纱吃了一惊，别说是呼救声了，就是人影她都没瞧见一个。

突然，她想到了什么，心中一紧，向着柳梦璃所指的房间冲了过去，推开那本就摇摇欲坠的屋门。

"你在做什么？！"看到屋内的情形，韩菱纱怒斥道："还不快住手！"

破旧屋内，站在床边的矮小青年少妇看到韩菱纱冲进来，惊得松开了掐着婴儿脖子的手，她穿着粗衣布裙，不敢直视韩菱纱愤怒的目光，颤声道："不，我……我没有……"

韩菱纱怒道："什么没有！我刚才明明看见的！那么小的孩子和你有深仇大恨吗？你居然想把他活活掐死！"

随即赶过来的云天河和柳梦璃见到此番情景也大惊失色。

"这位大嫂，不管怎么样，你也不能对这么小的孩子下手啊！"饶是柳梦璃这般好脾气的，都不由得愤怒指责道。

韩菱纱心中仍有余悸，若不是柳梦璃有所感应，那么此时，这孩子恐怕就已经断气了。想到这儿，韩菱纱心中越发愤怒："你到底是什么人？！"

那少妇一脸痛苦之色，掩着面满眼是泪，无力地辩解着："不……不是，我……我也不想的……"

"天哪！乌兰，我是听见声音才进来的，没想到，你竟然做出这样的糊涂事！"就在这时，苍老的声音从门口传来。

只见一位白发苍苍的老者拄着拐杖，颤巍巍地走了进来，看到屋中这一幕万分痛心。

被唤作乌兰的妇人颤抖着低下头去，捂住了脸，以近乎嘶哑的声音哽咽道："村长，我也不想，只要还有一点儿办法，我又怎能狠下心来……这孩子毕竟是我的骨血啊！"

"什么？"韩菱纱失声惊呼，她做梦也不敢相信，她要杀害的竟是她自己的孩子！

"虎毒不食子，你……"原本要说出口的斥责话语，在看到乌兰的神情后，哽在了喉咙里，有了千佛塔那事在前，韩菱纱蹙眉问道："到底出了什么事，让你连自己的孩子都要杀？"

乌兰无力地蹲坐在地上，泪流满面道："我又有什么办法呢？这孩子的姐姐生下来以后连一岁都没到就死了，这里的水实在太少，食物也是有一顿没一顿的……往后，让我眼睁睁看着他活不下去，倒不如……不如……"

乌兰痛苦地闭上了眼睛，余下的话吞没在眼泪中。

"……"韩菱纱微动了一下嘴角，脸上亦显出悲悯之色，这样的事，身为母亲的人比谁都痛苦。

"乌兰，我知道你自从丈夫和女儿病死之后，一直很伤心，但再怎么苦，都要熬过去啊！"那村长重重地叹了口气，满含痛意地责备道："这世上能够带走人性命的，只有天上的神，你要是真的那样做了，死后连灵魂都不能得到神的宽恕的！"

乌兰全身颤抖，泪水从指缝涔涔而下，悲声道："村长，我到底该怎么办，我的孩子该怎么办——我比任何人都想他活下去，好好活下去，可谁能救救我们啊！"

村长被问得一窒，沟壑密布的苍老面庞上亦显露出一丝绝望。

看着这一幕，韩菱纱心里一阵抽疼，就在这时，一直没作声的云天河解下了身上的水袋和干粮。"你不是说没有水，也没有食物吗？我身上的这些都可以给你。"

"还有我和梦璃的！这些够不够？你可千万不能再干傻事了！"韩菱纱反应过来，连忙将自己的也解下，接过柳梦璃递来的，和云天河的放在一起。

"你……你们……"旁边的村长见三人热情相助，忙上前致谢。

他拉住云天河，向他身上望去，突然发现了什么，惊道："这身装扮……天哪！你们是仙山上神的仆人！太好了！"

"神的仆人？不是啊，我们是——"

"求求你们了！能不能帮村子里的人向神祷告，让月牙河再恢复从前的样子?!"村长急切地拽住了云天河的袖子，不住地恳求道。

韩菱纱迎上云天河投来的求助目光，颦眉道："村长，您别急，能先告诉我们这里究竟是怎么一回事吗？"

话音未落，只听身后传来一个清朗的声音："不错，我也很想知道这究竟是怎么一回事！"

三人一回头，都吓了一跳："师……师叔?!"

看着慕容紫英的脸色，韩菱纱暗道不好，自御剑下山到现在，不知不觉已过去了两个时辰，没想到紫英竟然亲自下山来抓人了！

慕容紫英望着三人，冷声道："你们眼里还有我这个师叔？我倒不知何时吩咐过你们下山办事了！"

韩菱纱头皮一紧，这不就是她先前为了下山而编的说辞吗，她主动承担起慕容紫英的怒火，弱弱地发声道："紫英，你先别生气嘛，你不是说过琼华派弟子应该扶危济困吗？这回多亏我们误打误撞，才发现昆仑山脚下竟有这样缺水的村子，于情于理总该先帮帮他们吧？"

慕容紫英听了这话，脸上的神情微微缓解，但依然冷声："虽是其心可悯，但这与擅自下山是两回事，回去之后再罚你们。"

韩菱纱一听还是逃不过责罚，却也心知是自己的错，撇了撇嘴，没有异议。若是能帮上忙，挨罚就挨罚吧。

慕容紫英眼见她的小脸上变化多端，最后似乎委屈认下了，大抵是难得见她伏低做小，只是为了这个村子，对她不由得有所改观。

第二十七章　　155

他朝着村长作揖道:"老人家,在下慕容紫英,乃是昆仑琼华派的弟子。这个村子为何会闹干旱?若能相助,我等定然义不容辞。"

村长又惊又喜,仿佛一下子看到了希望,喜道:"你们……你们果然是仙山上来的人,太好了,太好了,这真是上天可怜我们啊!"

随即他便将原委向慕容紫英四人从头道来。

"说起来也已经是很久以前的事了,月牙村曾经是个美丽的绿洲,从昆仑山上流下一条月牙河,养活了整个村子的人。在河的源头有一片树林,虽然不大,但是长得特别茂盛。"

"可是,到我爷爷那一辈,村里来了很多做生意的中原人,说那片树林是传说中的'昆仑圣木',砍了以后能够卖个好价钱,鼓动我们去砍树……"

韩菱纱闻言大惊,失声道:"那……那是圣木啊,怎么可以砍?!"

村长悔恨地摇了摇头,叹道:"是啊,可惜那个时候村里的祭司虽然极力反对,但是其他人都想变得和中原商人一样富有,最后还是同意了砍树。那些树倒了之后,月牙河的水就慢慢枯竭了……"

这不就是自食恶果吗?

韩菱纱哑然,看着这些无辜遭难的村民,为他们难过。

"所有人都后悔了,想过很多办法让水源恢复,甚至还修了新的祭坛向上天祷告,但是没有用,天神已经被激怒了。最近几年,月牙河完全干了,不少人因为缺水,都患上重病过世了,也有年轻力壮的,离开这儿去别处生活,却再也没有回来过……"

村长越说越难过,说到最后,只余下无尽的叹息。

"老人家,既然如此,不如你们也迁去其他地方吧?此处风尘环伺,实在不宜定居。"慕容紫英道。

"唉,迁走的想法,我不是没考虑过。"村长的神情流露出几分涩然,"可是,现在村子里只剩下些孤儿寡母,她们又怎经得起长途跋涉?更何况,月牙村是我们祖祖辈辈安家的地方啊!我身为村长,难道……难道连这片故土都保不住……"

韩菱纱听得心中越发难过,忍不住道:"村长,你说这里的干旱全是因为那条河的水源枯竭了,那想要恢复水源,还有没有什么别的办法?"

"办法是有,只是太难了。我听已经过世的老祭司说过,这世上有一种叫'水灵珠'的宝物,只要有了它,水源就能恢复,一切也会变回原来的模样。"

"水灵珠?!"慕容紫英忽然道。

韩菱纱敏锐地察觉到了他的变化:"师叔,您是不是知道些什么?"

慕容紫英沉吟片刻,才道:"若是水灵珠,倒有一线希望,因为它正是本门镇派之宝!"

韩菱纱低头细细回忆着什么,神情忽然一喜:"我想起来了,以前好像在家里的哪本书上看到过记载,据说当年有人用水灵珠施法,大降甘霖,数日不绝。要是能拿到它,到河流源头处施法,就一定能恢复水源了!"

"不错。待我禀明掌门,看是否可将水灵珠借来一用。水灵珠乃世间至宝,相信以水灵之力,必能令河源复苏。"

第二十八章

那村长听闻此言,便如一个病入膏肓、已然无治之人突然间看见灵丹妙药一般,欣喜若狂而又如在梦中,苍老的面容上涌起希望之色,紧紧地抓住慕容紫英的双手,颤声问道:"你……你说的是真的?"

慕容紫英见村长激动,向他宽慰地一点头,解下自己的水袋和干粮,放在桌上,道:"老人家,我们先将这些水和食物留在这里,这就回去向掌门告知此事,请你们静候消息。"

"多谢,多谢你们!你们果然是天神的使者啊!能够遇上你们,看来天神没有抛弃我们啊!"村长抹了抹眼睛,一个已入古稀之年的老者此时哭得如同孩子一般,让人看着颇为难受。

柳梦璃轻轻抱起床上的婴儿,送到乌兰怀里,柔声道:"别担心,这个孩子的意志力很强,一定会健健康康地长大,成为一个出色的男子汉。"

乌兰接过孩子,整个人如在噩梦中走了一遭,满脸惭愧和后怕,微声哽咽道:"多谢你们,如果不是你们,我真要后悔一辈子了……"

同乌兰与村长道了别,慕容紫英看了三人一眼,转身率先走出了屋子。

韩菱纱冲着他的背影扮了个鬼脸,招呼云天河他们赶快跟上。

到了屋外,慕容紫英也没多说什么,只道了句"事不宜迟",便御剑飞回了琼华派。

山门处此刻已换了两名弟子值守,他们见韩菱纱几人回来,面上微露不满之色,只是碍着慕容紫英的面子,并未多言。

四人行色匆匆,谁也没注意值守,转眼间他们便已来到了琼华宫门前。

慕容紫英让他们在台阶下等候,自己则站在门口,躬身向前,朗声道:"掌门,弟子冒昧,有要事求见!"

片刻后，只见慕容紫英脸上的神情一舒，转身向三人道："你们随我来。"随后他迈步走进殿中。

云天河看得糊里糊涂，小声问韩菱纱道："菱纱，掌门有说过让我们进去了吗？我怎么一点儿也没听到？"

韩菱纱四下瞄了一眼，没好气地低声道："呆子，你怎么知道她没说过？说不定她是用传音入密告诉紫英的。"

"传音入密？那是什么？"

柳梦璃在一边解释道："我听说，传音入密是种很高深的功夫，简单地说，就是只有彼此能听见对方的话语，其他的人是听不见的。"

"这不错，能用来说悄悄话。"

几乎是同一时间，殿内传来慕容紫英的声音："还不速速进来，在门外喧哗，成何体统！"

韩菱纱等人连忙进了殿内，看到慕容紫英微微躬身，向掌门凤瑶说道："情况便是如此，月牙村久经断水之祸，村民们已近绝路。弟子斗胆相问，能否将水灵珠取出一用，以解百姓之厄？"

"紫英，你跟我说了这么多，便是为了此事？"凤瑶的脸上不见喜怒，淡声问道。

"是！弟子恳求掌门，若能以水灵珠施法，则解月牙村之旱，应非难事。"慕容紫英长揖道。

一瞬间，整座琼华宫里鸦雀无声，站在一旁的韩菱纱等人见她神情分外平静，心下着急，不知道掌门心中是怎么想的。众人回想起不久前险些发生的惨案，又想到月牙村村民能否从此得救，全在掌门这一念之间，不由得忧心如焚。

终于，凤瑶微微一顿，道："此事我不允。"

这五个字说得很轻，然而在四人听来却如同轰然霹雳一般，心头的感觉无异于重重砸下一块巨石，四人面上惊诧之情顿起，"为什么"三个字登时浮现在心头，挥之不去。

"掌门?!"慕容紫英似乎极为震惊不解，直直地凝望着凤瑶。

后者端然平视四人，正色道："水灵珠乃本派至宝，非同一般，岂能做出这等'出借'之举？更何况，如今幻瞑界虎视眈眈窥伺在侧，即将来袭，这种时候本就不该节外生枝。"

"可是，那些村民遭此大难，吾等修道之人，怎可坐视不管？"

"紫英,你要知道,这世间困顿比比皆是,管不胜管。吾等修仙得道,扶危济困自是应当,却又如何管尽天下事?更何况现在乃非常之时,我们琼华派自顾不暇,哪有能力去管别人?"

"掌门……"

慕容紫英还欲说些什么,凤瑶猛地扫了他一眼,目光中忽然露出少见的锋芒,沉声道:"我意已决,此事休要再提!"

慕容紫英仿佛怔住,半晌,垂下眼眸,颓然应了一声"是"。

殿内霎时安静了下来。韩菱纱看了看慕容紫英,连他都不能说服掌门,那他们就更别说了。

原本她进来时还想着,能否借着云天河父亲与掌门相识,来讨些情面,但看现在这样,是不可能的了。

"我且问你,云天河三人初入本门,岂可私自下山?"

殿内再度响起掌门的声音。韩菱纱蓦地抬头,只见慕容紫英自行请罪:"是弟子管教无方。"

韩菱纱心中一咯噔,正要开口解释,不想云天河却抢先了一步:"不关师叔的事,是我们——"

"大胆!我只问紫英,何时问及他人了?"凤瑶眉眼一凝,周身气场已然变化,整个大殿内宛若修罗场。

韩菱纱赶忙拽住云天河,连连摇头。这是琼华派,不是在山下,门规就是门规,不可对掌门不敬。

"紫英,念你与他们三人都是初犯,本次便不再追究,若有再犯,定不饶恕!"

"是,多谢掌门!"

"除了紫英,其他人都退下吧!"

所幸掌门没有追究他们偷偷下山的事,韩菱纱暗暗松了一口气,又不由得担心地看了一眼垂眸而立的慕容紫英,然后和柳梦璃一起拽住云天河,向掌门躬身行礼:"弟子告退。"

待三人离开后,殿内的气氛渐渐如冰雪消融。凤瑶稍稍收势,露出几分疲累神情。

"紫英,你觉得他们三人资质如何?"

慕容紫英微微一愣,如实回道:"回掌门,以弟子愚见,他们三人入门之前都曾略涉仙术，触类旁通，对御剑之术与基本心法领悟极快，以此看来，资质都在中上。只是那个云天河，看似驽钝，却是深浅不明。"

"哦？此话怎讲？"

"古人云，剑术如琴曲、如心念、如川流、如天地，可随万物而生，故修习剑术亦要顺应四时、吞饮日月，此间之功，非朝夕可成。就弟子这两日所见，云天河虽不懂高深剑术，但是行止间内息清沛，气韵自敛，举手投足分外自如，似乎是多年静心修行方可达到的境界。弟子也大为不解。"

凤瑶微微一笑，目光直视慕容紫英："如此说来，假以时日，他的修为突飞猛进，甚至更胜于你，也不是不可能了？"

"弟子不知。"慕容紫英脸上的神情微微一窘，继续道："且弟子识见难及掌门一二，适才所言也都是些浅见……"

"无妨，你还有什么想法，便一并说了吧，我想听听。"

"是。弟子还有一事未明。据弟子所知，本门铸剑秘术之精，放眼凡间，几乎无人能够相较。可是，云天河随身所携的那把细长蓝色佩剑，铸造技艺之绝，实在令弟子大感汗颜。

"弟子虽未细看，但那把剑的质地绝非乌金或玄铁，要做到如此寒光剔透、冰冷渗骨，而又不伤及手握之人，至少须取得东海海底的沦波净石、天山冰池下的寒珞玉魄，再辅以西北大荒中的上古冥灵木为火引，糅合炼化。而这几样东西，莫说是一人之力如何得到，即便是穷本门之力，亦可遇而不可求。

"何况剑身看来纤细，想必也是固若玄冰，这却是用了传说中的'百炼之法'，定要反复锻冶，无一次差错！弟子实难想象，那位铸剑之人是何等神乎其技。"

凤瑶听到这里，似乎微微叹了口气。

"云天河既能拥有这样一把不世出的宝剑，又能驾驭于它，此人应是大有来历。"慕容紫英不由得想起昨日云天河向自己问起他父亲的事，眼望掌门，亦想要请教。

"你猜得不错，那把剑确实非同寻常，只不过据我所知，铸剑之人早已过世，云天河对此剑的来历亦一无所知。"

慕容紫英听得一呆，铸剑之人竟已经过世了？

未等开口继续问，就听掌门继续道："你须谨记，只可教授他们三人简单的练气吐纳，其他高深剑术均不必涉及，谈及本派秘事，更要谨慎出口。不过，他们如有违反门规之处，若是不甚严重，便不必多管；他们要去何处，也不必多加阻拦，只需暗中留意便可。"

"掌门，这……"慕容紫英心中的疑惑更甚，琼华派自凤瑶执掌以来，一向以严肃门规为宗旨，对违反门规的弟子的处罚也从不手软，不想现在竟有意放纵云天河等人。

"你不必多问，我令他们入门，乃是另有机缘，日后你自会晓得。"

然而是何机缘，凤瑶揉了揉眉心，显然并不打算多说："你退下吧。"

"是。"

慕容紫英行礼告退，走到门口，突然又微微转过身来："掌门，弟子斗胆再问一句，水灵珠之事，是否还有商榷的余地？"

凤瑶的目光与他遥遥相对，此时已然冷下几分，声音里隐隐夹杂了怒气："哦？这么说来，我适才的决定，你口服心不服？"

"弟子不敢！弟子只是觉得，我辈修仙之士虽非样样皆能，但毕竟能救一人是一人，弟子实在不忍心看那些村民如此受苦……"他想起月牙村村民的惨状，语气中带了几分苍凉之感。

"慕容紫英！你可还记得昔日在宗炼长老面前立下怎样的重誓？"凤瑶忽然冷喝道。

慕容紫英即刻凝了神色道："弟子一日不敢或忘！弟子曾发誓，终身以修仙积德、捍卫天下为己任，对本门更不可有叛逆之心！若有相违，则要受五雷轰顶、神魂俱灭之祸！"

"你师父为妖孽所害，早早亡故，宗炼长老虽名义上是你的师公，实则待你如徒儿一般，连自己的铸剑秘术都倾囊相授，希望你有朝一日能成为本派的栋梁之材。但你今日的表现，未免太令我失望了！"

"弟子惭愧！"

凤瑶劈头怒道："这世上苦痛之人千千万万，你一日救得一个，数十年下来虽有小成，又怎比得上修成仙身、法力无边之时，顷刻便能解救千百？"

慕容紫英的嘴角微动，却不知该如何言语。

"十九年前，本门与幻瞑界一战，多少弟子就此埋骨，连前代掌门都未能幸免，你师公宗炼长老亦身受重创，不治身亡。"凤瑶的声音在殿内冷冷响起，从四面八方冲向他，"这一回，如有危急，水灵珠蕴含的法力说不定会成为我们抵挡幻瞑界之助力，你此刻的举动，只顾眼前，因小失大，届时我方势弱，昆仑山脚下生灵涂炭，远胜月牙村之灾！"

慕容紫英狠狠一震道："弟子太过短视……"

见他认错，凤瑶心里的怒气微微消了些，沉默许久，仿佛失望道："紫英，你以前从不会这样，莫非这短短时间里，便沾染了云天河他们的浮躁之气吗？"

然而不等他开口，凤瑶便挥退道："也罢，今日我言尽于此。能领悟多少，就看你自己的造化了。退下吧。"

慕容紫英怔怔地施了一礼，转过身去，只觉背后涔涔的尽是冷汗，脚下虚浮，如同刚刚从梦中醒来一般，缓缓地退出殿外。

第二十九章

韩菱纱几人出了琼华宫，在山门不远处停了下来，没拿到水灵珠，救不了月牙村的村民，他们没脸下山去。

"怎么办，掌门不肯借那个宝物……"云天河不住地回望殿内，若非柳梦璃拦着，他甚至还想进去说上一说，"可是，我想帮那些人……"

"我看掌门心意已决，怕是很难改变。我们只有想别的办法了，不行的话，以后再找机会下山，给月牙村的人送些水和吃的。"柳梦璃道。

韩菱纱的胸口憋闷得厉害，那股子困乏感又上来了，她掩了下眸子低声道："也只能先这样了。我们先回去，再想想还有没有其他办法。"

不料，没等韩菱纱他们行动，慕容紫英就已经偷偷安排门下弟子将水和食物送往月牙村，这一送就送了一个月，总算暂缓了月牙村内的情况。

起初，韩菱纱还以为是掌门动了恻隐之心，后来才从送食物的弟子口中得知，是慕容紫英的吩咐。一日早课结束，韩菱纱拦住慕容紫英想道声谢，不料那人闻言竟直接甩了"不必"二字后就大步离开。

他比以前更像个行走的大冰块了。

因为幻瞑界将至，整个琼华派都严阵以待，就连空气中似乎也弥漫着一股暗暗紧张的氛围。慕容紫英作为门派弟子中的佼佼者，更是忙得不见人影。韩菱纱等人每日练着最基本的御剑和用剑心法，毫无进展，哪怕心下着急，却也无从下手。

整一个月都如此，韩菱纱的心底浮现出一丝怪异感。

慕容紫英究竟是真的忙，还是故意避着他们？可又为何要避着？韩菱纱百思不得其解，最后只能归于自己想多了。

……

秋夜凉，玉阶之上生白露，虫声灭，四周更添寂寥，整个琼华派笼罩在淡淡的薄雾之中，沉入这夜色。

肃仙堂内，长明灯照亮着整个内殿，悬于半空之中的数个灵位前，一道颀长身影跪在蒲团上，不知跪了多久。

"师公，弟子始终不明白……您常对我说，修仙之人要济世助人，可是，现在受苦的百姓就在我们山脚下，掌门为何……"

身影前的灵位上刻着"宗炼"二字，木然悬立在那儿，四周泛着幽幽的冷意。

须臾，那身影抬起头看灵位，微动了一下嘴角，清冷的声音徐徐在内殿响起。

"我们一力修仙，竟不能泽及山下父老，那当初入门修仙又是为何？"

素日里极少喜形于色的慕容紫英，修仙多年以来，第一次对此产生困惑。

夜到深处，浓雾遮去了星光。

剑舞坪处，云天河房门外的石狮子嘴里衔着的珠子被房间主人顽劣地抠到了左边，仿佛是在做鬼脸。

房门外忽然响起"叮铃""叮铃"的铃声，那铃声初时还不明显，过了片刻，越来越响，将云天河的睡意驱了个一干二净，他不情不愿地坐了起来。

韩菱纱一举从窗户轻松跃了进来，看了眼手中的符纸，甚是得意："这'鸣钟符'果然厉害，现在你是不是半点也不想睡了？"

"这是什么？"云天河好奇地盯着韩菱纱手里的明黄符纸。

"这是琼华派的符咒之一，专门用来对付静思时打瞌睡的弟子，这张符发出的声音除了弟子本人，其他人是听不见的。"韩菱纱将符纸塞到他手里连忙道："先别说这个了，快看看你那把剑到底是怎么回事？"

云天河顺着韩菱纱的视线望过去，只见放在桌上的望舒剑此刻竟然飘离了桌面，悬浮在半空中，通体发出微弱的淡蓝色光泽。

"这剑又发光了?!"云天河诧异地问。

"我也不知道，刚才突然听到一阵奇怪的鸣声，就叫了梦璃，顺着声音一路寻过来，才发觉是这把剑……"

"鸣声？你们离得那么远，还能听到这把剑的声音？"

"是啊，这把剑一直在鸣响。"韩菱纱说着转向柳梦璃，奇怪道："可不知道为什么，梦璃说她一点儿都听不到。"

柳梦璃点了点头，脸上的表情亦十分不解。

云天河屏住呼吸，侧耳倾听："好像真的有声音，不过很微弱，听不清楚。"

他忽然想起当日在石沉溪洞时，这把剑似乎也发出过类似的低鸣，但不知是何缘故。

"很微弱？不会啊，我感觉比那个'鸣钟符'还响呢。"韩菱纱见云天河摇头，又凑近仔细听了听。不应该啊，就她一个人听得清楚？

莫不是她这些天刻苦练功，修为大有长进，连耳力都提高了？韩菱纱不由得心下窃喜。

"对了，你们看，这把剑浮在空中的样子，像不像指着某个方向？"柳梦璃忽然道。

韩菱纱顺着剑尖所指的方向望去，吃惊道："等等！那边是剑林？不对，比剑林还要向北一些……是禁地的方向?!"

说完后，韩菱纱眼眸一亮，心里顿时有了主意。她这些天闲得无事，把琼华派上下转了个遍，唯独没去过禁地，此时好奇心起，便再也消不下去。

"我们去禁地看看怎么样？说不定这把剑跟禁地有什么关系。"

云天河有些犹豫："万一师叔又生气……"

"你天不怕、地不怕的胆识呢！"韩菱纱拍了他一下，"要是被他发现，就当梦游好了。"

"哪有三个人一起梦游的?!"

"废话少说，再耽搁下去，天可就亮了。"到时候他们想去都去不成了。

韩菱纱拉上柳梦璃，和云天河一道趁着夜色掩护，悄悄来到了禁地前的剑林。

在琼华派，剑林和肃仙堂都是纪念派中前辈之地——肃仙堂中安放的是派中已故各代掌门及长老一级人物的牌位，剑林则是陈列前辈们所用宝剑的场所。每到清明时节，现任掌门便会带领所有派中弟子来这两处祭奠前辈英灵。

剑林之中，十余尊巨石雕成的宝剑雕塑上，分别安放着若干柄长剑，许多长剑的剑穗颜色黝黑，显然经年已久，不知道是哪一代前辈的用剑了。

众人四下观看，心中不禁感慨万千。

当年，这些前辈想必是行侠天下、纵横海内的英雄豪杰，或是凭虚御风、修为高深的得道之人，可是时过境迁，今日他们留下来的差不多只有这些宝剑了。

"你们不觉得奇怪吗？紫英明明说过这个地方不能靠近，可是这么重要，居然连一个看守的人都没有。"韩菱纱环顾了一圈，轻声道。

"这把剑又有声音了。"云天河忽然拿起剑。望舒剑发出轻鸣声，这一回连柳梦璃都听见了。

"看来是找对地方了！"韩菱纱脸上一喜，"进去看看再说。"

待走到剑林尽头，眼看前方一条小径幽深隐蔽，正是通往禁地之路。

正欲前行，耳旁忽然传来一个威严的声音："主人有命，琼华派一般弟子不可通过此地！"声音洪亮，有如钟鸣。

韩菱纱乍听此声，心里一奇，隐约感到以前似乎在哪里听过这个声调。来不及多想，她就看到眼前白气弥漫，一个人形幻灵缓缓显现。

她和云天河对视一眼，放下心来，这不就是那日在石沉溪洞里被望舒剑吓跑的魁召么！

云天河亮出望舒剑道："你看这是什么！"

不料那魁召似乎根本不认识这把剑一样，脸色愈发阴沉，沉声喝道："主人有命，擅闯者，杀无赦！"

"等等，这好像和石沉溪洞的不一样。"不待云天河反应过来，那魁召"呼"的一声，竟然直接一掌击了过来。

云天河大吃一惊，幸亏他这些日子修为有所精进，纵身闪开这一击，同时不忘提醒韩菱纱："你们小心！"

话未说完，身前白影闪动，魁召的第二击已尾随而至。

韩菱纱眼见不好，连忙上前帮他。

魁召虽是符灵，有形无质，寻常攻击伤不了它，但对手三人均在仙术上有所修为，战不数合，便被云天河、柳梦璃雷火共击，怪叫一声，消失不见了。

"想不到，就算看起来长得一样，不同的符灵忌讳的东西也不同，这家伙就不怕天河的剑呢。"韩菱纱纳罕道。

柳梦璃仔细察看四周，道："这些符灵的气场很强，可见驱符的人是个高手，这么强的气场，即便一时消失了，过一段时间又会聚合而成。我们还是快些离开这里吧！"

三人之中，柳梦璃的灵力最强，她对此类仙术道法也最为了解。听她这么说，两人连忙加快了脚步，顺着小径迅速前行。没走多久，他们便来到了一堵石壁前，面前一道巨大的石门挡住了三人的去路。

云天河望着这扇门，心生奇异之感，他伸手用力推了推，石门却纹丝不动。

韩菱纱上前将头贴在门上，轻轻敲了敲，摇头道："这道门至少有五尺厚，推是肯定推不动的。"她思索平生所学，在门上四处寻找是否有机关之类的物事，找了半天，终于摇了摇头。

"这道门似乎是为法力所封，用寻常方法打不开的。"柳梦璃皱眉道。

韩菱纱神情微怔，似乎忽然发现了什么。

"等等！"

她退后了一步，细细端详石门上刻着的标识，恍然大悟，原来两扇石门上各自刻着一道道细微的痕迹，众多痕迹组合到一起，俨然形成了一幅图案。

"天河！快把那块玉拿出来试试！"

云天河听言取出古玉，放在门上，刚一触碰门壁，只听隆隆声响，石门缓缓向内打开。

"打开了！"云天河显得异常高兴。

韩菱纱的神情却微微凝起，这块古玉是在天河爹娘的墓中发现的，用来打开门派中如此隐秘的地方，怎么看两位前辈与琼华派的渊源都不浅。

可掌门却说天河的爹是修仙到一半就离开……这让她颇感疑惑。

"菱纱。"云天河喊了她好几次，见她没反应，便伸手在她眼前晃了晃。

韩菱纱缓过神来："进去看看。"

她说完率先走入门中，才发现原来禁地所在之处乃是一个高达数丈的岩洞，岩洞洞口处颇为狭窄，走了几步，逐渐宽阔起来。

整座石室呈现出熔浆一般的赤红色，四面的石壁黏稠模糊，看起来几乎要被这里的热气烤化一样，地面上闪着点点火光。

"看样子，这里和承天剑台也没什么不同，禁地里难道就只有这么点东西？"韩菱纱刚转过半圈，就看到石室入口另一侧通向一条狭窄的小路。

"菱纱，这地方……"柳梦璃觉得颇为古怪，然而韩菱纱已经往前去，她只好跟了上去。

小路尽头是另一个银白色的石室，洞壁上结满了寒冰。

"一边热，一边又冷，这究竟是什么怪地方啊？"韩菱纱一进到石室里就抱住了自己的胳膊，禁不住打起哆嗦。

下一瞬，连声音都被冻住了似的，三人齐齐地望着正前方，神情惊愕万分。

在他们正前方，银白石室的正中央处立着一个方圆丈余的冰柱，冰柱之中，赫然是一个身穿琼华派道服之人！

那人端然而立，一张面孔如同白玉雕刻成的一样，相貌极其俊朗，看上去年方而立。他虽被冰封，一头长发仍飘逸地泼洒在身周，显出几分不羁之气，神色间却透着一种无比落寞的感觉。

"这……这个人是谁？怎么会在冰里？"

话音刚落，只听冰柱中一个黯然的声音传来："此话应由我来问，你们难道不知道，擅闯琼华禁地乃是重罪？"

第三十章

冰柱骤然出声，把他们都吓了一跳，整座寒冰似的石室更添几分诡谲氛围。韩菱纱和云天河的目光同时集中在了冰柱上。

半响，云天河挠了挠头："尸体会说话？"

韩菱纱拍了一下他的后脑勺："笨蛋！"

"这个人还活着，和我们说话的正是他的生灵，只不过气息很弱，不知道他被封在这里多久了。"柳梦璃讷讷地说道，目光亦匪夷所思。

云天河好奇地看着冰封，没来由地觉得这人身上似乎有些特殊的气息，而这气息指引着自己莫名想要亲近，这种陌生的感觉十分奇妙。云天河也不抗拒，双眸中的好奇更甚，一眼不错地盯着冰柱里的人。

"这位少年人，你……能否靠近一些？"

云天河微微一愣，随即走上前去。

半响，冰柱中传来一声轻微的叹息："你的长相……果真……你可认识一个叫云天青的人？"

"他是我爹。"

"你叫什么名字？"

"我叫云天河。"

"天河……天河……天悬星河……"他的语气忽然急切起来，"你娘，她是不是叫凤玉？"

云天河点了点头，奇道："到处都有人认识我爹，今天还是头一次有人问起我娘呢。我娘也是琼华派的人吗？你又是谁啊？怎么会认识我爹娘？"

"吾名玄霄，乃是你爹和你娘的师兄。"玄霄略微顿了顿，继续说道，"你身上所携之剑，名为'望舒'，与冰中的'羲和'正是一阴一阳的配剑，以日月之神为名，原本都归本派所有。"

"望舒、羲和长久分离，一旦重逢，便会发出共鸣，想必你们就是因为这个，才闯入禁地的吧？"

韩菱纱他们这才发现，冰柱的另一侧插着一柄通体橙红色的宝剑，和望舒剑的细长轻盈不同，那柄宝剑的剑身较短而厚重，隐隐发出暗红色的光泽，显然是一样神兵利器。

"你是天河爹娘的师兄？可是你看起来一点儿都不老啊。"韩菱纱见过的与天河父母同辈的人，柳世封已有四五十岁，凤瑶虽然修为较高，看上去年轻些，却也年近不惑。眼前这位名叫玄霄的前辈，看上去竟似乎比他们小了十岁有余。

"我在这里十九年了，只因身被冰封，看起来容颜未老罢了。"云霄淡漠道。

"你刚才说，这把剑是琼华派的东西？"

"不错，你不信？"

"我没有不信。"云天河的心下却十分奇怪，"入派那天，梦璃问掌门这剑的来历，掌门为何不告诉我们？"

玄霄倏然一顿："是你爹和你娘让你上山来的？"

"不是，爹早就死了，娘也死了，他们什么也没告诉我，是我自己要来这里的。"

"死了……"玄霄愣住，淡漠的面庞染上了几分伤感，"我原以为自己常年封于冰中，早已心如止水，不想听到故人噩耗，仍百感交集。"

云天河也有些难过，他好不容易找到一个与父母都有交情的人，谈起往事，不禁对玄霄亲近起来。

"那你们是如何进到这里的？"说罢，他看见云天河手里的古玉，声音蓦然一滞，似乎想极力克制住内心的激动，"灵光藻玉，想不到我有生之年还能再见……"

"人生百岁，终归尘土。当初我们三人一同修炼仙道、参研剑术，正当风华之年，如今却只余我一人。"

在冰柱前的三人几乎一同想到那样的画面，到最后幻化成眼前被冰封住的玄霄，满身寂寥。

韩菱纱怔怔地瞧着："但是，这儿冷到骨子里了，你为何会被封在这冰柱里？"

玄霄置若罔闻，目光直直地凝着云天河："你应该自小就十分畏寒，进入此地，岂非度日如年？"

"不会啊，我身体一直好好的，也没觉得这儿冷。倒是爹和娘，他们都特别怕冷。"

"这怎么可能……不可能的！"玄霄眼底掠过一丝惊诧之色，目光落到下方云天河三人身上，待扫至韩菱纱时，略有迟疑地微微皱眉，随即又很快敛去，一双眼眸沉淀着愈发不可测的幽深。

韩菱纱正想问"什么不可能"，忽然感觉到从身后而来的极寒之意，裹挟着怒火，劈头盖脸地说道："云天河！你们简直是目无规矩，连禁地都敢乱闯！"

糟了！

韩菱纱心中一惊，赫然撞上慕容紫英愠怒的黑眸。

云天河和柳梦璃也惊得转身回望，竟发现慕容紫英不知何时出现在他们身后，此时正一脸怒气地盯着他们。

云天河看了看慕容紫英，有些心虚道："可是……师叔你不是也来了吗？"

慕容紫英被他的话一噎，一张白皙俊俏的面庞被气得发红，胸口剧烈起伏："岂有此理！"要不是他路过发现，还不知这几人胆大到如此地步，擅闯禁地！

"这禁地中并无惊世骇俗之物，来便来了，又何必大呼小叫？"玄霄在他要出言训斥之际，淡淡开口，只是那声音里有着几分不容置喙的威严。

慕容紫英循声望去，这才看到冰柱中的玄霄："你是？"

"紫英，你不认识玄霄吗？我们刚开始进来也吓一跳，没想到冰里还藏着活人！对了，玄霄他还是天河爹娘的师兄呢！"

"玄霄……"慕容紫英的脸上神色变化，转为郑重，"你是玄霄师叔?!"

"怎么，你不相信？"

"师叔在上，请受弟子一拜！"慕容紫英忽地拜伏于地，恭恭敬敬地向他行了一个大礼。

玄霄的目光落在了他身后的剑匣上，目光柔和了几分，温言道："你起来吧。看你身后的剑匣，可是宗炼之物？"

"是，弟子慕容紫英，曾蒙宗炼长老传授武功心法、铸剑之术。"

"宗炼他……如今过得如何？"

"师公早些年前便已过世了。他老人家生前曾经交代弟子，若有生之年得见玄霄师叔，必要恭敬相待。师叔如有任何差遣，不问缘由，弟子纵然粉身碎骨也要达成。"说完，慕容紫英又深深一揖。

他虽不认识玄霄，可对宗炼长老却无比崇敬，对他老人家的吩咐更无有不依，因而话语间对玄霄也极为尊敬。

玄霄叹了口气道："我不过是个遭弃之人，宗炼如此吩咐，未免小题大做。"

"无论如何，弟子自当谨遵师公之命。"

"不问缘由？好，好！"玄霄轻轻扬眉，看向慕容紫英道："既然如此，我便吩咐你两件事。第一，禁地发生这种种事情，不必告知夙瑶；第二，他们几人闯入禁地，依照门规本应重罚，但我命你不可追究此事。"

他说完这些，见慕容紫英神情一怔，微笑道："如何？令你为难了？"

"不，弟子听命。"

韩菱纱在一旁有些高兴，没想到前辈这么仗义，她还以为少不了一顿责罚，这下慕容紫英当着前辈的面答应下来，他们就肯定不会被训了。

玄霄似乎有些累了，看着他们，声音略沉："你们闯入禁地许久，都回去吧，即便有种种疑问，也无须再提，只当幻梦一场。"

云天河好不容易得知一点儿关于父母过去的消息，哪肯就此放过，急忙问道："那，我们还能再来吗？"

"云天河！你将本门禁地当成什么地方！"才刚忍住的慕容紫英立刻气血上涌，怒喝道。

"若想来此，改日再说吧。"

"好，那就改日！"

玄霄发话，慕容紫英一时也不知是否该阻止，最终化作无奈，深深地向师叔行了一礼，领着云天河他们退了出去。

从禁地一路到剑舞坪，慕容紫英始终面无表情地走在最前面，步履生风，周身气息的冷冽堪比冰封石室，大抵碍于对玄霄的承诺，发作不得。

韩菱纱落在他后面，不同于柳梦璃和云天河被当场抓包的窘迫，她瞟着慕容紫英恼羞成怒的模样，眉眼含笑，一点儿也不怕，反倒像极了蠢蠢欲动、欲撩老虎胡须的小猫崽子。

慕容紫英回头就看见了韩菱纱的笑，心中一梗，索性连头也不回，走得更快了。

云天河脚步一停，仍想不明白："那人为什么会被封在冰里？"

"也许是个很可怜的人，我还从来没有感觉过一个人的灵，像那样孤独、寂寥，简直像要把身边所有的一切都冰结了，实在太痛苦了。"柳梦璃呢喃道。

第三十章　173

韩菱纱闻言怔了怔。孤独吗？

她下意识地看向云天河，那这家伙在青鸾峰独自生活了那么多年……

思绪刚滑过，她就对上了云天河单纯的目光，仿佛不能理解孤独和寂寥为何物，忍不住扑哧一笑。

云天河看着韩菱纱脸上的笑意，微愣了一下，然后挠了挠头："那……那我们以后多过来陪陪他，他刚才不是说可以改日再来吗？"

"师叔之事，岂是我们做后辈的可以妄加揣测的！"走在他们前面的慕容紫英终于忍不住，甩袖看着他们，"倒是你们几个，究竟是如何打开禁地石门的？"

"很简单啊，用这块玉就打开了。"云天河拿出灵光藻玉给他看。

"这块玉……又是从哪里来的？"

"在我爹娘的墓室里找到的，下山后就一直带在身边了。"

韩菱纱忽然皱眉道："紫英，玄霄他明明说了，天河的爹娘都当过琼华派的弟子。你之前说没听过云天青这个人，肯定是骗人的吧？"

"我确实不知，何必欺瞒。"慕容紫英面上的寒霜更甚。

"哎呀，干吗突然这么严肃，恼羞成怒想罚我们？"

"我既已答应师叔不再追究，自会做到。"慕容紫英亲自将人送回住处，冷着脸道，"时候不早了，你们赶紧休息。"

"等一下！"韩菱纱喊住了他，"听其他弟子说，紫英你喜欢宝剑，还有和宝剑相关的东西，是吧？"

慕容紫英一怔，随后迟疑地点了点头。

"那就好了，这玩意我一直带在身边，用不上就可惜了，不如送给你吧！"韩菱纱从身后拿出一物，笑眯眯地递给他。

"这是……九龙缚丝剑穗?!"慕容紫英诧声道。

"紫英你果然识货，这确实是选了万年冰蚕丝，再用'九龙缚丝'的特殊手法结成的剑穗，虽然不是珠玉，但绝对是个好东西。怎么样，配得上你这琼华派大侠吧？"

"如此贵重之物，唯有皇族方能持有，你又如何得来？"

"别管那些有的没的，你拿着就是。人说拜师有大礼，才显得诚心，你怎么说也是师叔，我们还没送过你什么东西呢！"

慕容紫英微微拧眉道："琼华派乃是修仙清静之地，何来此等世俗规矩？何况此物太过贵重，我不能收。"

"算了，早知道你是一板一眼的人……"韩菱纱神情一转，又笑道，"那这样好了，就当是我托你帮个忙，给这剑穗找到原本相配的宝剑好了。"

"我得到它的时候，只有剑穗，剑早就不知所终了。听说琼华派藏剑上千，说不定其中就有那把剑呢。要是能物归原处，也算功德一件吧？"

慕容紫英心里微微一动，他爱剑如命，生平最见不得宝剑受损，哪怕是丢失剑穗这样的小事。在他的眼中，宝剑就如人一般，剑穗、剑鞘则是人的衣帽服饰，岂有谦谦君子却无方正衣冠之理？

他沉吟片刻，终于接了过来："既然如此，我暂且替你保管，看看能不能找到原本的那把剑……你既然能寻到剑穗，也算与它有缘。找到原本的宝剑之后，若是掌门允许，我自会将它们一同交付给你。"

"给我？不用，不用，你尽管留着好了！"韩菱纱连忙拒绝，要再还给她，她还怎么做人情！

"好了，你们赶紧回去休息，若是错过明日早课，我定不轻饶！"慕容紫英随即凝了神色，说完便转身离开了。

韩菱纱望着他远去的背影，扁了扁嘴道："还是凶巴巴的老样子。不过呢，至少他把剑穗收下了。"

"菱纱，你为什么要送师叔九龙缚丝剑穗？"云天河有些疑惑地问道。

"笨！所谓吃人的嘴软、拿人的手短，紫英拿了我的东西，以后就不太会对我们凶了！而且据我观察，小紫英八成是那种刀子嘴豆腐心的人，对付他，用这招最有效了。我也是想让往后的日子好过点嘛。"

云天河皱着的眉头舒展开："哦，我为了抓山猪，也会先放只兔子做饵，这样比较容易上钩。"

韩菱纱闻言窘了一下，就听身边的柳梦璃一声轻笑，脸上突然羞臊了起来，连忙轻轻推了他一下。"呆子，赶紧去睡，别起晚了。"说完，她就拉着柳梦璃进了屋子。

第三十一章

然而第二天的早课，云天河还是起晚了，不但起晚了，还被慕容紫英罚去了思返谷。

韩菱纱回想起早课时的氛围，堪比修罗场，更好奇云天河到底怎么得罪慕容紫英了，害得她多加练了几个时辰。

直到天色暗沉，这一天的练习才结束。韩菱纱揉了揉发酸的胳膊和腿，悄悄拐去了伙房，之后直奔思返谷。

思返谷，顾名思义就是让琼华派弟子面壁思过的地方。这地方没有一草一木，为的就是受罚的弟子能够心无旁骛，反思己过。

韩菱纱一入思返谷，隔着老远就看到了盘腿坐在枯树根旁边的云天河，走近了，似乎还听到了"呼——呼——"的声响。

待仔细一看，这家伙哪是打坐，分明是打盹儿。

"还睡！紫英来了！"

"师叔，我没睡！"云天河猛的一个激灵，抹了下嘴角，就撞上了韩菱纱笑意满盈的一双圆眸，瞬间笑了，"菱纱，你怎么来了！"

韩菱纱哭笑不得地把点心塞给他："你到底做了什么，惹得紫英那么生气？"

"我……我就是起晚了。"

"只是起晚了？"

云天河赶紧塞了两块点心垫肚子，仔细想了想："嗯，就是起晚了。"因为师叔一上来就叫自己到这里思过。

"没说别的？"

云天河又想了想，恍然道："师叔问我为什么不擦拭佩剑，平日里是怎么使的剑。"

韩菱纱心中突然有一种不好的预感："你如何回答的？"

"照实说啊。"

"……"她就知道！云天河就没用那把剑干过正经事，反而用来剥兽皮、砍柴、烤肉……慕容紫英知道他那么糟蹋望舒剑，不火冒三丈才怪。

"不过他后来听着听着，表情就不太好看，更生气了。"云天河后知后觉，求证似的看着韩菱纱，"我说得不对吗？"

韩菱纱深吸了一口气，轻轻拍了拍他的肩膀："没事。"这么说过一回，相信紫英也承受得住了。

"嘻嘻，你们居然还敢在这儿聊天。"身后忽然传来娇笑声，他们转身望去，见璇玑和怀朔正朝他们走来。

"怀朔，璇玑。"韩菱纱与他们打招呼，"你们怎么会来这儿？"

"我们就是过来看看。"璇玑笑嘻嘻地看着云天河，"你入门时间不长，丰功伟绩倒是不少，能被紫英师叔送来思返谷的，你是头一个！连我和师兄都忍不住要来看看了。"

怀朔一把把凑到云天河面前去的璇玑给拽回来。"别闹。"随即他又向韩菱纱二人恭喜道，"还没来得及正式恭喜你们入门！我和璇玑从寿阳回来后一直在忙，幻瞑界之事攸关许多人的生死……这一拖，拖到今日才来见你们一面。"

云天河表示不在意，像个猴儿似的坐不住。"这里好无聊，我什么时候可以出去啊？"

"现在子时已过，依照本门规矩，你可以走了，要不然我和璇玑也不敢来打扰。"怀朔道。

"可以走了啊，菱纱，我们去找点吃的吧。"云天河把吃完的点心纸包收了收，又摸了摸肚子，他压根没吃饱。

韩菱纱干脆不理他，问怀朔道："那个叫什么幻瞑界的，我们能帮上什么忙吗？"

"怀朔，快点，晚了就抓不着了！"璇玑已经蹦蹦跳跳到了前面，连声催促。

怀朔急忙应了一声，无奈之余似乎还藏了几分宠溺，随即同云天河和韩菱纱二人作了一揖："你们现在是刚入门的弟子，当以修炼为主。我们还有事，先走一步。"说罢便追璇玑去了。

韩菱纱看着两人消失的方向，小声咕哝道："问谁都是这说辞，这么久了还没弄清楚这究竟是怎么一回事。"

话没说完，云天河已经跑了，大约他是真的饿，只顾着留下一句让她快跟上，眨眼间就没了人影。

韩菱纱哭笑不得地跟着往外走，走了一半忽然顿住，看着思返谷另一侧显出的一抹投影，嘴角抿了笑意："我看有的人就是不坦率，明明担心自己的师侄，却只会在一边偷偷地看。"

那人没有回头，只伸手轻轻地掸了掸身上的浮尘，端立不动。

韩菱纱等了片刻，见他不说话，就跟个冰块似的杵着，忽然有些泄气地道："明明一副若有所思的样子，干吗不把话讲出来？憋在心里很好受吗？"

慕容紫英微微侧了侧头，顿了顿，终于缓缓转过来，直视着韩菱纱，淡淡地说道："若说不坦率的人，是你吧？"

韩菱纱心里一动："什么意思？"

慕容紫英转开目光，望着空中的浩然月色，负手不语。

韩菱纱等了半天，见他沉默依旧，顿时大感不爽："讲话又只讲一半，小紫英你不但是个冰块脸，还是个闷葫芦，总这么严肃干吗？"

"谨言慎行又何错之有？难道人人都要与你性情相投才好？"

"我可没这么说，要是你自己觉得开心，别人才没话好讲。不过，我见你每天守着规矩，眉头却又常常皱起来，可就不明白了。你问问你自己嘛，到底过得快不快活。"

慕容紫英微微闭了闭眼，轻吐一口气，道："你这话很奇怪，人生数十载，岂能事事都遂人所愿？"

"就因为人生苦短，不过得开心点，难道等到死之前才后悔？"

慕容紫英默然不语，似乎不愿意多想这些事情。

韩菱纱却被自己挑起的话题吸引，顿了顿继续说道："就说天河吧，有时候我觉得他很胡闹，可有时候又不知不觉羡慕他，总觉得说不定就该像他那样，才不算白过了一辈子……"

"岂有这种道理？他那样不过是目无礼法、肆意妄为罢了。"

他转眼望着远处月光笼罩下的浩浩山河，心中豁然一明，朗声道："我修仙问道，为世间斩妖除魔，没有一样不是自己想要的，怎会虚耗一世？又何悔之有？"

"算了算了，和你真的说不通，你觉得好就好。"韩菱纱摆了摆手，转身向剑舞坪走去，心中只觉得难得他有了一丝的人情味儿，这会儿又变得之前那样冷冰冰了。

第三十二章

回到剑舞坪，韩菱纱经过云天河的屋子，见他站在桌前呆愣着没反应，心中不禁好奇，便上前拍了下他的肩膀："不是说去找吃的，这么快回来了？"

见云天河还在发呆，韩菱纱悄然走到他身后，顺着他的视线望过去，轻轻"呀"了一声。

只见桌面上一道寒光雪亮刺眼，云天河的望舒剑已被擦拭得一尘不染，平平整整地放在那儿。

剑下还压着一张纸条，上书一行文字："云天河，宝剑难得，待剑须如待人，再有玷辱，绝不轻饶！慕容紫英亲笔。"

字迹之间，一笔一画写得锋芒毕露，如有剑气直欲破纸而出。

韩菱纱抿嘴轻笑，慕容紫英这次着实被气得不轻。

云天河这才注意到身后的韩菱纱，顿时一喜："菱纱！"

"看你还不快好好收起来，要是再像之前那样啊……"

云天河忙小心翼翼地收起望舒剑，"不会了，不会了。"等将剑收好，他才想起来问："菱纱，这么晚了，你不休息？"

韩菱纱一眼就察觉到他的异样，转到他面前："天河，你是想去禁地看玄霄，对不对？"

云天河有点犹豫，他当然想，可是他今天才刚被罚过。

韩菱纱盯了他一会儿："答案都写在脸上了！虽说你这野人平时就一副没烦恼的样子，可是只要一说到去看那个人，你的眉毛、眼睛、说不出哪里，总是显得特别开心。"

说到这里，韩菱纱心底忽然微微一惊，不知从何时开始，自己竟如此关切起他的神态和举动来。

云天河点头道:"玄霄他……他是不太一样……"

他不知道怎么用言语去表达那种感觉,有时候感觉玄霄有点像爹,但没爹那么凶,有的时候又有点像哥哥……

总之,他就是忍不住想要去亲近。

韩菱纱看出了他的想法:"是因为你爹娘的事吧?"

"他是爹娘的师兄,应该知道很多关于他们的事,而且……而且他现在被封在冰里,我总也放不下,还有很多事想问……"

"难得你这少根筋的家伙也会有放不下的事情。"韩菱纱摇了摇头,低声道,"知道吗?白天我去借了琼华派的弟子名录来看,翻遍了也没瞧见玄霄、你爹还有你娘的名字,太奇怪了!"

"这你都能借到?"

韩菱纱扬了扬眉,区区琼华派还难得住她?

"本姑娘自有办法。"再者说,她其实也放不下,玄霄的那种孤独,她太能体会了。

半个时辰后,两人悄悄来到禁地,刚走进冰室,便听见冰柱中传来玄霄的叹息声:"是你啊。"

韩菱纱与云天河相觑了一眼,后者走到冰柱跟前,有些忐忑:"是不是这时候不能来?"

玄霄望了眼他身旁的韩菱纱,良久才道:"无妨,你到这里来,可是有事情想要问我?"

"我想知道,我爹和我娘为什么离开琼华派?"云天河顿了顿,"还有……你为什么会被封在冰里?"

"这些前尘往事,你知道了又如何?"

云天河目光一滞,讪讪地道:"我也不清楚,就是心里很记挂,总想弄明白。"

玄霄注视云天河许久,见他脸上始终有牵挂之意,微叹一声:"你爹性情不羁,门中诸多清规戒律,委实不适合他。至于你娘,她的性子外柔内刚,既已打定主意随你爹下山,便也不会再留……"

"原来我爹和我一样,也受不了这儿的这么多规矩。"

听见他嘟囔的话,玄霄的脸上有了些许笑意:"人各有志,常人修仙半途而止,并不稀奇。望舒剑与灵光藻玉虽是本门之物,但你娘还在山上时,这两样东西都为她所用，她便一并带走了……这里面的因由也不必多提。"

韩菱纱微微怔了怔，话是没错，但她又感觉哪里不太对，能打开禁地之门的玉石，还有这么重要的望舒剑，就因为是她所用就让其带走了？

而掌门对云天河爹娘的描述，都好似没那么重要。

韩菱纱忍不住道："是不是离开门派的弟子，在名录上就找不到了？"

"正是。"

云天河望了望冰柱中的玄霄，心下疑惑陡然又起，问道："那你呢？为什么会在这里？"

"我是罪有应得。"

话音刚落，冰室里蓦地安静下来，只见玄霄的神情极其复杂，既似痛苦，又似无奈，更夹杂着几许悲哀之情。他的嘴唇微微翕动，却许久说不出一个字来。

韩菱纱轻轻扯了下云天河，云天河反应过来，连忙道歉："对不起，我不该问这个的。"

他似乎知道自己又说错话了。

"琼华派虽是人人修道，但所练不尽相同。昔时我修炼的乃是天下至阳至烈之功，不想一时走火入魔，将派中弟子打成重伤。"玄霄不由得黯然道，"其他人顾及门规，更念同门之谊，不会杀我，却也不能放我，于是想出这个冰封的法子，让我静思自省。"

"都过了这么久，还不能让你出来吗？"云天河看着厚厚的冰层，都十九年了，什么错也都应该反省好了。

谈及此事，玄霄目光一沉，冷哼道："如今琼华派中，又有几人还记得当年旧事？若等他们想到放我出来，只怕要等到海枯石烂，也未可知。"

"那怎么行？要不然我们去求掌门！"

"凤瑶吗？求她何用，当年——"

他目光闪了一闪，忽转了话头，轻叹一声道："这些年来我内息流转不断，同于苦修，区区寒冰又怎会放在眼里？之所以至今未破冰而出，是有所顾忌。"

韩菱纱跟着追问："什么顾忌？"

"我身中阳炎炽烈，自被冰封，便苦修自创的'凝冰诀'加以制衡。若是破冰，我自信不会再重蹈覆辙，但为保万无一失，还需三样至阴至寒之物从旁相辅。"

至阴至寒之物？

第三十二章　181

饶是韩菱纱这几年来走遍山川,也未曾听说过这样的东西。"在哪里可以找到?"

"我也不甚清楚,只是当年曾有耳闻而已。"

韩菱纱与云天河齐齐一愣,尤其是云天河,不免着急起来:"那要怎么找?"

看着他替自己认真着急的模样,玄霄怔了怔,虽说他与云天河父母之间有着师兄弟情谊在,但他和云天河过去素未谋面,更谈不上什么情分,却不想他竟这般上心……

韩菱纱了解云天河。"天河,你是想帮忙吗?"

"当然!"

云天河自初识玄霄之后,对他便一见如故,今日得知他过往遭遇,心中更是同情,心道自己在思返谷不过待了六七个时辰,便已无聊透顶,他被冰封在这里整整十九年,心中孤寂苦闷,更是可想而知。

"外面虽然打听不到,但琼华派这么大的门派……"据韩菱纱所知,各门派都有秘辛,她和云天河虽然不懂,但未必找不到线索,只是这牵扯的很多,况且他们几个初入山门,怕是碰触不到。

"你们不必插手,生死之事,尚要听天由命,何况这等去留,又岂随我意?"未等他们开口,玄霄便拒绝了此事。

"那怎么行,你都被冰封在里面十九年了,如果我爹在的话,也肯定要管的!"云天河说得铿锵。在他看来,只要有办法,那就一定去尝试,再说了,伤人之罪,被关十九年还不够吗?

云天河眼底的执着令玄霄一时间也不知道该说什么。这简单而满腔的热情又让他有了熟悉感,与过去的某些时刻重叠,待看清时,又区分开来,他是他,过去是过去。

可这毅然决然想要帮他脱离困境的心,令他冰封已久的心有了一丝触动。

须臾,他沉吟开口:"你已这样说,我再推托,便显矫情。但你随时都可反悔,我不会怨怪。"

"我答应你了,就不会反悔!"

"你若有意帮我,可以从后山的醉花荫去往清风涧。青阳和重光两位长老就隐居在那里,他们应该知道何处能找到三寒器。"

玄霄顿了顿,似乎又想到了什么:"报上我姓名,他们愿意相助自然是好,若是不愿,也不必强求。"

云天河助人心切，当即要找过去，不等离开，忽然被玄霄唤住："且慢，云天河，上回我问你，可是自小畏寒，你说没有，此言不虚？"

"是啊，我从小到大都不怕冷，也不怕热。"

玄霄眉头微皱："奇了，以你的体质，本不该如此……你爹有没有告诉过你什么？"

云天河摇了摇头。

玄霄心下疑惑，叹了口气道："无论如何，你气色如常，应可修炼我所创的凝冰诀，这虽然只是心法，并不能使功力一日千里，但时日久了，便可固你根基，令你的修行事半功倍。"

云天河尽数记下玄霄所传授的口诀，将内息按心法运转一周，只觉得全身上下说不出的舒畅通泰，精神也为之一振。

玄霄见他轻易运完一周心法，内息流转间如鱼得水，修炼极其顺畅，目光中也微露赞许之意："不错，你心无杂念，学来倒不费力。"

一旁的韩菱纱看得有些心动，忍不住问道："这个凝冰诀，我也能学吗？"

"不可，你性喜动，而修炼此功务必要意沉如水、心无旁骛，于你并不合适。若是练了，反而有害无益。"

韩菱纱睨向云天河："怎么会呢？天河才是一刻都静不下来，他却能学。"

"他看来好动，其实最无杂念，不然也不会初习心法，便能心随意动，立时有感。"

"那我还是跟着紫英学功夫好了。"韩菱纱蔫声道。

"慕容紫英？凤瑶命他来教你们？"玄霄忽而挑眉问道。

"是啊，掌门原本想让其他人做我们的师父，可那人又正好下山，这才换了紫英……"

"下山？"玄霄微微冷笑，"凤瑶这推托之辞未免太不高明。"

十九年不见，她还是如此水平，当真是一点儿进步都没有。

第三十三章

听着玄霄这般说掌门，韩菱纱纵然心有赞同，却不好说什么，云天河则在旁边皱眉道："掌门还很小气，山下有个村子没水了，我们想找她借水灵珠用一下，她都不肯……"

"你们几个当真是初生牛犊。要知道水灵珠乃是琼华派至宝，依夙瑶的性子，她怎会轻易拿出？"

"她不想教我们，干吗还让我们入门？难道是怕和幻瞑界拼命的时候人不够？"韩菱纱一直存了疑惑，可紫英又不像是需要他们几个帮忙的样子。

提起幻瞑界，云天河也十分好奇："对了，玄霄，紫英说马上有妖界来这里，会有一场大战。"

玄霄听到"幻瞑界"三字，眼中精光闪烁，两道长眉凛然耸起，浩叹一声："幻瞑界再临，便是又过了十九年啊。"

一声叹罢，玄霄的话音陡然凌厉起来："十九年前，我的师父——前代掌门太清真人正是为妖界之主所害，此仇不报，琼华派何以雪耻？！"

玄霄身上骤然爆发出了一股凌厉的气机神意，一瞬间充盈了整个冰室。

只听"嗡"的一声轻鸣，冰柱上插着的羲和剑似乎察觉到主人的心意，剑刃上闪起了微弱的红光。

二人为这股气势所慑，一时不禁惊住。忽然身前气息一敛，玄霄止了慨叹，黯然闭目。

"怪不得掌门还有紫英提到幻瞑界时都那样小心戒备，妖兽那么强，我们又怎么赢得了？"韩菱纱这才恍然大悟为何整个门派上下戒备成这样子，十九年前竟是那样惨烈，就连上任掌门都死在幻瞑界之主的手里。

琼华派尚且如此，那他们几人……

"那也未必，办法还是有的，就要看天意是否能成了。"玄霄说到最后，倏然睁开双眼，眸底掠过一丝晦暗的幽光。

韩菱纱听他话中有话，只是没等到那未尽之语。

云天河对幻瞑界之事倒不似韩菱纱那般担心："那就先把你救出来。我们先去找长老，玄霄，你就等我们的好消息吧！"

玄霄向他凝视良久，又看了看韩菱纱，终于缓缓说道："你们去吧，万事小心，若是凶险，不用勉强而为。"

计议已定，两人离开禁地，刚从剑林出来，还没来得及喘口气，只见慕容紫英正孤身一人立在不远处，向两人身处的方向定定地望着。

韩菱纱心中暗叫不好，却也无计可施，只得硬着头皮走了过去。刚走到慕容紫英跟前，却听他淡淡地问道："你们又去师叔那里了？"

完了，被他看到，这冰块脸八成又要搬出大道理来教训人。

韩菱纱正想说些什么周旋，却听他继续道："往来禁地须得小心，若是被其他弟子看到，不好解释。"

韩菱纱大吃一惊，俏眼圆睁，不可思议地看着他——居然不训斥他们，这还是慕容紫英吗？

慕容紫英见她的神情，摆了摆手道："师叔已经吩咐过，不要把禁地之事告诉其他人，而你们过去他并不阻拦，我便不该多说什么。"

云天河听了这话，放下心来，喜道："既然这样，那紫英你也跟我们一起去找三寒器吧！"

"三寒器？"

"听玄霄说，就是天底下至阴至寒的三样东西，能压制他身体里的阳炎，令他破冰而出。我们现在正要去清风涧找两位长老，打听三寒器的下落。"韩菱纱说道。

"此事掌门不知……"

韩菱纱回想起玄霄对掌门的态度："看玄霄的意思，似乎并不想让掌门知晓此事。再者说，你们不是很担心幻瞑界要来吗？他如果能从冰内出来，一定可以帮上忙。"

慕容紫英并没有考虑多久："好，我跟你们一起去。"师公过世前就吩咐过他，无论如何都要达成师叔所愿，或许就是为了今日。

韩菱纱见他应下，连忙跑回去喊上柳梦璃一道，四人绕过了思返谷，入了醉花荫。

踏入醉花荫的刹那，韩菱纱只觉自己忽然之间进入了一个橙色的世界，但见山道两旁枫树林立，此时乃夏秋交替之际，漫山的枫叶半黄不黄、将红未红，恰成一片金橙，阳光斜照之下，鲜艳辉煌，粲然夺目。

但就在这铺天盖地的橙色之中，几团如火的鲜红赫然映入众人的眼帘，竟丝毫没被旁边的枫叶感染湮没。山风过处，一股醉人的香气袭人而至。

"这是？"韩菱纱被那几团鲜红吸引，只觉得美得不像话，却叫不出名字来。

"这是凤凰花。"

韩菱纱身后传来轻声，她转过身去，柳梦璃看着眼前之景，声音极轻，似乎不愿惊扰了这梦一般的美景："我在家里学做熏香的时候，教我的师父曾经介绍过，可惜寿阳从来没有过这种花。"

韩菱纱不禁凑了过去，深吸了一口气："好香啊！"

云天河见她喜欢，便想直接采摘了给她。韩菱纱轻拍了下他的手背："种在这儿欣赏就好了。"

"你要是喜欢，可以在青鸾峰上种许多。"云天河挠了挠头，或许是因为从小在青鸾峰长大，看惯了世间美景，并没有过多陶醉。

"谁……谁要你种在青鸾峰！"韩菱纱的脸腾一下变得通红，忍住踹他的冲动，"还有，我……我为何要去青鸾峰看！"

"你以后不想去青鸾峰吗？那我们去别的地方也可以。"云天河看着她俏红的脸，仔细想了想，寿阳城附近也是可以的。

柳梦璃和慕容紫英还在身旁，韩菱纱简直快被他的话给羞死了，最终没忍住踹了他一脚，气呼呼地往前走去。"还找不找长老了！"

背过身的刹那，不知怎的，她扬起了嘴角。

呆子。

云天河吃痛闷哼了一声，分外无辜，他将目光投到柳梦璃身上："菱纱怎么生气了？"

柳梦璃轻轻摇了摇头，想笑又不知该说什么，轻声提醒："云公子，你可知你这话的意思？"

云天河点点头："知道啊！"他将来想和菱纱一起生活。

柳梦璃顿了顿，说道："那你可知一起生活是何意？"

这话柳梦璃不是第一次问他了，答案如同之前，云天河将要脱口而出时，忽然哽在了喉咙里，胸口胀鼓鼓的，又不知什么感受，一时间竟半个字都吐露不出来。

这时不远处传来韩菱纱的怒声："还不快过来！"

云天河"哦"了一声，连忙跑过去，在他们身后不远，慕容紫英不期然与柳梦璃对视了一眼，又移开了目光，停留在前方纤细的身影上——少女仿佛枫林中的精灵，活泼灵动，带来无限蓬勃生机。

二人都没说话，静静地跟了上去。

再行片刻，道旁那片橙色的枫林渐渐稀疏，只听前方水声潺潺。众人抬眼远眺，一条瀑布如银练一般，披覆在山壁之上。

瀑布底部聚水成潭，引出一条小溪，从不远处静静流过。溪流之上被人架了一座竹桥，竹桥对面乃是两座修建齐整的木屋，云天河一望之下，不由得又想起了在青鸾峰度过的那些日子。

只是这会儿他不敢再和菱纱提了，刚刚被拧过的耳朵还好痛。

要是菱纱像梦璃那样温柔些该多好啊，云天河心里默默想着，但这句话他是万万不敢说的。

众人过了竹桥，慕容紫英当先走到木屋之前，微微躬身，朗声道："弟子慕容紫英，有要事前来求见二位长老，还请一见！"

木门应声而开，一名身材高大、穿着道服的老者从门里走了出来。但见他面容清癯，须发均已雪白，少说也有九十岁了。可看他走路的步伐，却沉稳至极，一双眸子十分清亮，显然修为极高。

他看了看慕容紫英，说道："是凤瑶命你来的？"

慕容紫英连忙向他施了一礼："不，弟子来此，并非掌门之意……"

话音未落，只听旁边一个冷冷的声音道："青阳，你我都退隐快二十年了，早就约好再不见琼华派中人，又何必跟这些后辈多话？"

韩菱纱循声望去，只见另一座木屋门口，一个矮小老者倚门而立，他也是一头白发，面上却一道皱纹也没有，单看容貌，竟与玄霄一般年轻。

"你们几个回去吧，告诉凤瑶，我们两个老东西没什么能帮她的了。"

韩菱纱听着二人直呼掌门名讳，心中奇怪的感觉更甚，不等她道出来意，就见那位青阳长老盯住了慕容紫英身后的剑匣，眼神倏然变了。

"且慢，重光，看这名弟子背上的剑匣，似乎是宗炼的传人。"

重光如同不闻，仍冷冷地说道："那又怎么样？老夫再也不会和琼华派有何瓜葛了。你们几个快快离开吧！"言下已有逐客之意。

"二位长老，弟子等人是奉玄霄师叔之命来此求助，还望……"

他的话刚说出一半，却见青阳、重光两人神情大变。

"玄霄？你刚才说的的确是玄霄？！"重光一改冷漠的神情，忽然两眼紧紧地盯着慕容紫英，激动地喝问道。

"是，弟子不敢有所欺瞒！"

"你们这些后辈弟子又如何会见到玄霄？"青阳冷静下来，多疑道。

"我们偷偷去的禁地……"

云天河这没心机的一答，惹了青阳的注意，陡然盯着云天河就怔住了："天青？！你怎么……"

"二位长老也认识云叔……云天青吗？"一直安静着的柳梦璃听到对方提起云天青，难得主动出声，语气中竟还藏了一丝隐秘的激动。

"闲话休提，玄霄差你们前来，必有大事，快说！"重光雷厉风行地打断了几人的叙旧，催促道。

"玄霄他被封在冰里，现在想要出来。"云天河也想问爹娘的事，但事有轻重缓急，"不过还需要三件天下最阴寒的东西帮他抑制体内阳气，他说只有二位长老才知道在哪里能找到。"

青阳面上微有迟疑："玄霄他……看起来如何？有了那三件寒器，他真有十足把握能破冰而出？！"

"他自创了'凝冰诀'，能够压制体内阳气，要那三样东西，也是为了以防万一。他还将法诀传授给了我。"

重光听到这里，忽然身子欺近，左手一翻，扣住了云天河右腕处的脉门。他出手快如电闪，云天河只觉眼前一花，未及反应，已被这老者抓住。

他吃了一惊，刚要缩手，重光已放开了手，面上神情舒展，向青阳点头道："不错，这少年初学凝冰诀，体内便有此等阴寒之气。玄霄修炼多年，看来他的确有把握。青阳，你我也不必再多有担心了吧！"

"如此最好，不过……"青阳转向云天河，"这位小兄弟，你却不似玄霄体内阳炎满溢，修炼凝冰诀之后，难道不会觉得阴寒难耐？"

云天河摇头道："不会。"

青阳听他如此说，虽有不解，但此时他九分心思都放在玄霄之事上，也不及多想其他，长叹道："这委实过于惊人……短短十九年间便能抑制体内阳气，玄霄当真是个不世出的奇才，可叹造化弄人，当年偏偏落到被冰封的下场……"

说到这里，重光忽地怒哼一声，脸上的神情极其愤慨。

"他素来孤傲，从不向人求助，今日既已相托，我和重光自当尽力帮忙。"

听他们这么说，韩菱纱他们脸上大喜，这便是应下了！

青阳又看了看云天河，轻叹了口气，郑重问道："这位小兄弟，你可是云天青和夙玉的儿子？"

云天河点头道："是啊。"

青阳点了点头，悠悠道："这或许都是天意吧……"

云天河表情懵懂，但青阳没有要多说的意思，转而看向慕容紫英："想必你的铸剑秘术已尽得宗炼真传，假以时日，或许又是一个可以铸就羲和剑、望舒剑之人。"

慕容紫英愣了愣——羲和，望舒……

"望舒便是这位小兄弟所持之剑，而羲和则是玄霄佩剑。"

慕容紫英狠狠一震，云天河的佩剑竟是本门之物，还是由师公所铸。

云天河只知道这把剑是他父亲留给他的，倒不知其中竟还有这么深的渊源。

似乎是看出了他的想法，青阳摇了摇头道："也不算他一人所铸……罢了，那也不过是些烟云旧事，不值一提。"

"弟子不明，既然望舒剑是本门之物，掌门为何不索回？"

听慕容紫英这么问，韩菱纱也禁不住好奇。之前掌门也向云天河问起过这把剑，玄霄又说剑是云天河娘亲之物，如今青阳长老又说是紫英的师公所铸……天河的爹娘，以前究竟在门派内是何种身份？

重光冷声道："她上回不拿，并不表示永远不拿。"

"她果然就是小气。"云天河小声咕哝。

"天河。"韩菱纱轻声提醒，他们毕竟是长老，有些话可不能说得这么直接。

青阳的余光扫见韩菱纱，倏然吸引了全部心神，带了几分思量："这位姑娘气色不佳，近日是不是时常感觉疲累？"

第三十四章

韩菱纱被两道视线同时审视，心底不自觉慌了一下，好在青阳长老虽然生得高大魁梧，但较重光长老温和许多，且问得实在，韩菱纱便竹筒倒豆子似的说了一遍。

要论起来，应该是从青鸾峰开始，后来这一路上的事也多，尤其是入琼华派后，发作似乎更频繁些。至于症状，就好像是被抽干了力气似的，提不起劲儿，休息个把时辰，就能恢复过来。

韩菱纱的性子极为能忍，尤其是为了修仙、为了救族人，她压根就没把这当回事。

青阳听完，眸光略沉，然后转身对重光道："我看不如由你传授给她一套心法，让她自行修炼吧。"

"也好，口诀我只说一遍，你且听好。"重光从她身上收回目光，凉薄道。

韩菱纱昨夜欲修习"凝冰诀"不成，心里颇有遗憾，想不到现在有人传授自己心法，当即乖巧地把口诀背下来了，仅仅运息一周，心中大感惊讶。

"这心法真好，练了之后身上暖暖的！琼华派的道法真是厉害，我上山前动不动就头晕，后来练了紫英教的心法，也好了许多。"

青阳和重光对视一眼——青阳似乎叹了口气，重光却沉默不语。

柳梦璃察觉到他们的异样，请教道："二位长老，可是有什么不对？"

"没什么。"青阳摆了摆手，岔开话题道，"三件寒器，我也只是听过一些传言，其中之一的'光纪寒图'曾于数百年前在海边——如今的即墨现身；而'鲲鳞'则是北方大鱼的鳞片，那条鱼数年前曾游弋至巢湖附近；至于第三件，我也不知是什么，只知道藏在传说中的炎帝神农洞。"

"这些地方，你们不妨去试一试。"

"多谢二位长老!"

"不必客套,你们快去吧。"

韩菱纱再次向二位长老作揖道谢,一为三件寒器的下落,二为传授的心法。随后他们向两位长老告别,离开了清风涧。

一路上,韩菱纱兴致颇高,重光长老传授的心法明显比紫英教的要高明许多,自己是得了机缘,又知晓了三件寒器的下落,玄霄破冰指日可待,真是让人高兴。

"对了,那个重光长老是不是已经修成仙身了?他的头发、眉毛虽是白的,脸却好年轻!"

若已是仙身,岂不是说,修仙真能长生不老!

慕容紫英闻言摇头道:"那只是他修炼的道法所至。两位长老的寿命自是比寻常人久上二十年、三十年,但也并非长生不老。"

韩菱纱愣住了,眼中的错愕携着一丝失望一闪而逝:"我翻遍书库里所有的典籍,好像也没看见琼华派有哪个人曾经修成过仙身的。"

"你去过书库?"慕容紫英倏然拧眉。

韩菱纱心中顿时警铃大作,飞快摆了摆手岔开话题:"没有啦,我是说,我们什么时候动身去找那三样东西?从哪一样找起好呢?"

"既然都不简单,也没什么区别,不如就先从长老说的第一件——光纪寒图开始找吧。"慕容紫英看了一眼天色,"时辰不早了,先休息一夜,明日再出发。"

"好啊,去即墨的话,我可以带路,我认识,就在东北方、靠海的边上。"韩菱纱说着往前走去,生怕慕容紫英记起书库的事来追问。

翌日清晨,众人一早就在山门前集合。云天河破天荒地没有迟到,显然对玄霄的事格外上心。

"可是掌门不允许我们下山。"云天河有些担心偷溜出去,又得遭罚。

"放心吧。"韩菱纱拍了拍他的肩膀,朝紫英那儿努了努嘴,这回可不一样。

"兹事体大,若是掌门责罚,由我一力承担。"慕容紫英说罢,率先御剑离去。

韩菱纱冲云天河俏皮地眨了眨眼,赶忙追了上去:"我来带路!"

一行人御剑飞行,约莫两炷香的时间,远远地,一片浩瀚的海面渐渐出现在众人的视野中。

韩菱纱指着那处说道:"是这里了!"

第三十四章

众人落到地上，只见所到之处乃是一座小城，依山傍海，虽不似寿阳、陈州这些大城市那般人口众多、富贵繁荣，但风景秀丽，气候宜人，另有一番引人入胜之处。

不知是何缘故，他们见今日即墨的每户人家，门口都挂上了大红灯笼，装点得一派喜气，路上行人个个行色匆匆，大多数手里还提着东西，纷纷向半山腰处的一座大庙赶去。

韩菱纱看得不禁有些高兴，笑道："哇！这里张灯结彩的，好像有什么庆典！"

她刚想找人问问今日这即墨城有何喜事，就听见身旁传来一个焦急的声音："你们……你们有谁看见我女儿莲宝了?!"

韩菱纱转头看去，只见一个蓝衫书生形容落魄，满脸担忧，正拉着身边的两人连声询问。

"哎呀，我说夏书生，你自己的女儿当然要自己顾好，丢了怎么还来问我？"

"我们还得赶去狐仙庙，要是不快点把贡品送过去，不晓得会出什么事！"

"可是，莲宝她刚刚还跟在我身边，一转眼就不见了。"那姓夏的书生满脸焦急，整个人都慌了神。

"元辰啊，小莲宝是怎么丢的？这孩子平日里很听你的话，从来不乱跑的，怎么会不见了？"

"我担心莲宝她是被狐仙带走的。"

此言一出，那张屠户和老者的脸色大变。那屠户长得人高马大，此刻却有些害怕似的，摆着手说："帮不了。"

韩菱纱看得来气，主动上前："他们不帮，我们帮你。什么狐仙，还抓小孩？"

"诸位是？"夏元辰愣了愣。

"我等乃是昆仑琼华派的弟子，略通剑术，有什么事请尽管开口！"慕容紫英拱了拱手道。对他们而言，既已来到了即墨，遇到事情就不会袖手旁观。

"竟是修道之人，太好了！"夏元辰脸上一喜，忙道，"我女儿莲宝十有八九是被隐香山的狐仙带走了，诸位若是愿意，请随我去救救她！"

韩菱纱安慰他："你先别着急，你确定你女儿是被那个狐仙抓走的吗？狐仙不是应该护佑一方的吗，怎么会乱抓人呢？"

"个中原因实在一言难尽。眼下我只想快点找到莲宝，看见她安然无恙！"说话间，夏元辰两只手不安地搓着，显然忧心如焚。

看来是有什么隐情了。

韩菱纱与柳梦璃对看了一眼，点头应下："那我们快去吧，一切事情等找到你的女儿再说也不迟。"

"你们随我来。"

四人追着他的身影，刚进了山谷，便听见前方传来夏元辰又是兴奋又是焦急的声音："我听见莲宝的声音了！"

众人正要赶上，只见远处夏元辰的身影旁忽地腾起一团紫雾，伴随着一声低低的"啊"声，大家心中一凛，感到事情不妙，奔上前去，却再也看不见人影。

"夏书生会不会有事啊？"韩菱纱一路上都觉得这夏书生不简单，听到昆仑琼华派就知道他们是修仙之人，要知道，即墨距离昆仑山遥远，又不似播仙镇的百姓，怎么会对此这么了解？

"方才他的神情虽然焦急，却无恐惧之色，足见那狐仙一时并无伤人之意。"慕容紫英环顾了一下四周，"这山中不太寻常，我们务必要谨慎些！"

大家急于救回夏元辰父女，便在山谷之中四处寻找。

这山谷看起来虽然不大，众人在其中却足足转了近两个时辰，四下都找遍了，终于望见谷中最深处有一缕烟火袅袅升起。

"在那儿！"韩菱纱发现了异常，指着前方。众人奔过去一看，大吃一惊。

只见面前架起的火盆后面是一座青石垒成的台子，台子上立着几根石柱，上面刻着许多稀奇古怪的花纹。再看方才无故失踪的夏元辰，此刻正扑倒在石台上一动不动，也不知是死是活。

"是夏书生！"韩菱纱刚想上台相救，却听不远处一阵怪笑声传来。

"菱纱，小心。"云天河连忙护住她，警惕地看向笑声来源。石台之上很快转出一个人形。

定睛看去，只见那人鼻高嘴尖，一副尊容和寻常狐类差不了多少，却在头上梳了条短辫，身上也套着一件短褂，沐猴而冠，看起来不伦不类，说不出的古怪荒诞。

看他这相貌，想必就是夏元辰所说的狐仙了。他大马金刀地站在台上，右手拽着一个穿着绿衣的小女孩——正是莲宝，只是那孩子迷迷怔怔，痴痴地任由他抓着。

"那孩子是……莲宝？"韩菱纱再看昏迷在地的夏书生，横眉质问，"你对他做了什么?!"

"倒也没怎么,不过就是昏了而已。"

"你既是仙兽,自当庇护凡人,为何反要伤人?"

"有意思,今天管闲事的人还真不少。"狐仙瞥了她一眼,嘿嘿一笑,漫不经心地说道:"你这问题问得也笨,都已经做了仙,要是还不能随心所欲捉弄凡人,那还有什么意思?"

众人见他说这话时丝毫不感羞愧,一副恬不知耻的神情,心里气愤之余,更多了几分鄙夷。

慕容紫英愤然道:"兽类修仙不易,动辄便要上百年。你修成仙道,却如此行事,难道不怕遭天谴吗?!"

"天谴?哈哈哈哈,可笑!我已是仙,难道还能将我打回兽形?"

韩菱纱听得忍不住了,他这简直就是歪理,修仙问道,不济世救人反而还害人,简直无可救药。"紫英,犯不着跟他废话!我们直接教训教训这臭狐狸,把夏书生和他女儿抢回来就行了!"

"想抢?没那么容易。"

说罢,狐仙右手猛地一掀,莲宝登时被抛上天空。菱纱、梦璃齐声惊呼。那狐仙右臂一举,又将莲宝抓在手中,身子迅捷地转了几个圈。众人眼前一花,只见石台上忽然出现了五个莲宝,彼此也长得一模一样。

韩菱纱微微一怔,这是……

"幻术?!"慕容紫英冷冷地一哼,语气里充满了厌恶。

"没错。你们如果能从这五个里面认出真的那一个,本大爷二话不说,立刻放了夏元辰和他女儿!如果认错了,可别说本大爷欺负人,你们就得像这蠢书生一样,被法术吞噬。等到本大爷消遣够了,兴许会考虑给你们解了法术。"

"可恶的臭狐狸,欺人太甚!干脆上去把他打倒,法术自然就破了!"韩菱纱怒道。

"等等……他再怎么说也是一方散仙,我们不知底细,不如就先按他说的来。"柳梦璃拉住了韩菱纱,暂且安抚。

"哈哈,还是这小姑娘聪明。就你们那两下子,四个人一起上,也不是本大爷的对手。不过我先说好,你们可别想跟蠢书生的女儿说话,这小鬼是个痴儿,笨得一塌糊涂,何况我给她施了定身术,她全身都动不了,哈哈……"

"卑鄙!"

狐仙不以为意，仍哈哈大笑。柳梦璃皱眉问道："狐仙，夏家公子到底和你有什么深仇大恨，你要这样害他？"

"此言差矣，我哪里害过他，不过是捉弄几下，谁让这家伙把我们散仙的脸都丢光了！"

"散仙？"

众人不由得目光齐望向台上不省人事的夏元辰，他竟是散仙？

狐仙见了众人的神情，大笑道："你们还不知？也难怪，这蠢书生太没用了，谁能想到他还是个山神。"

台下众人面面相觑，脸上都是难以置信的神色。他们又听狐仙不屑道："这夏元辰明明是个山神，偏要装成凡人，和其他蠢老百姓混在一起，还收养了一个白痴女儿，岂不成了所有散仙的笑柄？"

韩菱纱哼道："他要如何过，那是他自己的事，和你有什么关系！"

"他比我弱，又不自量力，每次都要坏我好事。我要捉弄谁，他偏要去替那人消灾，摆明是和我作对！今天本大爷大寿，更要教训教训他，才觉得说不出的舒心。"

"山神身为地仙，庇护凡人，本是常理！你怎可如此！"

"少跟大爷我谈什么大道理，反正这书生又蠢又笨，养了个女儿也和他一样白痴，我就是看他不顺眼！"

"你说错了，愚不可及的不是他们，是你。"柳梦璃冉冉上台，走到一个莲宝身前，伸手拉着她走了下来。她手指一接触到莲宝的身体，其他四个莲宝顿时化作飞灰，飘散开去。

狐仙两眼圆睁，不敢相信地看着柳梦璃，话音发颤："不可能！你乱猜。"

"我自然看不出来，是莲宝自己告诉我的。"

狐仙死死地盯着莲宝，不甘道："这痴儿……她……"

"我引你闲谈，不过是想看看你会不会露出破绽。没料到当你辱骂夏公子时，莲宝的眼里全是愤怒……她或许不如其他孩子聪明，但父女之情，和旁人没有分别！"

狐仙目瞪口呆，直望着台下的柳梦璃和莲宝，忽然尖声怒喝道："你们使诈！这不算！"

"少废话，是你耍赖好不好！还不快把定身术解了！"韩菱纱说着上台将夏元辰也扶了起来，转身刚要下来，忽听得身后狐仙怒吼一声，一股劲风从背后袭

第三十四章　195

来，竟向她直接出手！

云天河看得大惊，方要呼喊，眼前白影一晃，"嘭"的一声轻响，只见那狐仙跟跟跄跄地连退几步，脸涨得通红。慕容紫英长袖轻拂，飘飘然挡在韩菱纱身前，看似随意，却不经意间将狐仙攻击的方位全部封死。

韩菱纱吓出了一身冷汗，幸得云天河扶了一把才稳住了身形，怒骂道："臭狐狸，你修的哪门子仙，就该把你打回原形！"

慕容紫英以气御剑，长剑周身亦附有无形真气，摧枯拉朽，锋锐处不逊于剑刃，不需剑及，只凭剑气所至，便可伤人。几个回合下来，打得那狐仙尾巴都露了出来，狼狈不堪。

"琼华派的小子，大爷看你年轻，让你几招。现在老子可不让了，疾——"那狐仙恼羞成怒，立时单手指天，口中念念有词，蓦地一声大喝，慕容紫英四周竟出现了五六个狐仙，同时扑将上来。

"紫英，小心——"

慕容紫英眉头紧皱："以——我——凡——躯，化——相——真——如！"

众人只见那些狐仙的身影忽地一敛，突然消失，一声长长的惨叫从台上传来，定睛一看，不由得目瞪口呆，只见狐仙的真身跪倒在地，手中短棍不知什么时候被击飞了，身后的尾巴却被一柄巨大的七彩光剑钉在了地上。

慕容紫英收剑入鞘，冷冷地看着狐仙，面沉如水，一字字道："你服不服输？"

那狐仙痛得长声惨呼，连连点头，立刻解了夏元辰的法术，然后跪地求饶："饶……饶命，大侠快把剑撤了吧……"

慕容紫英一挥手，七彩光剑随即消失，那狐仙颤颤巍巍地站了起来。

"念你乃是仙兽，千年修行不易，今日便放你一马，日后若再为恶，我定会散去你的功力，将你打回原形！"

"知……知道了，以后再也不敢了！"狐仙说完再不敢看众人一眼，转身一瘸一拐地离开了。

"太好了！"见那狐仙灰溜溜地逃远，韩菱纱忍不住夸道，"紫英真厉害！看把他吓的。"

"那不过是危言耸听，以防他再度为恶，其实仙兽纳日月之精华，练成独一无二的内丹护体，又岂是我等凡人可以轻易将它打回原形的？"

"不管怎么说，今天我们可算是大开眼界了。对了，你最后那一招是什么？

真是太精彩了!"

韩菱纱说完,云天河也连连点头。平日里他们学的都是些基础,从未看过这么精彩的法术。

慕容紫英脸上的神色立转肃然,一字一顿地郑重说道:"这招叫作'化相真如剑',乃是琼华派所有修为高深的弟子必习的一招,我习练这招五六年了,也没用过几次。今日若不是他妄用幻象之术,引起我心中的怒气,倒也不想用这招伤了他——"

"幻象之术?"韩菱纱想了想,是不是刚刚那狐仙用的幻术?

慕容紫英沉默片刻,黯然叹道:"你们可知,十九年前,本派前任掌门就是死在这招之下?"

第三十五章

幻象之术乃是施术者分出部分精元，用法力幻化成数个自己的化身，连同真身一起攻敌，令人防不胜防。

琼华派创派之初，弟子降妖除魔时，如遇妖魔用出此招，通常难以抵挡。派中前辈经过仔细研究，创出了这一招"化相真如"作为其克星。

幻象与真身表面上虽然一模一样，但真身为本，幻象为末，真身一破，幻象即灭。"化相真如剑"便是凭借个人的修为和眼力看出真身，将全身真气化为利剑，直击本体，对手精元分散，必然一击而破。

慕容紫英提及此事，面色凝霜，十分介怀。

韩菱纱听得入神："那前任掌门之死又是怎么回事呢？"

"本派上一代太清掌门，实是一代奇才，一招'化相真如剑'，几百年来都没第二个人比得上。可十九年前与幻瞑界的大战中，太清真人却死于妖界之主之手，而且对手用的恰恰就是幻象之术！"

"这简直就是琼华派的奇耻大辱。从那以后，派中便规定，凡是修为达到一定境界的弟子，都必须修习这一招'化相真如剑'，为的就是有朝一日，幻瞑界再次降临之时，用这招'化相真如剑'杀了幻瞑界之主，洗雪十九年前的耻辱！"

他的声音肃然，话语中透出深深的恨意。

韩菱纱与云天河听着不由得一怔，独独柳梦璃掩了神情，低首垂眸，在慕容紫英不断提及的幻瞑界中，她心中仿佛塞了什么，鼓胀叫嚣着似乎要冲破一层看不见的束缚。

就在这时，众人耳畔传来莲宝的欣喜声："爹爹！"

夏元辰睁开双眼，看见莲宝，急忙把她拥住，喜极而泣："没事就好，没事就好！"

韩菱纱看莲宝在他怀里的安心模样，心中动容："我们已经把狐仙赶跑了，他不会再来害你们了。"

"真的太谢谢你们了。"夏元辰向众人连连道谢。

韩菱纱撇去心中所想，笑眯眯道："真想不到你还是个山神呢！"

"山神又如何？我连自己的女儿都保护不了。"夏元辰轻轻抚了抚莲宝的头发，叹气道。

"哪有啊，我们都听臭狐狸说了，你就是因为帮过许多人，才会被他怨恨的！"韩菱纱轻哼了一声，"只可惜，等到真的出事了，那些人都不愿意帮忙。"

"不能怪他们，他们都是善良的好人，只不过人力有穷尽之时，又怎能斗得过天地鬼神？他们会心生畏惧，也在情理之中。"

一边的莲宝拉着夏元辰的衣襟，直唤道："爹爹，爹爹。"

夏元辰爱怜地抚摸着她的头："莲宝，乖。"

看到这般情形，韩菱纱说不出的羡慕："你女儿真的很依恋你呢，多亏有她，我们才能看穿狐仙的诡计。"

"你们大概也知道了吧，莲宝她和别的孩子不太一样，我只想让她少受些委屈……原本我打算带她离开即墨，游历五湖四海，但又放不下狐三的事。如今狐三被你们打跑，我也可以安心离开了。"

他蹲下身去，给莲宝整了整衣襟，又向众人拱了拱手，笑道："多谢各位相助，我这就带莲宝回去收拾收拾，明天一早就动身。"

"对了，夏公子，你既是此地的山神，我们有一事请教。请问你是否知道光纪寒图这个东西？"韩菱纱突然想起，急忙问道。

"你们为何要找那样东西？其质阴寒，对人并无益处。"

韩菱纱脸上一喜——他知道！

"我们是为了救人。"

夏元辰倒也没有多问，如实道："实不相瞒，光纪寒图正在我的手中，诸位今日救了我和莲宝，大恩大德，无以为报，那东西就送给你们好了。"

众人大喜过望，想不到得来全不费功夫，韩菱纱还觉得像是在做梦："太好了，真是好人有好报！"

"我家就在狐仙庙西南，我和莲宝先回去了，恭候各位到访。"说完，夏元辰轻轻拍了拍莲宝，身影一晃，两人消失在了原地。

韩菱纱看得咋舌，心中更是有另一念头在攒动——夏书生是散仙，他会不

第三十五章　199

会知道延长寿命的办法呢？

痴人说梦。

韩菱纱的脑海中骤然响起一个声音，她狠狠一震，回过神时发现大家都在看她，下意识捂了一下脸颊："怎么了？"

"菱纱，你刚才嘀咕什么呢？"云天河听着她喃喃，却又听不清她在说什么。

"没什么，我们赶快走吧，早一点儿拿到光纪寒图就早一刻放心。"韩菱纱摆了摆手，佯作无事，不想纠结那事⋯⋯

几人方从山林中出来，就见远处街头聚集了一大群人，正吵吵闹闹地向这边走来。

为首的正是夏元辰一开始在街边拽住求助的那两个人。二人远远地望见韩菱纱他们，眼中放光，急急冲了过来，问道："你们真的把狐仙打跑了?!"

"是啊"二字才出口，那群人已七嘴八舌地欢呼起来。

"恩公，你们有所不知，那狐仙强迫我们每年供奉他，却只会做些阴损的事。大家向他祈祷风平浪静，他就让海上风浪大起；向他祈祷风调雨顺，他就带来大旱。我们大家这些年来都是苦不堪言哪。"

"正好大家伙要上去找你们呢！"

韩菱纱见他们人人手里都拿着武器，便知不是随口说说，即使是害怕，也是真心想帮忙找莲宝。

"你们有这份心就已经很了不起了，也不枉夏书生那样帮你们。"韩菱纱看着村民们如此，笑得眉眼弯弯，"放心吧，那狐仙不会再回来了！"

"各位恩公，你们是即墨的大恩人，请一定要留下来，看看今晚的花灯啊！"

韩菱纱向四周看去，家家户户门口都吊满了花灯，虽说还未入夜，但已经很好看："老伯，我们一定去，我最喜欢漂亮的花灯了！"

待村民们散去，慕容紫英定定地伫立在原地，神情多了几分茫然："妖害人不稀奇，想不到连仙也会为祸一方，今日所见，实在令人心惊⋯⋯"

"谁知道呢，凡事都有两面，我们看到的是一面，还有一面，只是我们不知道罢了。"韩菱纱呢喃道，像是说给慕容紫英听的，又像是说给自己的。

第三十六章

酉时一过，空中已是满天星斗，小小的即墨城中一片欢腾，百姓们个个兴高采烈，手中提着花灯，四处奔走相告狐仙已被赶走的好消息。

夜空中火树银花，绚烂至极。满城的花灯与空中的烟火交相辉映，光影流转，令人分不清现实与迷境。

孩子们欢呼雀跃，在长辈的带领下纷纷跑到海边，将手中的花灯放到水面上，欢笑着比赛，看谁的花灯漂得最远。

远远看去，平静的海面上星火点点，天地之间一派喜悦幸福之气。

这里的人们本来为狐仙所逼迫，每年的这个时候都不得不强作欢颜，假意庆寿一番，这些花灯和烟火也是为此备下的。想不到今日大害得除，欢喜之下，十几年来，大家终于能真真正正地庆贺一番了。

韩菱纱一行人从夏元辰的屋子离开，走在街上，看着周遭的景象，亦受到了感染，脸上不由得洋溢着笑，一路上和向他们道谢的人道一声祝福。

"这样看，忽然有点理解夏元辰为什么喜欢和人住在一块儿了。"韩菱纱看着那一簇簇烟花，娇俏的面庞上映着光影，笑容灿烂。

云天河不禁痴痴地看着，未久，便将夏元辰所赠的光纪寒图挥手一扬，在烟花落幕之际，铺在了天空中。

韩菱纱一愣，目光顷刻就被画上的景象吸引。那是无数星辰，彼此间用细线相连；又像是道家的星相图。上面的星星不知是用什么制成，一闪一闪，散发着美丽的光芒。

"真美啊……"韩菱纱呢喃道。

云天河站在她身后，周遭的喧闹嘈杂如潮水般退去，他的眼里、心底仿佛只剩下面前的少女。就像夏元辰为他心爱的女子所做一般，云天河也想让韩菱纱永远这般开心，永远地守着她……

"大哥哥、大姐姐，这些东西送给你们！"两个半大的小男孩从夜空中的光纪寒图上回过神，连忙将手里的东西递上。

"咦，你们是谁家的小孩？干吗要送东西给我们啊？"

"我听祝爷爷说了，你们是打跑狐仙的大英雄！这些东西本来都是给狐仙的供品，现在通通送给你们，谢谢你们帮我们赶跑狐仙！"

"小朋友，狐仙跑了，是因为他自己做坏事遭报应，不用特地来谢我们。"

蓦然间，她只觉行走江湖这许多年中，从未有过如今日般发自内心的开怀，平日里种种暗藏心底的烦恼、求而不得的无奈，那些半日前还层层压在心头的思绪，似乎在这一夜间都烟消云散，不值得再去想。

那男孩红着脸，倔强道："不……不行，祝爷爷说一定要知恩图报，不然不算男子汉！小海，我们走！"

年纪较小的小男孩也放下篮子，跟着他跑出几步，忽地回过头来，羡慕道："大哥哥、大姐姐，我长大以后也要做像你们这样的英雄！帮很多很多的人！"说完，他重重地向四人点了点头，咧嘴笑了笑，然后跑远了。

众人感动之际，云天河蓦然掀开了篮子上的布，欣喜道："有鱼，能烤来吃！"

"……"

"……"

"呆子！人家一番心意，你居然只注意到鱼……"韩菱纱觉得又好气又好笑，让他把光纪寒图好生收起来，要不是只有云天河这一个不畏冷的，着实不敢放心让他收着东西。

云天河老实地把光纪寒图收回卷轴中，藏了起来。"我的心里头一次有这样暖暖的感觉，像有什么东西在跳动一样……原来，让别人开心，自己也能这么开心啊。"

慕容紫英感慨道："为侠者一生所求，除魔卫道，不正是为了此情此景，为了这些人脸上的笑容？"

"嗯，紫英，你说得对！"这就是他想说的，就是没想好怎么说罢了！

"你不叫我'师叔'了？"

"呃，忘了——"

慕容紫英忽然笑道："无妨。云天河，我以前或许错看了你，只当你是个任性妄为之人，如今看来，你和菱纱，还有梦璃，当真有副侠义心肠，抛却辈分之别,让我说不出的敬重!"

"看来即墨的花灯庆典当真不得了,连冰块脸都被融化了。"韩菱纱的目光在两人之间转了个来回,笑着打趣道。

慕容紫英听了,也不尴尬,只是淡然一笑。

韩菱纱已经许久没有像今天这般高兴过了,当下情绪激荡,扬起声音,豪情万丈道:"说正经的,今天真是高兴……但愿我们四个人,一生一世都有这样的机会聚在一起,做自己应做之事!"

"那有什么难的?我们一定可以的!"

"嗯,我也希望我们能永远在一起,永远都不分开。"柳梦璃亦扬起笑脸道。

慕容紫英缓缓地点了点头:"但愿如此。"

韩菱纱看他的神情,早已猜出他的心思,笑着劝道:"紫英,你是担心幻瞑界的事?我相信只要玄霄能破冰而出,我们就不会输的!"

慕容紫英轻轻点头,脸上舒展了许多。他本也是豁达之人,这一丝忧虑转眼之间便也淡然,朗声笑道:"不错,今日大家难得欢聚,莫要辜负了这良宵美景……"

众人随着人群慢慢地向狐仙庙前百姓们载歌载舞的场地走去,四道身影渐渐融入喧闹的人流之中。他们心中的兴奋惬意,与身旁的人们并无二致。

皎洁的月光之下,韩菱纱和柳梦璃席地而坐,小声地谈论着什么。云天河一边开心地望着天上的烟火,一边大嚼着刚刚烤熟的鲜鱼。慕容紫英站在三人身侧,肃然而立,环视着四周的美景,回思今日所历所感,心生感慨。

这一夜如梦似幻,注定成为这些少年最美好而珍贵的回忆。

第三十七章

次日清晨，为了不惊动即墨的村民，韩菱纱等人在客栈中睡到卯时便悄悄起身，一道御剑回了琼华派。

刚进山门，柳梦璃忽然身子一晃，用手捂着头，面露难过之色。旁边的韩菱纱连忙扶住她，担心地问道："梦璃，你怎么了？"

"我的头……有什么……有什么东西……好晕……"柳梦璃只觉得头脑之中的那团影子又一次弥漫开来，越来越浓重，越来越诡异，似要压倒一切。

"不舒服吗？是不是昨夜海风吹久了？我扶你回房吧！"

韩菱纱说完就扶着柳梦璃回房，而云天河则和慕容紫英一道带着光纪寒图去找玄霄。

等云天河从禁地回来，柳梦璃已经歇下了，韩菱纱在房间里点了宁神的熏香，还把梦璃的香包放在了她的枕头边上，希望能让她舒服一些。

云天河显然一副有许多话要说的样子，韩菱纱便把他拉出了房间，两人在庭院里小声聊了起来。

"梦璃怎么了？"

"我也不是很清楚，可能是受凉了。她说先睡一会儿，若还是不舒服，再找人看看。"

云天河点了点头，又藏不住喜色，和韩菱纱分享道："我和玄霄拜了义兄弟，以后他就是我大哥了！我有大哥了！"

什么？

韩菱纱愣了愣，随即笑了起来，这像是天河会做出来的事。虽说他和玄霄之间差着辈分，但对心思简单的天河而言，这并不算什么。

都说真心换真心没错，想想呆子为了玄霄那般费心，玄霄的心也不是石头做的，想必为此才结拜的。

想到这儿，她促狭一笑："那以后还请多关照了。"

"放心吧，我会罩着你的，我大哥也会！"

韩菱纱的眼睛又一次笑成了弯月牙，听着天河说去醉花荫给玄霄摘凤凰花，还碰到了凤凰花仙："这凤凰花是我娘最喜欢的花呢！"

韩菱纱回想了一下之前见过的凤凰花，笑了笑："的确很漂亮。"

"下回我也去给你摘。"云天河凝视着她的笑，想让她能一直笑得这么高兴。

韩菱纱抬眸，和他不掩单纯的乌黑眸子对上，片刻的停顿后，她随即笑着应了声"好"。

真希望我们还有很长的以后，能度过琼华派和幻瞑界的大劫，也能救族人于水火。

……

柳梦璃的病来得快，去得也快，只在房中休息了一天，她的精神便渐渐好转起来。等到第二日，韩菱纱见柳梦璃已经恢复得差不多了，便找来云天河和慕容紫英，商量继续寻找下一件寒器的事。

"菱纱，你的神色不太好，要不然我们今天先不去了吧？"云天河见她比昨日似乎疲惫不少，有些不安道。

"这算什么？以前我闯荡江湖，什么大病小病没生过，大概是昨天累了点，现在只不过手脚有些发软。不说这个了，我们今天就去炎帝神农洞吧！那地方我知道。"

云天河还想再劝，见她态度坚决，只得道："好吧，不过，要是你在路上撑不住，我们就马上回来，大不了再休息一天！"

"切莫逞强。"慕容紫英亦劝说道。

"唉，你们两个大男人怎么也这么絮絮叨叨的……好好好，我知道啦！"韩菱纱都有些不好意思了，连声催促道："快走吧。"

众人御剑腾空，在韩菱纱的指引下，他们飞到了随州郊外数十里处，停在一座看起来颇不起眼的山丘前。

这座山光秃秃的，寸草不生。众人落到地上，只见山脚一侧，一个黑漆漆的洞口出现在眼前，深邃难明。

"传说炎帝神农洞是炎帝出生、植百草、驯百兽的地方，我也只知道方位，从没进去过。"韩菱纱四下观察了片刻，道，"看这座山的样子，应该就是这

第三十七章

里了。"

众人随后相继走进洞中，只见地面上到处都是深沟大壑，许多深坑之中竟还滚动着冒着气泡的岩浆，熔岩散发出的热气四下弥漫，将此地变得犹如蒸笼一般。

慕容紫英眉头微皱，尽管他内功深厚，可额头上仍冒出了汗珠。"此地酷热的程度未免太不寻常了。"

"是吗？我倒觉得这儿暖暖的，很舒服呢。"韩菱纱刚说完，发现柳梦璃白皙的额头上凝着汗珠，不免担心地看向她，"梦璃，你还好吧？"

"我没事。"柳梦璃看向旁边毫无影响的云天河，暗暗松了口气。

"紫英，青阳长老真的没说错吗？这样炎热的地方，怎么会有至阴至寒之物？"

"如此炽热之地，必是天然生成，而天道平衡，阴阳互补，离这儿不远应该就会有另一处阴寒之地。青阳长老在派中资历极深，见多识广，绝不会说出无把握之事。我们暂且边走边探察吧。"

韩菱纱听他如此说，想起禁地之中也是一处极冷、一处极热，随即点了点头。

四人绕开地上的炎流，小心地向洞中探察起来。

从岩洞入口处往里，竟然越来越宽广，几乎贯穿了整座山丘。

洞中的路错综复杂、坑洼难走，兼之熔岩横流、热气逼人，光是这些倒也罢了，不想这上古之神住过的地方竟然存留着不少妖兽，而且那些妖兽力大无穷，性情极为凶悍，最要紧的是，它们往往身负厉害的灵力。

韩菱纱中途不小心惹上一只，若非云天河及时搭救，她险些就命丧于妖兽爪下。惊魂未定之时，云天河被妖兽击落在地，这只远比他们在寻仙路上碰到的妖兽还凶猛万分。

慕容紫英飘忽而至，光剑从袖中顷刻分散成数把，将妖兽团团围住，不等攻向妖兽，只听一声愤怒的嘶吼，妖兽身形一闪，便从光剑的包围中脱身出来，扑向慕容紫英。

"它的弱点在眼睛，齐力攻击！"韩菱纱看出破绽，疾声喊道，勉强起身加入战局。

最终，几人费了九牛二虎之力才将其击毙。韩菱纱整个人脱力踉跄了两步，便被人揽了过去，落入一个宽厚的怀抱。

韩菱纱强打起精神道："我没事，找东西要紧。"

慕容紫英深深地瞥了她一眼，随后施展轻功，悄无声息地在前边探察，带领诸人小心地避开那些妖兽。

忽地，前面拐角处风声陡止，有一丝细微的喘息声慢慢移动过来，并非怪物的声响，而是人声。

韩菱纱心头一紧，听这声音，两人相距已不足一丈，怎么方才自己竟没发现此人？

"何人在此？"随着她的喝问，云天河手执望舒剑，戒备万分。

只听那声音短促惊呼了一声，惊慌之下，仍十分清脆悦耳。须臾，从阴影之中走出一名绿衣少女，年纪看上去要比韩菱纱略小些。她强作镇定，警惕地看着四人。

"你们……你们又是什么人？怎么会来到这里？"

"对不住，我们来此是为了寻找一样东西。"韩菱纱按下了云天河的剑，随即又皱眉道，"姑娘，这里妖兽环聚，实在危险，你一个女孩子为何来此？若无要事，还是快些离开吧。"

那少女望着她连连摇头，神情极为倔强，然后她咬了咬嘴唇，高声道："不行，我也是来找一样东西，找不到那件东西，我……我死也不会回去的！"

"姑娘想找什么？"韩菱纱留了个心眼，率先问道。

少女咬唇，亦是防备，又似犹豫。

"我等乃琼华派弟子，为救人而来。姑娘若是有什么难处，或许我们可以帮你。"韩菱纱又道。

少女凝视着韩菱纱，沉吟半晌后终于开口道："我叫楚碧痕，和姐姐楚寒镜住在这洞中的月幽之境，那里没有熔岩，气候阴冷。我们姐妹俩虽是半仙之体，却无法承受月幽之境外的酷热，更不是这些妖兽的对手，我想……"

"碧痕？"另一道女声急匆匆传来，引得少女小小惊呼了一声"姐姐"。

韩菱纱等人看着赶来的蓝衣少女，再看看楚碧痕，二人竟生得一模一样，若非衣裳颜色不同，她们几乎难以辨认。

"姐姐，你别怕，他们……他们是要来找寻一件至阴至寒之物，想要救人……"楚碧痕借了韩菱纱的话，此刻娇声道。

慕容紫英作揖道："这位姑娘，我们冒昧惊扰贵地，实不得已。那件至阴至寒之物，姑娘若是知道在何处，还请不吝赐教！"

第三十七章

"无可奉告。"蓝衣少女顿时面色一沉，直接拒绝了他们。

众人一愣，楚碧痕似乎急了，用力拽着楚寒镜的手，高声道："姐姐！你不能这样！这么多年来只有这些人到过这个山洞，而且他们还身怀法力，错过了这一次，又要等多久，才会有人帮我们去找炙炎石啊！"

"这么多年了，你还不死心吗？"楚寒镜垂目望着身边的妹妹，不知为何，她的目光中全是悲悯之意。

韩菱纱看在眼中，不禁暗暗奇怪。

"不——我不会死心的，永远永远不会！我连做梦都想要找到那块石头！"楚碧痕大声道，嗓音尖利，言语中已有悲意。

"碧痕……"

楚碧痕咬了咬细白的牙齿，眼神愈发悲凉，她忽然对众人大声道："好，姐姐你不说，那我来说，你们要找的至阴至寒之物，十之八九便是月幽之境内梭罗树上的梭罗果——"

"碧痕！"楚寒镜喝声阻止，可已然无用。

楚碧痕不管不顾地继续道："我和姐姐正是这里的梭罗树仙。当初主人为这棵树注入灵力，使我俩成为半仙之体，身中却只有幽寒之气。待我成年之后，就能使用一种叫'炙炎石'的灵物进行身合，届时树顶结出果实，我们便会成为真正的地仙，从此不必再困守洞中……"

"你们的主人莫非就是与伏羲、女娲并称三皇的神农？"慕容紫英问道。

楚寒镜轻轻点了点头，眼中含泪，低声道："主人他可能已经不在世上了。那个时候，他正和另一位大神伏羲相争，有一次离开以后，就再也没有回来……若不是落败身死，主人是不会丢下这里不管的。"

"神农、伏羲、女娲……那些……那些都只是传说啊！如果是真的，你们在这儿究竟待了多少年 ?!"韩菱纱不由得惊叹道。

"我也不知道，总之已经过去很久了……起初，我们姐妹俩还不能长久地维持人形，修炼了千百年后，终于可以了。可是这个山洞，不知什么原因渐渐变得气候失衡，越来越热。"楚寒镜的声音渐渐沉了下去，"主人当年在洞府内豢养了许多兽类，与百兽一同生活。主人对它们甚是疼爱，百兽亦对主人十分忠心。千百年来，它们的修为不可同日而语，足以匹敌强大的魔兽！他们在洞里四处活动，我们只好待在此处。"

"求求你们，帮帮我和姐姐，在洞府里找到那块炙炎石，好不好？姐姐，你快告诉他们炙炎石在哪里！那块石头的地方，主人只对你说过！"

"不可，这对凡人来说太过危险！"楚寒镜摇头不允。

"我们可不是一般的凡人，姑娘放心吧！"

慕容紫英附和道："楚姑娘不必担心，我们自有分寸。"

楚寒镜似乎没有听到他们两个的话，定定地望着妹妹，缓缓道："这件事，我不会答应的。"

第三十八章

楚碧痕直视着姐姐，眼中涌起绝望之情，两行眼泪忽地淌了下来，落到地面，随即凝结成一串冰珠。

"碧痕？"楚寒镜碰到那串冰珠，像被烫着似的猛然缩回了手，不敢置信道，"你……哭了？"

楚碧痕悲声道："姐姐你永远只会说'不可以'，但你知道我有多痛苦吗?! 我想去看看洞府外边是什么样子，而不是永远守在这里，永远只能面对同一个人，而姐姐你又是这么冷淡……月幽之境四面为熔岩所围，可我的心早就已经被冻成冰了！"

楚寒镜的眼中划过一丝伤痛，她默默地低下头，不着痕迹地抹去了眼角的水光。

"你们……好可怜。我们认识一个人，被关在某处十几年，已经够孤单的了，何况是你们这样守了成百上千年……"

楚碧痕被韩菱纱说到心中痛处，哭得更加伤心。

楚寒镜定定地凝视着楚碧痕哭泣的模样，良久，她才哑着嗓子问道："碧痕，你可知用炙炎石身合并非万无一失？你主意已定，绝不后悔？"

"我绝不后悔！就算是命赴黄泉，我也甘愿！"

楚寒镜神情黯然，双眸染上哀痛之色，似乎被一声"甘愿"触动了。她僵硬地伫立了片刻，然后缓缓转向云天河四人，说道："既然如此，那就烦请诸位去前面的炙焰洞取那块炙炎石。那块石头会发出极大的热力，不会认错。只是这一路凶险，你们一定要多加小心……"

"它们凶，我比它们还凶，一定能帮你们拿回炙炎石！"云天河保证道。

"诸位且慢，我还有个不情之请。"楚寒镜抿了一下嘴角，"若遇阻拦，希望诸位尽可能留它们一命……毕竟当年主人极为疼爱它们。"

这事不难，云天河当即点头应了下来，但又迟疑道："我们把那块石头带回来，你们就能成仙了。可是，你们成仙之后……我们是不是不能带走梭罗果？"

楚寒镜凄然一笑道："不妨事，梭罗果只是一种依凭，若真成为仙身，反倒不重要了……就送给你们，当作报答吧。"

四人看着姐妹二人走向月幽之境，随后转身朝炙焰洞走去。一路上，韩菱纱越想越奇怪："成仙不好吗？为什么那位姐姐看起来不是很高兴的样子？"

柳梦璃点了点头道："她好像并不愿意找到炙炎石。"

韩菱纱想了一会儿，却怎么也想不通其中的缘由，按说被关了那么多年，能有机会出去，理应很高兴才对。

"小心！"前方的云天河拔剑斩杀了一个妖兽，提醒他们道。

韩菱纱打起精神："先找到炙炎石再说！"

洞内的妖兽很多，且越深入，它们的法力越高强。洞中的炎热对于云天河和韩菱纱来说没什么，柳梦璃和慕容紫英却有些吃不消，渐渐地，大家都有些体力不支，纵然有柳梦璃的风归云隐之术，也仍旧常被妖兽识破。

"不行，再这样下去，大家都会受不了。"韩菱纱正说着，眼前的熔浆墙内，一道亮光吸引了她的注意，"你们看！"

众人望过去，她指的山壁上有一块儿凸起的石块，一块儿赤红色晶石飘浮在上面，虽然距众人足有十余丈远，却仍能让人遥感到它发出的灼灼热力。

"这一定就是炙炎石！"

众人心中一喜，急忙绕过前面挡路的岩浆，来到炙炎石下。云天河默运"凝冰诀"，刚要伸手去够，忽地脸色大变，脱口道："不好，好强的杀气！"

话音未落，他的身后已传来一个雷鸣般的声音："谁——敢——擅——动！"

只见岩洞后方，一只妖兽两脚站立，全身上下焦红一片，远远看去，像是用烧红了的石块垒成的一般。那妖兽周身皆是火焰，身形庞大无比，足有六七丈高，行动却毫不笨拙。它双脚踏过岩浆，转眼间离众人已不过数丈，一双黑洞洞的眼睛扫视着四人。

韩菱纱心里打了个颤，惊问道："你是谁？"

"吾乃熔岩兽王！尔等擅取吾主宝物，是何道理？！"

"我们取这炙炎石，乃是为了助人，你……能否通情相让……"

熔岩兽王没等她说完，便是一声怒吼："吾只听神农大神之命，无须给女娲的人类任何东西！尔等擅闯神农大神禁地，又妄图拿走炙炎石，罪在不赦！看吾将你们化为灰烬！"

它张开大口，呼吸吞吐之间，只见一团巨大的火球已向着众人劈头盖脸地砸了下来！

四人急忙纵身闪避，只听耳旁一声巨响，再看自己方才站立的地方，竟已被砸出了一个大洞。众人骇然之余，更是惊怒交集。

慕容紫英挺身应对，两道光剑一先一后射了出去，打在那妖兽身上，铮铮有声，却未能伤它一分一毫。

妖兽伸手握住洞中的一根石柱，咔嚓一声，足有数尺宽的石柱竟被他生生折断，居高临下地向众人扫来。

四人无力相抗，只得闪身躲开。随着妖兽又一声怒吼回荡，他们的耳内尖啸鸣响，四周石雨纷纷而落，整个岩洞都摇晃起来。

慕容紫英见寻常剑术伤不了它，急换用五灵仙术，但对那妖兽竟依然没有半点伤害。

眼看着妖兽逞威攻来，众人攻击无效，只能尽力躲避，但这石洞本来就不大，地面上的岩浆又四处流淌，四人惶急之下，更难腾挪闪避，一时间，洞中险象环生。

再撑片刻，众人身形渐缓，眼见大家都已筋疲力尽，云天河忽地从身后拔出望舒剑，张弓怒喝道："我跟你拼了——"

那妖兽听见云天河的喊声，转过身来，将手中石柱向云天河的头顶砸去。韩菱纱、柳梦璃齐声惊呼道："天河，快躲开——"

就在这时，一道淡蓝色的光在洞中一闪而过，望舒剑又回到了云天河的手中。

那妖兽惨号一声，石柱从它的手中掉落，险些砸中云天河。它伸爪捂着左眼，吼声中尽是愤怒。饶是这时，云天河还记着和楚寒镜的约定，未伤它要害。

慕容紫英听那妖兽的吼声，明白云天河刚才那一射虽然伤了它，却不能致命。但此举已然激怒了它，若要等它整理好伤势，他们四人万难生离此处。

"天河，快取走炙炎石，我们快走！"

云天河刚才一射得手，自己也深感意外，此时听了慕容紫英之言，急忙上前抢下炙炎石。

妖兽怒极，一掌重重地击在岩浆中，熔岩四溅。

韩菱纱四人急急绕开妖兽，夺路而去，一口气在洞中七拐八拐，挤过一条狭窄的小径，终于甩脱了妖兽的追击。听着后方妖兽恼怒的咆哮，再看云天河手里拿着的炙炎石，众人狼狈之余，露出了劫后余生的大笑。

"啊！"韩菱纱忽然脱力般跪倒下去，亏得云天河扶得及时。

"菱纱，你没事吧！"

"没事。"韩菱纱扶着他的手臂站稳，看大家关切的目光，有些不好意思。

刚刚那一阵眩晕感来得迅猛，险些又丢人。

"先休息会儿吧，它应该不会追过来了。"柳梦璃朝后看去，那妖兽能活动的范围似乎是受限制的，并不能到这儿。

"不用，先把炙炎石送过去，这样我们可以快一点儿拿到梭罗果。"韩菱纱摆了摆手，看着周围的环境，余震还在持续，"这里不能久待，我们得赶快离开。"

一行人顺着楚碧痕留下的荧光指引，走到了月幽之境，只见青褐色的岩洞正中央有一株三丈余的古树，树虽高，枝叶却不茂盛。古树顶端，几丝花蕊微微颤动，却看不见花瓣所在。

云天河拿着炙炎石，高高兴兴地走在最前面，高声叫道："楚姑娘，我们回来了——"

话音未落，忽然间眼前绿影一晃，云天河只觉手心一凉，炙炎石已被楚碧痕抢了去。她动作迅捷，身形飘忽，有如鬼魅一般，众人根本没看清她是如何出的手。

"楚姑娘，你……你这是……"

楚碧痕将炙炎石紧紧地抱在胸口，连退数步，得意之情溢于言表，尖声道："炙炎石，我终于得到了！"那神态，和她之前求助时完全不一样。

她不理众人的惊讶，转过身去，冷冷地看着蓝衣少女，脸上竟是一副交织着庆幸与嫉恨的神情，咯咯笑道："姐姐，炙炎石到底是落在了我的手上，不是你的手上！"

众人见状，更加惊异。

楚寒镜似乎早就料到了这一切，悲哀地看着她，轻声道："碧痕，原来你已经知道了……"

"不错，我是早就知道了！当年梭罗树注入灵力之后，出现了我姐妹二人，这件事连主人都料想不到，也没法化解。你我既是一体，又非一体，而这梭罗树一生只结一个果实，所以我们之中一人成仙，另一人便要死去，对不对?!"

"这些事情都是我偷偷听见主人和你说的，你却从来不肯告诉我！因为你不

第三十八章

想让我成仙！你越不说，我越痛苦，好几次偷跑出去，漫无目地寻找，差点丢了性命！"

楚碧痕的脸上满是愤怒，大声质问楚寒镜道："你要的就是这个结果，是不是？如果我死了，你就可以成仙了，对吗？！"

楚寒镜的眼中全是痛意，她缓缓地摇着头："你既听见了主人和我说的话，便该知道，唯有善心才能令你身合成仙，若是怀着私念，只能让梭罗树结果，你却一样要魂飞魄散……"

"哈哈，姐姐，你到现在还想骗我？！你说我有私心吗？想要离开这个可怕的地方，算什么私心？！我自己的命，只由我自己决定！不管是主人还是你，都休想左右我！！！"

她说到这里，眼中蓦地涌起一股决绝的恨意，冷笑道："永别了，姐姐！待我成仙之后，会永远记得你的——"她双手用力一握，炙炎石竟融进她的胸膛。

楚碧痕张开双臂，脸上露出了她有生以来最灿烂的笑容。她的身子缓缓地飘了起来，笼罩在一层层七彩的光环中。此时的她似乎是这个世界上最快乐、最幸福的女孩子。

然而，就在这无比的幸福感中，她的身体开始缓缓消失，从两只脚开始，一点一点地消散了。

楚寒镜看着这一切，泪如雨下。

转眼间，楚碧痕的身体消失殆尽了，只剩下脸庞微弱的轮廓，然而那张脸上仍旧是那种无比幸福的微笑！

她离开这个世界的时候，果真如此幸福吗？

梭罗树顶，四片巨大的白色花瓣缓缓展开，一颗翠绿色的果子升了起来，发出无比绚丽的光芒，将整个石洞照耀得光彩夺目——就在同时，梭罗树开始枯萎了。

它竟和楚碧痕一样，这一生最灿烂的时刻就是死亡。

楚寒镜俯在已经枯萎的梭罗树旁，抱着树上落下的梭罗果，失声痛哭："碧痕，你怎么那么傻……我……我不能阻止你，不配当你的姐姐……"

韩菱纱看着这一幕，陷入了久久的震撼之中："天啊，这到底是怎么回事……"

"你们可知，我之前为何不肯说出炙炎石的所在？"楚寒镜垂眸，"那是因为在很久以前，我就知道碧痕有多痛恨我了，她把我当成一种威胁，想着万一成仙的不是自己，又该怎么办……我隐隐觉得，以她的心性，就算找到炙炎石身合，也不能成为仙身。"

她的泪一滴滴落在梭罗果上，带着那种无可挽回的心痛："可是，我不能眼睁睁地看着她消散，所以我也不再想得到炙炎石了。我们二人相伴，虽然亘古寂寞，总好过我心中的那个结果……只是，这一天终于来了。"

"她那样……算是死了吗？"韩菱纱喃喃道，满眼的不可置信，她们不是半仙之身吗？为何……

楚寒镜闭上眼睛，身体也开始缓缓消失，她轻声道："生生死死，真的需要这么执着吗？我在这里过了这么久，自己是死了还是活着，早已分不清了。"

韩菱纱狠狠一震，整个人怔在那儿。

"梭罗树一生只结一个果实，即使碧痕没有成为真正的仙身，我也会消散而亡……只不过，死，真的是一件坏事吗？能够从漫长的时间里解脱出来，我很开心。我觉得自己死了以后，一定能回到主人的身边。"

她用尽最后一点儿力气，向众人微笑道："你们不用觉得有愧……若是想要梭罗果，就把它带走吧……"

说完后，楚寒镜依着梭罗树，消散在了他们眼前。

韩菱纱回过神，走上前，拾起洞中仅剩的梭罗果，见上面泪痕点点，也忍不住落下泪来。

只是下一瞬，她就用衣袖用力抹了去，悲愤质问："为什么？成仙不是一件好事吗？为什么这样残酷，一定要有人死呢?!"

她高声问罢，却没有人回答，也没有人回答得了，即便是一向以修仙为己任的慕容紫英，此时也显得异常沉默。

韩菱纱痛恨地看着两人消亡的地方："走！我们离开这里！回琼华派去！我再也不想来这里了！"

韩菱纱扭头出了月幽之境，率先出了山坡，然而阳光照在身上，却依旧不能驱散她刚刚看到的一切所带来的寒意。

半仙之躯都是如此，就连夏元辰也说天道难违。

哪有什么长生不老之术，哪有什么延长寿命之法，一切不过是天注定……

不可能！

韩菱纱蓦地瞪大了双眼，不可能的。

她抬头看天，阳光刺眼得很，适才的一切历历在目，她却仍旧是满腔不甘。

纵然人生不过短短百年，可那也有百年啊，对韩氏一族来说，这都是极其奢

第三十八章

傺的事，她不甘心就这样……

"菱纱！"云天河追了出来，看到她这样子有些担心。

韩菱纱回过神，扭头看着他们，却连勉强的笑意都无法维持，直白且痛恨道："我讨厌这儿，我想回琼华派了。"

柳梦璃欲言又止，最终化作了叹息，直到慕容紫英最后出来，四人出发，飞往琼华派。

御剑中第一次没有了谈论，没有了嬉笑。西风猎猎，吹来的不是爽意，而是发自心底的哀痛和苦怨……

韩菱纱四人黯然飞回琼华派，刚到山门口，只见守门的弟子都用奇怪的眼神看着她。

就在这时，派中一大群人呼呼啦啦地走了过来，大多是派中"明"字辈的修道弟子，他们看上去都是一脸不满和厌恶之情。只有怀朔、璇玑等少数几个熟悉的同辈夹杂在其中，满脸焦急，嘴里在不断地解释着什么。

璇玑一看到慕容紫英，便急忙飞奔过来喊道："师叔！不好了，不好了！"

第三十九章

璇玑的话顷刻间就被纷拥上来的师兄弟七嘴八舌给淹没了，山门口一时闹哄哄的，直到慕容紫英一声冷喝才止住。

"清修之地，岂容你们如此放肆！"

一名黄衫弟子从人群里走了出来，高声说道："师叔，这个韩菱纱在入门前是个偷东西的贼！有人已经认出她来了！"

韩菱纱闻言一愣，难怪方才就察觉到了诸多敌意，原来是这么回事。原来……她略一垂眸，掩去了眸底万般。

"菱纱……"柳梦璃担忧地望着她，正欲开口，却发觉袖子被她紧紧地拽着，似乎是不想让她继续往下说。

慕容紫英拧眉喝问道："明桓，这话你们是听谁说的？可有真凭实据?!"

"当然！这是昨日刚从寿阳回来的怀安师兄告诉我们的，想不到我们琼华派堂堂修仙大派，居然混进了一个贼！"

怀朔连忙站出来道："明桓师兄，这中间恐怕有些误会。上次我和璇玑师妹去寿阳除妖，恰巧遇见菱纱师妹也在那里帮忙铲除妖孽，还有月牙村之事……"

"怀安师兄说了，他在城外亲眼见过这女贼的通缉画像，跟这个韩菱纱一模一样，不是她是谁？师叔，我们琼华派收徒甚严，怎能允许这种身份的人混在其中?!"

"你们……你们……"

听身旁诸人纷纷斥骂起来，本就不善言辞的怀朔对上这乌泱泱的数十人，纵然有心替韩菱纱辩白，也难敌如此阵仗，急得一张俊脸红了又白。依照着他那好脾气，着实难见还有这般情急的模样。

慕容紫英听着这些弟子对韩菱纱的斥骂，眉头紧皱，心中怒气升腾，偏偏这些弟子一个个说得理直气壮，叫喊声越来越高。

"我们琼华派哪能容得下这种小贼？刚才怀安师兄已去禀报掌门，请掌门将这个女贼逐出门去！"

"现在逐下山去说不定都为时已晚！谁知道本派有没有丢过什么？"

"这女贼好不要脸，自己干这类下五流的行当，居然还有脸来我们这里修仙——"

那人话音未落，云天河满脸怒容，一把提住那人的衣领，狠狠击中他的腹部，随即像扔破布一样将他扔了出去。

人群倏然静了静。

"你们谁还敢骂菱纱？"

"你疯啦——竟对同门兵刃相向！"

"这小子和女贼是一伙的，一丘之貉！"

然而众人骂归骂，方才那份气势却弱了下去，不但无人敢再上前一步，反而纷纷后退，生怕云天河下一个就对自己动手。

慕容紫英一声怒喝："都给我退开！"

刚才被打的弟子摇摇晃晃地站起来，指着云天河大怒道："紫英师叔，你看他如此嚣张——"

"住口！既然你们已将此事禀报了掌门，便该由掌门定夺！"慕容紫英沉着脸喝道，"现在通通给我回去！"

众弟子先失了气势，又畏于慕容紫英积威，不敢再说，嘴里狠狠地嘟囔几句，才悻悻离去，不一会儿工夫，只剩下了怀朔、璇玑两人。

"紫英师叔，师兄他们太过分了。菱纱师妹才不是贼呢，他们尽乱说！"璇玑气得直跳脚，可她和怀朔就两个人，根本说不过他们那么多人。

韩菱纱见她直望着自己，一副"别担心，师姐罩着你"的神情，心中一动，嘴角微微扬起。

"菱纱，你别理那些人！他们再敢乱说，有一个我就揍一个！"云天河朝着那些人离开的背影挥了挥拳头，谁敢再诋毁菱纱他就揍谁，就算掌门来了他都不怕！

"天河，你冷静点……"韩菱纱按住他的手，她不想云天河因为自己把大家都得罪了。

"我不管！无论是谁，我不能让他欺负你！"

"菱纱，别管他们。那些人根本什么都不明白，只是一派胡言……"

韩菱纱淡淡地一笑，轻轻点了点头道："谢谢你们，这种事情我这些年里见得多了，不会在意的。"

怀朔见她如此，叹了一声："师叔，我和璇玑师妹一直阻止，可他们还是要去找掌门……"

"璇玑，你与怀朔也先回去吧，此事我自会去求见掌门。"慕容紫英对上二人，语气稍有缓和。

"紫英师叔，让我跟你一起去吧！"

"璇玑，听师叔的话，你去了也不一定能帮上忙。"

璇玑满脸不甘，但见慕容紫英神色坚决，也只好点点头，被怀朔拉着离开了。

山门口一下子安静下来，韩菱纱神情淡淡的，似乎方才所经历的事与她无关，然而旁边的柳梦璃看着她却更担心了。

慕容紫英忽然轻声问道："菱纱，你以前真的是……"

"是什么？紫英，如果我真的是贼，你会怎样？也要看不起我吗？"韩菱纱两眼直视着紫英，反问道。

"我不知道。"慕容紫英经过考虑，说道，"偷窃虽品行不端，但或许你有你的理由……"

韩菱纱粲然一笑，世间不虞之誉、求全之毁，她这十几年中经历过许许多多，早已淡然处之。然而此刻，听到慕容紫英这个平素恪守礼法的师叔如此说，不由得发自心底的高兴。

"哈哈，有你这句话，也不枉我们相识一场。你放心，我啊，只是拿死人的钱财去接济一下活着的人，伤天害理的事情是绝对不做的，更看不上琼华派的什么书本刀剑。"

慕容紫英长吐一口气，肃然道："走！我们去琼华宫找掌门，请她宽待此事！"

"不用了吧？我不想去……"韩菱纱急忙摆了摆手，又解释道："我不是怕见掌门，只是——"

"不行！你如果想继续修行，此事一定要妥善处理。何况，天河刚才还打了派中弟子。无论如何，我们势必得见掌门一面。"

"你说的也是。"韩菱纱点了点头，虽说清者自清，但要还想在门派内修炼，这种事还是早日说清的好。

第三十九章　219

几人随即动身，欲要找掌门解释清楚。

然而刚到琼华宫，他们却被拦在了门外，说掌门不便接见，几人只好候在了门外。

此时已日薄西山，众人腹中饥饿，云天河回房拿了些干粮分给众人，四人蹲坐在琼华宫前的草地上，只觉此刻心中所感，与吃到嘴里的干粮一样，分外没有滋味。

转眼间红日落去，明月高悬，琼华宫中仍没传来半点消息。今夜正是月圆之夜，云天河抬头望着那银盘一般的存在，突发奇想，说道："你们看，月亮好大，像个饼……"

韩菱纱哪能不晓得他心中所想："什么饼，你这是又饿了吧。"

"是啊，今晚的饭吃得实在没胃口……"

慕容紫英起身道："回去吧，已经这么晚了，掌门是不会见我们了。不如明日一早我再来求见。"

云天河忽然转过头来看着他，低声道："紫英，你觉得，在山上很快乐吗？"

"数日前，菱纱也问过我一样的话，我的回答还是一样。求仙问道、斩妖除魔，乃是我一生所向往，能做自己想做的事，又怎会不快乐？"话虽如此，可这次的回答中，却分明多了几分苦涩之意，连他自己也不愿掩饰。

"可是，行侠仗义不修仙也能做，不是吗？"

"这并非如此……"

"我之前总想不通，既然御剑这么好玩，为什么爹来了又要走？如今我算明白了，像琴姬离开了自己最重要的人，去山上做剑仙，可是她一点儿也不开心……炎帝神农洞的那对姐妹，就更惨了。我这才知道，原来修仙并不是那么好的事，它也会让人伤心、要人性命。"

慕容紫英心中一惊，猛地断喝道："不对！你怎能以偏概全？"

云天河挠了挠头："大概是我比较笨吧，只能想成这样。可我真的觉得，修仙根本没有想象中的那么好……"

慕容紫英叹了口气，一时竟无言相对。

"我也觉得，仙山上和自己想象的差好多啊，长生之法一点儿着落都没有，我们是不是该去其他的修仙门派看看？这里不但没有一个不老不死的仙人，还跟山下一样，有许多让人开心不起来，不，是更不开心的事！"韩菱纱忽地起身，伸了个懒腰，心中已然有了盘算。

"哦，原来菱纱你也这么想。"

韩菱纱冲云天河扮了个鬼脸："我才没你那么笨。"

慕容紫英转向一直没开口的柳梦璃，道："你也这么想吗？"

"我？我原本就是想出门游历，并不在乎修不修仙，只要和你们在一起，去哪里都是一样的。"柳梦璃看着慕容紫英，脸上略有歉意，却很坚定地道，"琼华派确实很强大，但注重的并非菱纱所求的长生之道。既然云公子他们不想再待在这里，梦璃也不会留下。"

云天河当即拍板："想不到我们三个想到一起去了！那就这么定了，等帮完大哥之后，我们一起下山吧！"

慕容紫英一怔："天河？"

"你别担心，我们还是朋友，万一那个什么幻瞑界打过来了，我们还是会帮你的！"

"我哪里是担心这个？妖界实力之强，光凭你们几人又能对战局造成多少影响？我不过是……"

韩菱纱笑着盯着他，接过话头道："我知道了，小紫英是舍不得我们，对吧？"

慕容紫英被她说中心事，向来一板一眼的脸上不禁涌起一丝潮红，此时竟也有些不好意思起来，转目不语，许久才道："你们如此来去匆匆，可确实想清楚了？"

"紫英，你听我说，如果修仙是你觉得最快乐的事，那你就一直坚持下去。而我、天河，还有梦璃，我们也要去做其他更想做的事。"韩菱纱顿了顿，继续道，"以前，我因为一些事情，偶尔会很消沉、很难过，可自从认识你们，我想了很多，反而豁然开朗了。"

"也许，最重要的不是周围的人和物，而是一个人自己的心境吧。"

说到这里，韩菱纱轻轻笑了笑，调皮地向他说道："紫英，你可要答应我，即使我们都下山了，你也要过得开开心心，做一个最厉害的剑侠！还有啊，要是哪天剑侠变成了剑仙，你可一定要来看看我们啊。"

"对！到时候你来看我们，我请你吃好吃的烤猪，哈哈！"

慕容紫英站在那儿，定定地看着他们，皎洁的圆月下，那笑脸仿佛镌刻入他的心底。

"好，我答应你们……承君此诺，必守一生。"他一字一顿地郑重说道。

四人相对而立，彼此神情均无比坚定。

"承君此诺，必守一生！"

第四十章

琼华派位于高山顶，不管是白日里还是夜间，总有一层淡淡的山岚笼罩着延绵的琼楼玉宇，犹似仙境。

一轮圆月缓缓升起，映照着山上的灵湖，月影成双。

韩菱纱坐在湖边的树上，抬头出神地望着悬在天边的明月，脑海里满是这几日的所见所闻。

夏书生的话，神农洞内梭罗树姐妹的消亡……世间种种，悲欢离合，天却依旧如此，没有一丝一毫的变化。

她为寻找长生之法而来，如今对这答案越来越迷惘了。

她想起离开村子时哥哥的嘱咐——找不到办法就早点回来吧。

那时的她是多么信誓旦旦，这人间既有修仙一说，能够延长寿命，村子里的人就一定能够脱离这困境。

但现在，她有种距离越来越远的感觉。

树下不远处传来"沙沙"的脚步声，韩菱纱没有回头，仍静静地看着，像是执拗地等着一个永远等不来的答案。

"菱纱，你怎么不睡？"

韩菱纱听到声音，略微垂眸，就看到了树下站着的云天河，他此刻正担忧地看向自己。"我睡不着。"

"是因为白天他们的话？"云天河踌躇了一下，问道。

"他们说的，我并不在意。"韩菱纱摇摇头。这么多年来，韩氏一族所承受的骂名又何止这些，她哪在意得过来？

"那是……因为要下山的事？"云天河挠了挠头，忽然道，"菱纱，你是不是想家了？"

韩菱纱脸上的笑意一顿，云天河还在那儿自说自话："我今天就很想回青鸾峰去，留在这里一点儿都不开心。"

　　韩菱纱半阖了眼眸，心中豁然开朗，跟着笑说道："是啊，我想家了。"

　　"那我们就回去看看！"云天河当即拍板，看起来比韩菱纱还要高兴，"菱纱，你的家在哪里？"

　　"可明日要去巢湖。"韩菱纱面露犹豫，即便再想回家，也只能按在心底。

　　"时辰尚早，和紫英他们说好明天在巢湖碰面就行，我陪你回去。"不等她回答，云天河已经用纸鹤给慕容紫英和柳梦璃留好了口信。

　　韩菱纱看了他片刻，扬起笑意来："走吧。"

　　从琼华派御剑飞行，两个时辰后就到了渝州。

　　离了触手可及的明月，满天都是灰蒙蒙的，隐约能看到山谷平地内的一片村落——修建整齐的高瓦屋舍，敞阔的街道。说是村子，倒不如说是个小镇，瞧着十分富庶。

　　整个村子陷入沉睡中，除了偶尔的打更声，愈发显得沉寂。韩菱纱带着云天河御剑落在了自家院内，一丈多高的院墙中，一座精致的小别院展露在二人眼前。

　　"我已经有好几年没回来了，这里平日都是大哥叫人收拾的。"韩菱纱带着云天河往内屋走去，到廊下时，她的脚步顿了顿，带了些女儿家的羞涩，"这是我的屋子。"

　　推开门，久未住人的屋子散出一股尘烟气息，韩菱纱点了灯让云天河进来，却见他愣愣地站在门口，就像是看呆了一般。

　　"怎么了？"

　　云天河打量着屋内，触目所及的是一张红木黑漆攒海棠花拔步床，床幔的轻纱随风而动，拂过雕花的红漆木柜子，不远处的小小如意桌上摆着一套精致的茶具，仿佛依稀能看到韩菱纱生活过的痕迹。

　　"这便是你长大的地方？"

　　韩菱纱只是轻笑了笑，见他如此，脸上红晕更甚，一刻也待不下去，拉着云天河便出了门。"呆子，我带你去个地方。"

　　一刻钟后，韩菱纱带着云天河来到了村子内视野最好的石塔上。

　　此时，远处天际泛了鱼肚白，天快亮了，从石塔往下看，能纵览整个韩家村。韩菱纱坐在塔沿，双腿搁在外面，随风轻轻晃动着。她扭头看云天河："你觉得这儿怎么样?"

"很安静。"云天河憋了半天想出这词来,又连忙补充了一句,"菱纱,将来你要是想回韩家村住也没事,青鸾峰和这里都好。"

凉风袭来,吹散了她脸上的热气。韩菱纱将视线落到村子里,语气轻了许多:"韩家村,以前更热闹。"

那是在她出生以前了,她听伯父说,早年的韩家村人丁兴旺,村子里刚学会说话的小娃娃就跟着长辈学习搬山卸岭之术,获得的至宝既能用来救济穷人,也能让自己过得富足,远比寿阳城繁华热闹。

但后来,怪事发生了。

先是老人,之后是一些叔伯,再后来,如同诅咒一般,村子里的人没有人活过二十五,就离开了人世。

村子里的人越来越少……

"在我的记忆里,最热闹的就是元宵节了,但我从小在伯父家长大,也不觉得那有多热闹。别人有爹娘陪着,我就只有大哥带着我去玩。那时伯父常年在外寻找治病的办法,但出去的人那么多,没有一个带回好消息的。"

整日看着身边的人如此,韩菱纱从小到大的愿望就是让村子里的人活得久一点儿。

"伯父过世后的第二年,我也离开了韩家村。"韩菱纱数了数年头,她已有好几年没回来了。她当初离开村子时想的是,找不到延寿的办法她绝不回来。

可进入琼华派之后的种种令她意识到,有些东西似乎冥冥之中就注定了一样,她越竭尽全力去寻找,答案就越令她失望。

可她偏不信,就算是命中注定如此,也得有个理由,为何上天待韩氏一族如此不公!

"你要问我现在最想要什么,我最想要的就是大家能活得久一些。"对别人来说一二年的寿命,对韩氏一族却是极为奢侈的存在。

"菱纱,一定会有办法的,我陪着你一起去找!"云天河摸了摸衣襟,红色绳索下,一块儿银色长命锁泛着光,被他牢牢地捏在手中,"菱纱……我……"

话音未落,鸡鸣声中,悲恸的哭声从不远处传来,彻底打破了清晨前的安宁。

韩菱纱神色一凛,猛地从石塔一跃而下,朝声音来源处飞快跑去。

云天河赶忙收起手心里的物件,跟了上去:"菱纱,等等我。"

片刻后，韩菱纱站在墙沿，神情悲戚地看着灯火通明的院内。大堂之中，几个人进出忙碌着，正将一个人抬到大堂中的棺木内。

悲恸的哭声在大堂内响起，年轻妇人守在棺木旁哭得快要昏过去，她看起来不过二十出头的年纪，不知是不是伤心的缘故，面容看起来异常憔悴。

韩菱纱突然顿住了脚步，整个人仿佛被钉在离大堂不远的地方，满目悲痛地看着眼前的一幕，良久，她哑声道："那个人叫韩乔六，我离开村子时，他才刚成亲没多久……

"就是这样，有的人会病上几年，然后痛苦地离开人世，有的人则毫无征兆地就这么倒下了……"

"菱纱……"云天河动了动嘴角，不知道该怎么安慰。他下意识地靠近她，想成为她的倚靠，想抚平她的眉，更想要……永远地陪着她。

这念头一起，便再也压不住，如荒草疯长，占据所有。

"很多人受不了，离开了村子，但就算如此，也逃不过这命运……"念叨到最后两个字时，韩菱纱整个人一怔，眼底迸射出执拗来，"可我偏不信，办法一定会有的，只是……"

她还没找到。

"一定有的，我陪你找！"云天河点点头。

韩菱纱的面色苍白如纸，眼底一片哀戚，像是在问云天河，又像是在问自己："能找到吗？"

"一定可以的！"

云天河笨拙却着急的安慰令韩菱纱胸口一暖，那沉入冰海一般的心渐渐有了回暖迹象，良久，她低垂眉眼，道了一声"多谢"。

就在云天河还想要说些什么时，韩菱纱抬头看了一眼天色，打断他道："我们出发去巢湖吧，再晚一些怕是要让梦璃他们等我们。"

"不多待会儿？"云天河本想说，要不要去看看她的家人。

韩菱纱摇了摇头，她怕看到阿茉她们，她会舍不得，也怕看到大哥后，她又会想赖着不走。可她如今还不能回来，也不能见他们。

云天河点了点头："那我们先去巢湖，等找到鲲鳞后，我再陪你过来。"

二人从渝州离开，匆忙赶往黄山，未行多久就遇上了雾蒙蒙的天，此乃巢湖水汽上升所致。

穿过灰雾，韩菱纱和云天河一先一后落在芦苇丛边。放眼望去，韩菱纱觉察到一丝熟悉，她猛然想起当初自己和云天河从青鸾峰下来，就是在这儿碰见了紫英。

少年剑仙，乘风御剑，好不肆意洒脱！

之后他们追寻而去，拜入琼华派，仿佛昨日之景，只是没想到这么快就要离开了。

缘起、缘尽，当真是难以捉摸。

晃神之际，韩菱纱听到云天河的呼喊，她一抬眼就看到了前面不远的慕容紫英和柳梦璃。前者站在河畔愣神，似乎也是因那一声呼唤而蓦然回神，随后不期然撞上韩菱纱的目光，微微一顿，不知为何躲了过去。

韩菱纱并未注意，观察着四周道："这里附近有不少打鱼的人，我们可以先问问。"

附近村子的人靠着在巢湖内打鱼为生，祖辈或许听闻过鲲鳞。

就在这时，前面的芦苇丛中传来焦急声："喂！醒醒！你快醒醒啊！"

"前面有人！"韩菱纱忙赶过去，只见一个渔民打扮的中年男子躺在地上，双目紧闭，身旁一人着急地边喊边推他。

"他这是溺水了？"

那人一抬头，陡然间望见韩菱纱他们。"仙……仙女？"回过神后，他连忙指着平静的湖面，语气惊恐道，"不是溺水，他是被湖里的水妖害了！"

"以前我们在湖里打鱼，从来都是太太平平的，可这段日子却总有人失踪，没过几日就会被发现昏倒在岸边。肯定是被水妖害的……"

柳梦璃轻轻挥了挥手，一团蓝色香雾自袖间散发出来，笼罩在那昏迷之人的脸上。

须臾，那渔民缓缓醒了过来，嘴里含糊着："唔……妖兽……"

"老张，你总算醒了，你失踪了整整一天，家里人都急坏了！"大抵是同村的人，看到他醒了，连忙将人扶起来。

韩菱纱俯下身子看着他，问道："你可还记得是如何遇见妖兽的？"

那渔民看了看他们，恍恍惚惚地答道："记不太清了，我把船划到百翎洲边上，就被大旋涡卷了进去……船没了，水下好像有很多长相吓人的妖兽……后来……后来我就醒了。"

看他这副似梦非梦的模样，全然是没缓过神来，再多问也问不出个所以然，韩菱纱起身思索了片刻："我只听过巢湖的百翎洲上住着奇怪的大鸟，倒不知这里的水下有妖兽……难道，和那个遗迹有关？"

"什么遗迹？"云天河问道。

"据说巢湖边曾有一个小国，因为触怒了神明，被罚整个国家都沉入湖底。不过那是很久以前殷商时候的事了，也不知真假。这一类的古迹，要是年月久了，风水生变，最容易成为精怪盘踞的地方。"

"不管真假，我们都要过去一探究竟！若真有妖物盘踞在此，实在是一大祸害！"说罢，慕容紫英看向两个渔民，"二位快些离开吧，烦请转告大家，此地恐怕有妖孽作祟，不宜再到这湖上行船。"

"是，是，多谢仙人救命之恩。"两人朝着四人拜了拜，急匆匆地离开了。

"我们去看看。"韩菱纱道。

四人施展御剑术，向湖面上搜索过去，果然看见湖中央的百翎洲四周有四五个巨大的旋涡在缓缓转动，别说是渔船了，就是江上的大船到了这儿，恐怕也逃不过。

"看来这些天渔民们失踪之事，就是这些旋涡造成的。"韩菱纱思索片刻，总又觉得哪里有些奇怪，"只是不知这些旋涡是天然生成的，还是妖兽蓄意制造的。"

待落到百翎洲上，云天河望着湖面憨憨地问道："我们就这样等着，妖兽会不会自己上来？"

"潜下去看看。"慕容紫英观察着四周，感知到这附近其实藏匿了不少小妖，这说明渔民的话不假，水底必有异常，"我传你们琼华派水息之术，在水中可保口鼻呼气如常。"

一刻钟后，四人步入了水中。

韩菱纱只觉周身似乎被一层结界包裹，不但在水中呼吸顺畅，身上也没感到半点压力，连衣衫都没有湿，不由得又惊又奇。

待"走"到最近的一处旋涡处，顺着水流之力，直潜下去。没过片刻就落到了水底。放眼四周，想不到这巢湖底部居然别有洞天。

水底四面都是石砌的高殿大屋，户檐之间的雕饰典雅奇特，隐有古意。那些石屋数量众多，排列有序，将原本空无一物的湖底装点得如同一个小小村镇。

韩菱纱望着眼前的一尊巨鼎，惊叹道："这是青铜鼎……这里……这里果然是殷商居巢国的遗迹啊！

"如此繁华的城镇，只因国主触怒了天神，便遭到如此灭顶之灾。不知道居巢国的国主当年做错了什么。只是，纵然他一人有过，便连累举国上下受此大难，未免也——"

远处像是市集的建筑中传来妖兽们的喧哗谈笑声，颇为热闹。

"此间妖气重重，果然是妖孽聚集之地！"慕容紫英的长剑在鞘中微微一振，发出轻微的鸣响。

柳梦璃看着他，心中忽然有些难过，轻声道："紫英，我看这些妖并没有恶意……"

"妖本身即是恶，难道还会存有善念不成？"

云天河皱眉道："不能这么说吧，像之前在女萝岩遇到的那几只，不就——"

"寿阳女萝岩？你也曾去过那里？"慕容紫英倏然问道。

韩菱纱见势不妙，连忙转移话题："紫英你说，居巢国里会不会藏着鲲鳞呢？"

她的用意如此明显，慕容紫英如何能看不出？

"这里是灵气汇聚之地，应该会有些非同寻常的东西。"韩菱纱顿了顿，"那……紫英……不如你留下，我们三个先去打探打探吧？"

"不必，我跟你们一起去！虽是以玄霄师叔之事为先，但深入妖类巢穴，绝不可掉以轻心！"

韩菱纱叹了口气，她就知道不好劝："好吧，不过你得答应我，不到万不得已，我们别和这里的妖起冲突。"

慕容紫英见了她的神色，目光一怔，终于还是微微地点了点头，轻叹道："我明白你的顾虑，只是那些受苦的渔民又当如何……"

这话问得三人哑然，但慕容紫英没有继续追究，似乎退让了一步，默许了韩菱纱的提议。

四人向妖类聚居的地方慢慢走去，一路上的水底奇景均是众人见所未见、闻所未闻的，只因方才对话不太投机，所以此刻不管看到什么，都觉得索然无味。

他们彼此默不作声地走着，心中各有所思。

这一走，就走到了镇中热闹处，柳梦璃忽然惊喜道："云公子，菱纱，你们快看——"

韩菱纱和云天河顺着她指的方向望过去，只见不远处，五只像小猫一样的小动物正缓缓向四人这边爬来，定睛看时，可不正是槐米它们！

韩菱纱欣喜之下，急急地跑了过去："槐米，是你们？你们怎么在这里？"

众槐妖闻声望去，看见韩菱纱等人，亦十分高兴。"喵喵——你们怎么会来居巢国？"

"槐枝，想不到还能再见到你们，真是太好了！你们——"

突然，一旁的槐米脸色巨变，尖声叫道："槐枝，快退后！"

"喵——老大？"

"快过来！你没看见那个人吗?! 就是他杀了爹和娘！"槐米说着，两只淡蓝色的小眼睛死死地盯着慕容紫英。

第四十一章

顷刻之间，五只小槐妖都恨恨地盯住慕容紫英，它们幼小的面庞上充满了仇恨，竟让韩菱纱三人见了都禁不住微微一颤。

慕容紫英冷笑一声："我道是谁？原来是女萝岩的妖孽，竟还有漏网之鱼！也好，今日我就在此斩草除根！"

只听"铮"的一声，他已然拔剑在手！

方要出手，一个矫健的身影陡然挡在他的面前，韩菱纱在一旁满脸焦急，大声道："紫英，住手！"

慕容紫英一愣，眉头不禁皱起，看着阻拦自己的云天河，缓缓说道："你这是什么意思？"

"槐米它们是朋友！"

"朋友？可笑！人与妖岂能做朋友？！"慕容紫英冷笑一声，直视着云天河的双眼，强硬道，"这些妖孽曾于女萝岩伤人，如今又潜伏在湖底，如此恶行累累，你竟然还要维护它们？！"

"喵！你胡说！是那些人自己不小心掉进旋涡里，才不是我们害的呢，我和其他妖还好心把他们推上了岸！"

"妖会救人？当真是一派胡言！"

柳梦璃心中着急难过，音调却十分柔和动听，她劝道："紫英，上天有好生之德，它们尚且年幼——"

"就算它们年幼无知，长大之后一样要去害人，如何能留！"

"喵喵！我们从来没有害过人！是人害我们！从来都只有人来害我们！"

"哼！那在女萝岩伤人之事又如何说？"

几个小槐妖不理他们争论的，一双双淡蓝色的大眼睛里蓄满了泪水，呜呜咽咽地哭了起来："爹……娘……"

它们这些天在居巢国过得无忧无虑，心情本已渐渐好转，不料今日与仇人狭路相逢，心底的伤口再一次被撕开，悲哀、伤痛、愤怨、仇恨交织在一起，它们哭得比当日更凄惨三分。

韩菱纱听着它们的哭声，心中更加难受。

"紫英，你听我说，人也会为了填饱肚子，为了保护自己，杀死其他动物，甚至是杀妖兽。槐米它们没做错事，就算它们的爹娘伤过寿阳城的人，但这是两回事，怎么能无缘无故把它们杀了?!"

"此时不除去它们，待日后强大起来，岂不追悔莫及?!"慕容紫英痛声质问。

"要是让你在这里痛下杀手，我才真要后悔！"

慕容紫英神情一凛，不可思议地看着云天河，猛地怒喝一声："你让开！"

"不可能！"

"你——"

二人目光相对，皆是灼灼，一步不让。霎时间，气氛紧张到了极点。

韩菱纱连忙按住了慕容紫英的手腕："紫英，你先冷静一下！"

慕容紫英瞳孔骤然缩了一下，望着她，一双眸子渐渐沉了下去。

"为什么你认为妖都是恶的，人都是善的？难道就没有例外？"韩菱纱深吸了一口气，"世上的恶人千千万万，像狐仙那样的家伙，你都能对他手下留情，为什么一定要取槐米它们的性命？"

她越说越激动，两眼直视着慕容紫英的双目，似乎要把这番话透过眼睛刻印到他的心里。

慕容紫英眉眼冰冷，僵停片刻，舒了一口郁气，声音愈冷："菱纱、天河，那晚就在这巢湖边上，若非我及时赶到，你们二人只怕早已成了妖孽的爪下亡魂。今日这里的妖孽危害过往渔民，也是你们亲眼所见。妖孽害人如此，你们怎么敌友不辨，反而帮着妖孽来与我为难?!"

"紫英，我已经说过了，人有善恶，妖难道就没有？为什么你还是不分青红皂白，见妖就杀？这跟胡乱杀人，又有什么区别？"

慕容紫英气得一挥袖子，见柳梦璃也走了上来，怒道："你们……都要拦我?!"

"紫英……"

"好，好！看来只有我一人最奇怪！"慕容紫英垂眸，袖子底下紧握的双拳却泄露了他的心绪，半晌才道，"道不同不相为谋，就此别过！"

第四十一章

说罢，他双脚一蹬湖底的岩石，身子飘然而起，一道白影直上，向着水面去了。

"紫英！"

看着慕容紫英的身影消失在眼前，韩菱纱拉住云天河摇了摇头："天河，别追了。"

云天河垂下头去，小声地对槐米他们说道："对不起，紫英他……他是我的朋友，就算你们说要报仇，我也会阻止……"

"喵！你是你，他是他！朋友还是朋友，仇人还是仇人！"

槐枝点点头，道："老大说得对，我们现在还小，长大以后要靠自己去报仇！"

"为什么会变成这样？"韩菱纱原以为一起经历了这么多之后，紫英对妖的态度会有所改观。

槐米摇摇晃晃地凑到了韩菱纱面前："你们几个，为什么要来居巢国？"

"本来是想来这里查清楚近日妖兽伤人的事，还要找鲲鳞……"韩菱纱望着众槐妖，见它们比起在女萝岩时似乎胖了不少，又柔声问道，"你们呢？怎么会住在这里？"

"老大带我们离开女萝岩之后，遇到其他好心的妖，就告诉我们可以来这儿。这边的妖很多，而且大家都很好，不会随便伤人的。"槐枝奶声奶气道。

"离开女萝岩之后，我常常担心你们。现在看到你们平安无事，真是太好了。"柳梦璃温和地看着它们，原本这一趟她也打算再去女萝岩看看的。

这时槐米突然问道："喵，你们说的鲲鳞，是不是一种大鱼的鳞片？"

"是啊！槐米，你怎么知道？"

"我听居巢国的长老说起过，我帮你们去问它！你们跟我来！"槐米说完带着几个弟弟向前跑去。

约莫小半个时辰后，众人跟着槐米来到了镇中一间巨大的石屋前。"长老就住在这个房间里面，我和弟弟们进去问问它！"

韩菱纱停在门口，望着它们的背影甚是感慨："它们是这样善良，和人没有分别。为什么紫英他就是不能明白呢？"

"我想，总有一天紫英他会想明白的。"柳梦璃轻轻呢喃道。

一盏茶时间过去，槐米和槐花忽然喘着粗气从房间跑了出来。韩菱纱关心地问道："怎么了？是不是长老也不知道鲲鳞的下落？"

槐米和槐花却只是喘气，并不说话。

韩菱纱连忙安慰道："没关系的，你们别难过，我们再去其他地方找就是了……"

话还没说完，却见槐实、槐角和槐枝慢吞吞地爬了出来，它们的背两两相接，共背着一对深蓝色的鳞片，足有扇子大小。

"这……是鲲鳞?!"

"喵，长老说，它很感激你们帮过妖，很少会有人对妖这么好，他愿意把自己搜集的鲲鳞送给你们，作为报答……"槐枝断断续续道，"这个东西寒气好重，要不是长老在上面施了法，我们根本拿不了。"

"槐米、槐枝……辛苦你们了！还有，谢谢你们的长老！"

"不过，长老说和你们一起来的那个人实在太危险了，喵，所以它不欢迎你们留下，请你们快点离开居巢国……"说到这里，槐米恋恋不舍地看着韩菱纱三人，满是遗憾。

"长老愿意帮忙，我们已经感激不尽了。"韩菱纱让云天河接过鲲鳞，对它们感激道，"而且长老虽然让我们赶快走，但也没有强行驱赶，说不定下回我们偷偷溜进来找你玩，它也会睁只眼闭只眼的。"

槐米闻言顿时显得很高兴："喵，那你们一定要再来哦！"

"不过，有件事我还是不明白，槐米，你说湖里的妖不会伤人，那些人是自己溺水的，可是为什么会突然有这么多人溺水呢？"韩菱纱自始至终都是相信槐米它们的，可为何会变成水妖传闻……

"喵，那是因为湖上多了好多旋涡，船划到附近就会被卷走。"

"这就怪了，我以前来过巢湖，那个时候没听说有这些旋涡啊。"

"我听长老说，这就像月亮和潮汐的道理，因为有个巨大的岛从巢湖上空飞过，湖面才会变成这样，过段日子就能恢复以前的样子了。"

"巨大的岛？"韩菱纱跟着默念了一遍，并没有注意到身旁的柳梦璃脸上闪过一抹异样。

"原来是这样，槐米，这次多谢你们了。以后有机会，我们大家再来看你们！"韩菱纱向几个小家伙挥了挥手，同它们约定道。

从水下出来，已过半日，临近傍晚，巢湖边上静悄悄的。

韩菱纱嘱咐云天河将鲲鳞妥善收好，转头就发现柳梦璃忧心忡忡的模样。"梦璃？"

第四十一章

"这附近的村子很多，光靠那两个渔民恐怕通知不过来，不如我赶回寿阳一趟，请裴大哥在城中发个告示，另外派人通知附近村子的渔民，最好先在家中歇息一段日子，少挣的钱就由县衙补贴给他们。"

"这是个好办法，由官府出面也很容易破除妖兽害人的传言，不过得想个稳妥些的理由。"韩菱纱赞同道。

柳梦璃点了点头，然而心中那一抹异样感仍挥之不去，搅乱了她的心绪，她仓促说道："那我回寿阳城，你们先把鲲鳞送回去。"

"好。"

三人兵分两路，韩菱纱与云天河御剑前往琼华派。一路上，云天河始终没吭声，即便找到鲲鳞也没能让他高兴起来。

"还在想紫英的事？"

云天河看向她："菱纱，你告诉我，刚才那样，就叫作'吵架'吗？我听说，吵过架的人可能一辈子都不会再说话了。可是，我心里还是把紫英当成朋友的。"

韩菱纱看着他困扰的模样，心底也很无奈，于是安慰道："呆子，吵架也有和好的，紫英又不是小气的人。"

话虽如此，韩菱纱仍记得慕容紫英离开前说的那句话——道不同不相为谋。

究竟何谓"道不同"？大家不是都想锄强扶弱吗？槐米它们虽说是妖，可比许多人还要善良。

难道这样也要杀？

微风徐徐，吹得人心越发沉重，韩菱纱朝下看去，心念一动，喊了声："天河！"

说罢，她御剑往下降："你跟我来。"

第四十二章

云层之下，地上的景象越发清晰，两道剑影过后，二人稳稳落在了地上，熙熙攘攘的行人声传入耳中，他们抬头望去，是陈州的城门口。

"菱纱，我们来陈州做什么？"云天河看着"陈州"的匾额，不明所以，他还想着快点把鲲鳞带回去。

"你随我来。"韩菱纱带着云天河往城中走去，目光微微恍惚了一下，"这一趟回去后我们就准备下山了，或许……往后都没机会相见了。"

云天河闻言沉默了一阵，跟在她身边不说话。

半个时辰后，二人从陈州的珍宝斋出来，韩菱纱的脸上多了些许笑意："纵然如此，不枉相识一场。"

"那我也要为紫英准备。"云天河苦思冥想了一阵，听见前头热闹，便朝那儿奔过去。

"哎，不能耽搁太久。"韩菱纱追着前去。走着走着，他们便听见不远处道旁的一个摊位前吵吵嚷嚷，喧哗中夹杂着些许笑声，抬眼望去，只见一个书摊前围了好些人，许多孩子站在一边指指点点，嬉笑不绝。

走在前面的云天河好奇心起，不由得走了过去，但见那书摊上铺挂着不少图画，像是在卖画，再看那摊主，却是个不到十岁的男孩。

摊旁围观的人虽多，可大多数人看了那些画却连连摇头，许多孩子更是七嘴八舌地评论道："咦，那个是'小鸡啄米图'？鸡是长这样吗？"

"这座亭子上压着一块儿大石头，亭子怎么没塌呀？哈哈，真有意思！"

一片哄笑声中，那男孩涨红了脸，怒道："你们……你们不买就走开！不要在这里挡我做生意！"

那些孩子嘲笑道："骗人！这摊子摆了好几天，卖出过一幅画吗？"

"你胡说……本少爷是陈州第一才子,我的字画怎么会没人买!"

云天河看着这些画,只觉其中一幅颇为眼熟。他走上前去,向那男孩问道:"那个,我能用钱换你的画吗?"

那男孩看着云天河,目光中满是惊喜,大声道:"你看中了我的墨宝?果然有眼光!说吧!到底是哪一幅?"

云天河指着那幅画,道:"唔,就是这个,什么'芙蓉'跳舞的这张……"

韩菱纱走过去,顺着云天河手指的方向仔细看去,口中小声念道:"芙蓉转圈舞蹈处,左摇右摆好似鸭……"念到这里,她不由得又一次笑了起来,"这……这不是那首蠢蠢的诗吗?怎么到哪儿都能看见。"

男孩听见韩菱纱的话,气得狠狠瞪了她一眼,突然惊道:"你……你就是那个冒牌的中原第一美少女!你!不许侮辱我的墨宝!"

韩菱纱定睛一看,乐了,这不就是之前在湖边看到的那个自吹自擂、大放厥词的景阳吗?只不过当日他穿着一身绸缎,今日却是一身土布衣衫,十分寒酸,她和云天河一望之下竟没认出来。

"哟,这不是陈州的景大才子吗?这一次又在玩什么?难不成是要全城的人都来看你的画,让他们见识见识你的文采?"

景阳又羞又怒:"要……要你管!"

"好好好,我不管就是。天河,这画虽然有趣,但我不喜欢,不买了。"韩菱纱故意拍了拍云天河的肩膀,笑道,"走吧,别挡了这位景大才子的财路,我陪你去看看别的。"

景阳见两人要走,又气又急,高声叫道:"不买?不行!说好了的,你一定要买!"说着,他急忙伸手拉住了云天河的袖子,不放他离开。

一旁的孩童嘘声四起,纷纷嘲笑道:"羞羞羞,哪有这么卖东西的?"

"就是啊,那么难看的画,白送我也不要……"

"喔,画卖不出去,耍赖皮喽……"

景阳的脸涨得通红,他仍死死地拽住云天河的衣袖不放。云天河哪里遇到过这阵仗,又不能直接打架,无奈得很:"菱纱,我们就买了吧,我想送你……"

正在此时,远处奔来一个仆妇,看见景阳,远远地叫道:"少爷,少爷!"

不等景阳收拾东西要跑,那仆妇已奔到了面前,满脸痛心道:"少爷啊,你……你怎么跑来这里卖字画了?唉,你这不是让我和夫人心里难过吗?你从小过得娇贵,怎么吃得了这种苦?"

景阳倔强道:"谁说不行?我可以的!要是……要是这笔生意谈成了,至少能赚到十文钱,不,一文也好,可以攒下来给爹买药!巧婶,你回去吧,你出来找我,娘一个人要照顾爹,忙不过来的。"

仆妇哪肯离开,在一旁苦苦劝说。景阳急了,脖子一梗,怒道:"我让你回去你就回去!我……我自己的事,我自己会做!不用你和娘操心!"

说罢,他强硬地赶仆妇离开。

韩菱纱听了他们两人的对话,吃了一惊,忙问道:"喂,景大少爷,你爹不是大官吗?怎么会——"

景阳眼圈一红,又是愤怒,又是着急:"我爹是最好的官,从来不收贿赂的!他……他被人陷害,丢了官,半月前还生了大病……大夫开出来的方子,上面的药都很贵,家里已经没多少钱了,能卖的也卖得差不多了……"

韩菱纱恍然大悟,难怪这孩子最讲派头,却穿着一身布衣在街头卖画。"所以你才想卖字画,赚钱给你爹抓药?"

"不错!你尽管笑话我好了!"

"我干吗要笑话你?好啦,我承认刚才嘲笑你是我不对,不过,要是我有办法帮你呢?"

景阳怀疑地看了她一眼,有些戒备地说道:"帮我?我才不要别人施舍!"

"你的少爷脾气还真不小。我又没说要施舍你,是借给你钱,不过有借就要有还,懂吗?"韩菱纱被气笑了。

"真的?"景阳听得将信将疑,面色仍十分焦虑,"可是,我爹的病不是一点点钱就能治好的。"

韩菱纱摆了摆手,道:"这你不用担心,尽管和我去宝气钱庄取钱好了。单靠卖字画赚钱,你想想,得卖到何年何月啊?"说完,她向云天河一招手,径自向远处的钱庄走去。

"菱纱,你要是不喜欢这家伙,干吗还帮他?"

"他就是个任性少爷,从小到大没吃过什么苦头,但至少还有一份孝心。"韩菱纱摆了摆手,"再说我也不是为他……他爹景大人真的是个清官,是很好很好的官。"

景阳听她当面说自己任性,板起了小脸,但又听她夸父亲,面色不由得舒缓了,对韩菱纱的看法一时颇为复杂。

此时,钱庄里的生意甚是清淡,掌柜的见来了人,又出手阔绰,要兑换银票，忙热络招待，奉上茶水。

不一会儿，掌柜拿着几张银票出来，递给韩菱纱，脸上堆满了笑意："姑娘您收好，一张一百，一共五张五百两。"

一旁的景阳看得目瞪口呆："五百两?!原来，你真的这么有钱……"

云天河也十分惊异："是啊，菱纱你说过，一千文钱是一两银子，那五百两就是……就是……总之，菱纱，你真的有好多好多钱！"

韩菱纱轻哼了一声："那当然，我平日也算出入宝山，总不能空手而归。将那些拿到的东西换成银子，一时也用不上，就先存着，有人需要帮忙时就拿出来，也省得四处筹钱了……"

说着，她把几张银票塞到景阳手里，伸手拍了拍他的肩头，道："景大少爷，这五百两银子拿好，赶快回去给你爹景大人治病吧。官位没了是小事，病可万万拖不得！"

景阳不敢置信地低头看着手上的银票，愣了好久，嗫嚅道："可是，就算是借的，你……你为什么要平白无故借给我这么多钱？这么多钱，你难道就……"

韩菱纱摇了摇头，望着景阳的目光中不知何时多了几分沉重，她淡然道："五百两银子是不少，但是和你爹的性命比起来，又值什么？小少爷，你不明白，很多时候，一个人纵然有金山银山，也救不了亲爱之人的性命。"

景阳抽了抽鼻子，背过身去揉揉眼睛，低声道："爹以前说做好事会有好报，可是他病倒以后，没有一个亲戚愿意借钱给我们。娘说……不会有人无缘无故对我们好的。你要我怎么报答？"

韩菱纱愕然，心底那一点儿的忧思瞬间被打散："喂，我说小少爷，你才几岁，哪来这么多功利的想法呀？别说你现在一文不名，就算富可敌国，我也不稀罕。"

"可是……你我萍水相逢，并没有什么交情，你却对我……对我——"说着说着，景阳竟然扭捏了起来，"难道说……本少爷才貌双全，你一早就对我芳心暗许？"

韩菱纱没有反应过来，瞪着他："你说什么?!"

"我明白了，你叫菱纱，是吗？"景阳一副恍然的表情，仿佛是识破了韩菱纱的内心一样，"我会记住！看在今日这患难之情的分上，日后我一定会明媒正娶，让你嫁给我，做正房夫人！就算你年纪大了些，又是江湖草莽，我也绝不会让你受半点委屈的！"

韩菱纱眯了眯眼，恨不得把他吊起来打一顿。"你说什么?!"这臭小子胆敢调戏她！

"菱纱，你要嫁给他？不行不行不行！"云天河一听急了，"那我怎么办？不行，菱纱，你只能和我在一起！"

韩菱纱气得不行："你给我闭嘴！"

添什么乱！

云天河委屈地撇了撇嘴，心里头更是一阵阵的不舒服。不行，他不能让菱纱嫁人，要娶也是他娶。

这个念头冒出来后，越发强烈。没错，就是要他娶才行！

"臭小鬼，你到底是吃什么长大的，想法乱七八糟的。"韩菱纱忍不住揪了一下景阳的耳朵，"姑娘我才看不上你呢！五百两银子以十年为限，利五十，到时候你要连本带利还给我！听到没有?!"

景阳连忙躲避："菱纱你别这样，我娘说姑娘家就是喜欢口是心非，十年后你来城外龙湖西岸的景家找我，我一定不搬家！你放心，我九岁时算命，道士说景家由我开始，往后数代之中必有一人会成为蜀中巨富。区区五百两银子，不足挂齿！"

"这块宝玉就送给你当定情信物，平时想我的话，也可以来看看我。"景阳将一块儿玉佩塞到韩菱纱手里，然后高兴地走了。

韩菱纱拿着玉佩收也不是，丢也不是，开始后悔了："早知道我就不给他钱了，那个臭小鬼根本是脑袋有问题！我又不指望他还钱，可他竟然要把还钱的日子拖到下辈子、下下辈子、下下下辈子！谁知道他们家到哪一代才会出什么蜀中巨富？"

云天河还在发愁："菱纱，你该不会真的要嫁给他吧？"

"没有！我都快被气死了，你就别再气我了！"韩菱纱朝外走去，整个人凶得不行，"还愣着干吗，回去了！"

第四十三章

二人满腹心事地回到琼华派，守门的明尘见他们气色不好，不由顺嘴问道："云师弟，你们干吗去了？怎么脸色这么难看？"

云天河闷闷的，一言不发。

明尘讨了个没趣，又转向韩菱纱，说道："菱纱师妹，昨天的事，你千万别放在心上。其实啊，我觉得师妹肯定不是那样的人，其他人也未免太疑神疑鬼了！"

韩菱纱颇为感念："明尘师兄，谢谢你了。对了，你有没有看见紫英？"

"有啊，一个时辰前我看到他御剑回来，不过那个时候师叔的表情真可怕，从来没见过他那么生气的样子，吓得其他弟子都不敢靠近……"

韩菱纱心里一沉，又问道："那现在呢？紫英他在哪里？"

"这个啊，对了，掌门突然把长老和一些弟子都召了去，好像有什么大事要说，师叔他也去了。

问了半天也没问出个所以然来，韩菱纱对云天河道："我们还是先去找玄霄吧。"

云天河沉默片刻，忽然说道："菱纱，让我一个人去好吗？我心里不太舒坦，想单独和大哥说说话……"

韩菱纱挑了挑眉，心底那一丝酸溜溜的，拈酸打趣的话在看到云天河的神情时最终咽了回去："去吧。"

和云天河分开后，韩菱纱稍加休整，直到夜幕微垂，她又折返往天河的房间走去。

恰在此时，她看见梦璃也在房间，她抱住了天河。

菱纱愣住：梦璃不是回了寿阳？

"云公子……对不起，我……"先前菱纱从未见梦璃落过眼泪，而此时那少女却是哭得连她都心悸，也隐隐令人担心："多保重，梦璃会将你永远放心里记着……永远记着……"

"梦璃，你怎么了？"韩菱纱忙是上前。

然而柳梦璃只是转过身，苦笑着离开房间。

"这是……怎么了？"韩菱纱依旧错愕，看向了天河。

"你问我，我也不知道啊……"

"呆子，梦璃抱着你，又哭着跑了出去……"菱纱忍不住皱起眉，心里难免有了些酸涩。

梦璃对天河的感情，她自然是隐约看得出，但刚才……

她从未见过梦璃露出过如此痛苦又决绝的神情，对此，菱纱突然感觉到了一股巨大的不安。

"感觉梦璃她……不太对劲，说话怪怪的……"天河迷茫地看着梦璃消失的方向，又开口："我得找到她，问问清楚……"

恍惚之际，两人忽然一个趔趄，从脚底传来一阵剧烈震动，顷刻间墙灰簌簌，仿佛整个琼华派都陷入了地动山摇中。

"怎么回事？！"韩菱纱连忙扶住桌椅，过了许久这震荡感才停下来。

梦璃！

两人对视了一眼，同时一愣：这震荡，怕不是有什么危险！

"天河，我们赶紧去找梦璃！"韩菱纱刚说完，眼前却骤然一黑，脚下一个趔趄，抓住了门框才勉强站住，"你快去——"

然而话没说完，眼前景物一晃，"咚"的一声，韩菱纱摔倒在地上，昏了过去！

"菱纱、菱纱！你怎么了？！"云天河心念数转，连忙把她抱到了床上，伸手一摸她的额头，只觉她身体奇冷，如同在冰水中浸泡了一样。

怎么会这么冷？

云天河心中惊骇莫名，一时间也不敢乱动，只是疾声呼唤着韩菱纱的名字。

就在此时，菱纱才从寒冷中缓过神来，虚弱地说道："天河……"

"菱纱，你醒了！你没事吧？"云天河紧张问道。

韩菱纱两眼微微睁开，神情略有茫然："我、我昏倒了吗？"

"我去找大夫，不，我还是先去找紫英，让他看看是怎么回事！"

第四十三章　241

"天河!"韩菱纱连忙拉住了他,"先不用管我了,我躺一会就没事了……你,快去找梦璃……"

"可是,你……"他望着韩菱纱苍白脸色,心中陡然涌起强烈的不祥之感,全身不禁颤抖了一下。

韩菱纱担心梦璃安危,强撑着想要坐起,身上却是一点力气也提不起来,只是急忙道:"你快去找她……那种震荡,梦璃要是被牵扯进去,该怎么办?"

说着,菱纱强作轻松道:"我没事的……最近几个月常常头晕,一时半会儿又不会怎样,我都习惯了……你先去找她,我在这儿等你们回来。"

就在此时,韩菱纱发现他一直带在身边的剑不见了:"望舒剑呢?"

"大哥说破冰还需要双剑的阴阳之力配合,我就给他了。"

"那他现在破冰成功了?"

"嗯,就在我回来之前。"

她见云天河仍在犹豫,恍惚间想起巢湖那一夜,这人守着自己不肯离去的样子,心中一暖,柔声劝道:"天河,我不会有危险的,你不用担心……妖怪就算再怎么厉害,也不可能马上就杀到屋子里来吧?"

云天河不安地望了望窗外,咬了咬牙:"好,那你在这里等我!"随后抄起桌上的玉腰弓,夺门而出。

对梦璃刚才的举动,天河显然也是心焦的。

韩菱纱望着门口飞快闪过的残影,顿了顿,忽然抱住了自己的胳膊,她使劲搓了搓,却没能让自己暖和半点。

真冷啊……

第四十四章

此时的剑舞坪一片混乱，众弟子惊惧交集，纷纷三两结伴，向自己的房间跑去。少数几个辈分较高的弟子正在场上指点呼喝，尽力安抚众人的情绪，然而效果甚微。

像云天河这般逆着人群向外跑出来的，十分显眼。

"天河，快回去！幻瞑界来了！"怀朔站在剑舞坪的广场上，连忙将他拦了下来。

"怀朔，你有没有看见梦璃？"云天河焦急地问道。

怀朔连听了几遍才反应过来，大惊道："什么？梦璃师妹也跑出来了？"见云天河点头，他又突然记起，"我想起来了，刚才我从那边过来，好像是有个女弟子向卷云台的方向跑去了！糟了，妖界就是在卷云台上出现的，梦璃师妹她——"

"怀朔，菱纱她好像病了，现在就在我的屋里，你快去帮我照看她。我去卷云台找梦璃！"说完，不等怀朔答应，云天河便拔腿向卷云台跑去。

"天河别去，危险——"

然而云天河已经冲到了四处逃散的人群中，拉住一个就问："卷云台在哪里？"

"你……你去那里做什么？那里就是幻瞑界！入口好像一张狰狞的妖兽脸，实在可怕！"被拉住的弟子十分惊恐，像受了极大的刺激。

"对——原本好好的，后来那卷云台上忽然飞出一蓝一赤两道剑光，硬生生从天上撕开一个大口子，口子里就出现一张巨大的妖兽脸。"

"什么妖兽脸？"

"我听师父说过，十九年前那场大战，幻瞑界一出现，天上就落下许多像巨蛋一样的怪东西，从里面出来的妖兽凶恶无比，不知残杀了我派多少弟子！"

"如今不见什么妖兽出来，却已经妖风四起！那些妖物肯定有阴谋！难怪掌门不许我们靠近卷云台！"

"可……可是……我刚才好像看见有人跑上了卷云台……"

话音未落，搭腔的那人就被云天河抓住："快告诉我，卷云台在哪里！"

他被云天河的样子吓到了，指了指前方的台子："从……从那边过去，掌门说了，不许任何人靠近，师弟你……"

话没说完，云天河就已经消失在了原地。

此时琼华派内因幻瞑界突然降临而措手不及，饶是有高阶弟子引导，场面也一度陷入混乱。唯独卷云台四周一个人也没有，云天河没费什么力气便孤身跑上了卷云台。

只见卷云台尽头，一团浓烈的紫气中发出耀眼的白光，将整个卷云台照得犹如白昼一般，台上一人蓝衣蓝裙，似乎被一股悲伤的情绪笼罩住了。

"梦璃！"

柳梦璃错愕回头，看到云天河要跑上来，她连忙大声喊道："云公子，你别过来！"

"梦璃，你在做什么？"云天河依言停住，神情却十分紧张，"快下来！"

"云公子，我小的时候时常会做一个梦，梦见一种不属于人间的景象，那里常年有紫色的雾气弥漫……"柳梦璃看着他，指了指身后轻轻道，"就和这里一模一样。"

云天河并不懂她说这些的用意，心脏突突地跳，总觉得要发生什么不好的事情，于是愈发催促道："梦璃，有什么话等你过来再说！这儿离幻瞑界太近，太危险了！"

柳梦璃看着他，那目光却似乎是透过他在看着什么人，须臾，她掩下了眸子，继续说道："偶尔我也会猜想自己是从哪里来的，发生过什么事，为什么会被云叔救下。"

"那些梦里的事情，除了爹和娘，我只向你说过……那天在柳家的庭院里，和你随意地闲聊……如今想来，都觉得很开心。"

"幸好，曾经留下了这些回忆……"

云天河焦急的神情渐渐染上疑惑："梦璃……"

柳梦璃轻轻扯了下嘴角，笑得凄然："我现在终于想起来了，从前只是一个模糊的影子，今天却很清晰地出现在我的脑海里……幻瞑界……我就是从幻瞑界来的……"

"梦璃，你在开玩笑是不是？你怎么可能……"云天河呆呆地望着她，希望她告诉自己这是个玩笑。

"云公子，请你快点带着菱纱下山去吧，若是你们不走，或许有一天，我们只有兵刃相向，我实在……实在不敢想象，到了那一天要如何面对你们。"柳梦璃说着，眼泪落了下来，她捂着胸口，便是想一想那画面都让她心如刀割。

"云公子保重……梦璃真的很舍不得云公子……"

云天河忽然感觉脸颊上飘过来一滴湿润，他伸手摸了摸，就看见柳梦璃突然向卷云台尽头跑去，转瞬之间，便消失在那团浓烈的紫雾里。

"梦璃——"

只见那团紫雾吞没了柳梦璃后，忽然传出"轰隆"的响动，接着缓缓飘升，却在离地三四丈处定住，似乎被什么东西牵绊住，无法离去。

云天河回过神，朝那团紫雾跑去。就在这时，紫雾中显出一道粉红色的光柱，对准他的胸膛直射了过来。

说时迟那时快，云天河只来得及挥起玉腰弓，用弓背仓皇挡了一下。一声轻响，他只觉得手臂一麻，那道光柱已透过玉腰弓，重重地打在了自己的胸前，他整个人不受控制地向后飞了出去。

眼前的光柱转瞬之间分成数十束，每一束短而明亮，如同利剑一般，在天空中旋转一圈后，齐齐地对准了自己！

他感觉到浑身骨头断裂般的痛。

云天河躺在地上，无法动弹，只能眼睁睁地看着光剑直直落下，避无可避之时，仿佛看见自己朝思暮想的一抹身影朝着自己的方向跑过来。

菱纱……

第四十五章

韩菱纱没想到，自己赶来看到的会是这样惊险的一幕："天河！"那一声唤得肝肠寸断，她随即疯狂朝着卷云台跑去，却被门派弟子死死拦住。

直到一人挥剑斩断云天河与妖雾之间的联系，将人救下，韩菱纱的一颗心才彻底落下，整个人失力般跟跄了几步，眼前迷蒙一片。

就在刚刚，她还以为天河……

整一宿，韩菱纱和慕容紫英都守在云天河的住处，后者昏迷在床，不省人事。韩菱纱一眼不错地盯着他，生怕是自己的幻觉——紫英并没有来得及将人救回来。

慕容紫英吐气纳息，将自身灵气分过去，为云天河疗治内伤。在瞥见韩菱纱的目光后，他嘴唇嚅动，最终只是道："他并无大碍，只要休养几日，便能自行恢复。"

韩菱纱闻言松了口气，这明显的表情变化令慕容紫英顿了顿，随后移开了视线，却没离开房间。

不久，一道虚弱的呻吟声响起。

在慕容紫英略微错愕的注视下，云天河缓缓地睁开了眼睛。

"天河，你醒了！"韩菱纱欣喜地一把抓住了他的手，眼里还含着些许水光。

云天河有些怔怔，发现自己躺在床上，然而头脑中闪现出卷云台上的一幕幕。

梦璃……幻瞑界……那个声音……

"多亏紫英及时赶到，把你救了回来。你昏迷了一晚上，把我……我们都吓坏了！"

云天河闻言看向韩菱纱身后，只见慕容紫英在房中负手而立，一言不发，眼中却充满关切。

"刚才救我的人是你？多谢你，紫英……"

"你这次太过胡闹！那幻瞑界入口处布有结界，凡人若想强行穿过，必定会受重伤！所以掌门才不许弟子靠近！若是我晚到半刻，你早就性命难保！"慕容紫英忍不住喝道，神情里藏了一丝后怕之意。

"人进去会受重伤？可是……可是梦璃她进去了，而且什么事都没有发生。"云天河诧异道。

此言一出，众人脸上齐齐变色。

韩菱纱惊道："梦璃？怎么可能？你说她跑进了幻瞑界?!"

"真的！我没有看错！她还说了一堆很奇怪的话，她说自己是……是……"

"是什么？"

云天河望着慕容紫英，忽然心中一寒，摇头道："没什么。"

"莫非梦璃和幻瞑界有什么关系？不然为何只有她能够通过那个结界？"慕容紫英怀疑道。

韩菱纱闻言一惊，脑海中飞快划过一个念头，不等她开口，就听云天河忽然沉声问道："紫英，我问你，如果梦璃真的是妖，你会怎么办？"

梦璃……韩菱纱脑海里的诸多纷乱忽然有了头绪，又怔怔地看着仿佛变了一个人般的云天河。

当日她被污蔑为女贼，云天河那般维护。

今时梦璃是为妖身，他也是如此……

"梦璃是妖？"慕容紫英惊诧的声音打断了韩菱纱的思绪，如同一道惊雷重重击在众人的心上。

"你只要回答我，你是不是也要杀了她?!"

慕容紫英猛地一摇头，断然说道："梦璃不可能是妖！她身上没有任何妖气。掌门与两位长老功力深厚都未察觉，就连师叔也没有说什么，她绝不可能是妖邪一类！你们不要乱想。"

"可是梦璃她自己说……"云天河也有几分困惑。

待眼神恢复清明之际，云天河忽然看向慕容紫英，刚才他没有正面回答自己的问题，是不是心中还抱着除妖务尽、人妖不两立的信念？如果真到了梦璃说的那一天，他的剑会出鞘吗？想着想着，云天河不禁心乱如麻，走下床来，向门口走去。

第四十五章　247

"你要做什么？"慕容紫英拦住了他的去路。

"你让开，我要去找梦璃！"

"胡闹！你被弹开之后，那妖界入口根本纹丝不动！就凭你，想要穿过那个结界是根本不可能的。"

"那我就去找大哥，他以前和幻瞑界交过手，一定有办法的！"

韩菱纱看着他这般不管不顾的模样，心一阵抽痛，然而事关梦璃的安危，她强按下那股酸涩。"我和你一起去！"她面上流露出一些愧疚，轻声道，"如果不是我突然晕倒……也许……也许天河就能拦住她了。"

云天河连连摇头："菱纱，这和你没关系！"

韩菱纱低头不语，当时她如果能撑住一会儿，就一会儿，天河肯定能及时赶到卷云台，拦住梦璃。

终归是梦璃对他来说更重要些吧。

良久，慕容紫英叹了一声，似乎是无奈道："若你们执意要去，便算上我吧。"说罢，他解下身后的剑匣，从中拿出一柄细长的宝剑递给云天河。"这是我此前打造的一把剑。"

云天河懵懂接过，见那宝剑通体淡蓝色，竟与望舒剑相差无几。他拿在手中挥了挥，说不出的趁手，何况还是慕容紫英赠予自己的。那日在巢湖的隔阂仿佛就此消散，他越发对这把剑爱不释手。

"这把剑你且收着。如今幻瞑界降临，任何事情都得小心谨慎，就算你用的是望舒剑，将这把剑带在身边亦无坏处。"

"这把剑和望舒剑……好像。"韩菱纱瞧着样式与颜色，二者几近相同。

"不过是形似罢了，望舒剑所用之材可遇而不可求，何况终我一生，铸剑之术也难及宗炼师公项背，又如何能再造一把望舒？"

"别这么说，紫英你已经很厉害了，而且以你的性情，给朋友用的剑，一定是最好的。"越和慕容紫英相处，就越知道他的为人性情，这个人嘴上不说，却总是默默地做很多事。

慕容紫英淡然地笑了笑，忽而郑重地说道："我隐隐觉得，掌门有朝一日必会索回望舒剑，所以在闲暇之时打造了这把剑，希望天河能够用上。只是没想到，玄霄师叔破冰会需要望舒剑。"

三人互看了一眼，当下就去了禁地。昨夜幻瞑界突然降临，琼华派惊动不小，不过第二日，似乎就已平静下来。

"今天怎么没有巡视的魁召？"韩菱纱感觉剑林的气氛有些不对劲儿，平日里来免不了要交手一番，今天却一个都没见到。

慕容紫英细查周围的气息，惊异地发现形成魁召的那些真气竟不知何时消解得干干净净。那些符咒都是派中前辈设下的，他们个个修行高深，符咒中蕴含的灵气也深厚无比，能维持数十年而不消散，此刻却被人为散去。

想到这里，慕容紫英不由得暗暗心惊，何人能有如此修为？难道是……

不出片刻，几人已经走到了禁地大门。原本是派中严令不得前来的地方，此刻却有数名弟子守在门口。

韩菱纱小声问道："禁地入口怎么会有这么多人？"

慕容紫英已经走上前，向着其中一人喊道："元亦师兄，你们在这里做什么？"

元亦拱了拱手，语气冷冷冰冰的："掌门命我们从今日起镇守禁地，未经允许，不得让任何人入内。她自己似乎也要在禁地内闭关了。"

"幻瞑界已然降临，这等危急关头，掌门却要闭关？"

"掌门说妖界或许是有了死守之心，才会在入口布下结界，我们一日不攻进去，妖界也未必会主动攻过来。因此掌门打算先闭关修炼一段日子，似乎另有秘法。"

云天河关心玄霄的境况，急忙问道："那我大哥呢？他还在禁地里吗？"

"谁是你大哥？"元亦见云天河要硬闯，立时抽出一柄长剑横在了他的胸前，冷冷地说道："站住——"

"我不想跟你动手，只想见我大哥，你赶紧让开！"

元亦冷冷一笑，嘲讽道："紫英，这就是你带出来的好徒弟？不识门规，还有偷鸡摸狗的……"

云天河目光一凛，涌上怒色，直接朝着元亦发难。

兵器相接的一刹那，身后传来一阵轰隆隆的巨响，禁地大门缓缓打开，一个威严的声音传了出来："外面何事喧哗?!"

元亦忙换了一副恭敬的神情，回身施礼："掌门。"

凤瑶从门中缓步而出，看他一眼，目光又转向云天河三人，最终停在慕容紫英的脸上，冷笑道："哦？几天不见，紫英你竟已目无尊长了？"

慕容紫英连忙躬身施礼，垂首低声道："弟子不敢！"

"不敢？那你们几人跑来禁地，所为何来？"

"我们是来找我大哥……找玄霄的!"云天河扬声解释道。

"玄霄?哼,他不会见你们的。"凤瑶眉宇间神色极淡,隐隐带着几分不虞。

云天河隐约觉得,大哥和掌门之间似乎有着极大恩怨,此时分外担忧:"你凭什么不让我见?你把他怎么了!"大有一副若掌门对玄霄出手,他便敢大逆不道的架势。

凤瑶盯了他一会儿,面上露出一丝嘲讽:"看不出来,他还颇有办法,居然能让你这么死心塌地。"

韩菱纱原本也很担忧玄霄,此时闻言忽然心中一惊:"你这话是什么意思?"

"怎么,还想不明白吗?"凤瑶哼笑道,"不过告诉你们也无妨。今日的一切都是我与玄霄策谋,而你们几个不过是棋盘中的几颗小小棋子罢了。"

韩菱纱狠狠一震:"棋子……"

一旁的云天河更是难以置信:"不可能,你胡说!"

"玄霄身为羲和剑之主,在望舒剑被你们带至山门时,自然有所感应,有他告知,我才会见机收你们入门。"凤瑶看着他们,眼神陌生至极,"不然就凭你们在禁地数次大摇大摆地出入,我又怎会不知?"

"所以,你根本不是靠什么占卜才知道有故人之子上山的……"韩菱纱轻声喃喃道,那玄霄岂不是……

韩菱纱猛地看向云天河,他那么信任玄霄,甚至还告诉她,已经结拜认玄霄做了大哥,若这一切都是骗局的话,那他的心里该多难受啊。

慕容紫英垂了眼眸:"弟子斗胆。弟子实在不解,难道如此做,只是为了取回望舒剑?此剑乃本门之物,若是向天河索要,他自然会归还。"

"你莫弄错,我要的不是望舒剑,而是再度苏醒过来的望舒剑。"凤瑶的目光里多了几分阴鸷与狂热。

苏醒?慕容紫英不解道:"弟子愚钝……"

凤瑶转开目光,竟看都不再看他一眼:"你无须明白,如今妖界虽然按兵不动,但大敌当前,岂可轻忽?紫英你还是速速回去修行,勿要为杂念所扰。"至于云天河和韩菱纱,仿佛不存在了一般,被她忽视了个彻底。

云天河直到被人推到了一旁,才像是回魂一般:"你说……大哥骗了我们?可是大哥为什么要骗我们?!他……他不是我爹娘的师兄吗?"

"师兄又如何?"凤瑶冷冷一笑,话音有如冰雪般寒冷刺骨,"你可知道,玄霄恨云天青、凤玉入骨,没有杀了你,已算手下留情!"

云天河头上的汗水涔涔而下:"你……休要胡说!定是你故意编造的!"

凤瑶眼神一暗:"看样子,不与你说清楚,你是不会死心的。"

"吾派第二十代掌门道胤真人以惊世之才苦修多年,于晚年参悟以阴阳双剑和合之力,携派中弟子飞升之秘法。自此,穷三代之人力、物力,终成羲和、望舒双剑。双剑需以'人剑相合'之法修炼,数载方有所成。而双剑飞升之法,必辅强盛灵力,非人世苦修所能及。"

"道胤真人思虑深远,曾夜观星象,占一奇地,灵气充沛异常,应能为吾派所用。奈何此为幻瞑界,并不易与……吾派弟子玄霄、凤玉资质上佳,乃被选为双剑宿体。历三载,逢妖界以十九年为一周,再度降临。"

"玄霄、凤玉合双剑之力网缚幻瞑界,令其不可动弹,以引取极大灵力。而幻瞑界顽抗,吾派与之力斗,第二十四代掌门太清真人不幸为妖孽所害,引发战局旷日持久,惨烈非常。"

"关键之时,望舒剑宿体凤玉心生怯意,更因私情,与其师兄云天青携剑出逃。羲和剑宿体玄霄独力难支,令幻瞑界脱离昆仑而去。此一役吾派伤亡过百,其中掌门太清真人、掌门首徒玄震、长老——"

凤瑶忽然止声,转向云天河,目光凌厉:"云天河,这下你再无疑惑了吧?"

"你说大哥,他是被我爹和我娘害的……"

"若非云天青、凤玉临阵脱逃,玄霄又怎会运功过度?且他无望舒剑支持,内息大乱,才终致阳炎侵体,变为后来的模样!"

云天河浑身轻颤,向后退了一步。

韩菱纱急忙道:"天河,你别理她!她随口编造的事情,岂能轻易相信!如果这些都是真的,那么重要的事情,门中典籍岂会皆无记载?"

她在这数月中曾几次悄悄潜入经楼,偷看琼华派的名录,却从未见过这本簿册。此时见凤瑶突然拿出,她心里也多了几分疑惑。

"这是本派秘辛,岂是人人可知的?"凤瑶冷笑道,"我早知你妙手空空,若是在经楼留下本门秘辛典籍,那我与玄霄岂非功亏一篑?"

韩菱纱面色一涨,竟连她都被查得清清楚楚!

慕容紫英听得心里一阵难过,苦声道:"掌门,弟子还是不明,无论如何,本派只是要将望舒剑取回,又何必……何必如此对待天河他们?"

凤瑶凤眼圆睁,向慕容紫英怒目而视,厉声打断了他:"大胆!你有此一问,难不成是觉得我错待他们了?"

第四十五章

慕容紫英的身子一震。在这琼华掌门十数年的积威之下，纵是正直果敢如他，也不觉为这一怒所慑。他口唇微张，却说不出话来。

"你口口声声要见玄霄，且不说他此刻正运功调息，不可被打扰。就算真令你与他相对，你又能作何言语？玄霄未因前事报复，已是难得，难道非要引出他的旧恨，弄到不可收拾的地步吗？"

夙瑶扫了三人一眼，先是一声冷笑，然后高声道："元亦！我要入禁地闭关，你带人在此守好，绝不可让人闯入！"

说完，夙瑶缓缓走入门内，余下三人接收这诸多讯息，尚来不及反应，就眼睁睁地看着石门阖上，心中惊雷滚滚，却再无人解答。

元亦扫视过几人，脸上现出一丝得意的讥笑："紫英师弟，请吧！"

慕容紫英浑浑噩噩地看着守门的一众师兄，耳畔回荡着掌门的那番话，竟充满了巧诈与欺骗，如此冷漠而功利的一面却被堂而皇之地粉饰一二，且要自己同流合污……

他的胸口陡然一颤，似乎连呼吸也不畅起来，连云天河和韩菱纱都未顾上，惶然如避瘟疫般快步离开了禁地。

第四十六章

风声呜咽，穿过剑林，带起一片萧瑟。

韩菱纱不时回头看云天河，自听了掌门的话之后，云天河就像失了魂一般，脚步虚浮地跟着她出了禁地。

"天河，你还好吧？"韩菱纱看着他苍白的面色，安慰道，"那只是掌门的一面之词，不可以偏信，要不今日就硬闯进去，见着玄霄好好问清楚。"

云天河的神情略顿了顿，良久才道："不能打扰他运功。"

这个"他"指的是谁，再明显不过。

时至今日，韩菱纱心中十分清楚，比起掌门说天河父母如何不堪，他更在意的是玄霄。云天河偷跑禁地的次数，说起玄霄的种种……如何能让他接受被利用的事实？

"禁地这条路行不通，我们不如去找青阳、重光两位长老。无论玄霄还是梦璃，或许长老那儿有法子。"

韩菱纱不由得望向前面候着的慕容紫英。四目相接，慕容紫英先开口道："我并非不信掌门的话，但是也不能丢下你们不管，就算天河的爹娘……那些事也不该由他来背负。何况，梦璃失踪之事也要查明，我是梦璃的师叔，有责任弄清此事，给你们也给梦璃一个交代。"

说罢，慕容紫英便先御剑而去，韩菱纱和云天河跟随他来到清风涧，便看见两位长老踱出屋来，脸上丝毫不见意外之色，似乎对他们的到来有所预料。

"弟子三人参见二位长老！"慕容紫英三人快步走到长老面前，恭敬地拱手行礼。

"大可省了那套虚礼，你们来此，可是已找齐了三件至阴至寒之物？"重光摆摆手，直接开门见山。

"蒙二位长老指点，弟子已将三寒器找寻完毕，并将它们交给了师叔。如今听派中消息，他似乎也已破冰而出。"慕容紫英恭敬地回道。

"如此甚好，如此甚好啊！十九年的心愿，今日终于了结了！"

青阳也一脸欣悦，拊掌叹息不绝。过了片刻，他见三人满脸沉重，心下有些疑惑，问道："你们今日来此，可是玄霄还有他事相求？"

云天河暗暗攥拳，忽然问道："长老！我想问你们，我爹和我娘当初真的是带着望舒剑逃走，才会害了大哥，不，害玄霄被封在了冰柱里？"

青阳和重光二人脸色一震，对视了一眼。青阳面色沉重，缓缓问道："这些话，你是从哪里听来的？"

"是掌门告诉我的！"

重光愤然喝道："岂有此理！凤瑶竟如此不知轻重！"

云天河心中突然一个咯噔，微颤着声音问："所以……她说的是真的？"

青阳黯然许久，长叹道："唉，孩子，你知道了又能如何呢？当年之事千头万绪，无论其中因果如何，你爹娘确实带走了望舒剑，此举令琼华派升仙功亏一篑，那些弟子的死伤也变得毫无价值。"

云天河死死咬住嘴唇，目光晦暗，不知在想什么。韩菱纱悄悄拉住了他的衣袖，似乎是默默给予他支撑的力量。

"而这其中最悲惨之人莫过于玄霄，他内息失调终致走火入魔，不得不被冰封。"

云天河的目光彻底沉为一片灰暗，耳畔回响的是掌门最后那句——玄霄未因前事报复，已是难得，难道非要引出他的旧恨，弄到不可收拾的地步吗？

所以，他恨自己吗？

"世事茫茫自有天意，十九年后，若不是你帮忙，玄霄又怎能破冰？你父母对不起他，你却有恩于他，因果循环，报应不爽，你又何须自责？"

韩菱纱看着云天河恍若未闻，沉入自己思绪的模样，眉头一皱："就算掌门和玄霄想取回望舒剑，也不该骗我们啊！既然望舒剑是琼华派的宝物，为什么不光明正大地说出来呢?!"

青阳望她一眼，脸色猛然一变，沉吟良久才悠悠开口："凤瑶嘛，她的资质原本也算得上出类拔萃，奈何老掌门的其他几位弟子，更是万中选一之人。凤瑶虽十分刻苦，但若不是大弟子玄震死于十九年前的大战，凤玉、云天青出逃，而玄霄又被冰封，无论如何也轮不到她继任掌门之位。"

"所以，她难免患得患失，任何事情都想思虑周全。她这么做，也有不得已的原因啊……"

重光神情激愤，几次想要出言打断，终究忍了下来，只是在一边冷笑不止。

"当年之事，不必再多做纠缠。你们若没有其他事，就请回去吧。若日后再见到玄霄，便代我二人向他说一声，当年之事，我二人实在无法，请他原谅……"

"两位长老且慢，"韩菱纱猛地想起正事，连忙道，"我们尚有一事相求，如今幻瞑界又临——"

"凤瑶若要报十九年前之仇，应该早就准备多时了吧？怎么，难不成还要我们两个糟老头子出手吗？"

"二位长老误会了，是上次与我一同前来的那位姑娘，昨夜幻瞑界降临时，她穿过入口的结界并就此失去了踪影……"

云天河亦回过神，将昨日夜里卷云台上的情景，一幕幕细细复述了一遍。青阳和重光听他说完，都一副难以置信的神情。

"按理说，人是不能穿过那结界的，那柳梦璃竟能毫发无伤地进入妖界，莫非……她是妖？"

韩菱纱脸色微变，却听重光断然说道："不可能。那柳梦璃先前也来此见过我二人，她的灵力虽非常人高出许多，但若真是妖物，又怎么可能瞒过你我之眼？"

二人沉思许久，始终想不出个所以然来。"确实如此，这就奇怪了……"

"那有别的办法吗？比如我们可以穿过那个结界去找梦璃吗？"韩菱纱拧眉，忧心忡忡，"再说琼华派说不定很快就要和幻瞑界打起来了，她一直待在那里，不是很危险？！"

"荒谬！人入妖界，岂不是羊入虎口？！"

"长老，弟子也知这想法乃是异想天开，但事情紧急，情愿一试。若二位有办法，还请相告！"慕容紫英恳求道。

青阳皱着眉头，神情中泛起一丝慨叹，似乎是回忆起了什么，道："你们当真不怕？妖界可不是儿戏之地，人若闯入，说不定顷刻间便会身首异处。"

"长老这么说，那就是有办法了？！"

韩菱纱极为聪慧，始终留意着二位长老的神情，一下就抓住了重点。那位青阳长老架不住韩菱纱的一番软磨硬泡，叹息了数声，方开口道："据我所知，这世上有种叫作'翳影枝'的东西,用它可以穿过大部分的结界,妖界的结界或许也可以……"

"真的吗?那个翳影枝,要去哪里才能弄到呢?"

"翳影枝为鬼界之物,因为鬼卒几乎要去世间所有地方勾魂,自然也必须穿越某些结界,这翳影枝便由厉害的鬼卒随身携带。"

韩菱纱道:"那这么说,我们就得找到那些鬼卒,从它们身上抢过来喽?"

"这不可能。且不说寻常人如何能遇到鬼卒,即便遇上了,在凡间行走、负责勾魂的那些鬼卒,论修为,不知比你们厉害多少倍,岂是轻易能够得手的?"

"那该怎么办?"

青阳眼望远方,徐徐道:"你们若真的想要翳影枝,便只有去鬼界一闯,舍此难有他法。"

"鬼界?"慕容紫英吃惊道,"可是自古阴阳相隔,生人想要进去鬼界,必定是困难重重吧?"

"天地既有六界,则六界之间必有往来,从人界入鬼界的方法亦不在少数,最简单的一种便是由凡间的鬼城酆都进入,不过进的却是鬼界外围,你们若想取翳影枝,须得去无常殿,那就只有到不周山看看了。"

韩菱纱闻言不禁想起自己听过的传说。相传上古时代,不周山是由盘古身体的一部分化成。当时天地为一体,不周山便是连接天地之间的桥梁,也是人界唯一能够直接到达神界的路径。后来水神共工与火神祝融争夺帝位,共工头触不周山,自此天倾西北,地陷东南,不周山自此断折,再无凡人能从此到达神界。

转眼间千万年过去,世间又流传有不周山中有进入幽冥之国——鬼界的入口的说法。但不周山山势险恶,山间更有无数恶鬼冤魂,无人敢去,去了也无人回来,以至于人们连不周山是什么样子都说不清楚。至于如何才能开启这个人界到鬼界的入口,更是无人知晓。

青阳、重光也只知此地位于极西北处,距昆仑山数千里之遥。两人将大致方位告诉他们三人后,青阳问道:"此行只怕危险至极,你们三个可想好了?"

"嗯,不管多危险,我都要去试试看!"云天河神情坚定,只要能救梦璃,不管刀山火海他都要试一试。

"天河,我与你自然能去一试,但菱纱近来身体欠佳……"

"我没事的,我跟你们一起去,多一个人,就少一分危险!"韩菱纱连忙打断道。

青阳看了看韩菱纱，他脸上的神色十分复杂，过了半响，他将目光转向身旁之人："重光，我看……不如你将红魄送给这位姑娘吧？"

闻言，重光眉头微微皱了一下，漠然地瞥他一眼，陷入沉思，却并未作答。

青阳劝道："重光，你我留着那样东西又有什么用处？不如送给她吧，就当是……"

韩菱纱见二人的神情，自然不敢夺人所好。

不想那位重光长老也没有过多犹豫，随即径自转身进了屋子，待走出来时，他的手中多了一块儿赤红色的玉石，面无表情地递给她。

"这……"

"这什么这，给你的，还不赶紧收着。收着吧，不必多说。"

韩菱纱从重光的严肃表情中可以看出此玉石的贵重。

韩菱纱也不好推辞，只好受命接过，随即将它佩戴在身上。与此同时，她觉得玉石与肌肤接触的地方温润暖和，便兴奋道："哇！这东西戴起来暖暖的，到底是什么好宝贝？"

"此乃红魄，是世间极难寻到的一种暖玉，当初羲和剑也有一部分是以此铸造。你将它佩戴在胸口，体虚之象应该会好很多。"

韩菱纱自戴上红魄，果然觉得周身温暖了许多，不再像之前那般寒冷难耐。她高兴地向两位长老施了一礼："谢谢长老，你们真是好人！"

青阳原本澄澈的双眼中此时竟有些浑浊，微微摇头不语。重光把身子侧了侧，若有意、若无意地避开了韩菱纱这一礼，肃然道："你们去吧，若到了那里无法可施，也不必勉强。"

韩菱纱三人连忙称谢告退。

清风涧内，再无人说话，四下寂寥，余下风声可闻，裹挟着一声几不可闻的叹息。

"何必多管闲事？你让他们去不周山，岂不是凶多吉少？"

青阳从三人背影消失之处缓缓收回目光。"就算我不说出那个办法，他们也不可能轻言放弃，只会自己乱闯，更加凶险。"

"这么多年了，你还是老样子，对后辈总存拂照之念……"重光的目光里染上了几分暗色，"当初捉拿云天青和夙玉时，若不是你心软，又怎会让他们二人逃脱，造成今日局面？"

"说我心软，你又何尝不是？不然你为何要传授那小姑娘心法，又为何愿意将红魄给她？"

重光默然，半晌之后才哑声问道："当年那件事，你为什么不说实话？为什么不让我说出事情的真相？"

"说了真相又能怎样？过去的事永远都不能改变了，难道你不明白？"

"我不明白，为何你如此袒护她？可叹我当年一时糊涂，听了你的劝。你说，当年若不是你，玄霄他何苦受这十九年冰封之罪？你我又怎会在这十九个寒暑里，食不甘味，夜不安寝，日夜忍受内心的煎熬?!"

青阳定定地看着他。"重光，我做这一切都是为了琼华派，耿耿之心，天地可鉴！"

"琼华派……嗬。"重光深深地看了他一眼，随即决然转身入了屋内。

一道门，阻隔了二人之间的暗潮汹涌，还有十九年来外人不可知的清苦与煎熬。

第四十七章

去往不周山之路，亦如传闻，缥缈未知。

慕容紫英御剑在前，仔细查探着方位。韩菱纱扭头看到云天河神情阴郁，想来还是因为玄霄。不知何时，那个在青鸾峰上抓鱼逗鸟的单纯少年，眼神里覆上了一层浓浓的阴影。

"我听说不周山是上古神山，那里一定有很多有趣的东西吧？"韩菱纱想让云天河高兴起来，想着法儿地逗他说话，他却毫无回应。

半晌，她叹了一声："天河，玄霄和你父母的事情你先放一放，我们先找到梦璃再说。"

云天河闻言抬眸，与她相视，轻轻"嗯"了一声。

韩菱纱抿了下嘴，想说什么，却什么也说不出来了。

三人沉默着向昆仑山西北飞行，但见地面上人烟渐渐稀少，只剩下大片大片的沙漠。又飞了一会儿，连沙漠也消失不见，四处都是乱岩碎石，如狼牙般插在地面上，一派荒凉。

不多时，头上的天空渐渐变得漆黑一团，三人身处其中，如同在一块儿墨布中穿行一般。

"刚才还是正午，怎么这么快太阳就落山了？"韩菱纱收起剑，目光所及全是乱石堆。

"这里应该就是不周山了。不周山毗邻鬼界，鬼魂畏光喜阴，所以这里没有阳光。"慕容紫英解答道。

韩菱纱瞧着并没有"山"的样子，倒像个管理不善的采石场。只有最远处，一个高耸入云的黑影屹立在那里，仿佛一条巨龙缠绕在石柱上，看上去颇为雄壮。

她正想往那方向去,忽然一道浑厚沉闷的声音响起:"汝等为何会来到不周山?此处乃是幽冥之国的属地,要命的便速速退去!"

声音厚重而又响亮,仿佛能震慑人的灵魂一般,响彻在四周漆黑的夜空中。慕容紫英瞬时提高了警惕。

"我们是来找进入鬼界的法子!你又是谁?"云天河下意识地将韩菱纱护在了身后,扬声回道。

那声音冷笑一声,阴阴地说道:"鬼界?区区凡人,不过是六界中渺如沙粒的存在,你们真的清楚鬼界是什么地方吗?"

慕容紫英思忖道:"相传不周山有神兽衔烛之龙守护,这个声音……莫非是……"

忽然,半空中猛地炸起一声霹雳,一个巨大的龙头出现在三人面前,龙身则隐在山后不见。韩菱纱先前只在图画中见过龙的样子,这时忽然见到真身,吓了一大跳。

"是龙——真的是龙啊!"

云天河不知者无畏,对着龙头大声喊道:"我不知道鬼界是什么样的,但是为了找一个朋友,我们一定要去鬼界!"

慕容紫英急道:"天河!不可无礼!"他边说边走上前,恭敬地向烛龙施了一礼,道:"我等乃是昆仑琼华派弟子,专司修仙问道,如今有要事,特来寻找鬼界入口,绝非有意冒犯。还望神龙指点一二!"

"昆仑琼华派?凡人妄想修仙,当真可笑,千秋万代之间,得遂心愿者又有几何?生老病死之间方能体悟生命可贵。"

韩菱纱皱着眉,想驳斥却碍于龙威只能静立一旁。

"我们来这里,只是想知道进鬼界的办法,和修不修仙没关系!"云天河想也没想就大声吼了回去。

烛龙那双如灯笼般的双眼猛地睁大,目光阴冷,望着云天河嘿嘿一笑:"哦?如此言语态度,有意思!"

韩菱纱急得要上前把这不知死活和烛龙对视的野人拽回来,却在这时听烛龙哼了一声,问道:"你叫什么名字?"

"我叫云天河。"随后他又介绍了韩菱纱与慕容紫英。

韩菱纱心中暗道:"人家就问你一个,把我们的名字全报出来干吗……"

然而转眼之间,她便无心再想,只是担心地望着这一人一龙,生怕烛龙一怒之下伤了云天河的性命。她的心越跳越快，几乎要从胸膛中跳出来了。

片刻而已，韩菱纱却觉得如百年、千年一般漫长。终于，烛龙脸上的怒气一敛，森然笑道："本尊不讨厌胆大的凡人，但讨厌说大话的凡人！你们有胆量就走上盘龙镇柱试试！但可能再也没有命走出不周山！"

"上面……就有去鬼界的入口吗？"

"你们能不能去鬼界，由本尊决定！"烛龙怒道。

"好！说话要算数，你等着！"

烛龙冷冷地看着他，蓦地呵呵大笑，天空中又是一阵电闪雷鸣，龙头渐渐隐去不见，但整个不周山间都回荡着烛龙那若轻蔑、若讽刺的笑声。

韩菱纱只听得寒毛倒竖，云天河却一脸若无其事的神情，还在高兴地喊着："你看着吧，我们这就上来——菱纱？"他这一回头，没被烛龙吓着，反被韩菱纱的面色吓着了。

"你还问我！我都快被你吓死了！"她双手握拳捶打着云天河坚实的肩膀，确定这人还活生生地站在自己面前后，心中那根绷紧了的弦才终于放松下来。

"爹说过，男子汉立世无所畏惧，没什么好怕的。"云天河满不在乎地拍了拍身上的尘土道。

韩菱纱闻言气得又是狠狠一拳："那是龙啊！你这野人，居然还敢用那种语气和它说话！我真怕它一生气，就直接把你撕碎了！"

"撕碎？不会的，我没觉得有杀气啊……"

韩菱纱气得一跺脚，生生被他噎得说不出话来，当即转身朝山上跑去。

云天河见她步伐轻快，不由得十分欣慰："好久没见菱纱这么精神了，看样子，长老给的那块石头真的挺有用。"

旁边的慕容紫英见状，刚要动身去追韩菱纱的脚步一停，轻轻扯了一下嘴角："她是在担心你，天河，以后行事莫要冲动鲁莽……"又忽然一顿，"让她担心。"

第四十七章　261

第四十八章

烛龙口中的"盘龙镇柱"犹如刀切斧削一般，沿着一根巨型石柱，密密匝匝地盘旋而上，远远看去，就如同一条苍龙缠绕在这擎天柱上。

韩菱纱走在柱身的"山路"上，更觉得气派雄伟，正要招呼身后的两人快些，就看到他们齐齐地看着她身后，变了神色。她警觉地闪避，险些被扑面而来的厉鬼抓破了脸。

一击未中，厉鬼似乎很恼怒，再次向她扑来。

云天河赶到她身边，用剑挡了杀招。接着，慕容紫英一扬手，火光射出，击中了其中一个，那鬼魂身上顿时着起火来。不料也仅是怪叫一声，但见它身上那团火焰忽地变小，转眼间又熄灭了。

慕容紫英吃了一惊，以他的修为，对这些厉鬼竟不能一击致命，着实在他的意料之外。

"小心——"韩菱纱见他走神，连忙喝道。

而后她和云天河相助，三人联手，终于击毙了几个。

好在那些鬼魂数量并不是很多，相互之间也不加以援助，没被击毙的几个见三人厉害，便纷纷逃开了。

"这里怎么会有鬼魂？难道此地已经是鬼界了？"

慕容紫英看着那些鬼魂身上的修士衣着，只怕它们是妄图通过捷径升仙之人，结果未能成仙成神，反倒把性命丢在了这里，死后连鬼界都未能进入，只能成为孤魂野鬼，永远地在这里飘荡下去。

"小心些，别走散。"

"嗯。"

韩菱纱三人小心地观察着四周，慢慢向上走去。山道越往上，亡魂越稀少，他们才渐渐松了口气。

正在这时，慕容紫英神色一紧，挥手让两人停住："这附近似乎有一股强大的鬼力……"

他边说边悄悄向一旁走去，绕到一块岩石旁边，忽然站住了。韩菱纱和云天河跟过去，顺着他的视线望去，同时呆住。

那块岩石背后斜靠着一个人，不，准确地说是一具尸骨。一柄紫黑色的大剑插入了他的胸骨，那具尸骨一只手握着剑柄，另一只手捂着胸口，看上去竟像是自杀的。

但他身体扭曲，捂在胸口的那只手死死地夹住那柄剑，身上的肌肤早已朽烂，化作尘土，死得绝非寻常。

韩菱纱定睛观察那柄剑上的符文，惊奇道："咦，看这剑脊上的刻纹，像是很久以前的古物——"

她对世间的古董珍宝极感兴趣，好奇心一起，竟忘了恐惧，伸手向那剑上摸去。

"菱纱，莫要动手！"

话音方落，韩菱纱的指尖已触碰到了剑身。她忽然"呀"了一声，立刻缩手回来，脸上的神情极是害怕。

"菱纱，你怎么了？有没有受伤？！"

"没……没有，不过这把剑上好像附着什么东西，好可怕……刚才碰到的一瞬间，我……我听到许多厉鬼号叫的声音。"

慕容紫英沉声说道："你们暂且退下。"他见两人退后，轻轻走到那柄剑前，伸出右手。在距那柄剑身还有半尺处，他掌心的一道白光缓缓流转，聚成一个光球，慢慢飞离掌心，围绕着那柄剑缓慢旋转了几圈，然后重新回到掌心，消失不见。

如此过了片刻之久，他长出一口气，摇了摇头，叹道："实在罕见，这竟是一把未成之剑！"

"未成之剑？什么意思？"

"未成之剑便是说这柄剑铸到将成时，功亏一篑了……但此剑不知为何，却又有天成之象，凶煞之气极重，实在奇怪。"

慕容紫英正皱眉思考着，忽见那柄剑上也幻出一团蓝色光球，缓缓地飞到了他跟前，围着他绕了几圈。

韩菱纱初时看得有些担心，但见那光球色泽柔和，不知不觉间给人一种十分温柔可爱的感觉，不禁放松下来，道："咦，紫英，它好像对你很依恋的样子呢。"

慕容紫英见此情景，也甚是奇怪，忽听见那团光球中传出一个怯弱的女声："你们……不要接近魔剑……小葵不想再害人了……"

"小葵？你是谁，是从剑里飞出来的吗？还有，你说这把剑叫作魔剑？"

叫小葵的女孩子语调着急，怯怯地道："你们快走……这把剑是凶煞，是不祥之物……"

慕容紫英细察那光球中蕴含的气息，问道："你是这剑中的魂灵，对吗？"

"是……"

"你不要担心，你本身的鬼力与此剑并不完全相融，应该并非恶鬼，但此剑戾气过重，我要将它带走，想办法予以净化。"

"不要，千万不要！魔剑的力量很大，你会被它……被它……"

慕容紫英一怔，问道："此剑是否会反噬执拿之人？"

只听小葵喃喃地说道："好多人……好多人都想得到魔剑……可是他们都死了，被害死了……"

韩菱纱吃惊道："被害死了？难道这具尸骨也是——"

"嗯，这个人，他和别人争了好久，终于抢到魔剑，可是又有更多的人要杀他……他逃到这儿，为了摆脱这儿的鬼魂，一直挥剑，这把剑突然间发出红光，刺进了他的胸口。"

她说到这里，忽然微微哭泣起来："小葵……小葵也不知道是怎么回事，小葵不是有意害他的……小葵只是附在剑中的鬼，没有办法完全驾驭这把剑……"

慕容紫英柔声问道："那你又是如何进入剑中的呢？"

小葵抽泣着，声音微不可闻："因为哥哥死了，可是这把剑还没有铸成，敌人已经攻进城来……小葵就……就跳进了铸剑炉……"她言语之中透出无限伤心，这伤心却不是因为自己殉剑而死，而是为了那个自己深深依恋、宁愿自己死了也希望他活着的哥哥。

韩菱纱和云天河听到这里，都惊得说不出话来。想不到这个女孩子死得竟如此惨烈，同情之余，三人又对她无比怜惜。

"想不到，这世上的不幸竟然这么多……"

慕容紫英沉吟道："原来如此……铸剑之道中，以活人祭剑最为凶戾，此剑因你的血气而天成，反而获得了非同寻常的力量。若我所料不差，剑成之后只怕顷刻便将方圆数里化为焦土，饮万人之血……"

"是的……后来，小葵好像在魔剑里待了很久很久，那里面有许多怨灵，很可怕……"

"令兄莫非是位铸剑高人？否则他如何会想到铸造这样一柄'魔剑'？"慕容紫英问道。

小葵的声音忽然稍稍欢跃起来，带着少女的羞涩，腼腆地轻声道："哥哥他是姜国的太子，他做什么都是很厉害的……我们姜国有本祖传的手卷，上面记载了魔剑铸法，哥哥就是看过那个，才想到铸剑以解围城之困……"

"可是……可是小葵已经在这把剑里待了近千年，小葵好想哥哥……即便哥哥不在了，小葵也想去找哥哥的转世。小葵好想见见他。可是我还不能化出人形，也不能离开魔剑……呜……小葵……小葵不知道该怎么办……"

韩菱纱轻声问道："转世以后就是另一个人了，即使真的见到你哥哥，你还认得出他吗？"

"嗯，一定可以的，就算相貌变了、性格变了，只要是哥哥，小葵一眼就能认出来……"她的话音中蕴含着无限坚定与深情。

"你一直待在这里，是不可能遇见你哥哥的转世的。不如我们把魔剑带在身边，帮你找你的哥哥……"

"不行！我……你们是好人，小葵不能害你们！"

慕容紫英轻轻摇了摇头，舒声道："小葵姑娘，你不必担心。我可以暂时压制魔剑的凶煞之力，相信踏遍天下，总能找到净化它的办法……再说，此剑若是继续留在这里，落入不义之人的手中，只怕又将引起一场腥风血雨，倒不如由我将它带走。"

小葵不安地问道："真的吗？你真的不怕魔剑的煞气？"

"紫英说没事，就一定没事啦！他最擅长铸剑，不会说错的。"韩菱纱替小葵高兴道。

"谢谢，这位哥哥他……他叫紫英吗？他和哥哥有一点儿像，小葵能感觉到，都很有正气，也很温柔……"

那团光球听从慕容紫英的指引，缓缓飞回魔剑上，光芒渐渐减弱，刚要融入剑身，小葵又怯声说道："可是，如果有一天真的找到哥哥，他知道魔剑害了这么多人，会不会认为小葵不乖，不要小葵了？"

第四十八章

"不会的，你这样乖，他一定舍不得……"韩菱纱心中微微一酸，安慰道。

"嗯！小葵要回去修炼了，不会再理外物，除非你们呼唤我，或是……我感觉到哥哥在附近！"说罢，光球缓缓融入剑中。

慕容紫英轻轻地将魔剑从尸骨上拔出，插入身后的剑匣中，低声道："小葵姑娘，你尽管放心，总有一天，一定会找到你哥哥的。"

众人收好魔剑，回想这女孩身为一国公主，金枝玉叶，却如此薄命，小小年纪便命殒国难，然而死后千年之久，她仍如此惦念自己的哥哥，心心念念只想着去找哥哥的转世，不禁让人感慨万千。

"天河，她对她的哥哥真好……我想，当初她跳进铸剑炉，也是因为哥哥死了，她悲痛欲绝，想铸好那柄剑，为哥哥报仇吧。"

云天河点了点头，他十分钦佩这位公主的勇气。

"她为了哥哥，可真是拼命呢……你今天敢冒着丧命的危险来这里……你……对梦璃也真好……"韩菱纱忽然看着云天河的眼睛，轻轻问道："如果，我是说如果，有一天，我也像梦璃一样不见了，你也会不顾一切地来找我吗？"

第四十九章

云天河听得一愣，随即紧张道："你要去哪里？我跟你一起去！"

"我是说如果。"韩菱纱定定地看着他，白皙修长的手指在背后悄悄拧住了衣服，用力至泛白。

云天河想说没有如果，可在和她目光对上的刹那，忽然愣住，须臾，稳住了内心的慌乱。

"要是真有那么一天，我一定会去找你，直到找到你为止。"

他说得无比认真，韩菱纱盯着他看了一会儿，察觉到眼角微微湿润，连忙转过头去。

这呆子，不枉自己为他担心这么久……

"虽然你有时候会说我笨，不过你是除了爹以外，第一个对我好的人，我知道你对我其实是很好很好的，所以不管发生什么事，我都会去找你，你比梦璃还——"

"等一下！你别说了！"韩菱纱突然回头喝住，但见云天河和慕容紫英一块儿惊愕地看向自己时，掩了眉眼里的阴郁，"我只问一句，你说一堆有的没的干什么！后面的……后面的我不想知道了！"

"明明是你问我，又不让我说……不想知道还问什么……"

韩菱纱被他一噎，胸口郁闷的感觉更甚，长长的睫毛盖住了她眼底的落寞，却不想撞上慕容紫英乌黑的眸。那眼神仿佛洞悉了自己的内心一般，她连忙撇开了视线，一言不发地走在了前面。

两个时辰后，三人到了盘龙镇柱的顶端，只见上面是一片空旷的平台，长和宽足有数十丈，从台上向四下望去，山路如带，石柱若笋，如雨的乱石四下散落，一片荒芜。

韩菱纱抬眸，头顶上暗云密布，黑压压的一片，像是要将一切活物吞噬。周遭阴风阵阵，犹如鬼哭，更添阴森。

云天河走到平台中央，大声喊道："喂！我们已经上来了，你在哪里？"

话音刚落，云天河突然"啊"的一声，头顶被一道闪电击个正着。

"天河——"

"好痛，为什么……我下山以后总要被雷劈。"云天河痛得眉头直皱，伸手拽掉几撮被雷劈焦的头发。

韩菱纱见他无事，暗暗松了口气，就听见空中响起一道阴沉的声音："凡人，这便是无礼的下场！"

"什么有礼无礼的！你让我们上来，说是有去鬼界的办法，我们当然急急忙忙跑上来找你！有什么不对？！"

突然间，天空中数十道闪电一道接一道划破长空，将天地间照得雪亮，一阵比霹雳声更响的龙吟声从空中传来。俗语曰云生成龙，转眼间，一条巨龙便自这漫天的乌云中盘旋而至，龙头停在三人上方约九丈处，目光阴沉沉地瞅着他们，身子则若隐若现地盘在云中。

这等气势，便是慕容紫英也不禁暗暗退了一步，只有云天河仍站定不动。

烛龙望着云天河，冷笑道："看来你的胆子很大，也不怕死。但想去鬼界，你的两个朋友之中必须有一个交出魂魄给本尊，如何？"

什么？！

韩菱纱心中一惊，但看这烛龙的神色语气，绝非玩笑戏弄，面色不禁又苍白了几分。

"这样不就死了吗？"云天河已然不像刚下山时那般天真，听到这样的要求，声音里竟染上了一丝惶恐之意。

烛龙的啸声猛然一高，直震得整座山微微颤抖。"这里是幽冥之国的属地，若是毫无缘由地让凡人进入鬼界，本尊日后要如何忍受阎王的蔑视？"

"天地自有规律，一物易一物，这便是本尊放行的代价。红颜知己，至交好友，你选。"

天空中电闪雷鸣，依然不绝。

一个微沉而坚决的声音问道："一定要这样吗？"

"不错！本尊在等你的答案！"

"那我一个都不选。"

一声炸雷猛地在云天河头顶响起，伴随着烛龙呼啸的愤怒及毁天灭地的气势，直奔他去。

云天河身体微微一颤，面上却依旧是那副勇敢而坚定的神情。

韩菱纱的脸色骤变："天河——"

慕容紫英往前一步，却被云天河直投过来的眼神制止，一瞬便读出了他眼底要他护住韩菱纱的决然之意，僵在了原地。

"好大的胆子！敢戏弄本尊！！"又是一道闪电击下，离云天河身前只有不到数尺的距离。

刹那间，无论天地还是众人的面庞，都是一片惨白。

"虽然为了找我的朋友，我一定要去鬼界，但是如果因为这样，必须失去另一个朋友，我宁可不要！就算离开不周山，总能找到其他办法进鬼界的！"

空中响声越来越大，也不知是雷鸣，还是神龙的怒啸声："此地岂是你要来便来，要去便去！激怒了本尊，你们几个都得死在这里！"

云天河毅然挡在了韩菱纱和慕容紫英的身前。"你很强，我感觉得出来。不过，是我自己不愿意选，和他们没关系……请你不要杀他们！"

韩菱纱看着这一幕心神剧颤，他们几个在这烛龙面前犹如蝼蚁一般，生死也只在它的一念之间而已。她伸手想要将云天河拉回来："天河！快回来！"

即使要死，那也是大家一起死。

此时此刻，韩菱纱的心中忽然空旷起来，什么家族，什么长生不老，这些她平日念念不忘的思绪一下子通通消失得无影无踪，只余下面前这执拗而顽强的少年。

云天河轻轻摇了摇头，扬声道："要我牺牲朋友，绝不可能，我不会改变主意的。"

烛龙冷冷地看着他，眼中的光芒一分分增强。云天河迎着它的目光，只觉得一股排山倒海的力量从头顶压来，无形无相，却胜似千钧巨石。

云天河的头上大汗淋漓，膝盖也不知不觉微微弯曲起来，他甚至听到了自己肩头骨骼遭受挤压而发出的轻响声，眼前渐渐昏暗起来，依稀看到韩菱纱哭着朝自己跑来的情景……

"天河！"韩菱纱想要冲上前去，却被一道无形的屏障阻隔。看着他挣扎着倒在了地上，韩菱纱不住地拍打着屏障，泪如雨下。"不要……"

一旁的慕容紫英同样被神威压制，全身被无形的神力束缚，动弹不得，眼睁睁看着云天河倒下而无力相助的痛，逼得他双眸发红，几近发狂。

韩菱纱看着云天河在里面仿佛痛到了极致，渐渐没了生气，心中越发绝望。不该是这样的，如果……如果不是她带他下山……现在他就还在青鸾峰上做他的山顶野人，无忧无虑，经历着寻常人的生老病死。

"天河……"韩菱纱攥紧了拳头，忽地抬头看向烛龙，大声求道，"取走我的魂魄，让他们走！"

话音落下的刹那，那道禁锢在韩菱纱肩膀的力道倏然消失，身前的透明屏障也消失了，她连忙冲上前去扶住了云天河。

"天河！"

云天河轻哼一声，用力挺直了身子，全身上下的衣衫已被汗水浸透，两眼仍定定地望着烛龙，逐字道："她刚刚说的不算，我谁都不选。"

"凡人，你很有趣。"烛龙看着他，眼中神色既是欣赏，又是蔑视，忽然张口笑道，"你一定还看不清天地森罗万象，一定认为所有事情都能靠自己的力量解决。"

"我对天地森罗万象没有兴趣，我只想帮助我能帮助的人。就像月牙村的村民，虽然我现在还帮不了他们，但总有一天，我、菱纱还有紫英，会帮他们重建一个新的家园！"

"本尊欣赏你的愚直。"烛龙放声大笑，仿佛听了什么极可笑的笑话，目光落在他身上的刹那，隐去了笑声，"本尊镇守此地已经九千九百年，即将功德圆满之际，想不到还能遇上你这种人，看在你们有勇气来到这里的分上，且给你们一个机会。"

"只要你通过这个考验，本尊便让你们进入鬼界！"

"什么考验——"

只见烛龙双目中又放出两道光芒，一红一白，向云天河射去。正惊诧时，两道光转眼间已化为两张大网，将云天河全身上下尽皆裹住，网上两点亮光，沿着他的周身不住地游走。

云天河顿时只觉得身上忽而极冷、忽而极热，急运"凝冰诀"相抗，然而却如杯水车薪，效果甚微。

韩菱纱在一旁见云天河的面色时而红得如要沁出血来，时而又惨白得吓人，呼吸也时粗时细、时快时慢，显然内息已经大乱。

然而这并非寻常打斗，也远远胜过武林中内功的比拼，她纵然有心相助，甚至甘愿以身相替,却也没有半点办法。"天河,天河!"

云天河余光瞥见韩菱纱满面泪痕的模样,心中一痛,一面对抗着游走体内的冰火两重气息,一面紧咬牙根。"别怕……"

然而云天河体内的真气终究远远不及烛龙发出的气息之盛,不过是负隅顽抗,很快就力不从心,头上冒出了一层层汗珠,转瞬间又凝结成了细小的冰粒。

网上的两道光似乎是瞄准了机会,拢了大网,直直地刺入云天河体内。云天河当即痛呼一声,坐倒在地上。

"天河,你——"韩菱纱连忙冲上前去拽住云天河的手,却猛地缩了回来,"你的手怎么这么烫?!"

慕容紫英急道:"菱纱,当心被他的内息伤到!"

说罢,他急忙盘坐下来,强耐着云天河身上的酷热严寒,双手按在他背后,想向他体内输些真气,缓解他的难受之感。然而输了片刻,云天河脸上仍红白交替,丝毫没有好转。

"白费力气,这种伤,凡人的法术岂能治愈?"烛龙盘踞半空,冷声道。

韩菱纱抬头望着烛龙,噙着泪眼恳求道:"我们并无恶意,若是天河他刚才有所失礼,你要责罚,责罚在我身上便是,还请放过天河——"

"以你们今日的表现,可以让你们进入鬼界。但是,既然你们有所求,就要为之付出代价。"

"代价?你对天河做了什么?!你不要伤害天河,有什么代价我来付!"

"只怕你还没有资格付这个代价。"烛龙脸上现出一丝诡笑,"既然放你们通过,本尊干脆跟阎王多开个小玩笑,哈哈——"

第五十章

正当韩菱纱心惊于烛龙的代价是何物时,坐在地上的云天河忽然睁开双眼,连喘了几口粗气,像是溺水之人忽然接触到空气,胸腔不住地起伏。

"天河,你怎么样?"

云天河朝她吃力地笑了笑,心中何尝不是庆幸,就在刚才,他还以为……心头涌上阵阵后怕的情绪,他禁不住伸手轻轻碰了一下韩菱纱的面庞,却瞬间被泪水沾湿。

他嗓音沙哑道:"菱纱,别哭。"他不想再看到她为自己流泪。

忽而一道金光从平台尽头一闪而逝,韩菱纱等人的注意顷刻被吸引了去,只见地面上缓缓现出一个巨大的符文。

烛龙忽然低下头,向三人身上喷了一口气,道:"此法阵有去无回,如何从鬼界重返人间,你们须得自己想办法。凡人进入无常殿,与送死无异,此法术可令汝等生人之气不被鬼察觉,但十二个时辰后会自行消散。"

韩菱纱扶着云天河勉强起身,望着烛龙,低声说了声"谢谢"。

烛龙阴阴地望着云天河:"本尊今日令你得偿所愿,但是等你有朝一日尝遍世间辛酸之时,或许就会怨恨这样的命运。胆大又有趣的凡人啊,待你此生阳寿尽时,本尊会来找你,看一看你是否还如此洒脱!哈哈——"

天空中又是一道闪电划过,伴随着轰鸣的雷声,烛龙破空而去,三人这才松了一口气。

韩菱纱看着云天河,轻声问道:"天河,你的伤真的不要紧吗?"

这句话方才她在心里问了千遍万遍,此刻终于带着一点儿腼腆、一点儿不安,小心翼翼地问了出来。

"我刚才觉得全身都像被火烧着了一样,现在已经好多了,大概是大哥教我的凝冰诀起了作用……只是一下冷、一下热，有点难受。"云天河说着忽然眉头紧皱，两手捂着胸口，神色颇为痛苦，"糟了，这会儿又来了……"

韩菱纱惊呼道："天河！你怎么了?!你别吓我！"她只觉得自己的心一下子又提到了嗓子眼。

慕容紫英急忙扶他坐稳，喝道："切勿勉强开口！快快静下心神，我运功助你调息！吐息引气，宁神静心，如是往来——"

半炷香后，云天河的脸色才恢复如常。韩菱纱在旁边看得心惊肉跳，直到两人分开才紧张开口道："怎么样？"

"天河，你受伤之后，内息极为古怪，有一寒一热两道完全不同的气在体内交织，几乎与走火入魔无异。"慕容紫英拧眉忧心道，"但这两道气息冲撞过后，又似乎融于一体，并无异状。只可惜那烛龙神龙见首不见尾，恐怕再难请他治你的伤……"

看着两人为自己担心的模样，云天河摆了摆手，笑道："紫英，我真的没事！全身上下都是使不完的力，简直比受伤前还要好。"

"无论如何，还是要多加小心，觉得难受的话，要立刻告诉我。"慕容紫英又郑重看向面色过于苍白的韩菱纱，"菱纱，你也一样，有什么不适及时说，大家好互相照应。"

韩菱纱点点头，望了望云天河没有作声。她在想，烛龙说跟阎王开了个小玩笑，到底是何意？

三人各怀心思走入烛龙设下的法阵。刚一进去，眼前便是一片黑暗，耳畔传来阴森的鬼怪叫声，似哭似笑，听起来仿佛就在三人身旁。

韩菱纱不禁起了一身鸡皮疙瘩，所幸片刻之后，眼前便重现了光亮。

视野之中一点点的火光四散飘开，天上地上到处都是。那些火光看上去昏暗诡异，如坟场中常见的鬼火一般。

三人身处之地是一处平阔的地面，两旁俱是无边的血河。远处数里外，一座庙宇似的建筑飘浮在空中，看上去飞檐画角，倒也十分气派。

庙宇四面是用铁链连着立在地上的四根巨柱，其中一根此刻便立在他们面前，上面雕刻着诸般猛兽和鬼怪的头像，让人一见之下就心生森严畏惧之感。

"这里看起来好阴森。"韩菱纱皱眉道，"悬浮在空中的，应该就是无常殿吧？"

慕容紫英点了点头，低声道："我们这次来只为了取翳影枝，大家还是先到别处转转，实在找不到再去无常殿。那里法力高深的鬼差太多，我怕他们会认出我们。"

韩菱纱赞同他的话："等会儿万一有了线索，你们先别行动，让我去。我手脚轻，不会惊动周围。"

三人悄悄向前走去，偶尔被几个巡逻的鬼差拦住问话，他们便装作新到的鬼魂。烛龙在三人身上所施的法术果然有效。

没走多久，只见前方两个鬼卒手执钢叉并排站着，其身后是一大堆像树枝一样的黑色物事。韩菱纱悄悄对两人道："哎，你们看，中间黑乎乎的那些，会不会就是翳影枝？我过去瞧瞧！"

慕容紫英打量四周："你一切小心！若有万一，就喊我们。"

"小紫英，你怎么对我这么没信心，别的做不好，偷东西我可是从没出过差错！"

这么一说，慕容紫英就想起她去书库偷典籍的事。

韩菱纱冲他们摆摆手，悄无声息地向那两个鬼差的方向走去。

"每天守着这翳影枝真是无聊死了，这东西在鬼界又不稀奇，谁会想偷拿？"

"这翳影枝确实一点儿都不稀奇，但能让我们鬼卒任意往来六界，对他界生灵来说，应该是求也求不到的宝贝吧！别抱怨了，你嫌这差事不好，难道想被调进无常殿当差？"

闲聊的那名鬼差顿时打了个哆嗦，使劲儿摇了摇头。韩菱纱在两名鬼差身后不远，心中顿喜，这果然是翳影枝，真是得来全不费工夫。

"累的差事我才不干……我只是常常想，我们离转轮镜台那么近，却一次也没溜去看过。"

"哦？原来你也听说过啊，要是站在转轮镜前，诚心想念，就会见到死去亲人的魂魄。可是，你还有亲人在鬼界吗？"

"唉，我哪知道……他们去转世，也不一定告诉我……"

转到他们身后准备动手的韩菱纱愣了愣，转轮镜……

周遭一阵阴风，韩菱纱猛地回过神，趁他们说得尽兴，连忙取了三根翳影枝揣在怀里，蹑手蹑脚地远离而去。

赶回原处，韩菱纱拍了拍躲在房舍后云天河的肩膀。

云天河一个激灵转过身，看到是韩菱纱，这才松了一口气："菱纱，你吓死我了。"

韩菱纱得意地晃动着翳影枝："看，到手了！幸好那两个看守鬼差呆呆的，反应又慢。不过我不敢拿太多，真被发现就惨了。"

云天河欣喜地叫道："太棒了！菱纱你太厉害了！"

韩菱纱"嘘"了一声，云天河连忙降下声来，道："这下子，我们可以回去了？"

"呆子，烛龙不是说了吗，法阵只可进不可出，我们还得先找找线索，看看有什么别的办法返回人界。"

"那……我们是不是要去别的地方转转？"云天河顺着她的话问道。

慕容紫英点点头，如今也只有这个法子了。

韩菱纱看着走到前面开路的慕容紫英和云天河，抿了抿唇，目光微垂："你们有想见的，已经死去的亲人吗？"

第五十一章

"菱纱?"云天河诧异回头,却又仔细想了想,"我可以见我爹娘吗?"

韩菱纱驻足在原地,她明知道在此处节外生枝并不是明智之举,却怕错过了这次机会以后再无可能。

"我刚才听鬼差说,在无常殿的不远处有个叫转轮镜台的地方,要是在那里诚心想念,就能见到死去亲人的魂魄。当然,一定得是还没有转世的。我……我很想见一见伯父,他生前对我真的很好……"

哪怕是看一眼,她就心满意足了。

"我也想见爹,我有好多好多话想问他!"

二人心思不约而同,一起期望地看着慕容紫英。后者一叹:"既然你们都想去,我自然奉陪。"

韩菱纱高兴道:"嘻嘻,小紫英,我就知道你最好了。"之后,她又有几分疑惑,"不过,紫英,难道你就没有想要见的亲人吗?"

"我幼时体弱,家中怕我命不长久,将我送上昆仑山修行,自那以后,未有联络,可以说此生亲缘极淡,无所记挂。"

韩菱纱闻言,心下微微一怔,亲缘极淡……她的脑海中出现两道模糊的身影,爹……娘……

"菱纱,那个转轮镜台在哪里?"

韩菱纱回过神:"听鬼卒说在无常殿附近,我们找找看。"

三人在无常殿周围四处转悠,寻找转轮镜台的位置。这附近鬼魂不少,韩菱纱本想问一问,但又怕对答时一个不留神,暴露三人的身份,终究没敢开口。

转了半晌,还没找到转轮镜台所在,韩菱纱有些泄气,四下打量,忽然看到前方有一片明亮:"你们看那里!"

顺着韩菱纱指的方向，果然有一团白光泛来，似乎确有一面巨大的镜子。

韩菱纱和云天河连忙向那边跑去，仿佛自己动作稍微慢一些，想见的亲人就会转世去了。慕容紫英跟在后面，不久便来到了一面缓缓转动的明镜旁。

这面镜子十分奇异，自身竟能发出明亮的七色光芒，将这不大的转轮镜台照得瑰丽无比，连镜前的三人都被覆上了一层美丽的光泽。若是常人突然来到这里，万万想不到在永远阴森灰暗的鬼界之中，竟还有如此华美明亮的地方。

云天河望着这面巨镜，呆呆地出神，忽然问道："菱纱，只要在这里喊爹，他就会出现吗？"

"不是喊，是在心里诚心想念。究竟灵不灵，我也不晓得，只有试试看了。"

二人面镜而立，心中默默思念早逝的亲人。

大伯，我好想你，你能来见一见菱纱吗？

韩菱纱心中默念着，期望地看着镜子，然而过了半晌，巨镜仍旋转如故，没半点异状出现。

韩菱纱看了一眼云天河，他也是满脸的失望。"说不定他们都已经转世去了……"

云天河"嗯"了一声，没有说别的。

慕容紫英走上前来，温言安慰两人道："我看那边似乎另有出口，不如过去看看，说不定有离开鬼界的路。"

韩菱纱又在原地站了片刻，最终遗憾地转过身来，随着慕容紫英向另一边走去。

三人刚要离去，身后传来一个云天河无比熟悉却又令他无比畏惧的声音："野小子？是你?!"

云天河惊喜地转过身，见一人站在镜前，他一身布衣，方面大眼，长发飘飘，一双手桀骜地交叉在胸前，两眼直直地瞪着自己，目光中正是那久违了多年的掺杂着一丝怒意的亲切感，不是十几年前去世的父亲云天青是谁?!

"爹！真的是你?!"云天河乍见父亲，惊喜若狂。哪怕父亲对他异常严苛，可他这些年无时无刻不在想着念着。

韩菱纱看着云天河如孩童般张开双臂奔过去，脸上满是羡慕。

"爹，孩儿……孩儿好想你！"

云天青瞪了云天河一眼："好小子，十几年不见，都长这么大了，见了爹还是这么唯唯诺诺的，说好了当个男子汉呢？"说罢，他突然神色一震，失声道，

"你小子怎么会在这里?!难道你也已经——"

"爹,不是啦,孩儿还没死。只不过因为一些事,来了鬼界,还要回去的。"

云天青听得一喜,转眼间神色又是一怒,喝道:"什么?你这小子,玩来玩去竟玩到鬼界来了!这里可不是你说来就来、说走就走的地方!"

云天河望着父亲,心中激动不已,一时竟不知从何说起,只是如梦呓般轻声说道:"爹……"

韩菱纱和慕容紫英走上前,一道向云天青施了一礼:"云前辈,您好。"

云天青的目光落在慕容紫英身上,略一挑眉:"看你这小子的服饰,莫非是琼华派的?"

"是,弟子慕容紫英,见过云师……云前辈。"慕容紫英作揖道。

云天青脸上微微一惊,转头严肃地问云天河:"天河,你跟这两个琼华派的人到底是来干吗的?快说!再不说老子可走人了!"

云天河见父亲又是这般严厉神色,心里一下子紧张起来,张口结舌地说道:"这个,我们……"

他见云天青脸上不耐,着急地道:"爹你先别走!孩儿还有好多事想问你!"

"你这小子,有话就问!"

"爹,你和娘,你们当初为什么要离开琼华派?害得大哥,不,玄霄,害他被冰封在禁地十九年?"云天河脱口,问出的刹那连他自己也心惊,登时连视线都不敢和父亲相对。

云天青全身一震,喝道:"你——"他见云天河的身体也是一抖,表情也十分悲伤,不敢直视自己的目光中透着深深的疑惑,于是长长地叹了口气,"果然,我就知道你小子出现,一定没好事,陈年旧事都被扯出来了。"

"爹,到底是为什么,你告诉孩儿吧!"

云天青沉着脸,反问道:"你先告诉爹,这些事你是怎么知道的?"

"孩儿……那个……"

一旁的韩菱纱听得有些着急,上来替云天河解释,将她到青鸾峰,他们入琼华派,在禁地遇到玄霄,寻找三寒器,直至为了寻找翳影枝来到鬼界的事原原本本说了一遍。

"怎会如此?!你小子尽给我找麻烦!随随便便让人进了山洞也就罢了,墓室居然都被你搞塌了,简直是岂有此理……还有,我不想你修仙,你偏偏跑去琼华派!真是欠揍!"云天青神色一黯,疾言厉色道。韩菱纱和慕容紫英听得都有些害怕，云天河却显得习以为常，只是低下头去，时不时轻轻地应两声。

可是不知为何，他觉得爹的语气有些奇怪，前面几句话说得若有意、若无意，倒是最后一句，似乎才是他真正要责备自己的地方。

"爹，你怎么罚孩儿都行，但是能不能告诉孩儿，当初你和娘为什么要……"

云天青神色颇为犹豫，过了许久，终于轻叹一声，缓缓说道："知道了这件事，对你未必有好处，但如果你很想知道，爹就告诉你，毕竟你也长大了，不能永远把你当小孩子看。"

云天河缓慢而坚决地点了点头："孩儿……想要知道！"

"你可知我为什么一直没有转世？"

第五十二章

"因为我愧对师兄,所以我在这里等着他。他不来,我不会走,我要亲口对他说声对不起。"

云天河的心一沉,果真如掌门所说,爹和娘对不起大哥……

云天青看到云天河那哭丧般的表情,顿时气不打一处来:"臭小子,你那是什么痛苦的表情,真以为我和你娘是十恶不赦的人了?!"

"爹,我……"

云天青负手而立,朝远处看去,仿佛是在看什么人。"我告诉你,我们确实是负过师兄的性命……就算后来没有亲眼所见,我也知道他过得生不如死……但是,我和你娘从未负过他的情谊。"

"孩儿不懂。"

"你既然知道师兄之事,是否也知道琼华派修炼双剑之事?想要飞升成仙,就必须拥有强大的灵力,修炼百年,所得不过尔尔,倒不如网缚幻瞑界,从它们那里夺取灵力……当时,门派中很多人都觉得这是个绝妙之法。"

"但是那幻瞑界又岂会乖乖就范?于是,双方争斗不休,场面十分惨烈。我如今想来,仍觉心寒……我虽然并不讨厌妖,却也不会喜欢妖,我忍受不了自己升仙却要以其他生灵的命作为代价。"

慕容紫英蓦地抬起头。

云天青的神情似乎有些不忍:"那段日子,简直像在炼狱一般,许多弟子见妖就杀,连幼儿也不放过……琼华派同样死伤不少,连掌门都被杀死了。虽然自那以后幻瞑界之主不再露面,但再次出现之时,又有何人能够抵挡?"

"渐渐地,门派中有了不同意见,一派主张继续打下去,另一派则主张放妖界离去,减少己方伤亡。我觉得再打下去也只会生灵涂炭,不管是人还是妖……

眼看当初一同入门的师兄弟一个接一个地死去，变成冷冰冰的尸骨，就像一场噩梦。"

"你娘她……和我的想法一样。"

云天河的神色已经由刚刚的沉重转为震惊，而韩菱纱则觉得身体一阵阵发寒。他们去过巢湖，见过那么多妖，还有槐米它们……

虽说云天青说的情况和掌门说的情况并没有什么不同，可韩菱纱一想到那生灵涂炭的画面便于心不忍。

十九年前的那一场大战，远比旁人口述和他们想象的更加残酷，不论是对琼华派弟子，还是对妖。

韩菱纱望向慕容紫英，后者神色微凝，不知在想什么。

"你娘她不愿再使用望舒剑，长老们虽说会考虑她的话，其实却只是拖延时间，想让她与玄霄继续网缚住幻瞑界。"云天青收回了视线，"还有一人……本是与我们俩最亲密之人，却又与我们想的完全不同。"

"那个人……是玄霄？"云天河讷讷地问道。

"不错。师兄他非常清楚自己想要什么，绝不会半途而废。我和凤玉想劝他，反被他大骂妇人之仁。"云天青垂眸，声音带出些许苦涩，"被自己爱慕的人痛骂，凤玉伤心欲绝。这个时候又有弟子说我是叛徒，因为他们看到我救了一只年幼的、身受重伤的妖。"

韩菱纱猛地一震，心中有个荒谬的念头，而且越发强烈……

"我们对幻瞑界知之甚少，对方实力又深不见底。能阻止这场大战的，唯有我们带着望舒剑逃下山去，这样一来，琼华派升仙的美梦也就化为了泡影。"云天青苦笑道。

"我们趁夜逃出门派……后来的事你多少也知道一些，凤玉没有羲和之力的支撑，渐渐被冰寒侵体，我运功替她抵御寒气，却杯水车薪。我不死心，在黄山诸峰之间，寻找传说中的阴阳紫阙——"

"当时也是再没有其他办法了，我想到用阴阳紫阙'阳'的那一半抑制凤玉身上的寒气。差不多把整个黄山都找遍了，我终于寻得那一半，给凤玉服下，她的身体果然有所好转，我们以为这样就没事了……没多久我们就成了亲，定居在黄山青鸾峰上。"

"可是……后来还是不行，凤玉的身体时好时坏，生下你之后，不久便过世了。奇怪的是，我们一直担心你会先天体寒，可你却十分健康。我因为曾运功替凤玉驱寒，也被冰寒之气反噬，过不了几年便这样归位了。"云天青叹了一声，看着云天河，"天河，你如今身体可有不适？会不会怕冷？"

"孩儿一切都好，并不会像爹娘那样。"

"那就太好了，太好了。就算你小时候看来没什么，我也还是放心不下。"

云天河踟蹰着，似乎有话要问，韩菱纱见他迟迟不开口，便替他道："前辈，您说天河的娘爱慕着玄霄，那她……"

"我知道你想问什么。不过，凤玉她心里究竟爱着谁，抑或怨着谁，怕是只有她自己才知晓。"云天青的目光缓缓转向远处，仿佛又望见了凤玉那美丽的身影，轻叹道，"那一天在剑舞坪，当我和师兄第一次见到凤玉……她那时的模样，我永远都忘不了。她就好像后山的凤凰花一样美，虽然神色冷淡，眼里却透着明澈聪慧。"

"凤玉的性情外柔内刚，兼之以望舒剑修炼，身染阴寒，性情中更是有着相当决绝的一面。当初师兄与她决裂，令她十分伤心，日后嫁我，至死都没有再提'玄霄'二字。"

韩菱纱怔愣，仅凭云天青的三言两语便勾勒出了凤玉的轮廓，却对自己那般轻描淡写……

"可我知道，凤玉一直没有忘记那个人……她临死前的几天，被冰寒侵体，心魔深种，已经六亲不认，却忽而清醒了一瞬，只求我一件事，便是把灵光藻玉放在她身边作为陪葬。"

"那为什么娘不像你一样，等着玄霄呢？"

"你娘曾告诉我，她这一世活得太累，耗了太多心力，若是死了，一定会很快转世，忘却一切，这一世的喜怒哀乐通通不带走。"

始终沉默的慕容紫英此时忽然全身一震，惊道："前辈，难道说，你救下的那个年幼的妖……是柳梦璃?!"

云天青一怔，慢慢点了点头，道："不错，你们竟也认识璃儿？"

慕容紫英倒吸了一口冷气，吃惊道："她是妖?!但是为何她……"

"唉，你这小子真是无聊得很，一看就知道是琼华派教出来的！"云天青看着他震惊的神情，摇了摇头，长叹道，"什么人啊妖啊，有必要分那么清楚吗？你且看看这鬼界，一旦阳寿尽了，都是鬼魂，不分人与妖，说不定你今世是人，来世便要做妖，那你一直坚持的东西岂不可笑?!"

慕容紫英面上呆住，喃喃道："今世是人，来世做妖……"

看着陷入沉思的慕容紫英，韩菱纱轻叹了一声——今世是人，来世做妖……紫英他心里一定很不好受吧，多年以来在琼华派被教养的观念，居然……居然有一天变得什么都不是了。

"小子，你自己慢慢去想吧，最好想得通透点！"云天青继而转向云天河，"天河，告诉爹，你们是如何认识璃儿的？"

"孩儿是在寿阳认识她的，后来我们一起去了琼华派。可是，妖界来时，她却跳进了那个入口，失踪了……"

"是了，妖比人早慧，或许她已经找回了记忆。"话说了一半，云天青突然全身一震，惊道，"不对！没有双剑网缚，璃儿怎么会有机会回妖界?!"

"当时要助玄霄破冰，集齐三寒器后，又将望舒剑给他了。"韩菱纱见云天河因为望舒剑懊悔得说不出话，遂替他解释道。

"不……不可能，剑未苏醒，他们根本用不了！"云天青断然否决道，随即又似乎想到了什么，低声喃喃道："除非有个人，与凤玉一般……难道姑娘——"

云天青的目光霎时凝向韩菱纱，脸上神情多变，未尽之语陡然令云天河一阵胆战心惊。"爹，望舒剑怎么了？什么苏醒？"

然而未等云天青回答，巨镜发出的光亮突然消失，转轮镜台上一下子昏暗下来，再也找不见云天青的影子。

云天河大惊失色，拍着镜面喊道："爹，你到哪里去了?!"

四周传来隐隐的钟声，忽然一个尖锐的声音叫道："快走！快走！"

韩菱纱惊讶地转头，只见一只蓝色的小鸟在空中扑扇着翅膀，张嘴急声向这边呼喊着。飞到眼前时，那只鸟毛色一变，换了一身绿羽，再次尖声叫道："无常殿已经把转轮镜台的灵力暂时消去了，它们发现你们了！"

"那我爹——"

"快走吧，他不会再出现了……"

韩菱纱一颗心还在因为云天青最后那眼神而七上八下，就听着远处传来异动，那只报信的小鸟连忙拍着翅膀飞远了。

"天河，快走。"韩菱纱一把拉上还扒在转轮镜上的云天河，焦急催促道，"你爹本就是鬼魂，在这儿不会有事，我们再不走，就真的走不了了！"

话刚说完，一道疾行的脚步声似乎近在咫尺。

第五十二章　283

第五十三章

三人提神戒备，只见一双黑色缎面锦靴飞快地从草丛中踏出，视线上移稍许便戛然而止。这名鬼差生得矮小，又面黑如墨，几乎要和这鬼界的黑融为一体，二话没说就给他们指出一条明路，让他们往南面的"放逐渊"跑，说完便身形一旋，彻底消失不见了。

韩菱纱与云天河面面相觑，一时摸不准是何情况，倒是慕容紫英当机立断，带着二人朝南面飞奔。

黑暗中，人的感官被无限放大，韩菱纱都能感觉到后面鬼差们追赶的呼喝声，逼得她半点不敢回头，不停地朝前跑着。

眼前出现一条黑水河，横卧在尽头处。周遭的鬼魂渐渐多了起来，所幸这些孤魂并无戾气，对三人的出现视若无睹，漫无目的地游走在黑水河畔。

"放逐渊……"韩菱纱看着地上立着的石碑，"我们到了。"

就在这时，指路的那名鬼差身影一闪，仿佛是从地底钻出来一般，站在了三人身前。

"你们可算来了！刚才有一拨鬼卒过来巡查，我想办法引开了。面前这就是冥河，河上有竹筏可以往来阴阳两界，我已经给你们安排好了渡船，你们快快上船，返回人间吧！"

说完，那鬼差回手一指，三人见一条青竹筏缓缓漂到岸边，筏上一人浑身黑衣，头戴竹笠，默默地站在上面。

韩菱纱感激道："多谢……只是我们素不相识，敢问你为何会帮我们？"

"哈哈，咱们确实素不相识，不过我跟你们朋友的一位故人可是老相识了，说起来，也算是好人有好报吧。你们还记不记得即墨的夏元辰？"

"莫非你是夏书生的朋友？"

"非也，我只是刚巧认识他的养女而已。"

"莲宝?!"韩菱纱惊诧道。

"没错！"那鬼差恍然道："她这一世叫作'莲宝'。她前前后后死了六次，都是由我去勾她的魂。"

那鬼差叹了口气，又道："她可真是个傻女人，明明和前世的恋人缘分都已经尽了，偏偏还不死心，转世六次都要陪在他身边，有时是树，有时是鸟……到了这一世，终于成了人，偏偏又是个痴儿……唉！"

"莲宝……就是静兰？是夏书生的恋人转世?!"韩菱纱瞪大了眼，眼前浮现起夏元辰提起静兰时的温柔爱恋，又想起小莲宝对夏元辰的依恋……

每一回转世都要陪在心爱之人身边，这是怎样的执念！

"我啊，得了空便时常去阴界看看她，虽然她不做鬼时，也记不得我……上回我见你们救了她，这次才特意来帮你们！"

韩菱纱心中又泛起一丝苦痛，喃喃道："她如果知道这一切，肯定很痛苦吧，就算能陪在夏书生身边，夏书生也不会再认得她了，为什么还要纠缠生生世世……"

"我又怎么知道，做鬼太久，早忘记做人时的感觉了。"那鬼差叹道。

鬼差看着韩菱纱伤感的面容，又望了望云天河，道："你们两个，刚才就是你们在转轮镜台召唤了这里的鬼魂吧？你们且看看这放逐渊里，有的是惦念世间所爱、非要等到对方死后与其携手再入轮回的孤魂。"

"其实，入了轮回，来生便一无所知，这些前世的因缘纠缠，有与没有，又有什么区别呢？而且人的情爱本来就没什么道理可言，明知不可为，还偏要去做的事，恐怕比天上的星星还多！"

韩菱纱和云天河黯然相视，无言以对。

"不说这个了，你们快走吧，我也只能帮你们这一时了。"

三人心中一凛，虽然各有留恋未解，也不敢再待下去，郑重地向鬼差道了谢，急急地登上了青竹筏。

那撑船人长篙一点，竹筏如水上浮冰，平平漂去，转眼间便看不见鬼界的地面了，三人这才松了口气。

韩菱纱望着黑水河的河面，神情怔怔。另一侧，慕容紫英亦闷闷地站在筏上，一言不发。

"紫英，你在想什么？你是在意梦璃是妖？"

韩菱纱听到云天河的声音，顿时胸口一闷，这呆子，还真是哪壶不开提哪壶！

慕容紫英低叹了一声，心思复杂："想不到我竟与一个妖相处了这么久，而且毫无察觉……"

"可是，在意这种事根本没啥用吧？我爹说的话，你不也听到了，其实妖和人又有什么区别呢？"云天河直白道："我觉得……要是你不知道该怎么办，干脆先什么都别想了，一切等我们找到梦璃再说，怎么样？"

慕容紫英缓缓地点了点头。

韩菱纱摇头失笑，没想到呆子竟然会安慰人了。忽然，她的余光却被映入眼底的光亮吸引了过去，她惊喜地看着前方："你们快看——"

远处的水面上，一道银白色的光幕将整个河面截为两半，仿佛是划开人间与鬼界的界限。

就在几人的目光一同注视着那河面光幕时，韩菱纱却盯住了撑船人，后者戴着大大的斗笠，时刻低垂着脑袋，似乎不愿露出真容，却让韩菱纱感到些许熟悉。

"你……把头抬起来，让我看一看好吗？"那声音轻轻的，带着些许的颤意。

撑船人的那杆长篙猛地一抖，险些脱出他的手掌，斗笠低垂得愈发明显。

韩菱纱的目光依然牢牢地盯着他，眼底些微可见的水光渐渐漫开。撑船人在瞥见她的泪时倏然僵立，船身失了长篙的控制，静静地漂在黑水河的水面上，无波无澜，船上的氛围仿佛停滞了下来。

许久之后，那撑船的黑衣人缓缓叹了口气，悠悠道："唉，丫头，看来还是瞒不过你……"说着，他摘下了头上的斗笠，露出中年男子的沧桑容颜。

"伯父……真的是你?! 怎么可能?!"

若非刚才那一抹熟悉的羁绊，任她想破脑袋都想不到这冥河上的渡船人竟然是她故去多年的大伯韩北旷！

韩北旷看着韩菱纱，轻叹道："丫头，你就当作没看见伯父，好不好？"

"不好！我明明看见了！伯父，你不知道我有多想你！"韩菱纱噙着哭腔，抹了抹眼睛，却仍被水雾模糊了视线，"在转轮镜台的时候，我以为你已经转世去了，所以才不出现……你为什么不来见我？为什么会在这里划船？"

"傻丫头，我要是不在这里划船，今天不就救不了你了？不只我，几乎所有韩家人，死后都会在鬼界做苦役……我便负责摆渡这青竹筏，必要时往来人鬼两界。"

云天河和慕容紫英面上大惊，脑海中猛然回忆起韩菱纱一直闪烁其词的家族、宿命……"

"苦役？那是为什么？他们怎么能让你做这种事呢?!"韩菱纱惊喝道。

韩北旷默然不语。韩菱纱着急得很，她好不容易才见到伯父，她有好多话想对他说："伯父，你说嘛！告诉我好不好？"

"丫头，我刚才不想与你相认，就是在犹豫要不要告诉你一些事。对你来讲，现在就知道这些，未免过于沉重了……"

"我不怕！伯父，这到底是怎么回事？"

韩北旷的脸上极为苦涩，缓缓道："韩氏世代为卸岭派，总以为人已入土，墓中器皿当可拿来救助活人。但如今你来了鬼界，应该知晓，鬼也如活人一般，有自己的感情、自己的种种思念……"

"但天地自有规律，韩氏一族取他人之物助人，自会有相应的代价。我们一族阳寿极短，只能活到二三十岁，这便是代价。"

"什么！"韩菱纱震惊得跌坐在筏上，伯父所说的每一个字都如给她重重一击，喃喃道，"竟然是这样……也就是说，我一直在找的长生之法，根本没有用？"

"不管我怎么努力，也不能让族人活得更长久一些？"

"那我这些年……有何意义？"

那一声叠着一声的质问，仿佛是问韩北旷，又像是问天道。就像陡然间失去了支撑一般，韩菱纱缓缓跪了下去，长久以来她所坚持的一切，刹那间崩塌。过往的一幕幕，仿佛都在嘲笑她的痴人说梦。

可悲，可笑，可叹！

她捂住面庞，一滴又一滴晶莹的泪珠从她的指缝淌出，落在竹筏上。她如同受伤的小兽发出呜咽悲鸣，轻轻的，却极揪人心，回荡在水面上。

"丫头，我知道你很努力了，但是有些东西，冥冥之中自有安排，不是你一个人能够争得过的。"韩北旷心疼地看着她，叹息道。

良久，韩菱纱像是寻回自己的声音，沙哑地问道："那爹和娘呢？他们在哪儿？"

"他们……自然也在鬼界的其他地方赎罪。"韩北旷眼神黯然，轻轻拍了拍她的肩膀，道："傻丫头，你既然问到你的爹娘，老实告诉伯父，你是不是一直很气自己的爹娘，觉得他们待你不好？"

韩菱纱痛苦地摇了摇头："我……"

"他们啊，知道自己多半命不长久，所以才故意对你冷淡，就是怕你依赖惯了，万一双亲离世，你会太伤心。"韩北旷的声音里尽是痛意，"这世上哪有爹娘不喜欢自己孩子的呢？"

他顿了顿，像是回忆起以前："特别是你爹，在你小的时候，每天晚上非要在床边看你睡着了，他才肯睡。他就是有股傻劲儿，总觉得不多看几眼，多唤你的名字几声，怕以后就没机会了……"

韩菱纱的眼泪再次决堤，眼前恍惚浮现出那场景来，胸口更觉痛彻，哽咽道："真是个傻爹爹，还有娘，也好笨！人活一辈子，本来就够短暂了，他们还要在意这在意那，害我伤心了好多年。"

她哭得肆意，像是这些年的委屈与难过通通找到了发泄口。原来，自己以为的不爱竟是如此深爱，却又来不及……

韩北旷抱住了她，用袖口帮她擦干了泪水："丫头，这么多年过去了，你真的长大了，看事情有自己的想法了。"

他转眼看了看云天河和慕容紫英，微笑着问道："似乎……也结识了很好的朋友。"

云天河也想做点什么，但看着韩菱纱难过，他颇有些束手无策，对于韩北旷的问话，只郑重地重复道："对，我和菱纱是很要好的朋友。"

"晚辈慕容紫英，刚才多有失礼了。"

韩北旷微微一愣，向慕容紫英问道："慕容？难道是大燕国的遗族？"

慕容紫英神情一震："前辈……如何得知？"

昔日东晋"八王之乱"时，北方各游牧民族趁中原内乱，纷纷割据建国。鲜卑族的慕容氏也建立了自己的国家，国号"大燕"。后来大燕国虽然覆灭，这一支血脉却随之流入了中原。

"我也是脑中灵光一闪而过，想到很久以前曾遇到一对夫妇，前去轮回井转世，眉目间和你很有几分神似。而且慕容这个姓并不多见，毕竟是大燕国的国姓。"韩北旷想了想，问慕容紫英道，"令尊……是不是叫慕容承？"

"正是家父。"慕容紫英神情一僵，脸上显露出几分黯然。

"那就没错了。"韩北旷看着他道，"你也不用太过伤心，那时你爹和你娘神色平和，想来他们生前应该过得很安泰，唯一遗憾的是没能在死之前再见自己的小儿子一面。听说，因为那孩子年幼时体弱，家里不但请来道士替他批命取名，更是将他送去了仙山上修行，但愿他能活得长命百岁……"

"鬼界有种说法，叫作生前种种隔世抛，与其一直挂念，不如在心里希望过世的亲人朋友转世以后能够一生顺遂。"

这话也是对船上的另两人说的。韩菱纱抬眸，定定地看着他，咬住了唇角。

慕容紫英收敛悲容，低声道："多谢前辈指点，晚辈明白了。"

"是我该谢谢你们两位，这些天来一直照顾我家丫头。"韩北旷就像小时候那样摸了摸韩菱纱的脑袋，"丫头，不管怎样，伯父今天能见到你，觉得很高兴。"

韩菱纱抹了抹眼睛，幽幽道："我也是……伯父，你先别走，再多和我说些话好不好？"

不知不觉间，竹筏已漂至了那道光幕边缘。韩北旷摇摇头，叹道："时候差不多了，前面就是终点，你们该回去了。"

"伯父，等回到了人间，我会告诉族人，让他们放弃卸岭之术……不过，有机会的话，我仍然要去找长生之法，我不会放弃，哪怕能让他们多活一天也好！"韩菱纱捏紧了拳头道。

"丫头，别总那样辛苦，多为自己想想吧……"他看了看韩菱纱身后的二人，长笑道："十几年不见，丫头你出落得这么漂亮，可得找个好相公嫁了！我看你身后这两个都不错啊！哈哈——"

韩菱纱当场错愕，一眼就看到云天河冲自己傻笑的模样，登时涌上几分羞赧。"伯父——"

却见韩北旷将手中的长篙一撑，青竹筏平平地漂过了那道光幕，三人为刺眼的白光笼罩，只听见光幕的那头传来韩北旷半是欣慰半是释然的呼喊声："丫头，好好活着！"

第五十四章

眼前的白光消失，三人只觉得脚下一实，已站在了岸边的码头上。展眼望去，河面上风平浪静，空空的，没有一条渡船，韩北旷的身影也早已消失不见。他们身后不远处是一座高大的牌楼，上书"鄷都"两个大字。

天空灰蒙蒙的，将整座鄷都城也蒙上了一层沉重的影子。

韩菱纱眼睁睁地望着天水交接处，看了许久，心中终于明白，自己再也见不到伯父了，于是眼睛再次朦胧："伯父……呜……"

"菱纱，你……你别哭了……你这样哭，我也好难过……"云天河笨拙地安慰道。

韩菱纱抽泣着，问道："你难过什么？"

"我说不清楚。这次去鬼界，听到当年的那些事，我好像变得都不是我了。原来，娘最喜欢的人不是爹，而是……当年的事，爹和娘真的好可怜。"说到伤心处，云天河忍不住鼻子一酸，低下头去。

韩菱纱垂首挥泪，也低声道："我也觉得……为什么许多事情和原本想的完全不一样？"

两人并肩立在岸边，呆呆地看着河面上白鹭青萍，浮光点点，各自伤怀不已，却没有再说一句话。

慕容紫英望着他们两个，掩过了眼神里的忧郁，过了半晌，才轻声叹道："我们走吧。回琼华派，进妖界见一下梦璃，不管她是人是妖，总要再见她一面。"

韩菱纱点了点头，目光却仍未离开河面，眼神哀戚。

"菱纱，别难过了，看着你伤心，我……我的心就……无论怎么样，我……我都会陪着你的！"云天河忽然明白自己心底里最想要的，看着韩菱纱便直白地说了出来。

韩菱纱闻言忽然转过头来,眼中仍有泪光,定定地望着云天河的双眼。云天河被她瞧得一怔,似乎有些拘束,不知所措地站在那里,目光却是不改的坚定。

"天河……"

她望着他,心中陡然间涌起一股温暖,是那种毫不陌生的,带着些许傻气的温暖。

从那夜巢湖边上的死战不退,寿阳城里的独挡官差,女萝岩的焦急呼喊,播仙镇的关心照顾,琼华派中为自己跟弟子打架,妖界降临当晚不顾自身安危留下长剑……直到刚才这几句朴实而诚挚的话语,无不带着他那独一无二的温暖。

她自己也不知从什么时候开始,习惯了他的这份温暖,欣喜地沉浸在其中,感受着那份以前闯荡江湖时没有的温情与欢乐。

这份温暖也许就是……

韩菱纱擦干脸上的泪痕,轻轻地对他说道:"天河,我想你陪我去做一件事好吗?一件很重要很重要的事。"

云天河一愣,道:"行啊……不过,是很急的事吗?"

"嗯,如果我现在不做,以后可能就永远没有机会了。"

"菱纱,别乱说话!"云天河皱眉,连忙打断了她。

"不,我知道自己的宿命,我也明白,老天不会给我太多时间了。"韩菱纱似乎想宽慰他似的笑了笑,却笑得十分勉强。

"其实……刚才看着这条河的时候,我想了很久,想伯父说的那些话,我决定了却自己的一个心愿。"

云天河听得糊里糊涂的,略一思索,突然大急,惊道:"什么,你的意思是还要去……"

韩菱纱点点头,坚定地看着他的眼睛,道:"嗯,可那是有原因的,你……可以陪我去吗?"

"不行!"

云天河和慕容紫英几乎同时喊了出来,并且心中惶惑。云天河更是大声道:"那些轮回报应的事,我虽然不是很懂,但也知道那不是好事,对你不好,会减你的寿命,所以一定不能去!"

"哪有这么严重……这是最后一次,就这一次!"

"不成!你的命哪怕是减少一个月,甚至一天也不行!菱纱,你怎么能这么不爱惜你自己?!"云天河焦急之下,语意中已是斩钉截铁。

第五十四章

韩菱纱侧过身去,避开了他的目光,心中一时竟不知是喜是悲。

"菱纱,此事攸关你的生死,万万不可儿戏!"慕容紫英沉眸劝说道,"再说,眼下我们找到梦璃才是正事……"

"是啊,梦璃的事还没——"

云天河的话没说完,便被韩菱纱怒气冲冲地打断了:"别总是一口一个梦璃、梦璃的,我当然明白梦璃的事很重要!但我也不是胡闹!"她一顿,死死咬着唇道,"只要这件事一办完,我马上就跟你们回琼华派,去妖界找梦璃!"

"菱纱,虽然你平时就很爱玩,可也不能拿自己的性命闹着玩啊!"云天河焦声道,带着些许颤抖,不肯答应。

"你当我是在玩?"韩菱纱猛地转过头来,两眼通红,"你们都以为我是在说疯话?!好,好,你们两个大男人婆婆妈妈的不肯去,我自己去总行了吧?!"

她一把推开云天河,愤恨地奔出两步,跑到河畔空地上,就要御剑而去。云天河惊呼道:"菱纱,不要去——"

忽然,一束蓝光轻轻缚在韩菱纱身上,止住了她的身形。韩菱纱又惊又怒,回过头来望着制止她的慕容紫英,颤抖不已,愤愤地道:"你……你们……"话音之中忽然带了哭腔,"你们难道不知道,这也许是我这一生最后一个心愿了,你们还要阻拦我实现它吗?!"

"非做不可吗?哪怕会减少寿命?"

"对,那是一件很重要的事,一个很重要的心愿,如果我的阳寿真的很短,那我一定……一定要在死之前做到!而且去妖界会很危险,我只想此生不要留下遗憾!"

"好。"一句回应,令韩菱纱蓦地睁圆了眼睛看向出声的云天河。

"我陪你去。"他一顿,语气愈发坚定,"如果你一定要去,我不能让你一个人冒险!再说,两个人一起去,要折寿的话大家平分,也不会让你一个人减太多!"

第五十五章

最终，去往封神陵的路上多了云天河和慕容紫英二人。韩菱纱御剑飞行在前，心里满是感动，既为云天河的情，也为慕容紫英的义，这样看来，她又是何等的幸运啊。

三人如双星伴月，片刻之间，便飞过了数千里沃野平原。

红衣如火，明艳如斯，韩菱纱奔向空中悬浮的一块儿平台，翩然而落，惊鸿一现犹如天人。

"好了，我们到了！"

云天河放眼望去，只见半空之中竟然悬浮着一座雄伟的建筑。建筑四壁不知是用什么砌成的，发出金灿灿的光芒。门前立着两尊神兽的雕塑，神态威严，气势逼人，宛如活物一般，让人一眼望去，胆气顿敛。

"此地气氛异常肃穆，又悬浮于空中，似乎不是寻常墓穴。"慕容紫英皱着眉问道："菱纱，你究竟所为何物？"

"等找到之后你们就知道了……"韩菱纱低声呢喃，"我的曾祖父曾来过这里，回到故乡后却变得沉默寡言，好像整个魂都已经不在身上了，有人说他疯了，也有人说他只是偶尔会神志不清……不过还是有族人从他的只字片语里知道了这个地方，还有那件宝物。"

不等云天河问清楚是什么宝物，韩菱纱已经往封神陵里面闯去。

二人无法，只得忐忑跟随在韩菱纱两旁，防备着前方未知的危险。不知走了多久，终于走到封神陵深处。这一路上，他们并没看见一个生灵，也没发现半点异样，但云天河和慕容紫英心中的紧张之感仍丝毫不减。

这等地方，越是清净无人，越是杀机四伏，慕容紫英按住长剑的手不禁紧了紧。

又是一扇大门打开，室中的墙壁上灯火如豆，然而却有一片极为明亮的华彩迎面映来。众人抬头望去，只见极美丽的光芒中，一道弧线隐隐浮现。

韩菱纱惊喜地欢呼道："找到了！好漂亮的弓！"

云天河和慕容紫英同时抬头望去，只见面前的墙壁上挂着一把暗红色的大弓，约有六尺长，几乎和韩菱纱一个高度。弓身极为粗大，上面似乎也雕刻着许多图案，只是隐藏在通体发出的七彩光华中，看不清楚。

"怎么样？这把弓很不错吧？就算静静地挂在那里，都能感觉到一股好强的灵力！应该就是我曾祖父提过的神弓了！"韩菱纱笑眯眯地看着云天河道，"这把弓你拿着一定很帅，快去把它取下来吧！"

云天河全身一震，怔怔地望着韩菱纱，颤声道："难道……你说要来这里取个东西，是为了我?!"心中方生暖意，蓦地又是一痛，云天河的眼睛陡然模糊起来。

韩菱纱脸一红，哼道："谁说是为了你！少往自己脸上贴金！我只不过觉得这次去幻瞑界，一定会有大事发生，你拿着它，也算多一份力量，对我们几个都有好处！"

她两眼不自然地望向一旁，语音中几分羞涩之情，欲掩难抑。"不过你要硬说是为了你，那我……我也没办法，谁让我们几个人里面，只有你是用弓的。哼，便宜你了。"

室中静静的，只听见一声极低的抽泣，韩菱纱吃惊地望向云天河："天河，你——"

云天河就那么直直地看着她，眼泪刹那间落了下来。

韩菱纱的心忽地一揪："哎呀，这是干什么，男儿有泪不轻弹……"说着说着，忽然间自己也有一种想流泪的感觉，她急忙低下头去，轻声道，"天河，你喜欢这个礼物，我就很高兴了，真的。"

"早知道来这里是要拿弓，我死都不会让你来……"云天河双拳攥得死死的，痛声道，"这世上再好的弓，也只是一把弓，根本不值得拿你的命来换，哪怕只是一个月、几天、几个时辰……都不值得……不值得……"

韩菱纱闻言，心跳仿佛漏跳了一拍，丝丝缕缕的苦涩在心口蔓延开来。"你……要是真的这么想，就好好地用这把弓吧。答应我，永远把它带在身边，就算有一天你用不着了，也要带着。"

"好，我答应你！无论什么时候，我都会把它带在身上！永远永远！"

韩菱纱的眉眼间流露出一层伤感，兀自强笑道："你总是说，我对你很好很好，其实那些都没什么。可是，有了这把弓，不管以后你和谁在一起，不管我是不是已经死了……你偶尔念着我对你的好，我就会很开心了。"

她忽然能够理解父母那时候的心情了，那种明知道自己无法拥有未来，又生怕短暂的交集所带来的痛苦羁绊……她尝过一次，又何必让云天河和自己一般……一切止步于此，大抵是最好的结果了。

可胸口的痛楚与酸涩一遍又一遍地提醒着自己的不甘与失落。

"菱纱，你不要说这种丧气话，你一定会活很久很久的！"云天河猛地握住她的手，想用自己的体温让她的手暖和起来，"有我保护你，一定会没事的！"

若天意如此，那他便与天争！总之，他绝不会放开菱纱的手！

"傻瓜，别喊得那么大声……"韩菱纱猛然拍了拍他的肩膀，故意装出一副生气的神情，"云——天——河！你听好了，不管我还有多少时间，一定要记得我这个好朋友，不许忘了我，听见没有？"

云天河怔怔地重复了她那一声"好朋友"，似乎是该应答的，却又不知为何觉得哪儿不对劲儿，陷入了沉默。

韩菱纱又是一笑，面上却是掩饰不住的凄然，她转向慕容紫英，轻声道："紫英，对不起，我没有想到什么好东西是你适用的……"

"不必……神兵利器，我并不稀罕，但你须记得自己的誓言，往后再不可孤身冒险。"慕容紫英看着韩菱纱，目光中痛惜和感动并存，缓慢而郑重地说道，"今日之行，我并不认同，但如若取此弓会有任何报应，慕容紫英为了朋友心甘情愿。"

一句"心甘情愿"令韩菱纱怔住。"紫英，谢谢你……"

慕容紫英轻轻抚了抚剑上系着的九龙缚丝剑穗，沉沉地叹了口气："快去将弓取下吧，然后我们速速离开此地，以免夜长梦多。"

"好。"韩菱纱走到墙壁前，伸手要去够那把宝弓。

室中猝然响起一个暴怒的声音："罪人！凭你罪孽之身，也敢触碰神器？！"

韩菱纱花容惨变，这一声暴喝直击她心底，在耳边回响不绝。她踉跄着倒退数步，脸上的神情极为恐惧。

"谁？！"

突然间，整个封神陵中的灯火都猛地剧烈燃烧起来，原先豆大的火苗此刻竟如一个个火炬一般，将室中照得明晃晃的。

只见灰影一晃，来人左手一勾，墙上的宝弓已背到了他的背上。接着，他大袖一挥，整个陵内陡然刮起一阵狂风，风势凌厉，有如刀割，将众人生生逼退了几步。

"吾乃神将句芒，奉天帝之命镇守封神陵！"

顷刻间狂风陡止，三人惊骇之下，只见那人鹰鼻鹞眼，手臂修长，身披一件灰色大氅，面目极为阴冷。

他面向韩菱纱，怒喝道："凡间的罪人，你满是罪孽的双手不配执拿这后羿射日弓，还不退下！"

第五十六章

那声音铿锵回荡，泛起阵阵回音，罪人之音一遍一遍地冲刷耳畔，韩菱纱的脸霎时惨白。

"念你今日窃取神器并非出于利己私心，本神将饶你不死，也不夺你二魂六魄！还不即刻离开封神陵！"

"夺取二魂六魄？！"韩菱纱霎时明白曾祖父为何后来会如此，可神弓就在眼前，她不甘心就此离去。

"若告诫再三而执迷，本神将绝不姑息！"句芒怒喝道。

霎时间，室中火光乱窜，只见墙上那些油灯中的火焰竟纷纷向韩菱纱身上射去。云天河大惊，慌忙奋力挥剑格挡，牢牢护在了韩菱纱身前。

慕容紫英挥剑挡下一道火光，只觉得剑身一颤，忽然眼前一团灰影欺近，情急之下已不及出招，当即奋力飘后。随着"嗤"的一声，他胸口的衣衫已被撕去了一块儿。

"紫英，小心——"

然而句芒却折返回来，不与二人过多纠缠，轻飘飘这一掌、那一带，便逼得两人身形飘离，再次向韩菱纱扑去，是铁了心要取她性命。

云天河和慕容紫英不顾自己的安危，死命追上，先后挡在韩菱纱面前，苦苦与那神将缠斗，不多时，已汗如雨下。

句芒眼见不能立胜，心下焦躁，见云天河长剑挥来，猛地大喝一声，右臂一圈，后羿射日弓就到了他的手中，待天河剑刺至胸口，他窥得真切，将弓弦一拧一振，云天河只觉得手腕一阵酸麻，长剑脱手飞出，直插到墙壁上。

随着一声冷笑，句芒左掌疾出，直击云天河的胸口，后者避无可避，当即也伸出左掌，两人"嘭"的一声对掌，云天河斜斜地飞出数丈。

"天河……"韩菱纱刚唤一声，喉间顿时涌上一股腥甜，好在下一瞬，看到云天河飘出数丈后稳稳落地，神色如常，并无受伤迹象，她才抹去嘴角渗出的血迹。

"凡人！烛龙与你有何关系？为何你能拥有神龙之息！"句芒质问道。

"什么关系？应该算是朋友吧。"

"大胆！竟敢在本神将面前胡言乱语！"句芒大怒，猛地又扑过来。云天河一怔之下，身形稍慢，险些被他抓住。

多亏韩菱纱和慕容紫英从旁干扰，使得句芒攻势缓了一缓，但只片刻间，他便又攻到云天河面前。

云天河此时手无长剑，只得展开拳脚与其相斗，但他的拳脚经验实在太浅，只拆了数招便被句芒看出一个破绽。句芒身子轻巧一转，右臂反抓，登时将云天河的两手制住。

句芒向他的两臂穴道稍一用力，当即又感觉到云天河内息中的神龙之息，不由得面上一愣，只是将他制住，不再使力。

韩菱纱见云天河被擒，急道："放开他！"她方才对句芒怕得要死，此刻却要纵身扑上去与他拼命。

句芒长袖一摆，一道真气迸射而出，正中韩菱纱的胸口。韩菱纱被打得倒飞出去，倒在地上，神色极为痛苦，忽地一张口，吐出一口血来。

云天河见韩菱纱受伤，大怒道："你！竟敢打伤菱纱……"

他的话还没说完，句芒手腕一紧，云天河只觉得全身上下都已木了，空张着嘴，竟再吐不出半个字来。

句芒盯着韩菱纱，冷冷地说道："能与本神将战到此种地步，在凡人之中，亦属罕见！罪人！本神将不收你性命，因你一生所为，死后皆由鬼界而断！"

说完后，句芒忽然一松手，将云天河掷出数步远，喝道："尔等速离封神陵！"

云天河被他掷出时，全身的麻痹感还未解除，双脚落地时竟然站立不住，"砰"的一声摔倒在地。他拼力站起身来，奔向韩菱纱，急呼道："菱纱，你怎么样?!"

韩菱纱摇了摇头，内心惶惶，心中只觉得无比可惜，她本是想替云天河寻一趁手神器……

"罪人之手，不容玷污神器！心如明镜、三世澄澈之人，方有资格成为神器之主！"

"心如明镜……三世澄澈。"韩菱纱默念着句芒说的话，仰起头问，"那……那天河呢？换他拿……是不是就没关系？"

句芒的目光落在了云天河身上，一敛眉心："尔等一介凡人，为何身上竟有神龙之息?!"

云天河索性转头不理，眼里只有韩菱纱的安危。什么神不神的，他压根不在意！

句芒仔细打量过后，忽而沉眸："你想成为后羿射日弓之主？"

"有什么稀罕的！我不——"

"天河！"韩菱纱骤然打断他的话，一双眸子焦急地凝望着他。原以为没有希望了的事情突然有了转机，她这是要逼着云天河接受。

云天河望着韩菱纱那急得通红的双眼，哑声道："若它是以你的寿命为代价，我宁可不要。"

韩菱纱笑了，这下是真真切切的，她的双眸里闪过异样华光，在泪水的点缀下，显得极美："说你是呆子，你还真是，一切自有定数，左右差不了这一把弓，该什么时候就是什么时候。我只想将来它能陪着你，你是不是连我这点心愿都不愿满足？"

若以后……她不在了，有它陪着，就像自己还在身边一般，是个念想啊。

二人目光僵持，最终是云天河退让了。他拂去韩菱纱面庞上的泪，她哭得自己的心都快碎了。"我想要这把弓！"

后羿射日弓从句芒的手中飘浮到了空中，下一刻，被云天河牢牢握在了手里，分不清楚是神弓发出的光包围了云天河，还是云天河周身的光芒罩住了神弓，刹那之后，归于平静。

云天河手里的后羿射日弓变得与普通弓一般大小，仿佛是为契合而生。

"盘古有训，纵横六界，诸事皆有缘法！凡人仰观苍天，无明日月潜息、四时更替，幽冥之间，万物已循因缘，恒大者则为'天道'。自今日始，后羿射日弓尊你为主，力量挥放多寡，决于主人！"

"既然你不愿多说神龙之息的事，本神将也不再追问，望你善用神器，好自为之！你若身死，神器将重返封神陵！"说完，句芒回过身去，张开双臂向墙上一跃，轰隆一声巨响，他就消失不见了，只在墙上留下一只雄鹰的凹痕。

封神陵中的灯火霎时又暗淡下来，只剩下云天河手中的后羿射日弓发出微弱

第五十六章　299

的柔和光芒。

三人看得目瞪口呆,过了许久才回过神来。韩菱纱连忙指使着云天河将神弓背上,她看了又看,笑容灿烂道:"你背上它,真比我想象的还好看!"

"可是,你……"

韩菱纱望着愁眉苦脸的二人,微笑着摇了摇头,轻声说道:"其实啊,你们根本不用替我难过,在鬼界听到伯父说那些话,我心里反而静下来了。"

"就算不信命,我也相信这世上有因才有果……韩氏一族会落到今天这个地步,不怪别人……从今以后,韩氏金盆洗手,退出卸岭派。"

韩菱纱看向云天河,将这一日心中种种悲伤感慨尽皆压下,方才道:"此间事了,我们快回琼华派去找梦璃吧!"

第五十七章

秋光尽，满阶红叶暮。清风涧的枫林里，一簇红遍染山野，仿佛零星的野火燎原而去，透着顽强旺盛的生命力。

昆仑峰顶，韩菱纱将目光从底下那片枫林收回，转眼便来到了卷云台。

自幻瞑界降临，此处便少有琼华派弟子靠近。韩菱纱三人一路畅通无阻，毫不费力地上了卷云台。上方笼罩的那团紫雾，较之那一晚，颜色似乎淡了许多。

慕容紫英查看过四周，略微皱眉道："入口处的妖风散去了不少，散发出来的妖力似乎也比之前要弱……"

"不管那么多了，我们先冲进去再说！"

察觉到慕容紫英那短暂的沉默，韩菱纱轻声道："紫英，可是还在介意梦璃是妖的事？"

"我不知道。或许见到梦璃之前，我都无法想象，也不知要如何面对她。"

慕容紫英望着紫雾深处那隐藏在无比诡异之中的幻瞑界，又回头望了望琼华派，长叹一声："我自入派以来，十几年一直在此修行，我的师弟、师妹、师伯，还有所有的长辈，都在这里。若琼华派和幻瞑界兵刃相向，我绝不会坐视本派弟子死伤。何况，彼此之间早已结下血海深仇，我们此去幻瞑界，恐怕亦是凶多吉少。"

云天河亦跟着皱眉道："那为什么一定要打？难道不能让幻瞑界离开吗？爹说过，只要不再用双剑网缚幻瞑界，它就会自己离开了！"

"人和妖相安无事，难道不好吗？如果再打起来，肯定又会有很多人和妖白白丧命。我虽然不像紫英你，有很多师兄、师弟，但也不想看你和菱纱、梦璃，还有怀朔、璇玑，你们之中任何一个出事！"

"羲和、望舒双剑此刻正在掌门和玄霄师叔手中，要让他们罢手谈何容易？"

"不试试怎么知道？也许会有办法的。"云天河握紧了拳，"等见了梦璃以后问问，或许有让幻瞑界离开的办法，就不用大家杀来杀去了！"

韩菱纱点头道："我觉得天河的想法也不是没有道理。进到幻瞑界之后，我们就见机行事吧，要是见了梦璃，能找到其他法子化解这场争斗便再好不过了。"

云天河拿出翳影枝，率先向幻瞑界的入口走去。走到紫雾深处，似乎被一层透明的结界阻挡，云天河用翳影枝轻轻一碰，那结界立刻破开了一道口子。云天河钻了过去，手中的翳影枝迅速融化在了空气里，他背后的结界也重新合拢起来。

韩菱纱和慕容紫英见状，如法炮制，也顺利地进到了这幻瞑界之中。

只见幻瞑界四面均是深紫色的屏障，地面上紫色晶石林立，触目所及比比皆是，散发着奇异的温润光泽，将眼前景物映衬得如同绮丽梦境一般。

这景象和他们想象的完全不一样。韩菱纱看得好奇，走上去摸摸那些晶石："这儿看上去没有传闻中那样可怕。"人间乃至琼华派都对它记录甚少，只道是妖界之一，便以为十恶不赦，十足凶煞。

"咦，你们看，那个发光的是什么？"

"站住！你们是怎么穿过结界的?!"几乎是同时，一道暴喝声响起，随之出现的两个梦貘直奔他们而来，并将手中的兵器对准韩菱纱一行，神情颇为戒备。

慕容紫英感觉到他们身上强烈的妖气，顿时皱紧了眉头，手握剑柄，蓄势待发。

"蓝衣白衫！他们是琼华派的人！"其中一个梦貘陡然瞪大眼睛喊道，犹如触碰到了什么机关，他们齐齐变脸，眨眼就朝着慕容紫英扑了过去。

"等等，我们是——"

不等韩菱纱解释，只听得"啊啊"两声痛呼，那两个梦貘已重重地摔了出去，各自腿上多了一道深深的剑痕，血汩汩地流出来。

那两个梦貘也当真顽强，拼着腿上的重伤，仍硬撑着站了起来，还想冲上去与慕容紫英拼命。

然而蓝影一闪，慕容紫英已飘至他们面前，左足飞起，登时将其中一个踢得飞出数丈，右手长剑一挺，剑尖离剩下那个的咽喉不过数寸。

"琼华派的恶贼，要杀就杀！老子就是死了，也要化作厉鬼来向你们这些人类索命！"被慕容紫英制住的梦貘神情悲愤，恨声吼道。

"有种就杀了我们！就算我们一家都死光了，幻瞑界的梦貘是杀不完的！你们人类永远也休想攻下幻瞑界！"

"死到临头，还逞口舌之利！"慕容紫英右腕一紧，长剑就要刺出。

韩菱纱连忙拽住他的胳膊，急道："慢着！紫英，他们说不定是梦璃的族人，知道梦璃下落呢！"

慕容紫英强压下心中的怒气，刚要逼问，谁料两妖自以为死期将至，绝望之下，骂得越发起劲儿、恶毒，并且将琼华派从掌门到弟子通通恶骂一顿。若不是韩菱纱在一旁死命拉着，这两妖早死了百八十次了。

"婵幽大人说得没错，果然有人毫发无伤地穿过了结界。"

韩菱纱听见声音一惊，抬眼望去，前方空无一人，可听起来却如在耳边低语一般清楚。

"小心——"慕容紫英刚出声提醒，只觉得一股极锐利的气流直刺向自己的胸口，他提剑格挡，便听"铮"的一声，被迫接连退了两步方才站稳。

韩菱纱和云天河迅速向慕容紫英靠拢，正要还击之时，那股气流却突然消失得无影无踪。

"你们两个现在马上回去禀报婵幽大人和奚仲将军，琼华派可能马上就要杀进来了，让他们赶快加派人手到入口处来。"随着男人的话音落下，他们看到一身披朱紫色披风的白发男子出现在两妖身前。

"至于这三个人，就交给我对付。"

两妖得令，急忙拖着伤腿跑远了。

韩菱纱拧眉，至此偷偷潜入寻找梦璃的计划彻底被打乱，看着云天河和慕容紫英挡在前面与那人剑拔弩张，她倏然觉察到一丝不对劲儿。"等等，我们并非敌人，只是来找寻……"

"拖延时间，莫非是在等其他的援手？"白发男子冷笑一声，当即发起了进攻，"休想如愿！"

掌风动处，白发男子朝慕容紫英猛然袭去，却在半路忽然变向，对准韩菱纱使出杀招。

韩菱纱不敌，但胜在灵巧，当下就地一滚，堪堪躲过了致命一击。然后她左闪右避，接连躲过了几次猛攻，不住地喘息却不敢大意。

慕容紫英面罩寒霜，冷冷一喝："果然妖就是妖，卑劣不堪！"此言一出，顿时引去了那妖的全部火力。

一击更比一击凌厉，招招直冲命门，直把韩菱纱看得心惊肉跳。"不要打了，我们并非有意擅闯——"

慕容紫英这厢沉着应战，渐渐瞧出些端倪，当即不顾那妖向自己左胸劈来的一掌，右手长剑疾出，刺向那妖的右肩——竟是两败俱伤的打法。

这一斗便是数个回合，剑意呼啸，打得难舍难分。韩菱纱本就体弱，渐渐体力不支，露了破绽，顷刻就被破空而来的剑势逼退数步，瞳孔之中映出银光乍闪，汇聚成剑尖的冷冽杀意，直向胸口要害处袭来，无可避让。

"菱纱——"

"归邪将军，住手！"

第五十八章

伴随着少女的惊呼，剑尖在韩菱纱胸口半寸处陡然停住并撤去。韩菱纱双腿一软，险些跪在地上，所幸被匆忙赶到的少女牢牢扶住。

"菱纱！你没事吧？"

韩菱纱激动地反握住她的手，又惊又喜："梦璃！真的是你！"只见她身上穿着当时在柳府的蓝色长裙，一双水眸盈润，正担忧地望着自己。

"少主，您怎么来了？"白发男子伫立在一旁，对柳梦璃的态度十分恭敬。

就在韩菱纱几人惊疑"少主"二字时，柳梦璃温柔地开了口："我听说有人穿过了结界，所以来看看。归邪将军，他们是我的朋友，请不要伤害他们！"

"梦璃，你……"

归邪半是惊讶半是警觉地扫视过三人，道："少主，恕属下不敬，这三个即便是少主的朋友，可毕竟是人，进入幻瞑界，并不妥当！"

"我知道，所以我要带他们去幻瞑宫拜见我娘，一切皆由我娘定夺。若是娘怪罪下来，一切罪责也由我承担。"她转过身去，对韩菱纱他们轻声道，"你们随我走吧，这里的貘妖都痛恨人类，如果没有我帮你们解释，你们恐怕寸步难行。"

"少主，这……"

"归邪将军，入口处的防卫就交给你了。"

柳梦璃言语温柔，却不容置喙，说完便默默地领着韩菱纱几人前往幻瞑宫。三人为找柳梦璃而来，眼下找到了，却没想到面对的会是这样的局面，都有几分茫然无措。

一路上，韩菱纱几次想开口，但看到柳梦璃悲伤的侧影，便沉默了。

眼看前方幻瞑宫的匾额越来越清晰，飞檐斗角的紫色宫殿透着一丝不属于人间的奢侈华丽。慕容紫英的脚步忽然一停，声音愈发低沉："梦璃，你……真的是属于此界的妖?"

柳梦璃背对他而立,背影透露出几分僵硬。她闭了闭眼,遮去了眼底的伤感与黯然:"不错,我乃幻瞑界族长的女儿。"

"族长?!"韩菱纱愣愣地盯着柳梦璃,难怪刚才白发梦貘唤她少主……

"十九年前,在幻瞑界和琼华派大战之时,我尚且年幼,差点死于琼华派弟子之手,幸好云叔救了我,把我送去人间。"柳梦璃声音淡淡的,眉眼之间却藏了忧郁之色。

"这段原本很模糊的记忆,在幻瞑界降临那日突然变得清晰起来……大战在即,我不可能抛下自己的族人,所以一定要回来。"

柳梦璃看了一眼三人各异的神情,压下心底翻滚的苦涩,沉默转身,继续向前行去。

韩菱纱微张了张嘴,此时不知道该说什么。她看向慕容紫英,心知他的震撼不会亚于她和云天河。且这族长之女的身份,恐怕又会让他想起十九年前被杀害的掌门。

而柳梦璃说,她会留下和族人一起……韩菱纱扶了一下隐隐作痛的额际,从未想过事情会变得这般棘手。她的视线又转回到柳梦璃的背影上,不知为何,明明还是那个温柔的梦璃,可又似乎离他们很远很远。

三人各怀心思,静静地跟着柳梦璃,顺着道路盘旋而下,只见两旁渐渐出现了各种奇形怪状的房舍。柳梦璃给他们介绍,幻瞑界之中居住的乃是梦貘一族,大多成年之后修炼成人,与普通人类无二,还有少数保留着貘妖的形态——象鼻、犀目、牛尾、虎足。原本懒洋洋地趴在屋舍上的梦貘,因着忽然闯入的生人而戒备凝视。

韩菱纱初时觉得梦貘圆滚滚的,还有些憨憨的蠢萌之态,下一刻,那些貘妖盯住慕容紫英的方向忽然咆哮不止,两眼血红,若不是柳梦璃在,只怕是要直接扑上来撕咬了。

云天河悄然将韩菱纱拉到自己身后,更凶狠地瞪了回去。韩菱纱出手更快,将旁边慕容紫英刚要出鞘的剑顺势推了回去。

"先别妄动……"韩菱纱说完看向柳梦璃,心下惊颤,琼华派与幻瞑界之间已经势如水火,一旦打起来……

柳梦璃向韩菱纱投去感激的一瞥,随后目光悲悯地望着貘妖们,口唇翕动,似乎说了句什么,那些貘妖才勉强压制住暴怒的情绪,愤恨地望着三人。

最终在一路貘妖的注视下，四人走到了幻瞑宫前。柳梦璃先行一步进去通报，余下三人等在门外。他们只觉得四面八方都有方才那种痛恨的目光向自己射来，令人极不舒服。

韩菱纱扫视过四周，看到了其中一位妇人搂紧了怀里的幼年貘妖，不知说了什么，幼年的貘妖投来愤恨的眼神，豆大的泪珠从眼眶滚落，呜呜地哭喊着"阿达"。

"他们在说什么？"云天河皱了皱眉，他一向能灵敏察觉到旁人的情绪，此时也能感知到貘妖们此刻的痛苦与悲愤。

"琼华派和幻瞑界之间的恩怨，战死的，除了琼华派的弟子，也有这些貘妖的亲人。"韩菱纱讷讷开口。不同于琼华派上寥寥几语的记载，这些貘妖是活生生的，有些甚至和寻常人一般……

"……"慕容紫英表情阴霾，周身的气氛让他感到很压抑。

韩菱纱见他如此，关切道："紫英，你还好吗？你的脸色很难看。"

慕容紫英却摇了摇头，没有说话。

过了许久，一个强硬的女声从殿内传出："进来吧！"

慕容紫英率先入内，韩菱纱饶是还想劝些什么，但看他的神情便止住了，有些蔫蔫地跟在了他的身后。

大殿中央的宝座前站了两个人，一个是身形单薄的柳梦璃，另一个则是一名文士模样的貘妖。那貘妖脸色苍白，长发胜雪，一身暗红色长袍，正淡淡地看着三人。虽然微有病容，可他全身上下却透着一股丝毫不亚于归邪的气势。

宝座上坐着的白发女子美则美矣，却少了生气，也因着苍白减了几分威严之势。

韩菱纱踏入殿内，一眼便看到了女子无力垂下的右臂，因其形状怪异，她不由得多看了一眼，却倏然对上一双极其冷漠和恼恨的眼眸。

下一瞬，她险些就被一股骤然飞过来的气浪掀飞在地。

"娘——"

韩菱纱闪身一避，气浪亦稍稍一偏，几乎是擦着她的面颊而过。她猛地回头，看到门槛处被划过的深深凹痕，顿时后背冷汗淋漓。

这便是梦貘一族的族长婵幽？也是令上一任掌门黯然身陨之人……韩菱纱心思百转，却不敢再抬头看一眼，低眉垂目，老老实实站在了一边。

婵幽的目光在三人脸上扫视许久，冷冷问道："璃儿，你说的朋友……便是

第五十八章 307

这几人?"

"是的,娘。"

婵幽怒哼一声:"岂有此理!"声音中透着一种无比的威严,众人皆是一震。"璃儿,你愿意回到我族,我很高兴,但想不到你竟然把人都带进了幻瞑界!"

"娘!他们……他们都是我的朋友,不是敌人……"

"不是敌人?莫非我看错了!那个穿蓝衣、背剑匣的,不是昆仑琼华派的人?!"

婵幽的目光猛地射向慕容紫英。慕容紫英神色微惊,却听柳梦璃着急地解释道:"娘,他与其他人不一样的……"

"璃儿,我确实很感激当年将你救走的那个人,他将你送给可靠之人抚养,更赠你宝物帝女翡翠,以掩盖身上妖气……没有他,我们母女也不能重逢!"

婵幽凝视着女儿的面庞,用极为沉重的口吻缓缓道:"但是,人终究是人!你要与人为伍,也要先想清楚,他们是真的接纳你,还是将你当作异类来看待!"

柳梦璃低着头,一时语塞。

"不是的!"韩菱纱忽然高声道,"我们真的是把梦璃当作好朋友,才不在乎她的身份!"

"哦?那你们倒是说来听听,区区三个人,便敢胆大包天闯入此地,到底是为了什么?莫非仗着璃儿是幻瞑界少主,就以为能得到她的庇护吗?"

韩菱纱望了一眼柳梦璃,说道:"我们不知道梦璃是幻瞑界少主。到这里来也只不过因为她忽然离开,我们担心她遇到危险。现在看到她没事,也就放心了。"

柳梦璃听得心中十分感动:"你们……"

婵幽紧紧盯着韩菱纱的双眼,见她目光中并无半分心虚躲闪之意,心中怀疑稍减,忽然又眉头一皱,扬声喝问道:"你们是如何穿过入口结界的?"

"我们去鬼界取了翳影枝……"

"鬼界?!"柳梦璃惊呼,他们以凡人之体进入鬼界,种种凶险……就为了看到自己平安无事……

"那可真不简单,既然诸位为我女儿煞费苦心,只是担心她的安危,那既然现在见到她平安无事,就请回吧。"婵幽左手一摆,伫立在她身侧的白发男子微微上前,就要送客。

柳梦璃急得喊道:"娘!"

"怎么，你舍不得吗？是舍不得他们全部，还是舍不得其中哪一个呢？"婵幽目光沉沉地睨视着自己的女儿，随后又看向了不远处的云天河和慕容紫英，眸光中尽是审视之意。

柳梦璃"噗通"一声直直跪在了她面前："娘……女儿想带他们去里幻瞑宫，让他们知晓当年之事！"

"放肆！"

"娘，十九年前那场大战，云公子他们也一定满腹疑惑，我只想让他们看看当年之事……"柳梦璃的声音染着几分哭腔，苦苦哀求，"我求求您了，云公子的爹就是当年救了我的云叔啊！"

婵幽听了这话，神色微变，不太相信地看着云天河。"哦？他竟是那人的孩子？"

云天河迎上婵幽的目光，疑惑道："十九年前的大战……看什么事？"

他这一问恰好问到了韩菱纱心坎上，她分明觉察到婵幽和柳梦璃说的似乎是有隐情，若想了解，只怕婵幽是关键。

果不其然，婵幽落在云天河身上的目光良久，似乎略有动摇，她叹了一声道："我族向来恩怨分明……好吧，璃儿，看在他爹对我们母女有恩的分上，我便依你一次，但这几人若有不轨之心，我定不饶恕！"

韩菱纱等心神一凛，就见那位白发梦貘忽然焦急地与婵幽耳语几声，似乎是在劝说着什么，却被婵幽一句"我自有分寸"挡在了原地。

"你们且好好看，看看琼华派那些所谓名门正派的真面目！"婵幽淡漠扫视过几人，最终停在了慕容紫英身上，浮起一丝嘲讽，"梦影雾花，尽是虚空，因心想念动，方万物有生，随之，虚——实——乃——成！"

第五十九章

韩菱纱只觉得身体轻飘飘的，转眼间就被送到了另一间略小些的宫殿中。这间殿里堆积的尽是紫晶，晶石的颜色比起外面那些还要深重许多，眼前一个巨大的紫色光球正在殿中央缓缓转动。

"梦璃，这里是……"

"这里是可以重现梦境的地方。"柳梦璃的眉眼之间笼罩着几分阴郁，幽幽道，"我想，你们看过之后便会明白，当年昆仑之战的那些渊源……"

昆仑之战的渊源，和琼华派……慕容紫英的心头猛地一跳，从鬼界回来之后，他隐隐有种不妙的预感，此刻越来越强烈。

柳梦璃忽然抬眸看向慕容紫英，轻叹道："紫英，我知道，你对妖的厌恶以及十几年来根深蒂固的想法并非一朝一夕可以改变的。来到这里，我只是想告诉你们一些往事。或许你会明白，人自然有人的想法，但我们也有我们的无奈。"

"幻瞑界中的妖类乃是'梦貘'一族，我们能够往来于梦中，以吞食人的梦境为食。但梦貘并不会伤害到人，也不会轻易窥视别人的梦境，若遭吞噬的是噩梦，反而于人有益。我们并不是许多人以为的那样凶残，一定要吃人、伤人。当年令琼华派损失惨重的大战，实在是逼不得已……"

"但妖与人相争，人力多半微小不可及，只能任由宰割，这是不争的事实。"慕容紫英拧眉道。

"人力虽然微渺，可是人的相争之心却比任何东西都要可怕……"

"相争……之心吗？"慕容紫英呢喃重复，不觉沉下了眸子。

柳梦璃摸了摸韩菱纱消瘦许多的面庞，又看着另外两个风尘仆仆的模样，心底狠狠一颤："对不起，我娘她很讨厌人。看你们为了我如此冒险，我实在心痛难安，可又不敢与你们太过亲近……若是惹得我娘心中不悦，我也不知道自己能不能保护你们……"

"好梦璃，你别难过。"韩菱纱反握住她微微颤抖的手，安慰她道，"其实就像跟你娘说的，只要看到你平安，我们就放心了。"

"再说了，本来就是人先来攻打幻瞑界的吧？你娘她要是喜欢人那才奇怪。只不过我们还想问问你，我们都不愿意见到双方开战，有没有什么办法能让幻瞑界脱离双剑束缚，免去这场大战？"

"办法……只怕眼下是不可能了。我族在十九年前的大战中遭受巨创，现在只能勉强守住幻瞑界入口，想要脱离双剑的束缚，谈何容易。"柳梦璃黯然摇了摇头，"何况，琼华派也绝不会就此罢手。没有得到真正想要的东西，他们是不会罢手的……"

"真正想要的东西？双剑网缚此地，不就是为了直接引取灵力吗？"

"幻瞑界有太多谜团，连我族也只知一二。幻瞑界被缚住之后，琼华派的确能够通过双剑引取灵力，但那只是幻瞑界灵力的一小部分，我族真正的力量来源乃是此地遍布的紫晶石。"

柳梦璃指向室中堆放的紫晶，又道："我族诞生自幻瞑界，以食梦为生，因年久典籍缺失，不知先祖从何而来。自从偶然发现了这处奇地，其间灵力充盈，尤其是这些紫晶石，能令族人的修为突飞猛进。而族长正是通过紫晶石的力量，才能维持整个幻瞑界的存在并将其隐匿，避过许多无谓的灾祸。"

"如此说来，琼华派是凭借双剑之力才令此地现形？"韩菱纱问道。

"对……一切都是从琼华派发现了幻瞑界开始，他们虽不知紫晶石的存在，却也明白这里蕴涵着强大的灵气。"柳梦璃的瞳色瞬间冷了下去，恨声说道，"十九年前，幻瞑界的入口并无结界，琼华派攻入之后，终于发现了紫晶石的秘密，也夺去了不少……如今，他们又怎么会罢手?!"

所以，十九年前那一战，是琼华派为掠夺幻瞑界的紫晶石……韩菱纱猛地回头，看到慕容紫英脸上霎时退去了血色，面色惊疑道："不……这不可能……"

柳梦璃走到那个紫色光球旁。"你们自己看吧。"

光球缓慢转动了起来，上面幻化出一幅幅图景——

剑舞坪上，一个青年打坐在地，见他的容貌，赫然便是玄霄，只是神情中没有了众人在禁地冰室见到时的那份孤寂和苦涩。他身旁有一人来来回回地走着，容貌和云天河酷似，一副吊儿郎当的模样。

"第三重境，第三重境，唉，这得练到哪一天啊，累也累死了……"

"我说师兄,你我入门这么多天,吃、睡都在一起,好歹也有过同床共枕之谊,可你跟我说话的次数连十根手指都数不满,也太不够意思了吧?"

"师兄,你倒是说句话啊……"

云天青絮絮叨叨说着,玄霄却很冷淡,直到受不了他这般聒噪才站起来道:"这般性情浮躁,说不定几天之后,便受不了练功之苦而放弃,与你说话也是多余。我要去找个清静之地练功了,你别来烦我。"

正说话间,远处两个女弟子一前一后地走了过来,前面一人笑嘻嘻地走到两人面前,道:"两位师兄,还在修炼啊?"

云天青看见她,笑道:"哟,是夙汐师妹啊。"

夙汐拉过后面一人,也笑道:"我给你们介绍一个人,这位是刚入门的夙玉师妹,已被掌门师伯收入门下。但这几日掌门师伯另有要事忙碌,玄震师兄和夙瑶师姐又都不在门派中,所以请两位师兄多多关照她一下。"

玄霄和云天青见到那名美丽少女,齐齐一愣。

夙玉依着夙汐的介绍,向两人施了一礼:"玄霄师兄,天青师兄。"

云天青险些没回过神来,闻言笑道:"哇!你长得这么漂亮,来这里修仙,岂不可惜了?"

身旁的玄霄猛咳一声:"天青,休得胡言乱语。"

夙玉看了看云天青,淡然道:"容貌美丑,皆是皮下白骨,表象声色,又有什么分别?"

云天青万万没料到,这女子才刚刚入派,竟如派中极年长的前辈一般淡薄世事,有点尴尬地笑道:"唉,你年纪轻轻便看这么透,岂不是一点儿也不好玩了……"

玄霄生气地喝道:"天青!"

云天青瞥了他一眼,嬉皮笑脸地说道:"好,我不说了,还是师兄懂得怜香惜——"

他见玄霄两眼恼火地瞪着自己,忙改口道:"不不不,是懂得爱护同门。"

玄霄瞪了他一眼,转过头来温言对夙玉道:"夙玉师妹,天青他只知道胡言乱语,你别理他。"

夙玉望着他,笑了笑。

夙汐在一旁笑道:"嘻嘻,夙玉,这两位师兄就是这样的,不过他们人都很好,相处久了你便知道了。走吧,我带你去你的房间。"

凤玉点点头，被凤汐拉着向远处走去。

云天青一副不舍的表情，转头看了看玄霄，见他也是如此，笑叹道："唉，师兄啊，我看你的样子，倒是挺关心凤玉师妹的……"

"练功！"玄霄缓缓盘坐下来。

光球上迷彩一幻，又勾勒出一间大殿内的情景：

阶下，玄霄和凤玉并肩而立，玄霄微微躬身，向阶上的太清真人施礼道："师父命弟子和凤玉师妹到琼华宫来，所为何事？"

太清真人神色肃然道："我今日命你二人前来，乃是有一件关乎本派的大事要交托！"

两人听得一惊，只见掌门转向身旁的宗炼长老，说道："宗炼，便由你来说吧。"

宗炼走到两人面前，正色道："想必你们都已知道，昆仑诸峰之巅，有天光投下的地方，便是传说中的通仙之途，若能通过，则可白日飞升成仙。只是那里灵气充沛，彼此激荡，绝非一人之力能够靠近。吾派修仙，虽日积月累，勤奋不懈，可惜成效甚微。"

说到这里，宗炼叹了口气，脸上忽又现出极为兴奋的神情，朗声道："直至第二十代掌门道胤真人，这位绝世之才的先辈悟出以人养剑，万物分阴阳，而阴阳生万物，若能修炼一对雌雄双剑，以巨大灵力形成剑柱，直冲云霄，至昆仑山上天光投下处，则门派中诸人皆可抛却肉体凡胎，成为仙身！自那时开始，吾派穷尽三代之力，终于我手中铸成羲和、望舒两剑！"

说着，宗炼从身后的剑匣中缓缓取出一长一短两柄宝剑——正是望舒剑与羲和剑。他郑重地将羲和剑交至玄霄手中，将望舒剑递给凤玉。

玄霄将羲和剑拿在手上，有些惶恐，问道："师父，师叔，这确是绝世的神兵利器！"

"玄霄，如今这双剑还是死物，若能灌注生人灵气，则力量之巨难以估量！也唯有如此，才有修成剑柱的可能。你二人已被选为羲和剑、望舒剑之宿体，从今往后，便要人剑同修，助我琼华派早日升仙！"

"弟子能够担此重任，定会勤加修行，不辱使命！"

太清真人和宗炼看着他，满意地笑了。二人又向凤玉看去，却见她一脸迷茫，正默默地想着什么。太清真人问道："凤玉，看你的样子，似乎有话要说？"

凤玉微微垂首，轻声道："弟子实在惶恐！若是望舒剑需要女子作为宿体，

第五十九章　313

如此重任，为何不交给凤瑶师姐呢？弟子修为浅薄，只怕承担不来。"

太清真人望着她，肃然道："先不说凤瑶资质并不及你，单是这双剑宿体，须得是生辰之中、阴阳极盛之人，我于山下寻访多年，才发现了你与玄霄。"

凤玉恍然点头道："原来是这样，怪不得师父会来到凤玉所居的小城。"

太清真人拈须微笑道："不错，万里挑一，自然要费一番心思，所幸最后终于找到你们两个，这亦是上天怜我琼华啊！"

一语言罢，太清真人放声长笑，想到琼华派数百年的心愿，眼下终于有希望在自己手上完成，自然是无比高兴。他内功深厚，爽朗的笑声一阵阵传来，直震得整座琼华宫都微微颤动。

梦境外的四人听着这笑声，不禁皱起了眉头。

云天河更是心痛如绞，想到以后就是这柄望舒剑夺去了父母的生命，全身上下都颤抖起来，他两眼死死地盯着光球上的画面，只盼母亲能摇摇头，说出一个"不"字。然而却见凤玉沉默片刻，终于点了点头，将望舒剑佩在了身后。

宗炼郑重地对他们说道："你二人今后务必刻苦修行，三年之后，便有一个本派飞升的绝佳机会……"

"机会？弟子愚昧，请师叔明示。"

"若要做成剑柱，单凭你二人灵力与附近山峰之灵气，尚且远远不够，其余的便要从幻瞑界取来。"

太清真人接口道："不错，道胤真人这位前辈确有惊天动地之才，他夜观星象，发现有一处极蕴灵力，其名为幻瞑界，如天轨运移一般，每隔十九年便接近琼华派一次……只是此幻瞑界形迹隐去，本派须以双剑之力冲击而上，令其现形，将其网缚，再想方设法取得其中灵力，同时亦可将妖物除去，岂不是两全之策？"

玄霄和凤玉对视一眼，两人万万想不到，飞升之举竟然还要从幻瞑界借力，心中不解，刚要发问，就听宗炼继续说道："眼下你二人最要紧的是修炼，从今日起，你二人每日去禁地修行，禁地之门须由灵光藻玉开启，你们各持一块，切不可交与其他弟子！"

说着，他取出两块合在一起的灵光藻玉，分给二人。

"弟子明白，弟子这就去禁地了！"

"去吧。"

凤玉默默地看了看掌门和师叔，随玄霄一起离开了。

第六十章

光球上画面继续一换，一树树火红的凤凰花出现在了四人眼前，正是醉花荫中的景象。只见梦境之中，夙玉独自一人站在一棵凤凰树下，口中低低地吟唱着什么。

"夙玉，你果然在此。"

夙玉回过头来，浅浅一笑道："玄霄师兄……"

"你刚才唱的那是什么歌？"

"咦？师兄对音律也有兴趣？"

"我不懂音律，只不过听那歌中，似乎透着无尽的怅然，令我略感好奇罢了。"

"那首歌自然是很哀伤的……"夙玉轻声道，随即又吟唱起来，"杳杳灵凤，绵绵长归。悠悠我思，永与愿违。万劫无期，何时来飞？"

她的曲调婉转悠扬，词句中却充满了哀戚幽怨之意。玄霄虽不明白其中的含义，却听得动容，叹道："同门两年，我却不知夙玉你也擅长诗赋。"

夙玉不好意思地向他笑了笑。"夙玉哪里会，这不过是源自书中的一个故事，倒让师兄你见笑了。"

"哦？是怎样的故事，竟会如此伤情？"

"道经有云，西方卫罗国蓄有一只灵凤，能化人形。王有长女，字曰配瑛，十分怜爱这只凤凰。数年之后，王女忽而有胎，王觉得古怪，怒而斩下凤头，埋于长林丘中。王女伤心不已，不久之后，诞下一名女婴。女婴落地能言，反而很得王的喜爱……那以后许多年，王女一直郁郁寡欢。某日天降大雪，王女因为思忆灵凤，来到长林丘中，唱起歌来。或许是歌声太过悲戚，感动了天地，灵凤竟死而复生，带着王女一同飞入云端。"

她语音轻灵动听，却透着一股抹不去的哀愁，诉说这个故事，正是极为相配。

梦境外的云天河听着母亲一字一句发自肺腑的诉叹，心中无比难过。

画面中的玄霄听了这个故事，也不禁暗叹了口气。"好在，这个故事总算善始善终，也不负这对有情人了……"

他望着夙玉，感慨之余，脸上忽然又露出一丝微笑。"夙玉，莫非在你的心中，也在思念着谁？"

夙玉脸上微微一惊，目光闪避道："哪里……我不过是见这些凤凰花开得绚丽，便想到了那个关于凤凰的传说。平日若练功累了，我就来这儿看看花，总觉得心中会平静许多。"

说罢，她低下头去，凝视着手中的凤凰花。

"你不必过于顾忌与我修炼双剑之事，虽然眼下我的进境暂时比你快上一些，但是你不可急功躁进，否则欲速则不达。"玄霄温柔道，"你若喜欢，日后我也可以陪你一同来赏花……"

"真的吗，师兄？你愿意和我一起来看凤凰花？"夙玉的声音中似有惊喜，"我还以为……师兄除去练功之外，唯一喜爱的便是夜观星空呢。"

"我确实喜欢夜观星象，夜幕中天悬银河、繁星灿烂，自然令人望之胸中开阔。不过此地风光秀丽，我也十分喜爱。不如我们约好，闲暇时若有兴致，就来此赏花。"

夙玉有些羞涩地点点头。"嗯，师兄，说好了，一言为定。"

玄霄点头，朗声道："一言为定！"他温柔地看了夙玉一眼，又轻声道，"夙玉，我答应你，只要你想来赏花，无论什么时候，无论多久，我都陪着你。"

"玄霄！为何要重伤门派弟子！"一声恼怒的喝斥声将方才那如梦幻般美丽温情的情景击得粉碎，便是梦境外的四人听来，也都不由自主地打了个寒噤。

光球上的画面已然从艳丽的凤凰花林变成了一片银白，一个挂着冰凌的石室内，玄霄默然站立。他对面站着一个身着道服的女子，背对四人，看她的衣着身形，赫然便是掌门凤瑶。

石室内，几个身受重伤的门派弟子歪七竖八地躺着，此时奄奄一息。

凤瑶勃然大怒，骂道："你这样让我如何向同门交代，本派禁地之中养了一只会伤人的怪物吗?!"

随着话落，玄霄神情一变，像控制不住自己一般陡然劈空一掌击在石壁上，叮叮当当地震落一地冰屑。他两眼血红地瞪着凤瑶，吼道："我是怪物?!你说得没错！我如今人不人、鬼不鬼地被囚在这里，自然比不上你做了掌门，风光无限！"

凤瑶为他的威势所惊，后退一步，脸色极为阴沉，顿了一顿，肃然道："玄霄，你早已被阳炎噬心，神志不清了，我不与你计较。"

"我神志不清？可笑！换你被关在这种暗无天日的地方，你又会有多清醒！"

"多说无益。"凤瑶眉头一皱，忽地一击掌，朗声道，"三位长老，请出来！"

玄霄面上一惊，只见凤瑶身后，走出宗炼、青阳、重光三位长老。三人望着自己，目光中尽是沉痛。

玄霄惊道："三位师叔，你们……"

"玄霄，你如今走火入魔，丧失清明，为保我琼华派太平无事，我只有与三位长老合力，将你封入玄冰之中！"

"什么?!你们敢！"

凤瑶冷笑，猛地高喝一声："动手！"

她一声喝罢，却见三位长老一动不动。凤瑶一怔，不悦地转过头来，只见宗炼、青阳神色均是一片凄然，重光更是愤愤不已。

"诸位长老还等什么！莫非到了此时，还存有妇人之仁?!"

玄霄方才那一击牵动了体内阳气，此刻内息翻涌不止，全身上下无法动弹，向着凤瑶怒喝道："凤瑶，你莫要做得太绝了！"

凤瑶背对着他，微微冷笑。

宗炼叹了口气，道："玄霄，琼华派数百年基业，自有门规，不可相违。今日虽愧对于你，却是不得不为！若有他法能够救你，我等也断不会行这下下之策！"

"玄霄，我三人对不住你，但都是为了琼华派，还望你能明白。"重光闭上了眼睛，神情极为痛苦。

"长老！重光长老！为何连你也——"

青阳一咬牙，紧紧地握住重光的手臂道："重光，我们运功吧！"

霎时间，石室中冰光乱舞，寒气四溢，只听见玄霄愤恨的呼喊声："不，你们怎能如此！住手——"

转眼间，玄霄全身已被封至一根巨大的冰柱内，冰柱上隐隐映出重光因痛苦而扭曲的面庞。

"凤瑶！你竟然如此对我！"

凤瑶的嘴角露出一丝冷笑，淡然道："你不该恨我，要恨就恨云天青和凤玉，若不是他们出逃，你又怎么会落到这样的下场！"

"一派胡言！放我出去！"玄霄脸上血色尽失，双拳攥得死死的，不敢信，更不愿信！

凤瑶不再理他，转过身来，向三人施礼道："三位长老，你们也都看到了，如今师弟成狂，若是放他出去，必定酿成大祸！还望诸位谨守禁地的秘密，绝不能存有不必要的恻隐之心！"

宗炼神色灰暗，走到冰柱前，从身后的剑匣中取出羲和剑，轻轻地插在冰柱上，然后掉头向禁地外走去，对凤瑶的道谢和玄霄的怒吼皆不置一词。

"两位长老——"

青阳冷冷地打断了凤瑶："掌门，请允许我二人就此归隐。"

任凭凤瑶如何挽留，二位长老始终沉默以对，最终甩袖离开。

凤瑶眉头一皱，又缓缓地笑了笑，走到冰柱跟前，对玄霄道："师弟，你的灵光藻玉暂且由我保管，剑林之中我也会派人布下符灵。若弟子寻到凤玉和望舒剑的下落，我自会放你出来！"

"凤瑶！我要杀了你！"

凤瑶轻哼一声，也转身走了出去。冰室中再不见一人身影，只是久久回荡着玄霄交织着愤怒、痛苦、恐惧、不甘的呼喊声："你们回来！放我出去！"

"放我出去——"

光球上的图像渐渐暗淡下来，而那悲怆的呼喊仍在这小小的宫殿中激荡不止。

云天河一脸悲痛，也不知是因为父母的不幸，还是因为玄霄的遭遇。慕容紫英摇摇头，面露苦痛，喃喃道："掌门……她怎么会这样……"

柳梦璃垂眸："这些便是玄霄的梦，是他十九年来反复回忆起的往事。"

第六十一章

宫殿内，光球停止了转动，所有光影交杂的画面，人也好，貘妖也罢，惨烈的战局倏然消失不见，四下寂静无声。

韩菱纱忍不住打了个寒噤，害怕道："天啊，琼华派和幻瞑界的大战竟然引发了这么多惨事……"

柳梦璃沉重地点了点头。她没说的是，幻瞑界自十九年前一战之后已经势微，六位幻瞑护将如今只剩两位……如果，这次琼华派再攻打进来……

云天河沉浸在玄霄的梦境中久久无法平静，许久才反应过来："但我听大哥说幻瞑界……说你娘很厉害，十九年前一战，连太清真人也打不过她。"

"不，其实娘已经——"柳梦璃正欲解释，却忽然碰触到韩菱纱的手，轻轻"呀"了一声，就看见韩菱纱惨白着脸，踉跄着倒向自己，"菱纱——"

"菱纱，你怎么了？是不是又不舒服了?!"

韩菱纱银牙紧咬，全身抖个不停。柳梦璃只觉得一股寒气从手上传来，冰冷刺骨，一句话也说不出。

云天河连忙握住她如冰块似的手，忽然想到了什么似的，急坐下来，两只手抵住韩菱纱的后背。韩菱纱只觉得一股温暖的气息从背后传入四肢百骸，驱散了体内寒气，脸色也渐渐红润起来。

过了一会儿，韩菱纱站起身来，已能勉强立稳。"天河，你这是什么法术？感觉暖暖的，和红魄有点像？"

"我也不知道，只要一想，身体自然就有气息涌出，有时暖暖的，有时冷冷的。不过，只要你没事就好。"

慕容紫英闻言舒了口气："天河，在不周山时，这两道阴阳之气令你十分难受，现下如何？"

"没事，我发现只要全身放松就好了。这两道气息会随便乱跑，有时候跑着跑着就不见了。"云天河望向韩菱纱，担心道，"倒是菱纱，你的病怎么会突然又发作？长老给你的红魄不管用了吗？"

韩菱纱勉强笑道："没关系，这些天总是这样，歇息一下就没事了……"见众人都在关心地望着自己，她又故作轻松道，"想不到，玄霄的凝冰诀真是厉害，你这呆子手上又有了神兵利器，看来快变成一代奇侠了！"

柳梦璃听到这里，惊奇地望向云天河背上新增的后羿射日弓，又看了看韩菱纱，一副若有所思的模样。

"奇侠是什么？我只觉得现在去打猎的话，一定会有很大的收获……"

"喂，你别太过分了，拿着后羿射日弓去猎野猪，当心遭天谴！"

云天河看着她好气又好笑的表情，跟着傻笑，心底却忽然涌上一股伤感。

慕容紫英仍在思索："我觉得不单是凝冰诀的原因，天河能拿取常人无法触碰的炙炎石与三寒器，于至阳至阴之力都能耐受，似乎是他本身——"

话音未落，眼前的景物突然剧烈晃动了起来，从远处传来"隆隆"的声音，似乎整个幻瞑界都在剧烈震动。

"怎么回事?!"韩菱纱身形一晃，幸好被云天河及时抓住，倚靠在了他怀中。

"糟了！入口的结界被打破了！"柳梦璃瞬时惊恐道。

众人神色大变。云天河惊道："你娘不是说那个结界很厉害吗?!"

柳梦璃摇摇头，痛苦地说道："我娘她十九年前虽然打败了太清真人，但是为求险胜，斗法时强行催动妖力，元气大伤，之后一直都很虚弱，如今也只是在强撑罢了。"

"幻瞑界又被双剑网住，灵力也正在不断流失，我们心里都很清楚，结界被破，恐怕只是早晚的事情，唯有殊死一战。"

"难道琼华派已经攻进来了?!"韩菱纱的声音有些发颤。

柳梦璃竭力稳住自己的慌张："但愿不是，我们快些出去看看！"说完，她默念咒语，因她的法力逊于婵幽不少，所以她费了好些力气才将众人传回幻瞑宫中。

传回的瞬间，众人就看见婵幽从殿中宝座上猛地跌坐下来，半跪在地上，痛苦的神情中夹杂着几分愤怒。

不等追随的白发貘妖将她扶起，殿内白影一闪，一个道服男子长发飘扬，无声无息地站在婵幽面前，此时目光森然，冷冷地睥睨着她。

韩菱纱几人皆错愕地瞪视着眼前熟悉的身影，不正是方才的梦境之主，在禁地闭关的玄霄吗！

"你是琼华派的人?!竟敢直闯入这幻瞑宫中！"白发貘妖护在婵幽身前，与玄霄直面相对。

婵幽脸色苍白，用完好的左臂支撑着身体，使自己不在玄霄面前倒下，嘴角却缓缓渗出一缕鲜血："奚仲，无妨的。他神通再强，能让灵体之像出现在幻瞑宫，也已是极限，不能再伤及你我分毫！"

奚仲闻言松了口气，急忙上前扶起婵幽。

"你便是幻瞑界之主？"玄霄轻蔑地打量了她一眼，哼道。

婵幽瞪视着他，暗中运气，胸口处突然一阵剧痛，忍不住喷出一口血来。

"娘！"柳梦璃当即飞奔过去，和奚仲一起扶她站稳。

"妄动气息，便是寻死！如今以你自身为凭的结界遭破，灵力反噬，你必已身受巨创。"

玄霄看着身负重伤的婵幽，目光幽冷至极。"幻瞑界之主，十九年来，我一直渴望与你一战！当年，在我看来遥不可追的太清都被你轻取性命，幻瞑界之主是何等强大风光！想不到今日一见，却实在令人失望啊，你不过是个废人罢了。"

婵幽一声轻笑，脸上全是鄙夷之情，咬着牙缓缓说道："万灵盛衰，乃是常理，无恒强，亦无恒弱。你今日体内烈阳与冰寒之气纵横交织，即使相去甚远，都可感到凶煞之气，人非人、怪非怪，在我看来，异日必遭天谴！"

玄霄神情一凛，俊目中瞳仁闪着火光，威势自现："我这一生，已无回头之路！如今琼华已非昔日琼华，枉我一心为门派雪耻，今日的幻瞑界却也已衰弱到不堪一击！

"幻瞑界之主，我已厌烦了这一切，劝你不必躲藏，快快出来受死！让我早早结束这场空虚！"

那余声回荡，透着万般嚣张与狂妄，也压得众人内心无比沉重。哪怕玄霄的身影从殿内消失，但他带来的威胁感丝毫没有消减，反而愈演愈烈，令人心慌。

"娘！您怎么样？有没有受伤?!"柳梦璃连忙搀住婵幽，替她小心抹去嘴角的血迹，眼神中满是心疼与痛楚。

"我没事，结界遭破，灵力反噬而已。"婵幽脸色惨白，断续无力的话音中仍透着幻瞑界之主自有的威严，"琼华派的人已经攻进来了，我派了归邪去守入口，但我很担心……他会孤注一掷。"

第六十一章　321

"娘……"

"外围的法阵已经发动,能撑一时便是一时吧。到万不得已之时,我族宁可与人同归于尽,也不能让他们侵占此地!"

柳梦璃脸色沉痛,高声道:"娘,我也去外面!我去阻止那些人!"

"梦璃,我跟你一起去!""我和你们一道!"除了率先响应的韩菱纱与云天河,就连慕容紫英也和他们站在了一起。

婵幽望着女儿,沉重地点了点头:"璃儿,你去吧……可以的话,我不愿你去涉险,可你身为幻瞑界少主,这种时候,即便是死,也要保护自己的子民。"

"娘!您别说了,我都明白!"柳梦璃哽声应道。

婵幽轻轻抚摸着女儿如瀑的秀发,平素威严冷酷的幻瞑界之主的眼中,第一次泛起了泪光。她与女儿重逢时日不多,便遭如此变故,眼下女儿这一去,谁知道会不会是生死离别?

然而她毕竟是一界之主,在幻瞑界存亡之际,族人的安危终究压过了母女亲情,她掩眸强声道:"……去吧。"

柳梦璃忽地拜倒在地,向母亲郑重地三叩首。

韩菱纱他们心中明白,柳梦璃身为妖类,即刻便要到外面与众多琼华弟子奋力相斗,情势之凶险,不言自明。她如今这三叩首,只怕已有诀别之意,心中都不胜酸楚。

柳梦璃起身又深深向母亲鞠了一躬,随后毅然决然地带着韩菱纱他们向外走去。

幻瞑界结界一破,外面已经一片纷乱。一路上横七竖八的尽是尸首,而且十之八九是生活在这里的貘妖,男女老幼皆有。

成堆的尸首中偶然夹杂着一两片刺眼的白色,那是身着道服的琼华弟子。他们身上血迹斑驳,分不清是貘妖的还是他自己的,手中兀自握着折断的长剑,面容狰狞可怖,似乎临死前还在做着最后的搏杀。

实在太过残忍了。

韩菱纱撇过脸去,不忍看这一幕。

慕容紫英缓缓走到那几个弟子的尸首前,悲悯地叹了口气,伸手为他们合上了双眼。

尸首堆中,有些貘妖重伤未死,发出痛苦的呻吟。四人用力将他们一个个地拖了出来,为他们疗伤止痛。那些貘妖对柳梦璃无比崇敬,对韩菱纱三人却是说不出的害怕和厌恶，不愿接受韩菱纱等人的帮助。

柳梦璃没有办法，只好一个一个亲身施救，让那些伤势略有好转的貘妖躲入幻瞑宫中。

四人再往前走，空气中的血腥味越来越重，薄薄的紫雾中像染上了一层赤红，四周充斥着怨恨与杀意。

韩菱纱越走越心惊，忽然看见不远处一个化作人形的貘妖被斩断双腿，倒在血泊之中。而他面前，几个琼华派弟子正哈哈大笑，其中一人将剑架在他的咽喉上，喝道："还以为这些妖兽有多厉害呢，不过如此！"

"要说厉害，只有掌门和玄霄师叔才称得上，他们俩闭关修炼过后，不是一下就破了那个结界吗？"

"所以说，我们是养精蓄锐，这些妖兽却是在故弄玄虚。我还以为进了结界会遇到什么强手，结果都这样弱。不管是杀妖，还是夺取紫晶石，简直轻而易举！"

慕容紫英闻言，双目陡然赤红，周身灵气暴涨："住手——"

第六十二章

  那几人像是没有看见他一般,又或是看到了,觉得无足轻重,并不把他放在眼里,一边继续折磨着面前的貘妖,一边分派了两人与冲过来的一行人对阵。
  受伤的貘妖身上血流如注,却愣是强忍着没叫出一声痛来,此时"呸"了一声,一口浓痰向那弟子吐去。
  那弟子虽避过脸面,胸前的衣衫却被吐个正着,当即暴跳如雷,挥剑便向那貘妖身上砍去。正在这时,他突觉头顶一麻,若非身手机敏,只怕就像之前的落脚处一般被劈了个焦黑。
  柳梦璃冲到那貘妖处,惊痛不已。"你……你怎么样?我这就救你回去!"
  那貘妖失血过多,已然近乎昏迷,这时听见柳梦璃的喊声,勉强睁开双眼,微声道:"少主……是你……"
  "是我,我在这里!"柳梦璃抖着手,想给他止血,然而看着他身上无一处完好,登时湿了眼眶,整个人都在发颤。
  那貘妖眼中闪出一丝光彩,断断续续地说道:"少主……我和大哥……为了保护幻瞑界……我们……没有给死去的爹娘……丢脸……"
  "当然没有,你已经很勇敢了……"
  那貘妖欣慰地点点头,呼吸渐渐微弱,最终伏倒在地,吐出最后一口气,永远地闭上了眼睛。
  柳梦璃抚摸着他冰凉的尸体,缓缓站起身来,强大的气场压迫着周围的一切,眉眼间霎时涌起一股不亚于婵幽的痛恨之情:"你们都滚!!给我——滚出幻瞑界!!"
  韩菱纱的心跟着猛地抽紧:"梦璃……"却也是痛她所痛,眼睁睁看着族人被屠戮……

刚才那挥剑的弟子好容易站稳身形,定睛一看,认出向自己出手的竟然是柳梦璃,不由得勃然大怒,喝道:"柳师侄,你干什么?!难道你和那姓云的小子一样,不顾师门规矩吗?!"

这些弟子大多与紫英是一辈,平日里仗着辈分较高,对辈分低于自己的弟子颐指气使惯了,哪忍得了小辈对自己不敬?

"不对,元越师兄,刚才我离那妖兽最近,听他管柳师侄叫什么'少主',莫非她也是这里的妖兽?!"

元越恍然大悟,向柳梦璃怒道:"原来你也是妖邪一流!难怪刚才卑鄙地偷袭我,又对我们这些人胡言乱语!"

柳梦璃愤怒至极,刚要纵身上前。正在这时,一阵急促的脚步声传来,不远处又有两名弟子走了过来,其中一人高声道:"元越师叔,我和怀英师弟奉掌门之命,来此地帮助你们除妖。"

说话之人嗓音清朗,众人转头看去,竟是怀朔!

韩菱纱惊道:"怀朔,你——"

怀朔转眼望去,看到他们亦是又惊又喜,道:"紫英师叔!天河!韩师妹!柳师妹!你们怎么会在这里?"

元越微微点头,沉声道:"你二人来得正好,这便随我们一同荡尽妖孽!"随即他转向慕容紫英,喝道:"紫英师弟!你还愣着干什么!还不快除了这妖女!"

"妖女?师叔是说柳师妹?"怀朔大惊,"紫英师叔都已经说了,她身上一点儿妖气都没有,怎么可能是——"

"住口!这里什么时候轮到你们这些小辈说嘴了!"元越不满地瞪了怀朔一眼,又望向慕容紫英,冷冷道,"怎么,看来这妖女混入派中,做你的师侄这么长时间,你居然没有察觉?现在不出手,难道还念着这妖孽的什么旧情吗?!"

说罢,元越长剑一挺,便向柳梦璃刺去。

"铛"的一声巨响,云天河和慕容紫英的两柄长剑同时架住了他的剑。云天河大怒道:"你敢伤梦璃一根头发试试!"

元越剑上同时受了两人的力道,手臂一抖,急忙抽回长剑,见云天河竟敢威胁自己,怒气上冲,刚要放声喝骂,就见慕容紫英双手握剑,剑尖指地,向他微微一揖,涩声道:"师兄,请你们回去——离开幻瞑界!"

慕容紫英的话刚一出口,旁边的众弟子除怀朔两人外,纷纷怒喝起来:"好哇!慕容紫英,你今日这般古怪,原来早已自甘堕落,做了妖孽的同党!"

"这小子平日里装得一本正经，想不到和当年的云天青一样，也是个勾结妖邪的货色！"

"我算是看出来了，他们师徒四个就没一个好人！"

"可恶！我们饶不了你！"

韩菱纱听不下去，一面护着柳梦璃，一面高声回敬："到底是谁挑起纷争，杀伤掠夺、贼喊捉贼，还要不要脸！"

元越恍若未闻，双目阴郁地盯着慕容紫英："你可知道你自己在说些什么吗？"

"师兄，请你们离开！"慕容紫英拱手作揖，态度却未有半点退让之意。

元越望着他，蓦地长笑一声，发狠道："好啊，慕容紫英，看来你早已与妖孽勾结，背叛本门了！如今我们要为老掌门和十九年前死去的同门报仇，你既然敢背叛本派、投靠妖孽，那么今日不是你死，便是我亡！不用再假惺惺的了，这就出剑吧！"

"师兄——"

眼前白光闪动，一声轻响，转瞬间，两人的长剑已然相交。

众弟子见元越动了手，也不等两人分出胜负，当即仗着人多势众，竟向柳梦璃围攻过来。韩菱纱和云天河拔剑相迎，一左一右护在了柳梦璃身侧，与众人展开搏斗。

一阵刺耳的兵刃撞击声中，只听见怀朔惶恐地呼喊："等等！你们别动手！不可以动手！那是……那是紫英师叔啊！"

然而那声音飞快地被淹没在一片喊打喊杀声中。兵戎交接，昔日同门竟然互相残杀，怀朔站在一旁，心急如焚，如何劝说都不能让两方停手，反而打得愈发激烈。

你一刀我一剑，杀气凛然。

终归是慕容紫英顾念同门情谊，招招避让，意在招架，却不主动伤人。不想此举激怒了元越等人，众人围剿，慕容紫英寡不敌众，渐渐处于下风。

"师叔……紫英师叔……"

"别打了，大家都是同门……"

元越杀红了眼。平日里这慕容紫英就仗着天资过人，目中无人，又备受掌门青睐，如今叛入幻瞑界，正好趁此机会除之后快！

他催动法诀，眸中闪过阴鸷，趁着慕容紫英腹背受敌之际，瞅准空隙断然出手。"受死吧——"

眼看着一把光剑从刁钻角度飞出,直袭慕容紫英要害,然而此刻的慕容紫英已无力分出心神对付,眼睁睁看着那道光迫近眉心。

就在这时,只听"唔"的一声,慕容紫英身前忽然闪出一道白影,伴随着一声难以置信的低沉痛呼,那道光剑金华一灿,倏忽不见。

"……怀朔?"

慕容紫英颤巍巍地伸手,仓皇接住了向他倒下的怀朔。后者的神情似乎有几分茫然,他手指微动,捂住了心口,汩汩鲜血从他指缝中淌出,滴在雪白的道服上,触目惊心。

一瞬之间,在场的众人全都愣住了。

元越愕然望着怀朔,双手微微发抖。他做梦也没有想到,怀朔会为一个琼华派的叛徒挡剑,他是不是疯了?

"怀朔!"韩菱纱飞快奔了过去,瞪大眼睛看着这一幕,无法置信。

方才那一刻来得如此突兀,如此惨烈,如坠噩梦一般,唯有眼前的一片血染殷红刺痛了双目。

怀朔微微睁开双眼,看着慕容紫英,忽然欣慰地笑了:"师叔……你没事……太好了……"

"不,怀朔,你不会有事的,撑下去!"

怀朔声音微弱,脸上全是满足的笑意:"还好,师叔你没事,不然璇玑她可要把我骂死了……呵呵,我总算也保护了师叔一回……以前下山,不管发生什么事……都是师叔保护我们的。"

"怀朔,你先别说话!我们马上给你疗伤……"柳梦璃急着为他把脉。过了片刻,她神情中仅存的一丝希望也渐渐黯淡下去,秀目泛起了泪光,悲痛地摇了摇头,忍不住抽泣起来。

慕容紫英双眼赤红,拼命向怀朔体内输着真气,然而怀朔的心口被光剑刺穿,体内真气已然涣散,输再多的真气也是徒劳。

韩菱纱看着这一幕,浑身颤抖:"怎么会这样,怀朔……"

"师叔……你们不用白费力了……我知道的,没用了……那一剑正中心脉,就算是大罗金仙也医不好,咳咳……"

他强自说话,牵动了心口的伤处,猛地剧烈咳嗽起来,并咳出了几口鲜血。他仍故作轻松,气息却渐渐微弱下来。

韩菱纱眼中泪水盈盈，凄声道："怀朔，你先别说话了，歇息一下，等你的伤好了，要说多久都可以！"

韩菱纱几人只觉得自己心上也如被人插了一剑，痛得说不出话来。

慕容紫英攥着拳头，愤怒地砸到了地上："为什么……为什么你要冲出来?!"

"我怕再不说，咳……以后就没有机会了……"怀朔的双眸泛起波澜，"等我死了以后……师叔……请你……把我的骨灰……带回故乡……你们不用难过……

"其实，这样也好……你们不要怪罪其他人。但愿来世……不要再修仙……我想过……过最平凡的日子。"

"怀朔！"慕容紫英伤痛至极，不能言表。

怀朔挣扎着望向琼华派的方向，微弱的语气中透出了某种不安。"只是……对不起璇玑。她得自己……照顾自己了……"

说到璇玑时，怀朔的声音已经越来越低。见他的口唇最后又动了动，众人侧耳倾听，却什么也听不到了，但见他那双明亮的眸子仍怔怔地睁着，一动不动地遥望着幻瞑界外的琼华派，似乎是在寻找着小师妹所在的方向。

他的意识已然变得模糊，众人对他的呼喊他也全然听不见，一片空白的脑海中，唯有一个活泼可爱的身影闪动……那个身影对他哭，对他笑，对他打，对他闹，那是他一生中最美好的记忆。想到这儿，他苍白的嘴角上扬，不由自主地挂上了微笑，可此刻却显得那样惨淡凄冷。

抱歉……那个活泼淘气、娇俏可爱、给了自己无数开心也让自己费了无数心思去关心照料的小师妹……永别了……

他的面容定格在与韩菱纱等人初遇时，对璇玑关切而无奈的神情，再无声息。

"怀朔！怀朔——"

云天河拼命地摇晃着怀朔的身体，他做梦也不敢相信，怀朔就这样去了。当初四人一同下山时的一幕幕情景，那个善良、温和、敦厚、正直的琼华派弟子的音容笑貌，便如昨日之事，在云天河的脑海中清晰地闪动着。

然而这一切美好的回忆就这样被眼前白衣上的鲜血击得粉碎。

怀朔竟如此去了——死在自己同门师叔的剑下！眼前的情景与世上最可怕的梦魇又有什么区别?!

一声锐响，地上的长剑铮然回到慕容紫英手中，他的脸上是如火山爆发般的愤怒。

"你……你们想做什么?!"元越长剑颤抖，胡乱地护在身前，面对着慕容紫英四人缓缓逼近的身影，恐惧得不敢迎视，一步步地向后退着。

适才那一招"化相真如"几乎耗尽了元越全身的真气，目光闪躲时，他无意中瞥见远处倒地的琼华弟子的尸首，心里的害怕越来越甚，最后终于压倒了对慕容紫英等人的仇视，大叫一声，飞也似的掉头向外跑去。

慕容紫英怒火中烧，剑尖发出的光芒猛地暴涨，直刺向元越的后心。忽然间，又是愤恨地长啸一声，长剑"呼"的一声斜劈下来，剑气将地面生生劈出了一道深痕。

他望着怀朔和那些貘妖的尸体，蓦地高喊道："走！我们一起把琼华派弟子赶出幻瞑界！"

柳梦璃收敛悲容，感激而郑重地向他深深一揖，并无过多言语。她手持筌箓，化悲愤为动力，为自己的族人，为自己的家园，也为怀朔——

"我们去出口！找琼华派的人，找掌门，找大哥！让他们不要再对付幻瞑界！"云天河用尽全力大喊着，似乎是要将心中的悲痛、愤怒与恐惧尽数喊出。

众人向幻瞑界入口处急奔而去，一路上与侵入的琼华弟子接战不休。

有道是"哀兵必胜"。四人此刻心中悲愤，不知疲惫般越战越勇，武功修为竟也不知不觉增长了几分。

而琼华派为进攻幻瞑界，众弟子见妖类如此不济，原本忐忑不安的心立转骄横自大。他们三两一群，各自搜寻幻瞑界中的貘妖和紫晶石，哪里想到半路会突然杀出这四个人，刚一交手便负伤挂彩，只得慌乱逃回。

刀光剑影之中，四人悲戚的面庞中透着坚毅，平息这场战事成了他们唯一的信仰。

第六十三章

四人将一路上剩余的琼华弟子尽数赶回。见弟子人数不多，慕容紫英知道琼华派必有更精锐的弟子等在外面，随时准备攻入。他只想立刻赶到外面，向他们宣告这场争斗的罪恶。

他不想再看到下一个怀朔了，再也不想！

幻瞑界外的紫雾已经淡薄到能清楚看见外面的情形，一道七色光桥从入口处直连到卷云台上。桥下站着一个高大的貘妖，他手中的钢枪在阳光的照射下，反射出耀眼的光芒，正是归邪。

不远处，玄霄负手而立，与他遥遥相对。凤瑶和众弟子则站在玄霄身后丈余处，凝目注视着这场比拼。

玄霄的双手拢在大袖之中，巍然立在那里，两眼淡淡地看着归邪指向自己的枪尖，又顺着枪杆望向归邪本人，神态颇为悠闲，目光却是前所未有的锐利。

双方一招未交，归邪只觉得对方的目光中若有实质——人虽站在对面一动未动，身上弥漫的杀意却从眼中倾泻出来，如水银泻地一般，从头到脚，无孔不入。这般夺人的气势，当真比任何武功术法还要厉害三分。

玄霄仅凭这股慑敌之威，几乎已让归邪心力交瘁。归邪拼尽心力抵挡，化了全身妖力刺出一枪，然而刺到一半，竟被一层看不见的屏障挡住。那层屏障柔韧至极，却蕴含着极强的真力，将枪尖一层层裹住。

归邪惊诧之余，手上的劲力略微松懈，突然，那层屏障上蕴含的力道竟顺着钢枪向归邪袭来。归邪拼尽全力，却无法撼动分毫，竟已是强弩之末。

另一边，玄霄仍袖手而立，恍如无事，只是冷冷地看着对手，目光中竟生出几分无趣之意。

就在此时，韩菱纱四人从幻瞑界中奔了出来。柳梦璃见此情景，惊呼道：

"归邪将军!"

"大哥,住手——"云天河亦疾呼道。

突然,一道极细极明亮的白线横扫而至,随即一闪而没。

众人正惊疑时,只听归邪大吼一声,吼声中尽是痛意。与此同时,枪尖处火光一闪,整条钢枪竟燃烧起来,火焰顺着枪杆涌来,登时将归邪包围在一团烈火之中!

柳梦璃失声痛呼:"归邪将军!"她不顾一切要扑上去施救,被韩菱纱三人死死拉住。眼睁睁地望着被烈火燃烧的归邪,她的眼神布满绝望,泪水再也忍不住,涔涔而下。

归邪像被定住了一样,一动不动,身上的火焰越来越小,发出嘶嘶的响声,原本高大的身躯转眼间已被烧得不足三尺,那条钢枪也已熔化成水,滴在地上。

过了不久,终于火尽烟灭,这威名赫赫的一代幻瞑界护将化作碗口大的一堆灰烬,一阵山风吹来,立时被吹散得干干净净。

柳梦璃眼前一黑,几乎昏过去,此刻无比痛恨地望着卷云台上以玄霄为首的琼华派众人。

玄霄微一皱眉,目光瞥向身后的凤瑶,却见她神色如常,手抚望舒剑,淡淡地道:"妖孽为害人间,残杀我琼华弟子,对付他们,还用讲什么武林规矩吗?"

她回身转向众弟子,高声道:"这妖邪便是十九年前杀害玄震师兄的凶手,老天有眼,让我们琼华派今日大仇得报!"

台上有几名弟子暗暗摇了摇头,方才掌门这一手,实在卑鄙不堪。大多数人则大声欢呼,他们入派较晚,没几个认得玄震本人,也谈不上什么报仇的喜悦,只是为除得一个大敌而兴奋,抑或是见师叔和掌门出手建功,有意讨好。

云天河呆呆地望着不远处的玄霄,见他意态潇然,神俊如故,心底却涌起一种说不出的陌生感。

众人谁都没有留意到,韩菱纱的脸色竟突然间又一次变得惨白起来,身体似乎被一种无名的力量控制,原本已不充足的体力被一点一点地抽走。她紧紧地咬着嘴唇,努力强撑着,不让云天河他们发现自己的异样。

凤瑶轻蔑扬声道:"哼,这妖孽当真愚蠢至极,就凭他孤身一个,便想杀死我与玄霄,阻我琼华派大计吗?难道他还以为琼华派仍会如十九年前一般,因为掌门死了而门派大乱,任这些妖孽横行肆虐吗——"

她执掌门派十九年,凤兴夜寐,费尽心机,便是为了今日与幻瞑界一决高下。如今已知幻瞑界之主重伤，幻瞑界剩余的高手也纷纷殒命，眼看人妖之战，琼华派已然胜券在握，自己也终于成了率领本派一雪前耻的功臣，她心中志得意满之情，实难言喻。

"凤瑶，你很得意？"

凤瑶一愣，转眼向玄霄看去："你……"

玄霄冷笑一声，轻轻踏上一步，将凤瑶的目光甩在身后，面对着云天河，微笑道："天河，有一阵子不见了，大哥很挂念你。"

云天河神情黯然，突然扬起头来，大声问道："大哥，这些天来的一切……都是你在骗我？你对我说的那些，只是为了取回望舒剑，为了飞升，为了强夺幻瞑界的灵力？！"

"天河，大哥没有骗你，只是有一些事情没有告诉你。这是为了保护你，让你远离仇恨的旋涡。"玄霄微笑着看着云天河，一字一顿地说道，"我还是把你当兄弟，绝无害你之心。"

云天河愤然道："可恶，枉我那么相信你！"

"天河……"韩菱纱似乎再难忍受，眼前天旋地转，低低唤了一声，再也支持不住，"咚"的一声晕倒在地。

"菱纱——"

三人大惊失色，急忙回过身来。云天河抱住韩菱纱惊恐不已："菱纱！"

他连声急唤，韩菱纱却已不省人事。

云天河即刻俯下身来，想像数个时辰前一般为她运功驱寒。然而在他急切强行催动下，体内的内息竟丝毫不听自己使唤，完全无法传入她的体内。他越是心急，内息就越是混乱，隐隐有走火入魔的迹象。

"天河，你这么做没用的。眼下你运功只能救她一时，却不能救她一世，宿体已成，你徒然浪费真力，不过是治标不治本罢了。"

"你说什么？！什么宿体……"云天河的语音发颤，充满了恐慌和不安。这些天来，在意识中时隐时现的不祥感又一次闪现出来，重重地压在了心头，云天河的身子不知不觉发起抖来。

"你一点儿也未觉察到吗？"玄霄望着他，淡然道，"望舒剑以至阴女体为宿体，方可激发灵力。它的前主人凤玉死后，望舒剑力量顿失，从此陷入长眠。"

"直到有个女子，亦是阴时阴刻出生，命中带水，命相乃是罕见的天水违行，才可令望舒剑复苏。而越是使用此剑，新的宿体越会体虚畏寒，若不懂得修行之法，情形怕是更不妙……"

云天河的脸色越来越白，他颤声道："新的宿体……是……菱纱?!"

第六十四章

云天河心中恍恍惚惚间只觉得他们从进入琼华派开始，便已隐隐落入一个巨大的布局之中，从头到尾，自己竟然都只是一颗被利用、被欺骗的棋子。猛然间，父母的身影浮现在他的脑海中，望着自己和菱纱，神色悲凄，似要诉说什么。

"不错，我不清楚她怎样机缘巧合，竟会碰触到沉眠中的望舒剑，但她成为宿体确是事实。恐怕天青也料不到天下会有这等巧合之事。"

玄霄并无隐瞒，仿佛在说一件与己无关的寻常事："慕容紫英传她的修行心法，令她吐纳运气、强身健体，虽有点用，却也聊胜于无。"

云天河的两只手死死地抓在一起，指甲嵌入肉中，血流出来，他也已经全然不觉。

"不过，之前我破冰而出，又以双剑网缚幻瞑界，对她而言，已是极大耗损；适才我与凤瑶合力破除结界，则又耗去许多望舒之力；再加上方才对那妖孽的最后一击，韩菱纱的身体怕是已经支撑不住了。"

"因为这样，所以在墓室里，菱纱碰了那把剑，剑才会发光。"云天河喃喃，似乎是恍然，脸色沉了下来，"所以青阳和重光长老才会让我少用望舒剑。"

所以菱纱的身体才会越来越差，越来越怕冷⋯⋯都是因为她唤醒了望舒剑，成了宿体！

云天河面如死灰，这一切竟然都是因为自己。难怪父亲那般畏寒，而自己竟然从菱纱的异样中未能察觉。此刻他心痛极了，更多的是痛恨自己！

"你们通通知道，却从来不说！你们害了菱纱，就为了能网缚幻瞑界，能强夺灵力，能飞升成仙！！"

玄霄眼中掠过一丝阴影，看着云天河，平淡道："天河，你不必焦急，待我成仙，救回韩菱纱不过是举手之劳——"

"踩着尸山血海升仙吗？"

玄霄目中阴郁之色更甚，过了片刻，忽然又笑了笑，望着云天河道："天河，你体质特异，能够天生不受寒冰之气侵扰，想必是万中无一的资质。不如你与我一同修行，不久即可白日飞升，从此逍遥天地间，岂不是很好？"

他的语气分外轻松，眼中阴霾散去，正微笑着向他望来。

云天河见了这副亲切的神情，却感到无比心寒，沉痛地缓缓说道："大哥，你明明说过的，只要找到那三件至阴至寒的东西，你就不会被阳炎侵蚀！"

他忽地像是揪住一丝希望，慌忙问道："是不是……是不是那些东西根本没有用？没用的话，我再去帮你找，直到找到为止！你不该是这样的啊，简直就像变了一个人……"

"变了？这是从何说起？那三件寒器自然管用，我十九年来从未这样清醒过。"玄霄眉眼间划过一丝异色，笑了起来，"我失去了太多，如今的琼华派与幻瞑界更令我大失所望，通通是一群无能之辈！实在枉费我这些年的一番苦修！"

身后的凤瑶越听越感觉不对，面色极为阴郁。玄霄的长笑声回荡在卷云台上，越来越响，只是充斥在这笑声中的，不知是欣悦，还是愤怒。

"天河，你能了解吗？如今我能够自如地操纵火焰，却不会被它吞噬，再加上凝冰诀之力，我已将这两种力量融为一体，功力更胜往昔！可即便是凝冰诀与三寒器，最终也还是抵不过人从空虚中生出的欲望……"

"欲望？那你还要什么呢？你说要给老掌门报仇，如今幻瞑界变成这样，仇也报了！要是你还恨我爹娘，干脆把我也杀了算了！"云天河咬牙切齿道。

玄霄笑声陡止，沉声道："天河，你错了，我并不恨天青，并且更欣赏你。太清的死活又与我何干！"

此言一出，卷云台上登时一片哗然。众弟子目瞪口呆，望着这派中地位仅次于掌门的前辈，简直不敢相信，如此大逆不道的话语竟会从他口中说出。

玄霄脸上全是冷笑，对众人惶惑的低语声恍如不闻，恨声怒道："以我今时之力，杀这些小妖实在是对我的污辱！琼华雪耻也根本是多此一举！只要取了紫晶石，不久即可白日飞升，为前人所不能为，做到历代掌门梦寐之事！这是我现在唯一要做的！"

"而且，我虽然讨厌天青，却不讨厌你。起初利用剑鸣引你来禁地，我只是想见见天青和凤玉的后人，看一眼就行，却没想到你说要帮我。要知道，这些天来你为我破冰四处奔波，我们相处时日虽短，情分却如师徒、如兄弟，这世上我最感激的人便是你，又怎么可能杀你?!"

说到最后，玄霄甚至还对云天河发出邀请："如何，还是与我一同飞升吧。"

凤瑶此时陡然冷喝道："玄霄，你莫太过分了，飞升乃是琼华派之事，云天河已被我逐出门派，于情于理都不可留下！"

玄霄大袖一挥，一股强风倒灌进凤瑶的口鼻，登时将她的后半句话压了回去。

凤瑶猝不及防，踉踉跄跄地连退三步，好不容易稳住身形，惊怒地看着玄霄："你……你的功力……"

"凤瑶，这么多年过去，你忌才之心还是一点儿未变。当年我若不是假作受了内伤，功力衰退，以你心性，今日岂会放心让我破冰而出？"

"你胡说什么！"

"胡说？当年太清的弟子之中，以你资质最不出奇，到头来却阴差阳错做了掌门。你大权在握，难免患得患失，深恐哪一日便会被抢去手中的一切，为此连长老都不愿晋升。以慕容紫英铸剑之才，数年来也未得重用，凭他的资质，应该早有所成，你无非也是担心他胜过你，威胁到你掌门的地位罢了。"

凤瑶听得又羞又怒，喝道："放肆！你竟如此羞辱一派掌门！"

"掌门？你竟还有脸自称，明明自身资质平平，偏又忌才妒能！你不妨看一看其他弟子，可还将你当作掌门？!"

凤瑶一愣，回身望向众弟子，只见他们脸上种种神情尽显于外。她执掌门派十九年，平日里威严自用，弟子们见了她无不战战栗栗，对她唯命是从，几时见过众人以如此神情面对自己？

便是众人不置一言，她也已感到无比的羞辱，气得浑身哆嗦，一只手指着玄霄，颤声道："你……你们……"

"强者为王，乃是天经地义，如今他们或臣服、或惧怕于我，又哪里还会听从你半句话！"

玄霄转向云天河，面色转为温和，从怀中取出一个淡蓝色的宝珠："天河，这便是你曾经想要的水灵珠，我如今把它取了出来，便送予你吧。"

他挥手一掷，水灵珠缓缓飞到云天河面前，轻轻落入他的掌心。

云天河低头看去，只见那颗灵珠澄澈得如同水晶一般，只是沾上了自己掌心流出的几缕鲜血后，原本明净的灵珠上竟平白沾染了几分如山岳般沉重的残酷感："水灵珠……你还记得？"

一旁的凤瑶气得全身发抖，大喊道："不可！玄霄，你疯了？本派宝物岂容你如此糟蹋?!"

"多话！"玄霄俊美立体的五官立刻满罩寒霜，阴骘开口，"凤瑶，昔日你将我冰封，令我日夜痛苦煎熬，时常想将你千刀万剐！如今我破冰而出，碍于情势，要与你共使双剑，但你最好识相，凡事只管照我的吩咐做，不然我连你都杀！"

玄霄原本神态十分镇静从容，此时说到愤怒处，不觉勾起往日痛苦回忆，俊目中杀气四溢，全身上下如沐火中，迸发出暴烈炙人的声势。

身后众弟子看到玄霄这般愤怒情状，吓得一个个噤若寒蝉，连大气也不敢喘。

凤瑶远远地避在一边，默默不语，一双凤眼黯然垂下，面容中流露出不甘。

玄霄扫视场上众人，见他们畏惧的神情，又是一阵仰天狂笑，伴着呼啸山风，远远传去。

此刻已是残阳夕照，落日的余晖斜照在众人脸上，人人面上的神色都昏暗无比，平日里的种种伪饰猛然间消散开去，各自心底不可告人的阴私霎时毫无保留地显露出来。

天地间一片灰黄，说不出的苍凉悲烈。

第六十五章

云天河直直地凝视着他,像从未了解过这个人一般。就在之前,在禁地种种,他传授自己心法,与自己畅聊。两重身影不断交替,最终化作了眼前这个冷血无情之人。

他是玄霄,可又不再是他了。

"那天在禁地里,你说很后悔伤了一个人的心,可是那个人已经死了,你再也没有机会说对不起,那个人……就是我娘吧?!"

玄霄暴喝一声:"云天河!"他的面容一紧,微微闭了闭双目,忽然间神情又舒展开来,目光转向远处,悠悠道,"罢了,过往之事,何必再提……"

云天河心中最后一丝幻想终于湮灭,他缓缓地摇了摇头,悲声说道:"这是我最后一次喊你大哥了……"

玄霄勃然变色:"你——"

"你说,你已经控制了羲和剑的力量,我却觉得,你这个样子,好像爹说过的心魔深种,已经完全不是你了。"云天河咬了咬牙,大声道,"你我从此再无关系!你把望舒剑还给我,我不能让你再害菱纱!"

"你说什么?!"

"你做得不对,我不要你当我大哥了!把望舒剑还我!"

玄霄双目陡然睁圆,云天河感到方才那股凶烈的杀气,此刻竟向自己涌来。

"天河!快退后,那阳炎会将人焚成灰烬!!"身后的慕容紫英登时急呼道。

云天河只觉得陡然间热风拂面,整个人如同站在火炉中一般,鞋底处竟然微微冒出烟火。他悲愤欲绝:"你要杀我,那就杀好了!"

忽然他身周一凉,只见不远处的玄霄虽神情恼怒,眼中杀机却已淡去。

玄霄看着云天河倔强的面容,蓦地怒极反笑,恨声道:"哈哈哈!好,好!

云天河，今日是你负我一片心意，不是我玄霄负你！只是我还记得在禁地说过的那些话，你助我良多，玄霄永志难忘。"

"如今紫晶石既已足够，我就再让你一次，也是最后一次！现在幻瞑界束缚已除，幻瞑界之主的命就送给你吧！"

他瞪视着云天河，冷然道："你不愿修仙，爱去哪里便去哪里！只是望舒剑，你就休想要了！"说罢，他猛地一抬手，远处空中悬浮着的羲和剑飞回手中，他用力一挥，云天河二人脚下的光桥开始缓缓消失。

玄霄愤然转身，身形渐渐远去。一旁的凤瑶强打精神，缓缓跟随在他身后。众弟子也跟在两人后面，鱼贯而去。

这时人群中出现一个娇小的身影，冲着慕容紫英喊道："师叔，紫英师叔，你快点过来啊！"

慕容紫英看着离去的那些人，声音愤然："璇玑，你可知道……怀朔他已经死了，就是被你说的那些同门杀了！我不会再回琼华派了。"

霎时间，璇玑像是听到了这个世上最可怕、最不可置信的事情，娇小的身躯如遭雷震电击一般，又如一个去了线的木偶，死死地僵立在当场。

"师叔，你……你说什么？"

可无人再回答她的话。璇玑被人拉走，不住回头焦急地看着慕容紫英，又不断和旁人问询，神情越来越惊惶……

云天河看着被凤瑶握在手中的望舒剑，摇摇晃晃，渐行渐远。

他的眼前一阵模糊，远远望去，但觉望舒剑淡蓝无瑕的剑身上，竟似蒙上了一层暗红，幻作鲜血，滴滴滑落。

那是菱纱的性命啊！

"把剑还我——"云天河再也忍不住了，从光桥上猛冲下来。冲到一半，他奋进全身力气，纵身一跃，竟足足跃出了三丈有余！

他借着下跃之势，直奔到凤瑶身后。眼看望舒剑就在眼前，云天河大喝一声，左手长剑斜劈凤瑶肩头，右手径直向露在她手外的剑柄抓去！

望舒剑的剑柄本就甚短，被凤瑶握在手中，露出的部分仅有数寸。云天河在此情急之时，早已管不了那么多，拼着断指之险，也要夺下这柄事关菱纱性命的宝剑！

风声忽至，凤瑶不察，只来得及用剑抵挡。眼看两剑就要相交，突然间，一道暗红色的光华划过，如电闪般的白影来势奇快。

云天河只听"铛"的一声巨响,长剑上一股巨力传来,直透入全身经脉。一瞬之间,他身上力气尽失,脚下浑不着力,轻飘飘地向后倒飞了出去。

玄霄左袖掠在一旁,右手羲和剑横在当胸,凛凛然挡在夙瑶面前,双目如电,冷冷望来。

云天河飘然落回光桥之上,落地时平平稳稳,倒似被人轻轻放下一样。显然,玄霄方才那一剑手下留情,只是迫退云天河,并无伤他之意。

"不放下剑,休想走——"云天河满心不甘,刚要挥剑再上,忽然两臂一阵酸痛,剑尖陡沉,拿捏不住。

他还想强撑一试,身后伸来一条温软的手臂,拉住了他。不知何时,柳梦璃已从幻瞑界中走了出来。

"云公子,你不是他的对手。"柳梦璃哀声道,"我们快走,双剑的束缚已经除去,幻瞑界入口马上就要消失了!菱纱在等你!"

云天河望着远去的玄霄和夙瑶,却因为那一句"菱纱在等你",愤怒而痛苦地转过身去,朝着菱纱的方向奔了过去。

暮日沉沉,昏黄惨淡的天幕下,云天河抱着韩菱纱,拖着沉重的脚步,身后缀着同样沉默悲恸的慕容紫英和柳梦璃,随着紫雾一道缓缓消失。

冷……就像被关在了冰洞里,全身的骨头好像都散了架……

我的病……又犯了吗?

韩菱纱最后的意识还是玄霄和云天河的对阵,她的心一下揪了起来,一定不能让云天河分心,她还有很多事情要做……她不能就这样睡过去……

"菱纱!菱纱!"

韩菱纱轻睁双眼,映入眼帘的是柳梦璃那张虽沾染了些许风尘,却依旧秀美绝伦的面庞。只是她看上去好忧伤,自己从来没有见过她这么难过的表情……为什么?是因为自己吗?

"菱纱,你终于醒了!"柳梦璃的声音中带了些许欣悦,可脸上的神情却沉痛异常。

韩菱纱向四周看去,只见自己正躺在一张紫晶制成的床上,身下松松软软的,像是垫了什么东西。柳梦璃正站在床前,关心地看着自己。

她缓缓地坐了起来,轻轻晃了晃胳膊,还好,体力好像也恢复了小半,全身也不像先前那么冷了。

"真对不住你们,我的病好像又犯了……玄霄他们可是答应中止这场争斗了？"

　　柳梦璃眼中泪光闪烁，轻轻点了点头。韩菱纱松了一口气，这样就好，这么一来就可以避免伤亡了，这是她近期以来听到的最好的消息。

　　只是在瞧见柳梦璃那神情时，她仍觉得有些奇怪，转头看去，见房间中只有自己和梦璃两人，不禁问道："天河呢？还有紫英，他们在哪里？"

　　"大家都还在幻瞑界。紫英去处理怀朔的后事了，他说要把尸体火化了，将骨灰带回怀朔的故乡……至于云公子……"

　　柳梦璃的语音渐转悲恸，凄然道："菱纱，你体内的冰寒之气很重，他方才一直在运功替你驱寒，好不容易见你有些起色之后，就让我把你送到这里休息，自己一个人在外面站着，一句话也不说……"

　　"原来……是这么回事……"听完柳梦璃讲述刚才发生的事，韩菱纱的脸上仍是一副平静淡然的神情，她轻轻地笑了笑，"他就是个呆子……"

　　"菱纱，你的身体……"

　　"没事的，别担心我，我不是都告诉你了，我们韩家人注定都是短命的，所以对生死之事，我已经看开了。虽然临到自己头上，还是有点难过，但是真的没什么。"

　　话虽如此，她稍稍低垂了眼睑，掩去了眼底那一抹黯然，随即又飞快抬眸，强撑起精神道："好梦璃，带我去看看天河吧，我不希望他因为我，一直难受下去……"

　　刚出房门，韩菱纱一眼便望见了大厅中那个悲伤的背影。

　　云天河默默地站在一块巨大的紫晶石前，紫晶上倒映出一张痛苦得近乎扭曲的面容。

　　韩菱纱一顿，轻轻松开了梦璃搀扶她的手，转了神情，叉腰冲着背影喊："喂！天河！"

　　云天河垂首而立，如同泥塑木雕般站在那里。

　　韩菱纱微微一愣，又提高了几分音调喊道："天河！"见他仍一动不动，她不由得眉头一皱，火气上来，跑到他背后，狠狠地痛击一拳。"云——天——河！！！"

　　云天河痛得一咧嘴，转过身来，看见韩菱纱怒气冲冲地站在自己面前，微微一颤："菱纱……好痛啊！"

　　"怕痛就应该早点回答我！"韩菱纱佯装生气，挥了挥拳头示威。

云天河呆怔地看着她,想勉强笑笑,脸上却哀痛不胜,哪里能挤出半点笑意?

韩菱纱盯着他的脸庞,秀眉颦起,"哼"了一声,生气地说道:"干什么一脸哀怨的样子,我长得有这么不堪入目吗?!"

云天河伤痛难抑,低声嗫嚅道:"菱纱,我……我对不起你……"

第六十六章

四周骤然安静了下来,一股悲伤感在二人之间弥漫开来。

云天河想故作坚强,可他不是刚下山时什么都不懂的毛头小子,经历了这么多之后,他早就已经知晓了自己的心意,清清楚楚感受到面前的少女对自己有多重要。

重要到,一想到要分开,便是挖心刮骨的痛。

他不住地回想,若当初在青鸾峰时没有遇到她,也好过……好过她这时成为望舒剑的宿体,受这些苦难。

韩菱纱一怔,看着那双单纯的眼眸染上浓郁的墨色,心中不禁一痛:"呆子,有什么对不起的?望舒剑的事,梦璃都跟我说了,又不是你的错,你一副苦瓜脸干什么!"

"可是,是我害了你……"

"你说什么呀?最初还不是因为我自己?我不进你爹的墓,就什么事都没了。"

云天河心如刀绞,悲声道:"我真没用!还说要保护你,让你活得长长久久,结果什么都做不到!我……"

他心中悔恨翻涌,痛苦地摇着头,眸子中的泪水滚来滚去,泫然欲泣。

韩菱纱看着他,轻轻摇了摇头,眼圈也有些红了:"你啊,平时不想事情还好,一想事情脑子就打结……告诉你吧,天河,人根本改变不了所谓的命。你听说过吗?每个人的命运总是按既定的方向前进,即使你改变了过程,也改不了结果。"

命运二字落到身上,云天河面色猛地一变,直直地望着她的双眼,口唇微张,心中对这番话纵有千万种想法,却说不出来一个字。

韩菱纱的目光没有闪躲,平静地注视着他,轻轻说道:"天河,你也许以为,要是你没有遇见我,没有去昆仑山就好了,但是,我们可能会以另外的方式相遇。你可能还想,要是你不帮玄霄就好了,但或许我会很想帮他,我们还是会去找三寒器……

"人的命运就是这个样子,什么我命由我不由天,以前我也很相信,所以我不信邪,一直在找可以令人长生的法子,我觉得自己总有一天能胜过这个所谓的天命。"

"直到在鬼界遇见伯父,我才明白,原来人可以做的努力是那样微小。人不能胜天,这是很平常的啊……"

云天河头脑中隆隆作响,菱纱说的每一个字都是那般真实,又那般沉重,沉重得好像心头的千钧巨石,压碎了梦想,压灭了希望,直将自己的所有信念在一瞬间一起压干榨尽。

"不,不是这样的——"

"好啦!不管是哪样的,反正我也没指望真能说服你这个木鱼脑袋。但是至少,你不要像现在这样好不好?"

韩菱纱顿了顿,望着云天河,掩藏着的不舍和眷念却还是流露了出来。"天河,你……怎么说也是我最好的朋友,我可不想看见好朋友整天一副要死不活的样子,看得我自己都好累。"

说着,她的脸颊微微泛了红晕,回忆起了两人在封神陵里的一幕幕,淡红的面颊上又浮现出一抹幸福的微笑。

云天河定定地看着她,忽然一伸手,将她牢牢地抱在了怀里,仿佛要嵌入自己的骨血里一般。

韩菱纱微微一惊,俏脸绯红,却没有动,将头轻轻地靠在云天河坚实的肩膀上,轻轻回抱住了他。一颗芳心尽被缱绻的情丝缠绕,似乎生命中所有的伤痛都蓦然间消失散尽,只余下刻骨铭心的幸福。

如果一生一世都能这样下去,该有多好。

而我这一生纵然短暂,遇到你,遇到大家,我也觉得无憾了……

"天河,你可还记得?我说过,想找个像青鸾峰那样的地方隐居,过不理世事的日子。"

"嗯。"

"不如……琼华派的事了结之后,等我再去看过族人,我们就回青鸾峰吧。要是你想的话,就叫上梦璃、紫英……我希望,不管自己还能活多久,半年、几个月、几十天都没有关系,只要大家开开心心地在一起,不要想伤心的事。"

"我不会让你死的,我去找玄霄,把望舒剑抢回来,不能让他做成剑柱!等到那个时候,我们再一起回青鸾峰。到时我多盖几间屋子,让梦璃和紫英住。"

韩菱纱靠着他起伏不定的胸膛,感觉到他的心跳是那么快、那么急,眼中也微微泛起了泪光,嗔道:"傻瓜,我都说了,不用太勉强……"

她勉强笑了笑,轻抚着天河的后背,小声道:"其实,这样就很好了,真的很好了……"

柳梦璃怔怔地站在大厅门口,眼望着远处紧紧相拥的两人,陡然间鼻子一酸,大滴大滴的眼泪从面颊上滚落下来。

忽然,旁边递来一方洁白的帕巾。柳梦璃一怔,轻轻转过头来,只见奚仲立在自己身后不远处,袍袖委地,气度渊沉,两眼直视着自己,目光中略有喟叹之意。

"少主,仪式已经准备得差不多了,婵幽大人请您即刻到幻瞑宫去。"

柳梦璃黯然点了点头:"我知道了,将军,您稍等一下,我这就去。"随后她擦去脸上的泪痕,缓缓地朝二人走去。

韩菱纱紧紧地靠在云天河的怀中,忽然瞥见梦璃的身影,脸上顿时浮现一抹赧然,急忙挣脱云天河的拥抱,小退一步。

云天河一怔,转眼间也看见离二人只有几步远的柳梦璃,连忙收回手来。两人一时都羞得脸通红,犹如被人撞破的小情人。

"云公子、菱纱,我娘在刚才结界被破时遭受重创,身体越来越虚弱了,她要我现在就接替她担任幻瞑界之主……你们陪我去参加这个仪式吧,我也派人去喊紫英了。"柳梦璃顿了顿,浮起一丝期盼之意,"我希望,那个时刻来临时,我的朋友都能在身边。"

韩菱纱愣了愣,接任幻瞑界之主,那——她岂不是要留在这儿?

"做了幻瞑界的主人,你跟以前会有不一样吗?"云天河脱口问道。

柳梦璃闻言看着他笑了笑:"我还是我,不一样的是其他事吧……你们且随我来。"

幻瞑宫中,婵幽安坐在殿中的宝座上,扬首直视着前方,威严之势丝毫不减,然而面容中却终究显现出一份难以掩饰的疲倦和虚弱感。

待慕容紫英最后一个赶到,与韩菱纱、云天河站在一道,她的目光徐徐扫过,面上露出一丝赞叹之意:"我要谢谢你们几个,在琼华派攻进来时,对我族施以援手。"

"这是我们应该做的。"

"你们不必过谦,若没有你们,我族今日只怕已尽数丧命在琼华派的剑下,如今我代表梦貘一族诚心感谢你们,绝非矫情,但是……"

婵幽面色微沉,语气忽然变得严肃起来,郑重地说道:"我还是不赞成人与妖交朋友,幻瞑界也非你们凡人久留之地。如今事情已了,我本想立刻将你们送回人间,但璃儿她希望你们待到仪式之后。"

说到这里,婵幽平静地看了柳梦璃一眼,缓缓说道:"所以,你们之间若有什么话,便趁此机会说完吧。"

云天河听了婵幽的话,又见柳梦璃此时神情忧郁,终于意识到了什么:"为什么?"

"璃儿她即将继承幻瞑界主人之位,而你们则会被送回人间,恐怕日后再无会面之期了。"

果然是这样。

韩菱纱微微一怔,来的路上她就想过这个可能,接任幻瞑界之主就意味着分别。

但她到底还心存了幻想。

若以后,还有梦璃在……

宫殿中一片寂静,云天河直直地望着柳梦璃。这一天一夜中发生了太多让人感伤的事情,他头脑中一片模糊,犹如身在幻梦之中一般,他面容颤抖,悲声问道:"梦璃,你……你要走?!"

柳梦璃紧闭双目,哽咽道:"娘刚才都已经说了……"

"为什么?为什么一定要走?幻瞑界都已经变成这样了,难道不可以让大家一起去人间生活?"

"幻瞑界便是我族故乡,我族宁可灭亡,也不会离开这里的。"

韩菱纱好不容易忍住的眼泪缓缓落下:"可是,可是……我会很想你。"她想过自己会先离开,却没想过最先分别的居然是柳梦璃。

柳梦璃睁开泪眼,凝视着韩菱纱的面庞,心中一阵阵痛楚,低声向她道:"菱纱,我也会想你……答应我,千万不要放弃,云公子一定能找到替你延命的办法!"

"我走以后,你一定要照顾好自己,还有……好好和云公子在一起……你们……你们一定能幸福的！"

韩菱纱顿时涨红了脸，又羞又急地叫道："梦……梦璃，我们……我们并不是你想的那样啊！你知道的，我不能——"她的话说了一半戛然而止，酸涩狂涌，堵得心里慌乱又无措。

"菱纱，你什么都不要说了，我明白你在担心什么……但是，请你不要放弃……"

柳梦璃伸手替她拭去泪水，淡淡一笑，将颈间挂着的那块翠玉摘了下来，又解下腰间的一个香囊，伸手递给云天河。

"云公子，拜托你把这个离香草的香囊带回寿阳，交给爹和娘……告诉他们，女儿不孝，令二老担心挂念。养育之恩，梦璃感激不尽。"

"梦璃……"

"还有这个……这是云叔当年送给我的帝女翡翠，如今我已经用不上了，留给你做个纪念吧。"柳梦璃的指尖摩挲过翡翠玉身，上面还残留着一丝暖意，就像当初她从云叔手中接过之时感到的那一抹温暖。

云天河呆呆地接过这两样东西，一时未反应过来。

柳梦璃跟着沉默，良久，像是犹豫了许久，才抱着一丝希冀轻声问道："云公子，你们之前去鬼界，可有见到云叔？"

"我爹他……看起来挺好的。"

透过眼前这个少年，柳梦璃仿佛看到了那个青衫身影。她的嘴角微扬了一下，眼眶含泪道："那就好……"

"梦璃，我们真的不能再见了吗？"云天河终于反应过来，不敢相信他们费尽心思而来，得到的却是这样的结果。

柳梦璃轻轻点了点头，望向慕容紫英："紫英，谢谢你，我知道你不喜欢妖，可到了最后，你还是愿意帮助我族，我很感激……我……我不太会说话，但是紫英你……永远都是我的挚友。"

慕容紫英眸中的情绪翻涌异常，最终他敛下了所有情绪，沙哑道："我也一样。保重！"

最后，柳梦璃站在了韩菱纱面前，后者眼眶红红的，又一次用袖子用力抹了抹眼角，睁着大大的眼睛，似乎是想要把柳梦璃的模样刻印在心底。

谁能想到当初寿阳城里那个通情达理又亲切可爱的官家大小姐，那个遇到事情一点儿不娇气还十分会照顾人的柳梦璃，那个对云天河百般包容，温柔相待的

第六十六章　347

少女……即将成为幻瞑界之主。

她也曾隐约感到柳梦璃对云天河的情愫，那时自己心里尚存些许竞争之念，直到后来在鬼界，知道了家族和自己的宿命，她不敢再对云天河心存痴念，唯恐情深不寿，到头来白白惹得他一生伤心。

甚至后来执意前往封神陵盗弓，她也只想着能帮云天河找回柳梦璃，见到他们二人相伴相随后，便悄然隐去，再不与他们相见……

然而，想不到大家一时重逢，可人妖殊途，到头来仍免不了再度离别。

"菱纱，别难过，你看我们都好好的，已是幸事。"柳梦璃一边不住地擦拭着她的眼泪，一边喃喃道，"你会和天河很幸福，一直都这么幸福下去。"

韩菱纱闻言心中一阵绞痛，以自己背负的命运，再加上望舒剑的不断侵蚀，自己又能与天河相伴几时呢？

又如何给予他一生幸福……

柳梦璃轻咬住唇，始终难掩伤心之色。

宝座上一直不语的婵幽见女儿如此伤心，严肃的面容上也有一丝痛意，开口说道："璃儿，你如此伤怀，又怎能安心继位？不如我将你们彼此间的记忆通通消去，日后再无想念，自然也就不会伤心——"

"不要！我不愿意忘了梦璃！"韩菱纱和云天河齐声叫道。慕容紫英也默然摇头。

"你们人类有种说法，叫作'因爱故生忧，因爱故生怖'，既然种种烦恼都是由想或念而起，将烦恼的根源消去，岂不是一了百了？"

"不，以后我想到梦璃，想到她不在我身边，也许是会很伤心，但是我也会想到，大家在一起时很多开心的事！"

"年轻人，你倒比我想的更有良心。"婵幽轻望她一眼，转向奚仲，郑重地说道，"奚仲，你去月神殿将'梦见樽'取来。"

"娘？"

"你放心，我并不会将你们的记忆消去，但你须答应我，继位之后一切以幻瞑界为重，绝不可溺于感伤，耗费心神！"

柳梦璃这才放下担忧，低下头去，轻声应道："是，璃儿答应娘……"她的话音有些微弱，透着几分不自信。

婵幽看着她，悠悠叹了口气。

过了片刻，奚仲从殿外缓步走进来，双手捧着一个丝线编成的圆球，上面一层层密密麻麻的，却如蛛网一般错落有致。

婵幽接过梦见樽，捧在手上，凝神注视，口中默念真言。只见圆球上的线条渐渐放出光来，每根丝线上发出的光都各不相同，或明亮，或暗淡。

许许多多的线条交缠在一起，幻出奇异而瑰丽的光彩，映照在婵幽分外郑重的表情上，更显得神秘莫测。

"万灵悉来，神光映幽！引诸方想愿，入梦见之樽——无中而出，虚空即有！"

众人眼前一幻，梦见樽上发出的光芒猛地消失，婵幽身前忽然多了一人。

那人一身海蓝色长裙，秀发飘扬，貌如桃花初绽，形若仙子离尘，衣着相貌，竟和旁边的柳梦璃一模一样！只是面上没有了那份悲戚之情，面带微笑，静静地向三人这边看来。

"这……这怎么会……有两个梦璃?!"

婵幽收起梦见樽，看着他们缓缓说道："梦见樽是用紫晶石打造的法器，能够令人幻梦成真。既然你们不愿璃儿离去，而她对你们亦依依不舍，我便将此份思念之情注入梦见樽，诞出另外一个璃儿……"

说完，婵幽轻轻推了"柳梦璃"一下。她似乎明白了婵幽的意思，微笑着走到他们身旁，和他们站在一起。

"往后便让她伴在你们身侧，犹如璃儿常在……但她不过是一场幻梦，当你们渐渐淡忘璃儿之后，梦就醒了，她便会消散无踪。"

众人听得一呆，看着身旁的"柳梦璃"，心中百感交集，不知是欣慰，还是凄凉，抑或是感伤。

"不会的，我们不会忘记她。"云天河郑重说道。

"娘，谢谢您……"柳梦璃望着这一幕，悲戚的容颜上露出感激之色，喃喃说道。

"你不必谢我，记得你刚才答应过我什么，言出必行，才是我的好女儿。"

"璃儿不敢或忘，定会时刻铭记在心。"

婵幽听了女儿的话，终于欣慰地点了点头，柔声说道："好了，你随我到祭坛去，我要正式传位于你！"

柳梦璃连忙前去搀扶母亲，两人一同向宫殿最深处走去，缓缓消失在众人的视野中。

待两人身影消失，韩菱纱扭头看云天河，见他还杵在原地，于是轻轻走到他身旁，叹道："你这傻瓜……自己那么难过，为什么不说几句挽留梦璃的话呢？"

云天河神情恍惚，怔怔道："说了……她就不会走吗？"

韩菱纱摇摇头，神情亦陷入悲伤。

这难道就是梦璃的宿命吗？

为了担负起自己的责任，为了保护族人，她不得不离开自己深爱的朋友……可她心底的那份苦楚，纵然身旁有爱她的母亲、敬她的族民，可又有谁能为她排解？

约莫一盏茶的工夫，当二人再次从内殿中一步步走出来时，柳梦璃身上的温婉似乎镀上了一层庄严圣洁的光辉，步履之间流光溢彩，如梦似幻。

婵幽轻轻拍了拍她的手背，独自稳稳站在殿内，沉声开口道："璃儿，我已将梦境之力尽数传予你。从现在起，你便是幻瞑界之主，须与我族共存亡，生死相依，离异之心将引祸端，背弃之举必遭天罚……"

随着话音落下，一双雾霭沉沉似的双目向殿中的奚仲望去。

奚仲会意，郑重地走到柳梦璃身前，向她躬身施礼，恭敬道："梦璃大人，如今您已是幻瞑界主人，奚仲在此发誓，会永远以自己的生命辅佐您、保护您，绝无背叛！"

婵幽看着二人，脸上露出满意之色："璃儿，时候不早了，你该命奚仲将你的朋友送回人间了。今日我灵力已消耗太多，须得沉眠一段时日，勿要相扰。"言罢，她闭上双眼，身形渐渐隐去，最后消失在大殿中。

"娘，您保重。"

柳梦璃定下心神，哀伤地看了看三人，像是要将三人的模样牢牢刻在脑海里。良久，她才唤了一声"奚仲"。

"属下在，大人有何吩咐？"

"我以幻瞑界主人的名义，命你将云天河等人带往尊神坛，送返人间！"

奚仲应道："是！"

慕容紫英默默地望着柳梦璃，过了片刻，他轻叹一声，深深一揖："保重！"说完后，慕容紫英蓦地一转头，缓步而去。

韩菱纱红着眼圈，不舍地看着柳梦璃："梦璃，你一定要好好照顾自己……"

柳梦璃忍着眼泪，轻轻点头："菱纱，你也要保重。跟云公子在一起，一定要活得快快乐乐的……"

韩菱纱眼眶一热，心里暗中对自己说了无数遍别哭别哭，可面前的身影还是模糊成一团，两行泪水止不住地流了下来。她心中越发难过起来，猛地一跺脚，双手掩面，头也不回地向殿外跑去。

云天河怔怔望着柳梦璃，一时间，头脑中忽然变得空空落落的，心里的千言万语霎时间都化作乌有，只是生涩地说出几个字来："梦璃，我……我也走了……"

他似乎是木然地跟着韩菱纱离去，却在临别之际，又仔细地望向了柳梦璃。他从来不知要割舍下一个朋友，竟然会这样难过。

"云公子！"

云天河身子一震，回过头来看她。

"我……可以喊你一声'天河'吗？"

"当然！"

柳梦璃擦了擦眼角，微微强笑："天河，我想要谢谢你……谢谢你给我留下那么多开心的回忆……我们一起御剑而飞，一起跋山涉水，一起在即墨看那些美丽的花灯……这些事情，我永远、永远不会忘记……"

云天河听着她的话，回想起昔日大家一同度过的快活时光，众人言笑晏晏，如在眼前。转瞬之间，往事已成天边浮云，与柳梦璃从此天各一方，再难相见……想到这些，云天河心下难过更甚，不禁闭上了眼睛。

"不论人世间如何轮回，璃儿也会努力地去找到你们的转世……等到那个时候，我们再像从前一样，跋山涉水、游历天下！"

云天河对上她充盈着希冀的目光，不知不觉间眉间舒展，回了她一个大大的笑容："好，我和菱纱等着你，不准食言！"

"天河，你和菱纱，你们一定要幸福，一定……"梦璃闭上眼，终于释然地喃喃念道："……谁言别后终无悔，寒月清宵绮梦回……深知身在情长在，前尘不共彩云飞……"

第六十六章

第六十七章

暮合四野,晚来风急。天际低垂之处,金乌跌落,霞光遍染。

一团团乌云飘过来,遮去了天边最后一丝光亮。细雨如丝,一点一滴飘到脸上,与尊神坛遥遥相对的身影愈发模糊了起来。

奚仲扬袖,朗声相请:"诸位,请吧。"

一道白光骤然亮起,映出纷纷扬扬的细密雨丝,也照亮了几人惶惶凄苦的面庞。

光影忽明忽暗间,那些迷幻而绮丽的景象眨眼就消失了,仿佛庄周梦蝶,梦了许久,醒来却发现是一场空无。

光芒吞没梦璃前,似乎看到她嘴唇动了动,却再也听不到她说了什么。

韩菱纱茫然四顾,发现脚下踩着松软的沙地,前面的屋舍十分熟悉。"这里是月牙村?"

只见原来立在地上的十几棵死树又倒下不少,树身被沙土掩埋,远远望去,满眼尽是黄沙飞砾,竟比他们上次来时还要荒凉。

只顾着琼华派和幻瞑界之间的恩仇,谁还记得这山脚下小小的月牙村,断水断粮之后,村民活得是何光景……

慕容紫英望着四周景象,心中蓦然感到无边的寂寥苦涩,说不出的困顿无力,即便有满腔抱负、一身修为又如何,依然改变不了任何事情。

韩菱纱只茫然了一瞬,随后便打起了精神:"无论如何,我们还有许多事要做,不能一直耽于感伤。既然到了这里,不如先把水灵珠交给月牙村的村长,解了这里的旱灾吧。"

她说着向村子走去,然而找了一圈却没有发现一个人影,黄沙漫天的月牙村内,死一般的寂静。

等她从村长家走出来，迎面就撞上了找过来的云天河。她扬了扬手里多出来的一封信："我们来晚了，村长和其他人都已经离开了月牙村。"

"他们是何时走的?!"

"看村长的留书，应该有一个多月了。他说他很感激我们，可是村里人没办法再等下去了……以前从村里出去的人经商赚了钱，带着商队回来接走了他们。他们最终还是放弃了，决定穿过沙漠，去绿洲生活。"

云天河呆呆地望着远处荒无人烟的村落，涩声道："他们都走了？也好，他们能过得比以前好……"

"我们费了这么多心思，到底还是一点儿忙也帮不上。梦璃走了，月牙村的人也走了。"韩菱纱喃喃道。握着的信被风一吹，飞走了，就像是想要努力抓住的东西，到头来，只能眼睁睁看着它们消失一般。

那些曾以为能够做成的事，到头来一件都做不成。

"琼华派的所有人，身在昆仑，受人敬仰，却无法泽被山脚下的百姓，如此大过，枉被称为剑仙！"

慕容紫英痛声，猛地仰首望着远处的昆仑山。那半隐于云雾之中的琼华盛景，与月牙村的凄凉之景相比，简直是莫大的讽刺。

云天河呆立片刻，便已无心伤感。他凝向韩菱纱，目光之中暗潮涌动："菱纱，我们先送你去播仙镇吧，你太累了，要好好休息——"

"你是不是想回琼华派找玄霄？"韩菱纱截住了他要说的话，定定地看着他，声音染上几分涩意，"天河，别去，你不是他的对手。"

"菱纱，我……"

韩菱纱看见他眼底的坚毅，陡然一慌，猛地抓住他的手："你不是答应过我，要一起回青鸾峰吗？难道是骗人的?!"

之前玄霄是手下留情了，可这并不意味着他真的不会杀云天河，何况他要去夺望舒剑——

"我说话算话！不过得先抢回望舒剑。玄霄他们再用那把剑，你会没命的……"

"云天河！我早说了，不稀罕什么命长命短！"

"但我稀罕！"

四目相对，云天河眼底的执着尽入她的眼底。这一双眼乌黑澄澈、直勾勾的眼眸如今却掺杂了许多纷乱情绪——惊慌的，痛苦的……令人难过。

第六十七章　353

韩菱纱鼻子微酸,如果可以,她也想活下去,长命百岁,这样她就可以一直陪在他身边。

但凡有一点儿机会,她都不会放弃。可让云天河为她去搏命,她做不到……

"如果你一定要去的话,我宁可马上就死,也不要你赔上一条命!"

"不许胡说!"云天河急喝道。

一旁始终未出声的慕容紫英轻轻咳了一声,打断了二人的争执:"菱纱所言不无道理,此时硬闯琼华派乃是下策,以卵击石,于事无补。"

云天河抿住嘴角,看了看韩菱纱,又看向慕容紫英,他的心意是绝不会改变的,望舒剑他一定要拿回来!

"唯今之计,我们不如先去清风涧寻两位长老,问问他们有无他法。"慕容紫英提议道。

云天河听见"清风涧"三字,脸上怒火腾地涌起:"我不去!他们根本就是帮着玄霄的!明明知道不可以用望舒剑,对菱纱不好,可他们却一直瞒着我们!他们现在还会管菱纱的死活吗?说不定他们已经去琼华派找玄霄了!"

"两位长老行事,或许亦有苦衷……倘若真是心如铁石、是非不分,为何要传授菱纱心法,又将红魄交给她,还在我们欲往幻瞑界时多番指点?"

云天河目光一黯:"那又怎样?对不起一个人,就可以为他做任何事,为他不顾别人的命吗?玄霄重要,菱纱就什么都不是?"

"好!就算你心中愤愤难平,也该想想菱纱吧?"慕容紫英看他冥顽不灵,陡然涨了怒气,喝道。

"……"云天河神情一滞。

"姑且不论两位长老是否已去往琼华派,我只当去清风涧一试运气。"

韩菱纱望着二人,秀目渐渐红了,轻声道:"你们都别再说了,哪里也不用去,大家就这样一起回青鸾峰不好吗?"

她转过头去,直视着云天河,幽幽道:"天河,我知道,你气他们心有偏袒,一定要把人命分个孰重孰轻……可是,既然人命无贵贱,我一条命,你一条命,那又为什么还要去找玄霄?"

"你以为能活久一点儿,我一定会高兴吗?就算真的夺回了望舒剑,万一你和紫英有什么……我……我一辈子都不会开心的!"

云天河怔怔听着她的话,忽然感到一阵茫然失神,本来十分愤慨的面上,不知不觉间竟呆住了。

其实，在他心中，又何尝不喜爱那个曾经的大哥？何尝不希望他早日破冰而出，结束这无休无止的禁锢？否则，当初又何必为了一个素不相识的玄霄走遍天下，费尽心力地寻找那三件寒器。

只是他当时又怎能想到，这样做的结果竟是害了菱纱……而现在的自己，又何尝不像当初的青阳和重光一样，为了救人而不顾一切？

他不甘地摇着头，心头是一股无边的苍凉。

过了许久，云天河终于缓缓向韩菱纱点了点头，低声道："好，我不怪他们……不过，我还是要想办法救你。紫英既然说两位长老也许会有办法，那我们就去问问他们。"

慕容紫英舒了口气，点头道："算一下时日，琼华派应该尚未将双剑做成剑柱。我们不要贸然行事，留存实力，此事未必没有转机。"

云天河有些等不及地说道："那我们赶紧出发。"只要事情还有一线转机，他定会牢牢抓紧！

第六十八章

约莫一炷香的工夫后,三人将从幻瞑界带出来的"柳梦璃"送往了柳府,一番安顿后赶往清风涧。

此时天色尽黑,乌云蔽月,丝毫不见亮光。林深掩映之处,一盏豆大的烛火透过木屋的小窗,摇曳出几分萧瑟之意。

云天河径自奔向那座小屋,然而在距离门口几步远的地方,他忽然停了下来,面色骇然。韩菱纱和慕容紫英紧随其后,同样被屋子里的景象给骇住了。

"这是……怎么回事?!"

只见木屋前的空地上,一人扑倒在地,一动不动,一张脸被泥土遮住。看他的身材、服饰,依稀竟是重光长老!

三人如遭梦魇,震惊得说不出话来。慕容紫英急忙俯下身来,正要施救,忽听见旁边传来一个苍老的声音:"不用费力了……重光他已西去了……"

循着声音望去,青阳长老倒在木门旁侧,身形凝重,犹如石雕,脸上的肌肉尽数凹陷,焦枯的面皮下,骨骼凸了出来,眼窝渗着血,极其骇人。

"青阳长老,您这是怎么了?!"韩菱纱颤着声,不敢相信眼前这一幕。以青阳、重光两位长老的深厚修为,怎么会落得这般地步?!

"不必惊惶,不过是功力尽散。"青阳循声辨位,将身子慢慢转向他们三人,吃力地说道,"玄霄,他刚刚离开不久……"

韩菱纱猛地一怔,失声问道:"是玄霄杀了重光长老?!"

话音落下,慕容紫英和云天河脸上都显出难以置信的神情,尤其是云天河,仿佛难以接受这个实情。

"他来此……是为了寻一本宗炼留下的手记。"青阳掩声咳嗽,断断续续道,"他担心手记中有不利于双剑之记载,不愿手记落入他人手中……如今的玄霄已被阳炎噬心，早已不是原来那个人了。"

"早已不是原来那个……"云天河不禁重复，心中兀的一痛。

"飞升成仙，虽是凡人所向，但成与不成，皆看天意。现今合玄霄、凤瑶之力，或能将双剑修成剑柱，然而即便琼华派能够凭剑柱之力升起，接近昆仑山上天光所在处，现下玄霄如此心魔深种，又如何能够脱去肉体凡胎，成为仙身？"青阳叹声道。

韩菱纱猛地回忆起当日楚寒镜之言，于是低声喃喃："神农之言……善心身合成仙，私念难成仙身。"

她忽然意识到什么似的，颤声问道："青阳长老，你的意思是说，玄霄他会死？"

"如今是逆天而行，只怕后果不堪设想。"青阳沉重地点点头，缓缓吐出几个字，"死，或是堕入邪道、永不超生，还会祸及琼华派上下。"

三人听得神情大震。韩菱纱望向云天河，果不其然，见他眼底泛起恐慌，想来他是担心玄霄……

云天河此时转过头来，与她四目相对，脸上浮起浓浓的愧疚之意。

这呆子怕是又将责任揽到了自己身上。韩菱纱正要开口劝说，忽然听到青阳长老开口："云天河，你爹生前可曾交付给你一本手记？"

"爹以前是留了些书给我，但没提过什么手记……"

韩菱纱敏锐地捕捉到长老话中的意思："青阳长老，那手记可是有用？"

青阳点了点头："当初我与重光、宗炼已隐约生念，造就双剑、和妖界之争，是否步步皆错。宗炼始终在寻找克制之法，离世之前将关于双剑的手记托付于我，而我不愿琼华派任何人再得到这本手记，遂将其交付给了天青。"

韩菱纱眼眸一亮，果真有办法。

这消息让三个人都很高兴，云天河恨不得即刻动身，找到那本手记。"我们现在就回青鸾峰！"

"老夫在这里恳求诸位，若是寻到办法，定要阻止玄霄和凤瑶……我功力已散，阳寿将尽，只求在此静伴老友片刻。"说罢，青阳苍老的容颜上现出一丝古怪的微笑，神色中颇有释然之意，忽地仰天长笑，声震山谷。

"三十年故交，生死两茫；十九年恩怨，一梦成空！哈……哈哈——"

青阳连笑数声后戛然而止，身子凝立在地，一动也不动了。韩菱纱脑海中忽地划过一道灵光，却被眼前景象给震住了。

第六十八章　357

"长老！长老！"韩菱纱猛地上前，伸手去探青阳的鼻息，却惊慌地缩回了手。

"青阳长老……"云天河神情骇然，僵立在原地。

众人震惊地望着两位长老的尸首，胸中悲痛如潮水涌来，呆立半晌，谁也说不出话来。最后，韩菱纱哽着声音轻轻说道："我们先把他们安葬了吧……"

慕容紫英沉默着走上前去，眸光沉痛，将青阳的尸体横放在地上，和重光并排摆在一起。

一个时辰过去，木屋前清冽的溪流旁边，已添上了两座新墓。三人心中又蒙上了一层浓厚的阴霾。

"已经发生的事，不能再改变。若我们能阻止师叔，对两位长老，甚至是对师公来说，定是莫大的欣慰。"

"对，至少还有那本手记在！菱纱，只要能救你，还有……让玄霄变回以前的玄霄……哪怕只有一点点希望，我都要去试一试！"

但此时，天河又为难地想起了什么："只是，那本手记……爹从不告诉我青鸾峰的那些书有什么用，也不知道从何找起……"

紫英听后说道："天河既然无法记起，我们还是得尽快回青鸾峰看看再说。"

第六十九章

三人御剑回到青鸾峰，已临近夜晚。

韩菱纱注视着太阳落山时远处缭绕的云峰，忽然觉得有些恍神，那日在石沉溪洞遇到天河，之后又认识了梦璃、紫英……这些仿佛都像是昨日才发生的，可一切回忆又像走马灯似的转个不停。

人生一世，不过百年。而韩家世代短命，她虽想替家中上下找到延年续命的法子，内心深处却没有真的相信自己能活得长久。当初能够结识云天河，可能已是她莫大的幸运，有如此完满的经历，这时死去，或许对她来说也已经不留遗憾了吧？

思及此，菱纱突然觉得自己的眼角似乎有些发烫，鼻尖也酸涩起来。

"啊！！"一声高呼把菱纱拉回现实，她身边的云天河像是要把近日的不快全都扫走似的，对着云峰呼喊道："我回来啦！！好——高——兴——呀！！"

"呆子，怎么还学猪叫……"趁着天河不注意，菱纱迅速抬手抹去自己眼角的泪水。

山上风光一如往常，在他们身后，慕容紫英也沿着台阶走了上来："……这里便是青鸾峰？"

"对啊，我从小就住这儿，山上很好玩的！能打野猪、吃烤肉、抓松鼠！"天河说着指向了远处的小木屋："那就是我的房子！"

"你们看，你们看！"

见云天河边指着远处边高兴地跑远，韩菱纱忍不住破涕为笑："野人一回到山上，就是不一样，好久没见天河这样上蹿下跳了。"

她近来已经很久没有见过天河露出这种表情了，以前无忧无虑的日子一定是他最想念的……

"……他一个人，在这待了十几年？"慕容紫英被云天河所感染，也像是想起了自己儿时的事："……我六岁即被送往琼华派修行，在家中的那些日子，只依稀记得是锦衣玉食，并不为吃穿所累。"

"比起天河自幼失去双亲，在山林中自求生存，我所得到的，已经太多……"紫英说到这里不禁感慨："……初时我只觉天河单纯异常、不懂世事，如今才知他过得辛苦，却难得保持一颗赤子之心，而我……"

"小紫英，之前从未听你提起过去的事。"菱纱强撑起精神，故作轻松地说："你又来了，对自己别那么苛刻嘛，我们进屋去吧，不然天河那家伙要来催了！"

两人说着跟天河一起进了小木屋，屋内还是一片狼藉，和菱纱自己印象中他们走时一个样。

"怎样？找到了吗？"

云天河收拾东西收拾得倒是很利索，没过多久就把屋内剩下的书堆成一叠："……爹留下的书，没烧掉的，都在这儿了，不过没一本是和铸剑有关的……"

"你啊，平时就大大咧咧，说不定看漏了，我和紫英再仔细瞧瞧。"韩菱纱环顾四周，和慕容紫英又是一通翻找，但确实如云天河所说，之中一本和铸剑有关的书都没有。

恐怕是空欢喜一场。菱纱幽幽地叹了一口气，但又弯了弯眉眼——无论如何，能回到青鸾峰还是一件很高兴的事。

等寻至天色完全暗下后，慕容紫英突然开了口："……我在想，如此重要之物，前辈既然并无交代，或许他根本没有留给天河……"

紫英提及此后又说："天河说过，前辈在山洞中修了一间隐秘的墓室，他是否会将手记带入墓中？或藏于其他地方？"

"墓中？爹和娘的墓都塌了，难不成还要挖开？"

墓中……墓……

韩菱纱沉思片刻，零星涣散的感觉倏然汇聚成一道灵光，乍然亮起："手记！石沉溪洞！"

在云天河不解的目光中，韩菱纱在自己身上和背着的布袋里一通翻找，摸出一本陈旧簿子："当时从石沉溪洞出来，我见那块玉旁边还放着这本簿子，便顺手拿了……"

她的声音越来越低，不敢去看云天河，手上却是一空，被慕容紫英拿了过去，只听他声音暗藏喜色道："确实是师公的字迹！"

"那岂不是……歪打正着！"韩菱纱讪讪道，"看来我们的运气还不错。我还以为这本书上的内容都是些符号……"

"……这并非符号，而是一种数百年传承的秘形文字，只有真正懂得琼华派铸剑秘术的人方能读懂！寻常人看来自是一头雾水。"紫英迅速地翻起书页："我且翻看一遍，其中是否有阻止宿主使用双剑之法。无论如何，手记失而复得，这也是天意安排……"

"能帮上忙就好，当时……"韩菱纱眼神飘忽，不愿看天河："当时被你这野人发现我拿了灵光藻玉，实在很丢脸，但是你没看见这本书……所以我一直随身带着，准备哪天跟你吵架时当作秘密武器，可以嘲笑你一下……"

"女孩子的秘密可真多。"天河挠了挠头，刚想说些什么，但这厢眼前的菱纱却身体微晃，一头往前栽下。

"菱纱！"云天河的声音陡然转了调子，他迅速地向前接过菱纱的身体。

通体冰冷，和当时他与玄霄对峙时一样。

云天河心中一悬，而慕容紫英此时也很惊讶，看来——玄霄和夙瑶怕是又动用了望舒之力，才让寒流在菱纱体内反反复复，常人谁能一直耐得了这种折磨？

"菱纱，你别怕，我帮你运功驱寒！"云天河动用心法，将自己的手掌贴至菱纱的额头，过了一会儿，少女的眉头总算舒展了些，原本铁青的双唇也终于重新泛回暖色。

"谢谢你，天河，我没事……冷，但是，休息会就好……"菱纱瑟缩着身体，但还是喃喃自语道："小紫英，你尽快解读手记……"

而此时紫英眼神却愈发沉了下去，手记翻至卷末，又被他颤着手指翻回："怎会……"

"紫英，你读懂里面的内容了吗？"天河一边继续为菱纱运功，一边焦急地看往紫英方向。

"……羲和、望舒剑成之后，与幻瞑界的大战开始之前，宗炼师公已隐约觉得双剑力量过于霸道，随着玄霄师叔和凤玉前辈不断修行有成，师公此念愈发强烈。"紫英神色愈发凝重："尽管由昆仑山上白日飞升，乃是凡人梦寐以求的美好夙愿，但所谓物极必反，若是琼华双剑的力量失去控制，则羲和宿主可能堕入嗜血狂乱之道，望舒宿主则会变得冷酷凶残……"

"嗜血狂乱？玄霄大哥他现在果然已是迷失了心智……"云天河心中的忧虑逐渐放大："这上面只记述了这些吗？他可有找到封印的方法？"

"宿主殪，则双剑亡。"紫英缓缓地吐出了这七个字，"这便是师公留下的话。"

"这……什么意思？是说……要让宿主'死'？"云天河惊讶地扬高声音，而这番争执却被韩菱纱听得清清楚楚。

——宿主殪，则双剑亡。

无论是琼华派的弟子，还是山下的人……她一人的命，可以换许许多多无辜的生命在这场飞升浩劫中活下去！

韩菱纱咬紧双唇，忽地一声耳鸣将她意识夺去，未等云天河和慕容紫英上前询问，少女已一头栽入了黑暗中。

第七十章

"菱纱，醒醒。"

"嘘，再让她睡会儿。"

"再睡可就要迟啦，今年的元宵灯会可比往年热闹。"

韩菱纱被耳畔的声音吵得头昏沉沉的，睁开眼，一张熟悉的笑脸映入眼帘，圆滚滚的脸颊上，一双眼灵动得仿佛会说话。

"阿茉？"韩菱纱许久才反应过来，然后喊了一声。

"哎，醒了醒了！"被唤作阿茉的姑娘赶忙把她拉起来，在她尚未反应过来之前就把她推到了梳妆台前。

铜镜中是韩菱纱大梦初醒时的模样，正迷迷糊糊的，还有几分娇憨。

她四下打量，眼前是熟悉的妆盒、熟悉的铜镜、熟悉的屋子……

这是她的闺房？可她却记着自己昏迷之前是在清风涧。

所以，这是梦吗？

韩菱纱轻轻抚了抚自己的脸颊，镜子里的少女亦做出一样的动作。她的双颊泛红，竟是这些日子以来气色最好的时候。

"哎呀，你怎么还没好？"与她从小玩到大的好友阿茉凑了上来，一见她如此，索性心急地拿起梳子直接为她梳了起来，"想什么呢你，再等天都黑了。"

一刻钟后，韩菱纱被阿茉拉出了门。屋外灰蒙蒙的天色下，整个村落都沉浸在灯海中，如同白昼一般，如潮海的欢笑声灌进她的耳中。

"阿娘！"

稚嫩的童声传来，韩菱纱顺着声音望过去，却见挽着她的阿茉朝迎面奔来的孩童走过去，将孩童抱在了怀里。

而孩童身后跟着的男子亦是韩菱纱十分熟悉的人——大哥！

阿茉与大哥什么时候在一起的？还有这么大的孩子?!

"叫姑姑。"阿茉抱着孩子来到韩菱纱面前，逗弄着她叫人。

一声稚嫩的"姑姑"传到耳中，韩菱纱猛地回过神，对上了几双关切的目光。她深吸了一口气道："你们……"

"你还好意思说，修仙修得连家都忘了回了，你自己说说，上次回来是什么时候？前几年也就送回来一封信，连我们的喜酒都没回来喝。"阿茉一面埋怨着，一面和大哥站到了一块儿，两个人笑眯眯地看着她。

韩菱纱怔在那儿，视线落到阿茉怀里的女娃娃身上。她看起来四五岁的年纪，模样像极了大哥小时候，十分可爱。

成亲……

韩菱纱微动了一下嘴角。她当初离开村子的时候，大哥其实已经到了成亲的年纪，但因为韩氏一族如同诅咒般的短寿问题，大哥一直没有议亲，没想到现在孩子都这么大了。

猛然间，韩菱纱想到什么似的："大哥，你……"

"自从你让人送信回来，族中就不再有人下墓了，族长还差人出去，为村子的人行善积德，你大哥如今给人做教书先生。"阿茉的声音传了过来，带着浓浓的笑意。

韩菱纱细细打量着大哥，成熟了，瞧着也比以往健朗了。伯父在他这个年纪时，已经开始生病。

说完，阿茉与大哥一起带着孩子往热闹处走去，还不忘招呼韩菱纱快跟上。

欢笑声还在持续，花灯如海，铺满了整个村落。放眼望去，远处的祭台上，彩绸是新换的，一群年轻人围着篝火堆跳舞。年纪稍长的与家人一块儿走在路上，孩子们则拎着花灯穿梭在人群中。

每个人看起来都那么健康，脸上洋溢着笑，整个韩家村已经许久没有这样热闹的景象了。

韩菱纱痴痴地看着这一幕，在她的记忆里，韩家村一直笼罩在短寿的阴影下。爹和娘在她很小的时候就过世了，伯父算是家中身子骨健朗的，可也在她十岁那年离开了人世。

如今……一切都过去了。

韩菱纱朝前走去，灯火之下，笑意驱散着寒冷，将她整个人都烘得暖洋洋的。她也许久没有过这样的感觉，手都是温暖的。

尽管……尽管她没有找到延长寿命的办法，但只要韩氏一族从此退出卸岭一事，行善积德，年轻一辈的人总是能从那诅咒中脱离出去，一切会好转起来。

"菱纱，快来啊，还愣着做什么？"远处传来阿茉的喊声。韩菱纱随心笑了笑，加快脚步正欲追上去，脚下猛地剧烈震荡起来。

整个地面四分五裂，朝四周蔓延开去，欢笑声戛然而止，惊叫声随之响起，韩菱纱迫不得已蹲下身子来稳住自己。忽然，她整个人一颤，前方地面裂开的缝隙内，一股热浪冲出，险些烫伤她。

"啊！"韩菱纱眼睁睁看着有人从裂缝中掉下去，"砰"的一声，落下去后竟是水花的声音。

低头看去，韩菱纱面色骇然。

裂缝之下竟是熔岩浆海，翻滚着，冒着热气与火光，瞬间将掉下去的人吞没。

屋舍不见了，剩下的是无数裂缝造就的峭壁石台，幸存的人躲在那上面。但这石台还在崩塌，依旧有人掉下去，消失在眼前。

"大哥！"韩菱纱慌张地寻找大哥和阿茉，终于在不远处的一个石台上发现了他们。大哥紧紧护着阿茉和孩子，可这似乎无济于事，他们的那个石台很快就要崩塌了。

韩菱纱想直接御剑过去，可整个人沉得站不起来，她正心急如焚，耳畔此时传来了如钟鼓一样的声音——

"韩氏一族的罪人，永世不得超生。"

这个声音回荡在四周，使还活着的人惊恐万分。随之而来的是越加快速的崩塌。韩菱纱急了，冲着那个声音大喊："韩氏一族从此不再下墓……"

"双手满是罪恶之人，无可原谅……"怒斥声打断了她，转瞬间，大哥和阿茉他们所在的石台崩塌，三人纷纷掉入了岩浆之中。

"不要——"

韩菱纱猛地睁开眼，喘着气怔怔地望着木屋顶，耳畔还是那振聋发聩的声音。

少女起身看向木屋窗外，月光之下，远处云天河和慕容紫英似乎仍在争论，她虽然大脑昏沉，但也大抵听到了一二。

——菱纱是未经修炼完成的宿主，当双剑做成剑柱、琼华飞升之际，强烈催动双剑灵力，必定会令她元神耗尽而亡。

——姑且不论你我如何夺回望舒剑，即便顺利夺回……师叔已无法再被冰封，不能飞升又再度失去了望舒剑，师叔必定会屠戮整个琼华派，乃至更多无辜之人……

——还有个方法，让双剑宿主死其一，则其持有的剑会陷入长眠，双剑缺一，自然无法再用于飞升。

任谁都知道想要阻止琼华飞升的方式其实简单至极，韩菱纱知道云天河是重情重义之人，他又怎么可能会忍心杀死自己的大哥？

那之后剩下的选择……

现在她不怕死，她经历得太多了。

拖着沉重的脚步，韩菱纱走出木屋。抬头恰好看到山顶的树屋，云天河供奉父母灵位的地方就在那里，她突然想起，当初自己遇到这野人，要把他带下山时，云天河还在父母面前磕了三个响头。

那里是青鸾峰视野最好的地方，就算是夜晚，也可以眺望到整片云海。

她可能是太贪心了，会在这种时候东想西。云天河随她离去时，此处早已没了亲人等他归来。而她故乡的亲人，不知有没有在盼着她回去。

不知不觉中，韩菱纱发觉自己已经浑浑噩噩地走入了那里。

"菱纱？"一阵呼唤让菱纱重新恢复了视线的清明，转头看去，发现是天河正在门口满是担心地注视着自己。

"原来你在这，刚才我们回去，看你没在房里，把我和紫英吓了一跳。"

"我怎么不知不觉走到了树屋这里？"韩菱纱只觉得喉间一阵苦涩，她摇了摇头："早知道，我就该直接下山去的……可我忍不住，想在这边的窗子再看青鸾峰一眼。"

"下山？你要下山？"云天河的语气愈发严肃："你要去哪？干吗不跟我和紫英说？我们一起去。"

"不是'我们'，只有'我'……"韩菱纱安静地看向了窗外："我要一个人下山去了……"

"……还记得吗？我们第一次来树屋时，我说以后要到山上隐居，不问江湖世事，那些……都还像是昨天的情景，可仔细想想，原来已经过了那么久啊，发生了好多好多事……"

"……第一次见梦璃，我想世上怎么会有这样漂亮的人，只可惜是个任性的大小姐，把人耍得团团转……"

"……在太一仙径的时候，我们虽然是被紫英救了，却也被他数落了几句，把我气得直跳脚……"

"有些事啊……虽然一开始乱七八糟，原来到了最后，都会变成无论如何都忘不掉的回忆……还有……"

"菱纱！"云天河自然也不难猜出韩菱纱此时在想些什么："别说了！你跟我回去，好好休息，别再想这些！"

回想起过去的种种，韩菱纱倒也释然地笑了："……你知道我最放不下的，是什么吗？"

"……有一天，我误打误撞进到一个山洞里，在那里遇上一个人，看着还挺顺眼的，脑袋却不怎么灵光，居然把我当成了山猪精……"

"我那时就觉得，这真是个傻子，呆呆的，怕是被人卖了都不知道。虽然他常常做出些吓到人的事，让我收烂摊……渐渐地，我便放心不下他了。那人那么呆、那么好欺负，要是我不在，他上当受骗了怎么办？"

"哪是我放心不下他呢？他明明已经比原先懂事了许多。"韩菱纱说着摇了摇头："是我自己离不开他。"

"菱纱，我可以保护好你，如果做不到，我就太没用了……"云天河仍想要劝说："我知道自己笨，没有你的话，很多事都做不成……你不要走……"

那一句话，却是把韩菱纱先前的强颜欢笑击得粉碎："天河……就算没有望舒剑，我也注定是要短命的……为了那短短几年阳寿，真的值得你和玄霄拼个你死我活吗？"

"我和紫英不是去拼命！是……是去劝玄霄放弃飞升……"

"我全听到了。我一个人死了，可以换很多人活着……"韩菱纱抹了抹眼泪，语气却无比坚决："琼华派数百年基业，怎能毁在玄霄手里？只要我走了，找一个地方结束自己的生命，也是，不辜负你们，不辜负前辈的嘱托。"

"若是唯你一死，方能解我派之灾，那琼华派即使无恙，往后又有何颜面存于世间？"

两人僵持不下之际，门外传来了另一个声音，云天河和韩菱纱同时回头，却见紫英踏门而入。

"……菱纱，你可知你求得一死，也只不过令琼华派暂时无法飞升，但望舒剑还在师叔手中，他只需寻到合适的宿体，今日之局又会重演……"

"纵然可以在此间寻找对付师叔的方法，但师叔只会入魔更深，届时力量

第七十章

更加不可控制，他若带着双剑踏遍天下，寻找宿体，不知将会引出多少腥风血雨……"

紫英说话间，云天河已经下定了决心："我会去琼华派，劝玄霄放弃，若做不到，那便……"

他说着攥紧拳头："我会……杀了他！"

"天河……"韩菱纱原本无光的眼睛中重新闪烁出了些许灵动："我和紫英……我们陪你一起去琼华派！"

"可，菱纱你的身体……"天河还是犹疑不决。

"我们这三个好朋友既然都替彼此着想，也牵挂彼此，不如就一起去，不是吗？"

"天河，菱纱既然放心不下，那就带着她一起吧。"紫英想得更为周全："况且，她的状态时好时坏，若是突然发作起来，天河你可以及时替她运功驱寒……"

云天河倏然握紧了拳头，就连慕容紫英都僵硬地顿住了身形，须臾，云天河抬眸与她相对，郑重保证道："我一定不会让你有事的，菱纱，我们回琼华派。"

不论是抢也好，劝也好，豁出性命也在所不惜！

韩菱纱定定看着他，面色仍是苍白，她紧紧牵住了云天河的手，感受着从他手心传来源源不断的温热，终是笑了。

"嗯，我相信你。"

从青鸾峰御剑飞回，还没靠近琼华派，就见以它为中心的方圆数百里，河水浑浊，风沙漫天，随处可见人们仓皇出逃的景象。

韩菱纱等人心下惊疑，立时加快速度赶到昆仑山山顶，刚一落地，寒气便迎面而来。不多时，眼睫便覆上一层晶莹的冰晶，沁骨的冷意从脚底霎时蹿了上来，游走四肢百骸。

只见山门内，满眼白茫茫的一片，路上、草坪上、水池上、房屋上，全是冰雪！空中大片大片的雪花还在纷乱飘落，原先繁花似锦、芳草缤纷的人间仙境，此刻只余下了一片惨白。

"眼下尚未入冬，怎么会冰雪飘零？更何况是在一向四季如春的琼华派中？！"

可眼前之景容不得他们不信，就连琼华宫前的广场上被尊为至高无上神明的九天玄女的神像，竟也已倒在了冰雪中。

这哪里还是凡人修仙的圣地，简直成了一处冰封的死域！

慕容紫英掩下惊诧，拧眉道："掌门和师叔一定还在某处操纵着双剑之力！不然绝无可能维持琼华派不坠。"

"那我们快点找到他们。"

话音未落，前方不远处传来一个发抖的声音："紫英师叔……你们……你们怎么来了?!"

山门后面，明尘孤身一人蹲坐在门墙边上，身子紧缩成一团，在寒风中瑟瑟发抖，两眼直愣愣地看着他们三人，目光中尽是惊惧之意。

"明尘，掌门和师叔他们在哪里？"

明尘面无人色，发狂地摇着头，用手中的长剑支撑住身体，拼命站了起来，挡住了三人。话音中他惊恐至极，已然语无伦次："我不知道，你们不要问我。师叔他们说了，你们是琼华派的叛徒，不让我放你们进来。你们快走，快走，别让别人看见你们。我什么也不知道，什么也不知道……"

突然，明尘的手臂一颤，长剑跌落在地上，他两手紧紧地捂住耳朵，颤声惊叫道："我的头……我的头好痛，那个声音，她又来了……又来了……"

三人听得莫名其妙，但见他害怕到了极点的神色，心里大有不祥之感。

慕容紫英见状十分焦急："师叔和掌门利用双剑之力，强行使琼华派脱离昆仑山，双剑的力量必然与地灵之力彼此激荡，以你的修为，再待下去，只会因心脉毁损、精气耗竭而亡！你快离开这里！"

但明尘捂紧了耳朵，根本听不见他的话语，嘴里依然恐慌地喃喃说个不停。

慕容紫英急得上前拉了他一把。明尘误以为他要硬闯，又惊又急，拼着全身的力气伸手阻挡。慕容紫英无奈，反手封了他的穴道。

"紫英，我们先去找玄霄。"韩菱纱连忙道。

那二人才是造成这般境况的罪魁祸首！

"是我糊涂了。"慕容紫英震醒过来，连忙向着剑舞坪的方向跑去。

韩菱纱和云天河紧随其后，却在经过剑舞坪时，突然停了下来，还险些一个不稳撞在慕容紫英的后背上。

在他们面前的雪地上，僵卧着一个穿着月白色道服的少女，少女的手中紧紧握着一个细竹条编成的虫笼，笼内装着一只干瘪的夏鸣虫，早已冻毙。

"璇玑？"僵立在那儿的慕容紫英的声音轻似呢喃，像是怕惊醒这个"睡着了"的少女一般，他脸上的血色也在此时退得一干二净。

韩菱纱扑上去，一下就碰到了那已经冻硬的身体。她猛地扒开霜雪，将人抱在怀里，然而怎么都捂不热她的身子，韩菱纱的声音瞬间哽咽："璇玑，璇玑你醒醒！"

那个总爱拖着怀朔到处闯祸却又活泼伶俐的少女，此刻在她怀里一动不动，她曾是那么好动、坐不住的一个人……此刻却无声无息地仿佛要和这冰雪融为一体。

"是我错了，我不该将璇玑留在琼华派。当日在卷云台，我要是把她带走，她怎么会枉送性命！"慕容紫英仰天悲愤长啸，眸中皆是悔恨。

"双剑……灵力激荡……心脉尽毁……"韩菱纱喃喃着，想起了刚刚慕容紫英说的话。

慕容紫英的一双眸子彻底沉了下去，一片墨黑。放眼望去，如璇玑这般修为的弟子……他突然不敢想……这一切，皆因为琼华派逆天而为……

韩菱纱贴着璇玑霜白的脸，无法再自欺欺人地认为她只是睡着了，眼泪不住地掉落，融进了雪地中。

"这里是怀朔的房间。"一直没有作声的云天河忽然开口，嗓音像是被撕扯开一样的沙哑。

韩菱纱蓦地抬头，瞳孔骤然一缩——是了，这是怀朔的房间。

此时，她的手和心都在剧烈颤动，眼前依稀映出璇玑在临死之前，孤零零一人强撑着走到怀朔生前居住的房间前的画面。

也许，直到生命的最后一刻，她还在幻想着师兄能够回来，陪她一起捉虫玩……

"璇玑——"韩菱纱颤抖地伸出手，抚着那冰冷的脸，俯身恸哭，"对不起，是我们对不起你，对不起怀朔的嘱托。"

慕容紫英惨白着脸，神情悲愤不已，遥遥望向远处卷云台上若隐若现的剑柱。他挥了一下手中的剑："必须要阻止玄霄，绝不能让剑柱修成，否则就会有更多弟子命丧于此！"

"就凭你们几个，也敢阻止琼华派飞升！"

第七十一章

只见剑舞坪四周闪出众多琼华派弟子，当先一人右手拽着明尘，昂然走近，正是元越。

在他身后，"虚""元""明""怀"诸字辈的弟子四下散开，远远地将他们围在了当中。

元越松开了钳制着明尘的手，唾了一口"废物"，而后目光牢牢地锁住三人，眼中杀气渐起："本派清修静地，岂容你们这几个叛徒任意来去?!今日你们怕是来得去不得了！"

慕容紫英当即想起怀朔之死，心头怒火飞腾，正欲拔剑而上，却在看到周遭弟子时，强压下怒气："众位师兄、师弟，请你们好好看一看，今日的琼华派成了什么样子！本派数百年基业几近全毁，全是双剑飞升惹出的祸患，请各位随我一同去阻止掌门和师叔，这场大难或可避过，若再迟疑片刻，只怕琼华派真的要毁于今日！"

明尘面上一抖，心中将信将疑，怔怔地望着慕容紫英。

"放肆！慕容紫英，你自甘堕落，与妖为伍，实在是师门大耻！有何资格在此胡言乱语！"元越高声喝罢，转过身去，朗然向众人道，"如今我琼华派脱离山体，虽然不再受地灵之气庇护、四时如春，却有双剑灵气支撑，正向昆仑天光处飞去！"

"用不了多时，本派弟子皆可白日飞升！派中当前些许乱象，乃是否极泰来、先破后立！众位先随我擒杀这些叛徒，替派中那些为妖邪所害的同门报仇，替掌门清理门户，然后即可静待成仙之时！"

慕容紫英见众人面容浮动，愤然喝道："元越，依你之言，琼华派飞升引发暴风骤雷、河水污浊，祸及山下百姓，如此为之，也是否极泰来、先破后立?!"

他说到这里，直望着明尘震惊的面容，沉痛地说道："明尘，你原本是这昆仑山脚下的孩童，有幸上得山来，入门修炼，为的难道不是护佑黎民、泽及父老？如今山下百姓正因为琼华派飞升而倍遭苦难，你又岂能忍心坐视不理？"

"诸位师兄、师弟，你们中也有不少人来自山下村镇，且不论飞升之举于琼华派有百害而无一利，难道你们就忍心这样看着山下的父老乡亲徒遭大难，也不救救他们?!"

众人中传来一阵低低的惊哗声。明尘听慕容紫英此言，面色惨白，惶恐地望着元越，颤抖着问道："师叔，紫英师……慕容紫英他说的，是不是真的?!"

元越轻哼一声，冷然道："是又怎么样，既要成仙入圣，这点取舍，何足挂齿！"

慕容紫英怒道："胡说！我等求仙问道，正是为了兼济天下，假如行事与此相违，岂不早已背离修道的初衷?! 琼华派如此行止，不是入邪，又是什么?!"

元越一时语塞，竟找不到反驳的话，当下拿明尘出气："都是你放叛徒进来，我现在命你速速将人赶出门墙！"

明尘被推了出去，一面是平日里敬爱的慕容紫英，一面是凶神恶煞的元越，杵在中间，被元越喝着向前，绝不是他自己的意愿。

"师叔，紫英师叔……"

就在将人逼到慕容紫英面前之际，明尘迎视着慕容紫英沉痛的目光，陡然"啊"的一声尖叫着拔剑，指向了元越。

元越一怔之下，怒极反笑："哈哈！想不到啊，明尘你这派中第一懦弱之人，今日竟也要学那怀朔一般，为了一个叛徒，不惜背叛本门吗?! 很好，既然你如此抉择，那就休怪我剑下无情了！"

不好！

韩菱纱看到明尘眼底的决绝，想要开口时已经来不及了。

只听明尘仰天痛呼一声，手中长剑陡然倒转，向他自己的脖间抹去！

刹那间，但见白皑皑的雪地上喷洒出一片鲜红。

韩菱纱整个人狠狠一颤，天寒地冻之下，只觉得整个心都被冻住了。

慕容紫英眼前映着明尘似不解又似无奈的眉眼模样，顷刻间被惊恐攫住，蔓延至全身，双手都在发抖。

"铛"的一声，长剑坠地，明尘软软地倒在地上，伤痛而不甘地望着天空，双目未瞑，已然悠悠咽气了。

元越看着明尘的死状，脸上也现出几分惊恐，不自觉地退了一步。

四面的弟子中几个与明尘有些交情的人惊叫着要冲过来，却被身边的人拽住，人群中一片骚乱，夹杂着些许的争吵声。

"你们！"韩菱纱气得浑身颤抖，说不出话来。

忽然身旁人影一闪，待看清时，只听得耳旁一声愤怒至极的尖啸，慕容紫英已经袭向元越。光剑发出锐利的呼啸，下一瞬，元越重重地倒在地上。

"紫英。"韩菱纱追了两步，近看元越，就知道他只是昏了过去，暗暗松了一口气。还好紫英没有变成和元越一样的人。

她和云天河一起站在了慕容紫英身边，与剩下的弟子对峙。但这些人此刻犹如散沙一般，看到明尘和元越都出事后，竟没有一个敢上前的。

众人纷纷后退，继而鸟兽散一般窜逃开去。

"天河，别追了！"韩菱纱拦住云天河，这些人中如果有能洞悉真相的，此时下山还来得及，但仍要留在山上，只怕会与璇玑一样……他们该说的都已经说了，眼下阻拦玄霄他们才是解决问题的关键。

"紫英，赶快去卷云台！"韩菱纱走上前去，语带焦急道。

后者此时两眼血红，望着地上明尘和璇玑的尸首一言不发。蓦地，他愤恨地一挥袍袖，向卷云台的方向大步而去。

剑舞坪四周余下的琼华众弟子见三人愤怒的情状，也无一人敢上前拦阻，只是遥遥将其围住，跟着他们缓缓向前走着。

卷云台上，数名弟子肃然守立，三人看也不看他们一眼，纵起长剑，直飞至天空中正南方向一座飘浮着的平台上。

这是十九年前，双剑修成剑柱之处。

平台之上，羲和、望舒二剑悬浮在空中，正向平台中央慢慢合拢，剑身处灵气满溢，隐约能看到初成的剑柱。

韩菱纱望见台上不远处，玄霄一身白色道袍，领口处微微敞开，露出里面暗紫色的长衫，满脸尽是嚣张，负手凝望着头顶的苍天。在他身后不远处，凤瑶端身立着，脸上神色不明。

玄霄并未回头，而是沉声道："仍不死心，还想夺走望舒剑？"

"我们不是来夺望舒剑的，玄霄——"

玄霄闻言徐徐转过身来，俊目中闪过一丝喜色，直盯着云天河："难道是天河你想通了，要与我一同飞升？好，好！天河你能来，大哥很高兴！"

韩菱纱被云天河护到了身后，她怔了怔，眼前的人已经走上前去。"不，玄霄，我来这里是劝你放弃飞升。"

"哦？我没听错吧？"玄霄面色一沉，微微冷笑道，"此等梦话，今日说来未免太煞风景——"

"玄霄，我是说真的！你用双剑飞升，只会害人害己，就算不为别人，只为你自己，也不该继续下去！"

"这就是你要回望舒剑的借口吗？简直拙劣之至！"

"这不是借口！我也不想找什么借口！我不知道琼华派造出双剑究竟是对是错，可是我只知道，你现在这个样子，满身杀气，根本已经走火入魔，是绝不可能飞升成仙的！"

"荒谬！简直是无稽之谈！我今日之力，远胜往昔，何来走火入魔之说？"

"不对！青阳长老说，就算你力量再大，也已经入了邪道，只是自己还不明白！你这个样子下去，只会害了所有人，包括你自己！"

玄霄俊目中光芒一锐，冷哼一声，道："青阳？是他遣你们来的？他是不是还说我入了心魔、无可救药，命你们杀了我，救琼华派于水火之中？！"

他冷笑数声，又森然道："我留他一条性命，不是让他兴风作浪的！废人就该有废人的样子，安心等死便是，何来这些胡言乱语！"

韩菱纱的心沉了一沉，上山前她就对此行没有抱太大希望，如今听玄霄这番言词，只怕是天河再多劝说都无用。

若是动武……

韩菱纱不由得看向凤瑶右手处，望舒剑泛着荧光，时时刻刻在提醒着她，自己的性命尽系于此。

这样太被动了。

韩菱纱小心打量四周，若是到了必要的时候……她定不能让云天河他们受制于玄霄他们。

正想时，耳畔传来了慕容紫英的怒斥声："你先是杀害重光长老，后又不顾门派中人性命，这等无情无义……"

下一刻，韩菱纱看到慕容紫英被玄霄轻飘飘一掌就击飞老远，她连忙奔过去扶住人，见他嘴角鲜血直淌，担心不已。"紫英，你怎么样了？！"

"我没事。"慕容紫英摇了摇头，紧锁着眉头，调息稳固。

前方，云天河似乎难以置信地看着玄霄："我不相信！你心里一定还有些善念，不然那天为什么没有杀死青阳长老？"

玄霄面上忽现出几分黯然，然而转瞬便消失不见了，阴郁地看着他们："我放过青阳，是不屑动一个废人！早知如此，便该一掌将他杀了！"

"你们既然不想一同飞升，那就趁我未动杀念，通通滚回山下！莫要逼我动手！"他转过身去，语气中狠意渐现。

"天河，不要再和他说了。"韩菱纱喊住他，话已至此，玄霄不会再改变主意了。多说无益，激怒他更是无益。

"可是——"云天河扭头看她，心中此时有了决断，他必须拿到望舒剑，也必须阻止他飞升。

就在这时，韩菱纱身旁的慕容紫英挣扎着站了起来，冲着凤瑶高声道："掌门！您执掌琼华派多年，所有行事向来以门派为重，如今之势，楼宇冰封，河水污浊，分明不是正道所趋，掌门您为何还要执意相助师叔飞升？难道您就不怕琼华派遭受天谴吗?!"

"天谴"二字仿佛让始终旁观的凤瑶倏然回过神，她的目光缓缓从双剑上移开，扫过平台下冰雪弥漫的琼华派大地，扫过卷云台上弟子们惊疑怯惧的面容，最后又缓缓凝聚在慕容紫英的脸上。

从继任掌门开始，她就只有一个心愿，让琼华派在自己的手上完成飞升的夙愿，到了那时，她要让那些有眼无珠的人看看，自己究竟配不配得上这个掌门！

现在，她的心愿似乎就要实现了，然而她的心底却无端涌起一股莫名的忧虑……

"三代铸剑，一朝乃成，琼华派多年夙愿，传于我手中，岂能轻言放弃？与玄霄一同使用双剑，乃是我自己的决定，飞升成与不成，皆看天意，我也只有顺势而行！"

"若是飞升不成，琼华派就此自毁，又该如何?!"慕容紫英喝问道。

"如今飞升之举已如箭在弦上，不得不发！此时放弃，更是一无所得！身为琼华掌门，唯有全力施为，尽人事，听天命而已！"

慕容紫英愤然不已："掌门您且看看，如今师叔分明心性成狂！纵然双剑修成剑柱，仙神之界又岂能容忍如此心魔深重之人飞升成仙?! 掌门——"

他话没说完，突然手捂胸口，倒退两步，面上显现痛苦之色，咬牙强忍着，两眼直望着已转过身来的玄霄。

"紫英！"韩菱纱挡在了慕容紫英面前，和云天河一起全神注视着玄霄，生怕他再向紫英出手。

玄霄冷冷地望着三人，蓦地仰天狂笑，声震寰宇："哈哈哈！心性成狂？心魔深种?!说得好，说得好！我一生清心修道，竟有半世被人视为癫狂！若不做尽狂事，岂非名实难副?!"

"慕容紫英，我九成功力用于维持琼华不坠，否则刚刚便已将你击毙！你劝夙瑶能有何用？何况以她之力，只能对我唯命是从！"

这人已然是疯了。

韩菱纱朝着卷云台后看了一眼，整个琼华派被抬起，此处距离地面已经很远很远……

"玄霄……"

云天河忽然上前，韩菱纱的注意力被拉回，看到玄霄阴郁的神情，周身剑气凛然，袍袖间隐有炎光闪烁。

她惊心呼喊："天河，快回来！"

云天河却轻轻向她摆了摆手，继续低声说道："玄霄，直到现在，我还是忘不了曾经喊你一声'大哥'，你教过我很多东西……如果没有你，天河一定不是现在的天河……"

玄霄目光幽深，脸上全是讥笑。

"如果眼下还有其他办法，就算千难万难，就算要杀了我自己，我都会去做！也不会拿剑对着你！"

云天河心内闪出最后一丝希望，高喊道："你为什么要这样？为什么一定要逼我！就算你一心想成仙，这世上一定还有其他办法！我可以陪你去找，直到找到为止！难道就不能放弃双剑、放弃害人吗?!"

玄霄目光中几丝无奈一闪而逝，他缓缓闭上双目，长吸了一口气，涩然道："天河，你晚了二十二年……昔日修炼双剑、苦无进境之时，无人让我放弃；初有所成、经络逆变之时，无人助我脱劫；失却望舒、日夜受火焚之苦，无人顾我生死。如今，太迟了……"

"我玄霄一生成于修道，亦毁于修道，纠结已深不可解，此种心境，他人怎能体会?!云天河，念你我曾有结拜金兰之谊，我最后奉劝你一句，就此离去吧，就当你我从来就没见过。"

玄霄大袖轻拂，遥指向远方云雾缭绕处，已与琼华派分离的昆仑山顶。

第七十二章

韩菱纱遥遥看着云天河此刻彻底绝望的神情，心也开始一点一点跟着下沉。

"果然是没有其他办法呢……"韩菱纱心里最后那点希望仿佛破灭了，她双眸下垂，目光逐渐变得黯淡，看来唯一破解的方法……

她忽地抬眸望向云天河，眸光中充满眷恋与不舍，终究是到了要分别的时候。

哪怕她一早就想好了，可到了这时候，仍心如刀割般难受。她想和这个呆子一起回青鸾峰，看他种上凤凰花，秋天一起赏花，在冬天来临之前猎几头山猪，还能腌肉吃……

她望着站在前方的云天河与慕容紫英，缓缓朝后退去，一步、两步……

忽然间，一股劲风从她耳畔刮过，利刀一般刺痛了她的脸颊，随之是玄霄的厉声："韩菱纱！我知道你在想什么！"

韩菱纱身子一颤，紧握在手中的峨眉刺跟着颤抖，想要再后退时，却发现自己动弹不得了。

云天河奔了过来："菱纱，你想干什么?!"

玄霄面容渐冷，眉间涌起一股狠厉之色，雪亮的目光突然射向韩菱纱脸上："她眼下是在想，若无力阻止飞升，便要在此自尽身亡。"

"菱纱！"云天河眼底焦急，似乎是在向她求证，眸底的绝望痛楚令她心惊。

韩菱纱轻轻摇了摇头，克制着不落泪。"怎么会，我答应过你的。"她怎么舍得让他如此难过呢？

"你的性命是我的！飞升最后时刻将你牺牲，你才算死得其所！想要自尽乃是痴心妄想，我不会让你如愿的！"

玄霄的话传来，冷笑声中充满了残忍。

韩菱纱颤抖着身子，此时此刻她莫说自尽，就是自己的身体都无法控制。

真的没有办法了吗？韩菱纱抬起头望向越发敞亮的天空，这与播仙镇黄沙漫天的景象截然不同，阳光暖洋洋普照下来，仿佛真的是在告诉众人，飞升在即，他们真的能修仙得道。

但青阳长老的话历历在耳，还有神农洞里发生的事，人心如此，入了魔又如何成仙？

尽人事，听天命，那这天命呢？

如此异动，天可知？

"你休想动她——"

随着回荡的怒吼，韩菱纱回过神，云天河已经冲了上去。她虽心急却无法阻拦，连求死都不能的人，难道真要眼睁睁看着？

一声尖利的啸音破空而来，"铛"的一声，羲和剑已飞至玄霄手中，与云天河的剑相撞，轻松地将云天河的招式挡了回去。

凤瑶微一沉吟，将望舒剑握在手中，缓步走到玄霄身边："我来助你。"

"琼华飞升，兹事体大，容不得你们几个继续妨碍！"只见凤瑶轻抚剑身，左臂向外一分，手上捏了个剑诀。就这一瞬间，韩菱纱感觉自己被抽光了力气，玄霄的定身咒因此被化解，她跪倒在地。

"铮铮"两声，云天河和慕容紫英双剑出鞘，握剑在手，可面对玄霄，竟一步也迈不出去。

玄霄神稳意定，目光炯炯。云天河和慕容紫英与他目光一接，便觉得身前一股浩瀚磅礴的气势迎面压来，犹如泰岳之倾、黄河之泻，威势逼人，难以抗拒，不知不觉间，竟将他们的进击之意尽数压了回来。

二人凝神自守，依然难以抵挡那股雄浑无俦的杀意，他们双腿微颤，头上不住渗出的汗珠一滴滴顺着面颊流了下来。对面的玄霄神色不动，全身上下透出的气势却仍在不断攀升，愈加凌厉。

就在两人几乎支持不住的时候，只听见云天河一声大喊，身子如离弦之箭，一纵而上，天河剑剑尖锋芒闪烁，向着玄霄的胸前猛刺了过去！

玄霄冷笑一声，竟不出剑，左袖一拂，袖中藏掌，拍向云天河的胸口。掌未及体，云天河已觉一阵无比炽烈的骤风狂飙而至，剑招急变，连忙侧身躲开，那阵风从他面前斜斜扫过，脸上一阵热辣辣的，如被烟熏火燎一般，甚是难受。

慕容紫英趁玄霄分神出手这一瞬，缓过一口气来，清啸一声，飘身而上，从旁夹击玄霄。

玄霄觉出其中以死相搏的精妙，不禁收起轻视之心，身形微动，避开了慕容紫英这一剑，将右手的羲和剑疾挥而出，直指他胸口要害，左臂则轻飘飘画了个圆圈，化开云天河的攻势，随即反掌击向云天河。

慕容紫英深知羲和剑的厉害，不敢硬接，急忙退开。云天河却来不及闪躲，只得伸出左手，与玄霄对了一掌。双掌相交，云天河当即一声闷哼，胸膛间一阵血气翻涌，踉跄退开数步，眼前金星乱冒。

"看不出，原来你也有两下子！"

他收回左掌，巍然站定，隐觉掌心处一丝凉意慢慢沁开，凉意之中又夹着一股炽热之气，于是双眉一敛，语气中竟有了几分佩服："当初在禁地授你凝冰诀，想不到短短数月，竟让你修炼出能与凝冰诀融合的灼烈阳气，实在令我惊讶！

"云天河，你原本体质特异，如今更是内修仙功、外执神器，竟然还不知足？见我飞升，你便心生妒恨，所以才一力阻止吗?!"

云天河怒道："你——我根本不是这样想的！"

"你休要得意太早！我虽没有你融合阴阳的修为，但双剑力量何其强悍霸道，若是全力施为，不逊于仙神之力！又岂是你们几个黄口孺子所能抵挡的！接招吧！"

"呼"的一声，玄霄身形倏然欺近，云天河面前的灼气如惊涛巨浪，汹涌扑来。一瞬间，一道暗红色的剑影向他的胸口斩来！而此时云天河气息混乱，眼看羲和剑已至身前，脚下竟是一滞。

就在这千钧一发的关头，身旁忽传来一股大力，被慕容紫英硬生生拉开数步，避开了这一击。但这样一来，慕容紫英自己也已失去攻敌之机。玄霄得势不让人，当下剑掌齐出，分袭二人，招数更加浑厚狠辣。

两人拼力抵抗，却只有招架之功，毫无还手之力。再撑片刻，二人情势几乎已山穷水尽，眼看数招之内，便将败落无疑。

而另一边，才稍微缓口气的韩菱纱被凤瑶步步紧逼，已退到平台一角。

第七十三章

"你可知，杀了我的话，这望舒剑就无用了。"韩菱纱捂住胸口，她退一步都觉得浑身钻心的痛。

"飞升将成，留你一口气足够了。"凤瑶冷笑一声，凌厉攻来。

两人相斗，结果可想而知。凤瑶的道行岂是她这样一个入门不久的女弟子可比的？

韩菱纱被逼到台边，抵挡的招数越来越缓。只见望舒剑寒光大盛，"叮叮"两声轻响，双手的短剑已被移飞，她手腕一酸，脸色又是一阵惨白，身子斜靠在台边石栏上，竟已无力动弹。

凤瑶抢上身来，伸指便向她胸前的穴道点去！

韩菱纱绝望地闭上了眼睛，若是就这样死了也好……

突然，身后风声大作，一个愤怒到极点的声音大吼道："住手——"

韩菱纱睁开眼，只见云天河身子腾空，已扑到自己面前。他左手长剑斜劈下来，右手却向望舒剑剑柄抓去。

凤瑶已经有所防备，身子一侧，将望舒剑顺势一带，云天河的右臂上登时被划开了一道三寸长的口子！

"天河！！"一串鲜红的血珠洒落在台上，同时落地的还有韩菱纱悲痛的呼声。

凤瑶一招得手，正暗自得意时，却见云天河眉头皱也不皱，剑尖猛地转向，斜挑向凤瑶的右腕。

她万万没料到云天河受伤之后还如此顽强，惊惶抽身欲退，右腕蓦地一紧，只见云天河那只本该击向胸口的右手，中途突然变向，抓住了自己，右手登时一麻，不自觉松开了望舒剑。

云天河右手急放开来，翻腕一握，已将望舒剑夺在手中，左手天河剑一横，将凤瑶逼开数步。

这一套招式并不十分巧妙，只是来势古怪，大出人意料之外，更兼快得出奇，从腾身出招到夺剑在手，都不过是一瞬间。

凤瑶愣在当场，剑竟被他夺走了！

云天河大喜。对他而言，望舒剑就是韩菱纱的命，他当空就想向韩菱纱报喜，可身子尚未落地，背后炎风已至，同时夹着慕容紫英的惊叫声："天河，当心——"

但云天河方才为夺下望舒剑，已然耗尽全副体力心神，眼看避无可避。慕容紫英拼着全身修为，递出一剑，只听"铮"的一声巨响。慕容紫英只觉得右臂剧痛，手中长剑断成两截，剑尖直飞上天，过了许久方才落下，"嗤"的一声，直没入脚下的地面中。

"天河！"韩菱纱挣扎着冲过来。云天河快一步把她抱在了怀里，猛然间，只见背后一道七彩光华迸射开来，发出震耳欲聋的响声。

韩菱纱被云天河抱着，如断了线的纸鸢一般，"砰"的一声飞撞在台缘石栏上。一抹红影从云天河的怀中掉出，在半空中划过一道圆弧，"叮"的一声落在地上，红绳系着的锁片之上，"长命百岁"四个字陡然刺痛了她的双目。

"天河……"韩菱纱抬起头，见云天河双眸紧闭，颤抖着去抚摸他的脸。

云天河猛然睁开眼，"哇"的一声喷出一大口血来。

他的背后灼痛不已，是后羿射日弓挡住了玄霄那一招，他才得以保命。

"天河，你怎么这么傻！"韩菱纱哭着替他擦去嘴角的血，可是怎么都抹不尽似的，鲜血晕染，触目惊心。

云天河面如金纸，脸上勉强挤出一丝微笑，颤抖着向她晃了晃手中的望舒剑。"菱纱，你看……我早就说过了，会把望舒剑夺回来……答应你的事，我一定会做到的……"

韩菱纱见他臂上、口边鲜血直流，惊痛交集，泣不成声。

他犹在低声喃喃道："菱纱，你快拿着这把剑……赶快离开这里，走得越远越好……永远也不要回来……"

韩菱纱扶着他，不住地摇头。"不，天河，我们说好一起回青鸾峰的。你答应过我，就不能食言！"

玄霄收了剑招，将羲和剑笼在大袖之中，负手迈步，走向二人。

就在这时，一道蓝影飘忽而至，纵身挡在云、韩两人前面，望着玄霄颤声

第七十三章　381

道："师叔……你已经杀了青阳长老和重光长老，还要再杀人吗……"

玄霄看都不看慕容紫英一眼，一双俊目只是紧紧地盯着重伤的云天河，吐出一口长气，徐徐道："把剑还来。"

云天河一动也不动。玄霄叹了口气，悠悠道："云天河，我不想杀你。"

云天河仍一句话也不说，紧紧地攥着望舒剑。

韩菱纱啜泣着，拉住他的手，两个人摇摇晃晃，相扶站起。她看着云天河虚弱憔悴的容颜，心中悲痛之余，竟有一丝说不出的欢喜。"到底，我们两个是在一起的……"

玄霄望着云天河，眼中神色渐转黯淡，眉间涌过一抹淡淡的痛意，忽地纵声长笑，笑声中不胜凄凉，却也充满了杀机。

他立在原地，右袖如迎满了风，鼓荡欲裂，羲和剑红光闪耀，锋芒尽露。

慕容紫英面色惨然，也缓缓闭上了双眼，身子仍一动不动地站在那里，挡住了云天河和韩菱纱。

韩菱纱轻轻闭上眼，她不会劝云天河把望舒剑还回去，而如果最终面临的是死亡，她也不再挣扎了，终归他们是一起的。

整个世界似乎静止了，闭上眼的三人都没有看见云天河背后的神弓此时忽然发出万丈光芒，直射云霄。

与此同时，天空中骤然响起了一道庄重威严的声音："玄女有命，普告万灵！"

"玄女？"

"竟然真的是玄女……"

"玄女娘娘！"

韩菱纱听着周遭嘈杂的议论，缓缓睁开眼，不料被半空中降下的金光刺到，抬手一掩。须臾间，她看见光影之中缓缓幻出一个女子，那人穿着一身淡黄色道服，衣装上金光灿然，于华丽中尽显高贵之气。

只见她的五官神态无不与派中供奉的九天玄女一模一样，而她面上宝光浮动却比匠人雕成的塑像更多了几分雍容。

这是……玄女娘娘！

韩菱纱下意识地望向她身后，那儿熠熠闪烁着光芒，甚至超越了太阳之光，令人睁不开眼。

这突如其来的变故令玄霄不得不重新审视，他打量着悬在半空的女子，手掌间炎火的光始终没灭。

"您是……"夙瑶兴奋的声音打破了安静。

"本座乃天帝驾下九天玄女,奉命相传神界旨意。"那声音分外冷漠,法相庄严,令人不由得望而生畏。

"九天玄女娘娘……真的是您,终于……终于……琼华派已升至昆仑天光处,琼华派多年夙愿,终于在我手中达成!"夙瑶的狂喜声在高台上四溢开来,下方的卷云台上也发出一阵惊呼声,众弟子喜出望外,一片欢腾。

然而九天玄女的面上巍然肃穆,冷若冰霜。

九天玄女?

韩菱纱不禁想到刚入琼华派时看到的雕像,当时就觉得神韵极佳,如今见真有此神,莫不是来接引的?

可她的神情并不像……

"无知!凡心入魔,妄想升仙。"那道冷漠的声音中透着渗骨的寒意,与这天光截然相反,庄严肃穆。

夙瑶的笑容僵在了脸上,众弟子的欢呼声也登时没了,脸上分明一副"不信"的神情。

为什么?琼华派明明已经升到了仙界底端,连昆仑天光都已照耀到了派中,为什么派中之人还不能飞升成仙?!

这番话落到韩菱纱心中,震撼之余却早有预料,果真是这样……

不是接引……而是降罪。

九天玄女神情峻厉,目光从琼华派众人脸上一一扫过,冷然道:"天帝有命,琼华派逆天行事,犯下滔天罪孽,令其受天火焚烧,陨落大地。派中弟子打入东海旋涡之中,囚禁千年!"

随后她又望向云天河三人,语气稍稍舒缓,扬声道:"但上天有好生之德,慕容紫英、云天河、韩菱纱虽为琼华弟子,心中却存清明善念,故可免去此劫。"

夙瑶浑身发抖,心中惊骇之余,更是无尽的疑惑惶恐,低声喃喃道:"不,不……为什么,为什么……"

玄霄却陡然变色,长眉立起,向着空中的神明暴喝道:"岂有此理!什么天帝之命!我琼华派已至昆仑天光,飞升近在眼前,何须别人来代天授命!"

"玄霄,一切因果,皆由自生。神界的确也只是'代天授命',旨在维系天道不坠。盘古有训,纵横六界,诸事皆有缘法!凡人仰观苍天,无明日月潜息、四

第七十三章　383

时更替，幽冥之间，万物已循因缘，恒大者则为'天道'。六界生灵，概莫能外。尔等逆天而行，又岂能无谴？"

玄霄哈哈大笑，面容中却是万分愤怒。自己苦苦追寻了二十几年的梦想竟被面前这个所谓的神明一言抹去，他愤然怒吼道："好个天道！好个逆天而行！简直是一派空谈！世间天灾人祸，茫茫如许，救不胜救，神界不恤苍生，却要碍我琼华飞升，莫非也是遵循天道?!"

"不错。南斗掌生，北斗注死，所有生灵往复六界之间，寻常病苦如是，天灾人祸亦如是，此之谓'天之道'，而非'逆天救世之道'。尔琼华派人心成魔，恶念万般却妄图升仙，实乃天道不容！神界代天行诛，正是遵天道而行！"

玄霄眼中杀气大起，狂笑道："什么天道！不过是神界一面之词罢了！我琼华派修仙数百载，历尽艰辛，如今成仙在即，岂由得你们一句话否决！给我滚回天庭！！！"

玄霄右臂猛挥，一道红光劈空而来，竟向空中浮现的九天玄女斩去！他方才怒斥时，手上已在暗暗蓄力，此时猝然出手，发出的剑气上带着十成功力，风声尖啸，势不可挡。

然而九天玄女轻轻一拂，便将其轻易击散。与此同时，玄霄只觉得手臂一麻，羲和剑铛然落地，整个身子一动都不能动了。

"蝼蚁之力，敢与天争！凡人无识，但觉自己命如草芥，神明高高在上，却不懂天道有常，即便是神，也只能依天命而行。玄霄，蔑视天地，只会令你入邪更深，陷入万劫不复之地！"

九天玄女的声音降下，重重地落在了每个人的心中，那语态无喜无悲，每一句却都震慑人心。

韩菱纱蓦地想起夏书生的话，神有千万之命，人有百年轮回，蜉蝣朝生暮死也是一生，天命如此，无畏长短，只因所存不同。

蜉蝣争不过万年，人亦如此……所谓天命。

玄霄的狂笑声传来，是以对九天玄女这番话的鄙夷："苍天在上，我自敬畏！但若让我任由神界驱使，却是妄想！"

九天玄女冷然不语，在她眼里，玄霄不过蝼蚁，执掌之间的性命，根本无须多争辩什么。

而她代天行诛，也不是来讲道理的。

这时凤瑶忽然抬起头来，不甘地高叫道："娘娘！我辈确实心怀妄想，希冀以凡人之力，修得仙道。纵然这一切有错，可本派数百年来斩妖除魔、护佑世间，难道就毫无功德，竟要落此下场吗？"

"善恶行止，本无人界、妖界之分，妖不为恶，为何杀之？琼华派因一己贪念，屠戮幻瞑界，又与邪魔何异？欲求仙道，先修人道，不明是非，何以为仙！"

"……欲求仙道，先修人道……"凤瑶额头的汗水涔涔而下，身上如同失去了全副气力一般，随着精力一同消散的，还有几十年来奉为圭臬的东西。

"先修人道。"韩菱纱身旁的慕容紫英跟着呢喃了这句话。韩菱纱扭头看他，只见他的目光越发清明，这是她从未见到过的。

凤瑶自言自语了许久，终于缓缓走到九天玄女面前，颓然跪倒："凤瑶知错，甘心受罚……"

九天玄女点了点头："既然知错能改，上天亦有好生之德，尔因于东海旋涡五百年后，便自入轮回去吧。"

玄霄斜睨着她，冷笑不绝。

九天玄女猛地一拂袖，地面立时剧烈震动起来，卷云台上，众弟子站立不稳，纷纷摔倒在地。

天涯彼端，隐有无数火球，急速向这边飞来。她紧接着长袖一扬，众弟子全身被红光包裹，惊叫声中，向着东方远远飞去。

"天火即将落下，云天河、韩菱纱、慕容紫英，你们三个速速离去吧。"

"天火？等等！"韩菱纱想到了什么，焦急喊道，"天火来了，琼华派也会落下……那山下的人怎么办？他们都会死吗？"

播仙镇还有很多没来得及搬走的居民，天火降下，他们必死无疑——

九天玄女淡然道："今日之因，必有明日之果，而今日之果，亦起于昔日之因。这些事情不是你应该问的。"

"什么？"韩菱纱愣住了，可她刚刚不是说，上天有好生之德，玄霄和琼华派弟子有错要接受惩罚不假，可山下的百姓何其无辜，他们与这些事半点关系都没有。

"你说的这些因因果果的事情，我不明白……可是就算琼华派做错了，山下那些人有什么错？！你说琼华派的弟子犯了天道，可你也只是把他们关起来，那又为什么要让山下那些无辜的人去死？！"

云天河隐杂着怒意的辩驳声传来。韩菱纱回过神，看到九天玄女的神情就知不好，可这回她没拦着，因为她同样也不明白。

第七十三章

九天玄女看着他们，声音朗朗道："云天河，你是质疑天命，还是心存不忍？"

韩菱纱神情一惧，两只手不由得紧紧地拉着云天河的袖子。

云天河微微喘了口气，高声道："我……我只想救那些人！之前救不了月牙村的人，那种难受的感觉，我再也不想要了！"

"天意难违！"

这话叫人气闷得很，韩菱纱忍不住要辩驳，只听身旁的玄霄猛地狂笑起来："哈哈哈！难怪说'天地不仁，以万物为刍狗'！果然是无情无义，草菅人命！堂堂神界，令人齿冷！"

"天道如此不公，神界如此嫉贤妒能、戕害常人，可笑我一生竟为之所误！苍天弃吾，吾宁成魔！"

玄霄的身子奋力挣扎，想摆脱她法力的束缚，面容上也尽是癫狂之意。

"一力相抗，只会更加痛苦！本座回天庭复命，望你好自为之，脱身魔障！"

九天玄女正要将玄霄带走，云天河焦急的声音再度响起："等一下！你还没有告诉我，要怎样才能救山下那些人？！"

九天玄女瞅了他一眼，始终是漠然的神情里露出一丝情绪，但仍淡淡地说道："天意难违。"

"不对，你明明说过，万物就是天道，那人也算天道的一部分吧？！为什么不能自己定自己的命呢？！"云天河深深吸了一口气，扬声高喊着自己心中永不动摇的信念，"……我命由我，不由天！"

韩菱纱蓦地一怔，再看云天河此时脸上的坚毅，恍惚间与那个在青鸾峰追着山猪满山跑的单纯少年不一样了……或许经历种种，他们都成长了。

我命由我，自不由天！

韩菱纱与他一同顶住了九天玄女的审视，初心不改，四周再度安静下来。

九天玄女的目中光芒数变，过了片刻，似乎为云天河的心志所感，慨叹一声："云天河，你的想法果然与众不同，难怪衔烛之龙和句芒都对你另眼相看……逆天改命，何等大事，但你身具神龙之息与后羿射日弓，能否扭转乾坤，由你自己来定！"

"等一下，我不明白，什么意思啊？"云天河还是没听懂她的话。

彼时，慕容紫英走到了凤瑶的面前："掌门……"

"紫英……琼华派毁于我手，实在无颜面对历代祖师。"凤瑶脸上写满了悔恨，"昔日妒你才华，不再让你修习高深的仙术，实乃目光短浅，望你能原谅我……日后定要光大琼华派，一切便交付于你了。"

一旁的玄霄身体被定住，动弹不得，但他依旧不甘心，想要挣脱开这束缚。

韩菱纱见云天河神情有所动，轻轻推了他一把："去吧。"

云天河定下心神，吃力地走到玄霄面前："大哥……"

玄霄猛地抬头："你……刚才喊我什么？"

"大哥，你……"

"哼！不必同情我，玄霄行至今日，从未后悔！"

"不是同情！在我心里，你始终都是我大哥，从来没有变过。"云天河摇了摇头。在他心里，玄霄就是大哥，不会改变。

玄霄沉默地睨着他，半晌，他忽然哈哈大笑："想不到我一生多舛，到头来竟还有你这个兄弟！天河，适才相争，大哥说了许多气话，你莫要放在心上。"说罢，他冷哼了一声，"不过区区东海，能奈我何！！天河，今生定有再会之时！"

云天河嘴角微动，心情复杂："大哥……"

"天河，大哥最后再助你一次，你若想救山下之人，便全力激发体内的阴阳之气，配合后羿射日弓的力量，或可毁去下落的琼华派。言尽于此，如何行止，你自己想清楚！以凡人之躯承受神器的威力，定会付出代价！"

不等云天河再问什么，九天玄女沉哼一声，运转法力，玄霄、凤瑶二人的身形被一团光球笼罩，身不由己地腾空而去。落在地上的羲和剑也蓦地飞起，紧紧随着玄霄远去。

随着天光慢慢升起，九天玄女也消失在云层深处。

高台上就剩下他们三人，慕容紫英忽然施法将他们拎起，用力提到一柄紫黑色的大剑上——正是当日他在不周山上收取的魔剑。此时三人手上的长剑或损或失，想不到这柄魔剑此刻竟然派上了用场，带着他们奋力向山下飞去。

"天火来了！我们快走！"

话音未落，天边红光已现，数十团巨大的火球向着已失去双剑灵力支撑的琼华派砸了下来！

就在将至地面时，慕容紫英眼前一晕，勉强支持多时的身体终究还是撑不下去了，"扑通"一声，他从魔剑上摔了下来，倒在昆仑山脚下的沙地上，不省人事。

韩菱纱迷迷糊糊地落到地上，也已体力不支，晕了过去。

在晕过去之前，她隐约看到云天河缓缓解下身后的后羿射日弓，又解下了慕容紫英赠送的天河剑，颤抖着将它们搭在一起。

天河，不要……

韩菱纱想要伸手去阻止，却已经半分力气都没有了。

她不怕死，但她希望他活着。

韩菱纱连动手指的力气都没了，只能眼睁睁地看着，看着下坠的琼华派离地面越来越近，炽热的空气中夹杂着咆哮的风暴，燃烧着、席卷着、吞噬着昆仑山上的一切。

看着一滴滴鲜红从云天河的右臂淌下，滴到沙土中，湮灭不见，身上仅存的几分力气也随之一点点消散开去。

看着他走到自己身旁，一滴晶莹的泪珠落了下来，滴在了她的眼角。

"菱纱，对不起……"

韩菱纱听见他说。

不要……不要啊，天河。

可她的意识越来越浅，整个人越来越沉，似乎有什么要把她拉入深沉中。最后，她看着云天河决然转身，拉弓如满月，瞄准了天空中那团巨大的火球。

猛然间"嗖"的一声，云天河的剑带着澎湃的内力，化作一道蓝光，直飞天上！轰鸣的爆炸声响彻天际！

后羿射日弓从云天河手上落了下来，体内赖以支撑的两股真力也随着这一剑尽数飞离。他已经没有了一毫力气，身子摇晃了一下，歪倒下来。

结束了吗？

韩菱纱最后想着，一团团赤色的飞灰在空中涣然飘散，她沉沉地堕入了黑暗。

云端底部，一道幽蓝的剑影缓缓落下……

残阳西落，血染苍茫，悲风呼啸，寒意凌云。

沙地上，一名少女扑在少年身上，手指颤抖，抚摸着那张熟悉的面容。身后不远处，青年男子黯然站立着，脸上全是痛意。

韩菱纱纤指抚过他的眉眼向下，手指忽然一震，她分明感到，云天河的心脏还在微微跳动，身体深处，还有一丝暖意从她的指尖隐隐传来……

"还活着，他还活着！"

韩菱纱抱住了云天河，喜极而泣："我带你回青鸾峰去，我们这就回去……"

后记

秋风起，蝉寂寞而无声，草叶间凝结寒露，垂而不落，十分剔透。

青鸾峰上风光依旧，茂密的树林间，兽嘶声、鸟鸣声不时交响着，一派生气勃勃。只是木屋前的那几棵苍松又粗了尺许，树皮上裂纹斑驳，记载着这百年来的沧桑。

一青年负手立在崖边，白发若雪，身形却依旧是那么挺拔清隽，腰间一束金黄色的穗丝，随着微风轻轻飘动，任凭山风拂面、云卷苍穹。他双目淡望着天边，一群白鹤翩跹飞过，似已与此间的天地万物融为一体。

在他身后，一名女子身着紫色衣裙，容颜如初，只是木然站立着，双目凝视着崖边之人。突然之间，她身子一晃，瞬间化作无数白萤，四散飞扬。

一阵轻盈的脚步声缓缓而来，眉眼一震，却没有回头。

"……你来了。"

柳梦璃裙裾飘动，秀美如故，轻声道："紫英……这些年来，过得可好？"

"无所谓好或不好，人生一场虚空大梦，韶华白首，不过转瞬。唯有天道恒在，往复循环，不曾更改……"

慕容紫英淡然笑了笑，不知道这句平平淡淡却又尽蕴深意的话中，究竟有着几分喜悦、几分涩然。

"他们等你很久了，一定有许多话要说，我先回剑冢……"他轻轻叹了口气，望着远方，悠悠道，"小葵，咱们走了。"

远处一道剑影飘来，魔剑飞到崖边，他平平踏出一步，站到剑上，倏然一声，直冲云霄，杳然远去。自始至终，他都不曾回头。

柳梦璃怔怔地望着他飞远，转过身来，向着木屋门前的两座坟墓走去。

一座落满了尘埃的墓旁，赫然插着那柄望舒剑。两只彩蝶绕剑而飞，似在嬉闹，见她走来，连忙飞向一旁，仍盘旋在一起，形影不离。

剑旁立着一块石碑，碑上清楚地刻着七个字：爱妻韩菱纱之墓。

石碑上的字刻得略有些歪斜，笔法中更有几分朴拙，然而却是一笔一画，极为深重。"墓"字最后一笔下方，一条红印蜿蜒淌下，宛若血痕。另一座墓紧紧地挨着它，前面却什么也没有。它的存在，仿佛是陪伴。

柳梦璃走到韩菱纱的墓前，徐徐蹲下，轻轻地抚摸着望舒剑，眼中的泪水簌簌而落，滴到剑身上，又滑落到坟前的泥土之中。

忽然，身前的树上传来一阵欢快的咿呀声，柳梦璃抬起头来，只见"勇气猪"高兴地飞到自己身前，在空中连连打转，直笑着向自己点头。她什么也没有说，只是爱怜地看着它，眼神中尽是羡慕。

这小东西不明白人类的情感，活得是那样无忧无虑的快活。

不明白本身，就是一种最大的幸福。

恍惚间，身后忽然传来门声响动，她连忙擦干泪水转过身，在看到来人身影的刹那仿佛定住了。

少年从木屋推门而出，像是千万遍的烂熟于心，准确地朝着墓碑所在走来。

他走到柳梦璃面前，忽地抽了抽鼻子，觉察到空气中那股旁人没有的香气，脸上浮现出一丝微笑，面对着她，定定不动。

柳梦璃望着他，眼中一片模糊，然而面上却也不禁绽放出笑容。

良久，云天河轻声道："菱纱她一直都很想你。"

"你们……过得好吗？"

"我们一起度过了人生最美好的时光。"云天河转身，虽然双眸看不见，却能准确地找到韩菱纱的墓。他在墓前轻轻跪下，抚着上面的字迹，就好像真的看到了她一般，嘴角扬起笑意。"我会一直陪着她。"

意气凌霄不知愁，愿上玉京十二楼。

挥剑破云迎星落，举酒高歌引凤游。

千载太虚无非梦，一段衷情不肯休。

梦醒人间看微雨，江山还似旧温柔。

那一对彩蝶在坟前飞舞许久，忽然互相盘旋着，翩然向远方飞去。勇气猪欢叫一声，也鼓动双翅，向着那对彩蝶飞远的方向，追逐而去。